외톨이의 이세계 공략

life. 5 초월자와 사신과 자칭 최약

Lonely Attack
on the Different World

life.5 Overman, Death God, and Self-styled Weakest

고지 쇼지
author — Shoji Goji

일러스트 — 에노마루 사쿠
illustrator — Saku Enomaru

CHARACTER

반장
하루카네 반 반장. 집단을 이끄는 재능이 있다. 하루카와는 초등학교 때부터 아는 사이.

하루카
이세계에 소환된 고등학생. 반에서 유일하게 신에게 '치트 스킬'을 받지 못했다.

안젤리카
'변경 미궁'의 전직 미궁황. 하루카의 스킬로 '사역' 당했다. 별명 : 갑옷 반장.

부반장 A
바보 같은 짓을 하는 남자들을 엄하게 감독하는 쿨 뷰티.

부반장 B
교내 '좋은 사람 랭킹' 1위의 부드러운 여자. 직업은 '대현자'.

부반장 C
어른 여성을 동경하는 기운찬 꼬맹이. 반의 마스코트적 존재.

STORY

반 친구들과 함께 이세계로 소환된 '외톨이' 고등학생 하루카.

가짜 던전의 함정으로 디오렐 왕국 최강의 근위사단을 격파한 하루카는 사단을 지휘하는 왕녀 샤리세레스를 동료로 들였다.

왕국 최강의 사단을 이끌고 변경에서 스러져 '변경을 상대론 이길 수 없다'는 걸 알려서 전쟁을 피하려고 한 샤리세레스. 그 마음을 알게 된 변경 오무이의 영주 멜로트삼은 왕국과 싸울 결의를 다진다. 왕국과 변경의 전쟁 돌입은 피할 수 없는 상황이 되었다.

하루카는 반 친구들을 전쟁에서 멀리 떨어뜨리려 했지만, 도서위원의 꿍꿍이로 인해 반 친구들은 이미 훈련 준비를 진행하고 있었다. 거스를 수 없는 흐름에서 하루카가 할 수 있는 일은 지금까지처럼 변경의 경제력과 군사력을 끌어올리기 위한 제보를 찾으러 던전을 공략하는 것인데——.

날라리 리더
반 친구. 날라리 5인조의 리더. 전직 아마추어 모델이며 패션에 박식.

도서위원
반 친구. 문화부 팀에 소속된 쿨한 책략가. 하루카와는 초등학생 때부터 아는 사이.

방패 여자애
반 친구. 대형 방패로 모두를 지키는 성실한 아이. 공격을 막고 자주 날아가고 있다.

나체족 여자애
반 친구. 전 수영 올림픽 강화 선수. 수영부였던 뻐끔뻐끔 여자애와는 친하다.

뻐끔뻐끔 여자애
반 친구. 이세계에서 남자에게 쫓겨다녀서 남성 불신 기미. 하루카는 괜찮다.

리듬체조부 여자애
반 친구. 전 리듬체조 올림픽 강화 선수. 리듬체조 도구로 변형하는 연금 무기를 쓴다.

오타쿠 C
반 친구. 오타쿠 4인조 중 한 명. 직업은 「수호자(가디언)」로. 방어 기술이 뛰어나다.

슬라임 엠퍼러
전직 미궁왕. 「포식」한 적의 스킬을 습득할 수 있다. 하루카의 스킬로 「사역」되었다.

미행 여자애
조사나 정찰을 가업으로 삼은 시노 일족 수장의 딸. 「인비저블」로 불리는 일류 밀정.

샤리세레스
디오렐 왕국 왕녀. 가짜 던전의 함정에 의한 '반라 영차영차'가 트라우마다. 별명 : 왕녀 여자애.

멜로트삼
변경 오무이의 영주. 「변경왕」, 「군신」 등의 이명을 가진 영웅이자 불패의 검사.

메리에르
변경 오무이 영주의 딸. 하루카가 이름을 기억해 주지 않아서 「메리메리」라는 별명이 정착.

본다. 보기만 해도 다른 차원. 아마 순수한 대인전 검술로는 갑옷 반장 말고는 상대가 되지 않겠지. 나로서는 과연 어디가 위쪽인지도 알 수 없는 차원이다.

언뜻 봐도 시험하는 걸 알 수 있지만, 그것만으로도 스킬이 봉쇄되고 쓸 수 있는 수단이 단번에 줄어들었다. 일부러 빈틈을 만들어서 찌를 수 있는 허점을 내놓지 않으면 전술이 제한되고, 유도당한다. 응. 못 움직이겠다. 정직하게 정면에서 상대하면 죽는데, 이동을 허용하지 않는다. 앞길이 전부 봉쇄되는 감각.

죽이기 위한 기술. 인체 구조상 절대로 저항할 수 없는 섭리. 마주하고 있는 것만으로도 미래시에 내가 죽는 방식이 무수히 비친다. 응. 못 이기겠다. 이길 방도가 없다. 인간은 이 아저씨를 이길 방법이 없다.

응. 이거 전부 읽히고 있다. 계속 생각하고 있는데도 궁지에 몰리고, 생각이 멈춘 순간 죽는다. 절대로 빗나가지 않는 확실한 필살을 보고 있다. 그 순간을 기다리고 있으니까 움직이지 않는 거다.

그러니까 나가자. 물러서 봤자 닿지 않는다. 앞에도 승산은 없지만, 이것 말고는 닿지 않는다.

왕녀 여자애도 사거리에 포착한 걸 보니, 사로잡을 생각은 없고 죽일 생각밖에 없겠지. 생각해 봤자 읽을 수 없다. 읽더라도 그 너머까지 읽고 있겠지.

(뽀용뽀용?)

응. 슬라임 씨라면 간파당하지 않을지도 모른다. 저건 대인전 전문가니까. 그러나 왕녀 여자애 지원을 부탁할게……. 나는 반응할 수 없어. 이쪽에 있지 않으면 아무것도 할 수 없어.

그런 식으로 내 움직임을 유도하고 있다. 정말이지, 엉큼한 스토커인 줄 알았는데 전부 보고 있었을 줄이야……. 적어도 저 에로 드레스라도 힐끔 봐준다면……. 아, 안 본다고오오오. 지금의 저 슬쩍은 오늘의 베스트 샷이었는데, 위에서 내려다보는 각도인데도 지금의 허벅지 힐끔을 전혀 보지 않는다니, 정말 무서운 아저씨야!

그러니 앞으로 나간다. 이제 방법은 없다. 이건 사람을 죽이기 위해 갈고닦은 것, 모든 방면에서 인체 구조를 간파하고, 심리를 읽고, 싸우는 법을 이해하고 있다.

"저기, 도적인지 암살자인지 엉큼한 사람인지는 모르겠지만, 아저씬 무슨 일로 왔어? 그래도 나는 아저씨한테는 조금도 볼일이 없어. 그보다 왜 아저씨인데?"

검을 뽑는 동작도 보이지 않는, 보였을 때 이미 뽑혀 있는 자연스러운 움직임. 이거야 원. 자, 그럼. ──응. 마음껏 보라고. 나는 이미 보는 걸 포기했으니까.

그러니까 그저 벤다. 그것 말고는 아무 생각도 하지 않고, 가장 빠른 칼날을 날린다……. 무의미하지만. 이미 의미도 호흡도 동작도 모든 걸 전부 간파당했다. 응. 얼마든지 보라고——. 보인다면 말이지? 응. 나는 포기했다고? 으음?

> **자기 전에 먹으면 살찐다고 하는데,**
> **이미 동글동글하니까 문제없다.**

55일째, 하얀 괴짜 여관

그리고 배신자는 싱글벙글 웃었다. 응. 가방은 마음에 든 모양이네?

"정보는 미행 여자애 일족에게서 수시로 들어오고 있어요. 현재는 왕도와 귀족의 정보를 수집하는 것에 집중한 부대가 편성되어 활동 중이죠. 전쟁이 일어나지 않는다고 단정할 근거가 너무 없거든요."

"잠깐!"

응. 엄청 마음에 들었는지 내부까지 세밀하게 확인하고 있다!

"무모하다든가, 무리라든가, 그딴 것과 상관없이 일어날 때는 일어나요. 옛날부터 중세 귀족 사회에서 나라가 멸망하는 원인은, 따지고 보면 다들 어리석어서 멸망한 거예요. 무능하니까 전쟁에 내몰렸고, 그 무능함 때문에 패해서 멸망했을 뿐이니까 원인은 어리석음이죠."

두…… 두 개라고?!

"써먹을 수단이 없어지면, 앞뒤 가리지 않는 멍청이가 억지 이유로 변경백을 왕도로 불러내 죽일 거예요. 전쟁을 피하려고 할수록 나빠지는 일도 있는 법이죠. 진정으로 어리석은 자는 주변을 부패하게 만들어 멸망시켜요. 생각이 어설프다고요. 여자들에게 전쟁 훈련을 시키는 건 가장 먼저 표적이 될 테니까 제일 위험하기 때문이죠. 보호받기만 해선 언젠가 빈틈을 찔릴 거예요."

그렇다. 가방을 가지러 왔다. 배신해 놓고서는 태연한 표정으로 '가방은 완성했나요?' 라고 하더라니까?

그리고 불평했더니 이거다. 아, 너무 옳은 말이라서 어쩔 도리가 없다. 예상대로 메리 아버지는 호출받으면 왕도로 갈 거다. 적진 한복판으로 혼자 오라고 하면 혼자 간다. 그리고 협박당하더라도 따르지 않겠지. ──그리고 세 개나 챙기고 돌아갈 작정이다!!

"그리고 여자들의 전투 훈련은 제가 뭔가 하지 않았을 때도 이미 시작하고 있었어요. 확실히 대인 집단전 중시로 바꾼 건 전쟁을 염두에 둔 거지만, 처음부터 여자들의 훈련 요망은 호위와 대인전이었어요. 하루카가 아무리 소중하게 지켜주고 응석을 받아줘도, 다들 싸울 생각인 거예요. 모두의 목적은 처음부터 하루카를 지켜주는 것뿐이었으니까요. 약해져 있다고 해서 아무것도 시키지 않으면, 강해지려고 하는 게 당연하잖아요. 그야 목적은 하나밖에 없으니까요. 당신이 모두를 지켜주려고 하면 할수록, 다들…… 당신을 지켜주고 싶어지는 법이에요."

그건 잘못 계산했었네. 그래. 설마 네 개에서 단숨에 다섯 개까지──?!

"확실히 우리는 여전히 뒤에서 울고 허세만 부리고 있어요. 하지만 여자들을 너무 얕보고 있네요. 아무리 울더라도, 모두의 결의는 변하지 않아요. 그러니까 안젤리카 씨도 훈련에 협력해 주고 있는 거겠죠. 너무 얕보고 있어요. 다들 울면서도 발버둥 치며 강해지려고 하는 거예요. 당신을 위해."

그렇게 말하고는 신작 가방 중에서 제일 좋은 걸 엄선해서 가져갔다. 응. 배신해 놓고서는, 약속했던 열 개를 전부 가져가 버렸단 말이지?!

어쩐지 너무 강하다 했다. 저건 어제오늘 시작된 연습이 아니다. 저건 이전부터 내 약점을 알아채고 훈련 내용을 대인전으로 특화한 거다. 즉, 미궁(던전)에서도 방어전과 대인전을 시야에 넣으며 싸우고 있었다. 그래서 마물과의 싸움에서 고생하게 됐는데도 쭉 그렇게 한 거겠지.

확실히 여자애들을 얕본 모양이지만, 갑옷 반장에게는 벌을 줘야겠다. 확실히 얕보고 있었지만, 그래도 마구마구 핥으면서 벌을 줘야지! 여기도 저기도 마구 핥아서, 울면서 반성하더라도 벌을 줄 거다아아아아! 응, 기대되는데?!

지금도 뒤뜰에서 훈련이 시작됐다. 아마도 오타쿠 바보들의 벌칙을 겸한 남자 대 여자. 단, 갑옷 반장도 붙어서……. 응, 나의 풍부한 경험을 토대로 말하자면, 도망치면 더 힘들어지거든? 완전 매일 경험 중인 경험자가 말하는 거니까 틀림없는데? 단, 너무 얕보고 있었다고는 해도 어설픈 건 어설프다. 그 훈련은 유효하지만, 너무 특색이 심하다. 확실히 인간이나 인간형과 싸울 때는 무척 유효하지만, 이레귤러와의 특수 전투가 서툴러진 원인은 그 훈련이다.

"슬라임 씨에게 교관을 부탁할까. 보수는 자기 전에 과자 열 개로 하고. 자기 전에 먹으면 살찐다고 하는데, 이미 동글동글하니까 문제없겠지? 라고나 할까?"

(뽀용뽀용)

맡아주는 모양이다. 이걸로 슬라임 교관 난입이다. 궁극의 특수 전투이자 극한의 변칙 전투를 경험할 실험체가 되면 된다.

"그나저나, 어째서 울면서 강해지려고 하는 걸까…… 평범한 여자애가 고작 두 달 만에 다시 일어설 리가 없는데…… 응. 너무 무리하는 거 아닌가?"

(부들부들)

또 폭탄 할인 행사라도 열어서 멘탈을 깨부수자. 사람은 별로 강하지 않다. 무리하면 망가진다. 노력한다는 건 무리한다는 거니까. 가볍게 부업을 끝냈다. 신제품인 폭신폭신 니트 시리즈에 각종 카디건에 양말도 롱부터 쇼트까지 갖추고, 여기에 모피 액세서리가 핵심 상품이다. 이거라면 분명 내일 밤에는 훈련이니 뭐니 할 수가 없게 되겠지. 응. 각오 같은 건 아직 일러.

그리고 교관 중인 슬라임 씨를 목욕에 데려가는 겸 뒤뜰의 낌새를 보러 갔는데…… 아직도 하고 있었다. 이미 오타쿠 바보들은 시체가 되어 있었다. 좋아. 밟아두자.

"버텨! 전위, 방어 부탁해!!"

"""알았어!"""

슬라임 씨의 스킬 『분신』 공격에 의한 뇌격 딸린 연속 탄막을 막으면서 버티고 있다. 반장까지 방패를 장비하고 있는데, 『방패술』까지 익힌 모양이네?

"각자 분산!"

"후위, 후퇴 완료!"

"""포위하자!"""

후위를 철저하게 보호해서 공격당하지 않게 하여 공격에 집중시킨다. 호위전에서 슬라임 씨를 상대로 막아내고 있다. 지금 슬라임 씨의 강함은 미궁왕 레벨이 아니다. 하물며 천변만화에 변화자유에 변환자재까지 뭐든 가능하단 말이지?

"미끼 갑니다~! 환혹!!"

"두 번째 갈게. 일루전 전개!"

슬라임 씨에게 교란전 같은 건 무모하지만, 교란만 하면서 싸울 생각은 없어 보인다. 발 묶기와 시간 벌기를 위한 미끼. 도망칠 생각만 하면서 사거리 무한대인 슬라임 씨에게서 도망쳐 다닌다.

"쏴라아아아아!"

"""Ja(알았어)!"""

왜 독일어?! 슬라임 씨에게 마법 탄막을 퍼부으면서 진을 정비했다. 이기지는 못하더라도 지지 않는 싸움법, 이것이 지키는 싸움법이다. 나도, 갑옷 반장도 할 수 없는 전투 방법, 누구에게도 피해가 가지 않게 하려는 싸움법.

"뒤쪽, 회복 부탁해!"

"""Ja!"""

굉장하네⋯⋯. 이게 실력인가. 순식간에 회복시키는 부반장 B의 회복 마법, 그리고 슬라임 씨조차 막아내는 후위의 공격 마법.

"튕겨내! 화염벽!!"

"먹어라, 호염(豪炎)!"

"화염탄!"

"불화살이에요!"

"불꽃이여, 태워버려라!"

"""파이어."""

이러면 슬라임 씨의 과자를 늘리고, 여자애들에게 팔 폭탄 할인 상품도 늘려야겠네. 건너편에서 보고 있는 갑옷 반장도 고개를 끄덕이는 걸 보니, 미궁황도 합격점을 주려는 모양이니까?

"응. 아무래도 정말로 얕보고 있었던 것 같네?"

이건 이기지는 못하더라도, 설령 슬라임 씨 급이라도 나를 지킬 수 있다는 걸 보여주려는 거겠지. 응, 역시 치트 보유자들이다. 근데── 그쪽도 너무 얕보는 것 아닐까?

"슬라임 씨~. 마지막은 조금 본심 내라고? 보수는 과자 다섯 개 추가고, 다음에는 목욕이니까, 디스트로이, 라고나 할까?"

(부들부들!)

뽀용뽀용 도약하는 공격 궤도가 부들부들 사랑스러운 난반사로 변했다. 응. 귀엽네.

"""꺄아아악~!"""

"우왓!"

"히이익⋯⋯ 무규우욱!"

"아아~앙!"

전멸한 모양이다. 아니, 그야 진심을 낸 슬라임 씨는 갑옷 반장이 아니면 무리니까 말이지? 응. 그걸 막으면 하층 던전 정도는 껌이겠지?

"응. 말해두는데…… 그 슬라임 씨는 스핑크스나 샌드 자이언트보다 위험하니까 못 이기거든? 응. 진짜 무리야. 귀여우니까?"

(부들부들 ♪)

"""무규우우우우!"""

두 눈이 × 모양으로 변했다. 응. 조금 딱하지만, 도서위원에게 주는 벌이다……. 그야, 슬라임 씨도 붙어있단 말이지? 슬라임 씨를 너무 얕보고 있어. 걱정이 많은 애들은 두 눈 가위표 소녀가 되도록 해. 자, 목욕이다.

"하루카도 목욕하기 전에 한판 하자."

"""응. 해보자!"""

일어났어? 응. 한 방에 끝냈다. 해냈다. 자, 목욕이다. 이번에야말로 목욕이다.

뒤에 있는 눈 가위표 소녀들은 당분간 움직이지 못할 테니까 마수 씨로 옮겨주자. 아직 나를 지키게 해줄 수는 없거든? 그게 허세이든, 사기이든 트릭이든 아무튼 승리는 승리. 하지만 포상으로 요구서에 매일 이름이 올라오는 프릴 팬티 정도는 만들어 주자. 하지만 치수는 재지 않는다! 그래, 끈 조절이다!!

"뭐, 오히려 끈이 더 위험하지 않냐는 말을 들을 것 같지만, 치수를 재는 게 남고생에게는 위험하니까 끈이거든?"

(뽀용뽀용?)

부탁입니다. 조절은 알아서 해주세요!

"아니, 그야 남고생이 여고생의 치수를 잰다니 무리 아니야? 응. 남고생의 깊은 사정 때문에 힘들다고……. 그러니까 브래지어는 무리?"

(부들부들)

응. 출렁출렁 위험하니까 진짜로 남고생한텐 좀 봐주세요. 뭐, 그래도 노력가들에게는 포상이다. 단—— 도서위원은 T백이다!

**심술부린 건데 오히려 기뻐해서 대인기였고,
추가 주문인 T백은 위험했다.**

55일째 밤, 하얀 괴짜 여관

전멸했다——. 다들 겨우겨우 회복해서 장비를 벗고 휘청휘청 함께 목욕탕으로 향했다.

"조금 정도는 따라잡았다고 생각했는데……."

"그렇게나 강했네~?"

안젤리카 씨에게 괴멸당하고, 날아다니는 슬라임 씨에게 전멸하고, 대련 정도나 하려고 하루카에게 도전했다가…… 섬멸당했다. 정신이 들자 어느새 끝나있었다.

"왜 SpE가 두 배 이상 높은데 아무것도 못하는 거야? 눈에 보여야 할 텐데?"

여전히 이 정도의 차이가 있다. 보이는 움직임은 느린데도 따라잡지 못했다. 마치 슬로모션 세계 속에서 한 컷씩 움직이는 듯한 거동. 그것이 허실.

"뭔가 물속에서 싸우는 것 같은, 이상한 느낌이었지?"

"맞아맞아. 느릿느릿 움직이는 사이에…… 당해버렸잖아?"

""그렇지?""

아무것도 하지 못한 채 20명이 동시에 쓰러졌다. 그것이 최약의 순속 공격 특화.

"그건 낭비가 없다거나, 움직임이 부드럽다거나 말할 레벨이 아니지 않아?"

"그러게. 뭔가 시간의 흐름이 이상했잖아?"

""응응!""

그렇다. 느린데도 따라잡지 못하니까, 시간 감각이 어긋난다. '어라?' 하고 생각한 순간 이미 늦었고, 속도에서 웃도는 내가 오히려 따라잡지 못했다. 몇 번이나 봤고, 알고 있는데도 막상 눈앞에서 실제로 당하니까 영문을 알 수 없었다. 저게 죽기 전에 죽인다는 자칭 틈새 전법. 잠깐의 빈틈을 틈타 아주 조금 빨라져서, 살짝 죽여버린다는 모양이다. 그러니까 틈새── 생사의 갈림길로 끌려 들어가는 위화감과 의식의 틈새로 침입당해서 맞부딪치지도 못한 채…… 살짝 죽었다.

""역시 강해!""

"응. 그 스테이터스는 사기야!"

그러나 스테이터스는 여전히 절망적이고, 언제 죽어도 이상하지 않다. 그러니까 먼저 죽이려는 거다. 그것이 그 기술, 하지만 눈속임.

모두가 스테이터스 차이를 아니까 힘을 뺐고, 그 방심을 노린 거다. 싸우기도 전에 패했다. 그러니까 귀찮다는 듯한 느릿느릿한 움직임에 유도당했고…… 그리고, 정신이 들자 그대로 말려들어서 쫓아가지도 못한 채 한순간에 당했다. 그래서 다들 욕실 회의에서 반성회를 했다.

"""푸하~앗. 강해진 걸까…… 조금 정도는?"""

(뽀용뽀용)

슬라임 씨가 칭찬하고 있다. 아까는 하루카와 목욕하러 갔었는데 이번에는 이쪽에 있는 걸 보면 목욕을 좋아하는 모양이네? 응. 마스코트 여자애와 미행 여자애하고도 같이 들어갔었고, 지금도 행복한 듯 욕조에 둥둥 떠 있다……. 어라? 어째서 세 마리?!

"슬라임 씨 강했어~. 완전 굉장해~. 무기도 썼지~?"

(뽀용뽀용!)

응. 부반장 B가 슬라임 씨를 데려온 모양이다……. 근데 슬라임 씨, 그 두 마리는 동료가 아니거든? 오히려 다른 여자들한테는 숙적이야!!

"대인전하고 달리 움직임을 도저히 읽을 수가 없어서 전혀 예측할 수 없었어."

(부들부들♪)

처음으로 대전하는 애들도 놀라고 있지만, 던전에서 싸운 적이 있는 우리는 경악했다. 그야── 너무 강했으니까.

"진심이면 굉장하다고 듣기는 했지만, 강함이 좀 더 이질적으로 변한 것 같은데?"

"응. 하루카도 슬라임 씨가 미궁황 클래스가 된 것 같다며 고민하던데…… 대체로 언제나 원인은 본인이잖아?"

(뽀용뽀용)

그러나 이제 공격만 있고 방어가 없는 하루카와 안젤리카 씨에게 방어라는 선택지가 생겼다. 뭐, 공격으로 방어하는 자체가 이미 이상하지만, 만에 하나가 하나 정도 줄었을 거다.

그리고 슬라임 씨의 방어력을 확인해서 그런지, 우리를 조금 인정해서 그런지……50층으로 갈 수 있게 되었다. 하루카 일행이 같이 가는 조건이지만 겨우 50층 도전을 인정받았다. 대미궁 50층에서도 싸울 수 있었으니까, 분명 할 수 있을 거다……. 그런데 차이가 줄어들지 않는다. 레벨 차이는 벌어지고 있는데, 실력은 추월당한 채 뒷모습조차 안 보인다.

"저게 레벨도 스킬도 없는데, 이기기 위해서 만들어낸 기술인 거지?"

저게 억지로 만들어 낸 강함이더라도 멀다. 저게 얼기설기 이어 붙인 모조품이더라도 강하다. 저게 최약이더라도── 아무도 이기지 못했다.

"""아아~ 분해! 순살당했어──!!"""

여전히, 전혀, 완전히 글렀다. 숨어서 노력하면서 조금 자신감도 붙었는데, 아직도 전혀 닿지 못하고 있다. ──멀다.

"자기가 약하면, 상대를 더 약하게 만들면 되지 않냐고 했지?"

“““죽도록 얄미워!”””

저것에 『신검』이나 『차원참』 같은 방어 무효 공격과 『전이』처럼 명중할 수 없는 회피가 있다. 그리고 『마수』나 『장악』 같은 비기나 꼼수도 많다. 레벨 21에 저 정도의 강함을 손에 넣었고, 게다가 안젤리카 씨와 슬라임 씨가 있다. 그러니까 간단히 죽는데도 죽일 수 없다. 간단히 죽일 수 있는데도 죽지 않는다. 때리면 죽일 수 있지만—— 사투에서는 먼저 살해당한다.

“““그래도 지켜줄 거야. 이제 그런 건 싫어!”””

“““응!”””

아무것도 하지 못하고 하루카를 기다리기만 하던 나날은 길었다. 하루카가 죽으러 갔던 하루는 끝나지 않았다. 이제 그런 건 싫다. 이제 우리는 원래 세계도, 이세계도 아무래도 좋다. 여전히 울기도 할 거고, 가족을 잊을 일도 없겠지만—— 어찌할 수 없다는 것도 알고 있으니까.

하지만, 하루카가 없는 건 견딜 수 없다. 그보다 힘들었던 일도, 괴로웠던 일도 없다. 그때는 마음이 죽어버려서 눈물조차 말라버렸으니까.

특히 시마자키 그룹의 조바심은 강했다. 안젤리카 씨와 슬라임 씨는 하루카가 샌드 자이언트와 싸울 때 지켜줬었다. 그런데 자기들은 아무것도 하지 못했다며 괴로워하고 있다. 사역도 먼저 당했는데 보호받기만 하는 걸 괴로워하고 있다. 우리도 그렇다.

아무 일도 없었다는 듯이 돌아왔지만, 이후에 코피를 흘리며 쓰러졌다고 한다. 그런데 여유로운 척하면서 햄버그를 구우면서 웃으며 돌아왔다. 그러니까 지켜줄 수 있게 되고 싶다.

그리고 목욕탕에서 나오자…… 포상이 기다리고 있었다. 오늘의 포상은, 하루카가 마스코트 여자애에게 보내달라고 부탁한 것. 그 포장 안에서는 절대로 안 만든다고 거부했던 프릴 팬티가…… 끈이었다. 참고로 추가 주문은 절대로 안 된다더라?

"""꺄아아아아! 팬티!"""

"팬티님이야!!"

"귀여워?!"

응. 귀여운 속옷이 부족한 문제는 심각했으니까 무척 기쁘기는 하지만, 어째서 팬티까지 이렇게나 디자인에 공을 들였고 잘 아는 건지는 묻지 말자. 단지…… 이세계는 브래지어가 없단 말이지? 우리끼리 만들어 보기도 했지만, 형태를 잡을 수가 없어서 사실은 주문하고 싶은데, 치수 문제가…… 조금? 그리고 도서위원만큼은 T백이었다. 봐봐, 화나게 하면 안 되잖아? 걱정해서 한 일이니까, 사과하면 교환해 줄지도…… 아니, 입을 거야?!

일본의 전통 요조숙녀 타입 미소녀의 T백은 위험했다. 응. 고지식한 애인 줄 알았는데…… 분명 T백 추가 주문도 절대로 안 되겠지?

55일째 밤, 하얀 괴짜 여관

그 내용은 심오했고, 응용 범위가 넓었다. 열심히 고민했고, 연구도 많이 이루어졌다.

"마력 성형? 아, 입체 형성 정도는 가능하구나……. 신축하는 건가?"

진지하게 근사한 책이다……. 이 『레츠 고 마도구!』라는 이름만 빼면!! 팔락팔락 넘기기만 해도 정보가 가득하다. 이건 사람들의 생활을 풍족하게 해주려고 연구한 학술서이자 지도서. 그리고 이거라면 모양하고 균형만 잡힌다면 문제없을지도?

"근데 이거 나의 남고생적 호감도에 중대한 영향을 주지 않을까……. 뭐, 이것도 끈팬티 만든 시점에서 이미 틀린 걸지도? 그리고 어째서 T백 보낸 사람은 사과하러 안 오는 거야? 설마 입은 거야? 에로한 여자애였어?!"

멀티 컬러의 응용, 아니 상위 버전. 연성과 술식 부여는 복잡해졌어도 재료는 똑같다. 요구하는 마석의 레벨이 올라가지만, 이건 연금술 실력에 달렸겠지.

"으~음. 근데 신축성만으로는 미덥지 못하니까 입체 재단 기술은 필수인가……. 응. 쓸려서 아프다는 말이 나오면…… 응?"

역시 제대로 된 속옷이 없는 모양이다. 도시의 공방에도 속옷을 우선적으로 주문했는데 성형이 어려운 모양이었다. 평면 의복은 옷본에 따라 순조롭게 만들 수 있지만, 아무래도 속옷 제작에 필수인 입체 재단은 어렵다고 한다. 뭐, 최우선으로 삼았던 도시 사람들의 의류품은 충분히 모이기 시작했고, 실 단계의 마석 가루 코팅도 기계화되었으니까, 아직은 비싸도 양산을 시작했다.

"응. 멀티 컬러는 색상을 바꾸는 것보다도 마력이 통하는 것에 따른 내구성 향상과 더러움 방지의 비용 대비 효과가 크지. 무엇보다 변경에서 중요한 방어력과 상태이상 내성이야말로 주요 특징이라니까?"

대답이 없다……. 슬라임 씨는 또 목욕탕 순회를 나간 모양이다. 지금은 아직 비싸도 생산 라인에 올리면 양산 체제에 들어가서 비용이 줄어든다. 효과가 줄어들더라도 마석 부스러기라면 값이 싸고, 저급일수록 부숴서 빻기 쉽다. 그렇다. 남은 문제는 속옷이다.

"하아. 남고생이 몰래 밤중에 혼자서 브래지어 옷본까지 만들면서 주문하고 있는데…… 호감도를 희생하면서까지 치수 재기에서 도망쳤는데……."

속옷 요청서가 마침내 탄원서로 변했다. 근데 어째서 내 방 앞에 투서함이 있는 거야? 설마, 밤중에 방에서 망나니처럼 굴어서 그런 건가?!

"아니, 남고생한테 생생하게 '무명천은 후덥지근하고 가렵다'라고 리얼하게 호소하면 곤란한데……. 응, 상상해 버리잖아!"

통기성도 필요한가⋯⋯. 마력 성형이라면, 일체형으로 만들면 나중에 각자 조절할 수 있다. 약 몇 명 정도는 특별 주문 제작이 되겠지만, 그걸 신경 쓰면 지는 거다. 응, 약 한 명은 생각할 것도 없이 확정이지만, 생각해 봤자 소용없다!

"요전에 슬라임 씨가 같이 목욕탕에 들어가서⋯⋯ 의태하고 있었지만, 떠올리면 안 돼! 응. 무슨 의태인진 물어보면 안 돼!!"

응. 주물렀는지 아닌지도 물어보면 안 된다고? 동급생 몫은 비싼 마석을 쓰니까 아무래도 직접 만들게 된다. 게다가 갑옷 반장에게 속옷을 풀 세트로 선물했더니 모두의 몫도 만들어 달라는 설득까지 해왔다.

"브래지어에 따라 움직임에 차이가 생긴다든가, 안 맞으면 아프다든가 말해도 브래지어를 해본 적이 없으니까 모른다고⋯⋯. 해본 적이 있으면 호감도가 절망적이잖아!!"

그리고 고랭크 마석의 생성과 가공, 그걸 마법이나 연금술로 가공할 수 있는 인재가 없다. 특히 마력을 흡수하거나 마력으로 방어하는 소재는 『지고(至考)』로 연산하지 않으면 큰 효과를 발휘할 수 없다. 지금의 마동 기계는 정밀도를 너무 올리면 가공이 실패한다. 하지만 『마수(매직 핸드)』 씨라면 만들 수 있다⋯⋯ 따라서 그에 맞추면서 완전히 맡긴다. 단, 그 감촉이 전부 나에게 피드백되고 있단 말이지⋯⋯ 진짜야!

"남고생으로서는 사이즈를 어림짐작으로 알기만 해도 끙끙대고, 다음 날에는 얼굴을 마주하는 것조차 쑥스러운데, 똑바로 재라고 하지 않나, 포기하고 확인해 달라고 하지 않나, 흔들면서 조절해달라고 하지 않나……. 응, 내가 죽어버리잖아? 코피의 강이 흐를 레벨이라고?"

그리고 분명 끙끙댄 뒤에는 갑옷 반장도 함께 처참한 꼴이 되어 버릴 거다!

"역시 타협안이라면, 자동 성형으로 만든 스포츠 브라려나?"

이 『레츠 고 마도구!』에 실린 마력 성형 효과를 부여하면 만들 수 있다. 아무튼 고민해도 소용없으니까 갑옷 반장이 돌아오면 시제품으로 피팅을 맡기자. 그래. 분명 스포츠 팬티도 세트로 필요할 게 분명하다! 그리고 분명 시제품을 만들어서 시착하면 큰일이 벌어져서 금방 벗기겠지. 응. 매번 그러니까 틀림없다! 틀림없이 잘못된 일밖에 일어나지 않는다!!

"상상하지 않으면 만들 수 없는데, 망상하면 사건 의혹이라니 부조리하지 않아?"

부지런히 스포츠 팬티를 만들었다. 복서 타입도 만들었다. 아마 나의 호감도는 이제 틀렸을지도 모른다.

"앗, 내 것도 만들자. 물론 복서거든?"

응. 브래지어가 아니라고? 원래 트렁크 팬티보다는 복서 팬티 파란 말이지……. 응, 아무도 흥미 없겠지? 모색하면서 시제품을 제작…… 가봉 상태에서 천을 덧대 보니 스트랩의 위치가 예상보다 어려웠다…… 하지만 크로스도 버리기 힘든데?

"앗! 튜브라면 간단하지 않나?!"

과연 어떨까? 입어 본 적이 없어서 차이점을 모르겠다. 없다면 없는 거고, 안 입어!

"아니, 진정하자. 왜 한밤중에 혼자서 부지런히 튜브 브래지어를 만드는 남고생이 그걸 입는 거냐고! 안 입어!!"

이건 의혹이라든가 호감도라든가, 그런 시시한 사건이 아니야! 그래. 입는 건 갑옷 반장이고, 입힌다면 입히는 거다! 벗기긴 하겠지만 무조건이야!!

"헉, 스패츠도 괜찮겠네! 응!!"

안 되겠다.──혼잣말까지 완전히 변태에 편집증적인 취미를 가진 괴짜가 되어버렸고, 진지하게 브래지어를 주지하는 모습도 범죄 현장으로만 보이는 것 같아……. 어째서일까?

"분명 오타쿠들이라면 줄무늬 말고는 인정하지 않는다고 말할 것 같지만, 안 보여줄 테니까 상관없나. 응. 남자 건 만들고 싶지 않거든? 즐겁지 않으니까……. 아, 따, 딱히 즐기는 건 아닌데? 츤데레도 아닌걸?"

물론 갑옷 반장에게 입히는 건 기대하고 있고, 그야말로 즐기고 있긴 하지만? 응, 힘내자……. 『재생』의 상위 스킬은 뭘까?

"어서 돌아오지 않으면 작업이 진행되지 않는데, 돌아오면 분명 작업할 경황이 아닌 일로 진행될 거라는 게 고민거리라니까?"

그건 분명 신앙에 눈을 떠서 흥분한 채로 침공해 돌아오지 못하게 되는 거겠지만, 결코 주저하지 않고 행진할 거다! 그리고 깊숙하게 가는 거다!!

"그나저나 브래지어에 ViT 10% 상승과 충격 내성(소)……. 대체 브래지어로 무슨 충격을 줄일 생각인 걸까? 응. 통기성은 시험해 보지 않으면 모르겠어…… 착의도 괜찮겠네!"

미스릴화 장비도 순조롭게 배포되었고, 무기와 방어구도 모두에게 돌아갔다. 이제 안에 입는 옷에도 미약하게나마 부여 효과가 붙는다면 소소한 상승효과도 기대할 수 있다. 그러나 뽕은 용납하지 않는다. 그래. 그건 남고생의 꿈과 희망과 공상의 적이다! 패드에 속아서 기뻐하던 순수한 남고생 모두에게 사과할 것을 요구한다! 진심으로!!

장비 자체가 충분하냐고 묻는다면, 끝이 없는 것도 사실. 무엇보다 치트를 보유한 29명의 단체라는 숫자는 최대의 무기지만, 그 장비를 갖추는 것도 힘들다. 그래도 전이자의 가장 큰 이점은 숫자에 의한 집단 전투력. 아마 이 숙련도와 인원이라면 평범한 50층 계층주 정도는 문제없을 거다. 응. 미궁왕을 상대할 수도 있다. 예외적인 괴물만 나오지 않는다면……. 뭐, 좀처럼 없다고는 하지만, 무조건 안 나온다고 단언할 수는 없으니까.

그리고 99에서 멈추기 시작한 레벨도 문제다. 뭔가 조건을 만족하지 않으면 안 되는 걸지도 모르고, 이 이상의 안전책으로는 성장을 방해할 가능성이 있다.

"그래도 딱히 무리해서 싸울 필요는 없는데……."

그런데도 강해지려고 하고 있다. 그렇게 애쓰지 않아도 되는데……. 그러니까 내가 할 수 있는 일은 기반을 끌어올려 주는 것밖에 없다. 그래도 뽕은 안 만들어!

"주문도 있지……. 하지만 돈이 없잖아?"

잡화점의 주문도 겨우 분산되기 시작했다. 줄어들지는 않았지만, 각종 공방이 가동하기 시작했으니까 도시의 소비 수요 정도는 충당할 수 있을 거다. 그리고 제철도 대장장이 아저씨의 제자가 늘어났고, 생산도 순조롭다고 하는데…… 단지 쇄국 중이라 매상이 떨어졌다. 밀수로 수출 품목을 늘리는 방법도 있지만, 지금은 그다지 무기를 유출하지 않는 게 좋겠지?

"한가해지면 무기도 만들고 싶지만, 그건 그것대로 부업 복선이 깔릴 것 같은걸?"

응. 왜 부업만큼은 아무도 복선을 파괴하지 않는 걸까? 진짜로?

그런데도 시급한 주문은 들어왔다. 아무래도 이번에는 버섯 볶음밥이 마음에 든 모양이다.

"아니, 만들라고! 3인분 정도는 알아서 만들어야지?! 응. 이쪽은 100인분을 만들어도 금방 팔려서 부족해질 지경이거든? 뭐, 한꺼번에 만들까……. 알은 충분하려나?"

똑똑──. 기척과 함께 돌아왔다는 노크. 다가오는 발소리도 기뻐 보이고, 노크 소리도 들뜬 느낌이 든다.

"돌았다…… 왔다? 에요."

발음은 틀렸지만 돌아온 모양이다. 자, 시작할까. ──아, 우선은 이야기부터 하자고? 오늘도 기쁜 듯이 한가득 미소를 머금고 돌아왔다. 하고 싶은 말을 잔뜩 가지고 돌아온 거겠지. 오늘도 즐거웠던 모양이다. 그러니까 많이 들어주자. 기뻤던 일이나 즐거웠던 일을, 행복했던 오늘 하루를.

그야, 고작 그런 것들을 지금까지 하지 못했으니까. ──그래도, 하긴 할 거거든? 응. 이미 완성했으니까? 상하 세트로 여섯 종류인걸? 응. 6회전도 괜찮겠네!

> 말려들어도 눈치채지 못하니까, 돌진하게 만들고 뒤에서
> 전체 범위 공격을 날리는 걸 추천한다. 오히려 노리러 간다!

56일째 아침, 하얀 괴짜 여관

오늘은 전원이 50층전. 그 후에는 휴식이니까 바로 끝내고 싶지만, 나설 수가 없는 교관 겸 비밀 방 수색 요원 겸 긴급 상황의 조력자 포지션이다. 나설 수 없는 것치고는 뭔가 굉장히 바쁜 백수였다.

"이 던전은 하늘을 나는 마물이 많았으니까 공중전에 주의해."

"조류가 중심이었으니까."

"대부분 물리나 마법에 약점이 있는 마물이니까 초조하게 공격하지 말고 정확하게 약점을 파악해야 해!"

"""알았어!"""

이곳은 날라리 여자애들이 중심이 되어 49층까지 돌파했다고 한다. 검으로 주로 공격하니까 하늘을 나는 마물은 거북할 것 같은데 어떻게 잡은 거지? 깨물었나?

"32명이나 있으면 나설 차례가 없겠지만 세 명일 때도 없었으니까 결국 계속 나설 차례가 없는 건데 무지막지하게 바쁜 건 대체 어째서일까? 라고나 할까?"

(끄덕끄덕)

(뿌용뿌용)

· Life.5 초월자와 사신과 자칭 최약 · 27

완전히 슬라임 씨와 같은 레벨의 언어 능력이 되어버린 갑옷 반장도 끄덕이고 있다. 아침의 잔소리는 유창했는데? 그나저나 동굴 안에서 카나리아를 쫓아다닌다니, 동물을 애호하는 보호 단체가 화낼 것 같은 광경이다.

"쏴대니까 조심해!"

"""귀여운데 안 귀여워!"""

"여고생에게 귀여움으로 도전하다니 건방져!"

"""맞아맞아!"""

"진지하게 싸워!"

외모는 귀엽다. 동글동글하고 병아리 같아서 기르고 싶지만, 저래 봬도 『맹독』을 보유하고 있다. 그렇다. 찔리면 '귀여워~.' 라고 말하면서 죽어버리는 함정이다! 응. 나도 모르게 손댈 뻔했다니까!!

"둘러싸는데?!"

"원진, 방어 우선!"

"으으윽, 숫자가 많아."

"방패를 돌파하고 있어!"

그리고 『연계』를 보유해서 집단행동도 하니까 성가시다. 공격을 피하고 도망치고 숨으면서 후방으로 돌아가 독창을 부리에서 발사하는 공중의 저격수. 그 약삭빠른 행동력은 귀엽지 않지만, 외모는 귀엽단 말이지?

그렇다. 위험하더라도 깨무는 날라리보다는 찌르는 카나리아가 귀엽다! 응. 현재 여고생 사역 문제가 남고생의 호감도에 치명적인 영향을 미치고 있는데, 『사역 교환』 스킬 같은 건 없나? 뭐, 깨물릴 테니까 말하지는 않겠지만…… 째려보고 있기도 하고?

"흐트러뜨리자!"

"응. 흐름을 막을게!!"

"""무리하지 마!!"""

그 날라리 여자애들이 선두에 서서 중거리 마법으로 휩쓸며 돌진했다. 검에 두른 마력을 참격에 실어서 『에어 커터』를 마구 뿌려댄다. 그리고 바람 마법으로 카나리아의 비행과 연계를 방해하며 베고 다녔다. 기발함은 없지만 잘못된 점도 없다. 그리고 다섯 명 모두 레벨 99의 정예인데도 막 뛰쳐나가지 않는다. 항상 후위와의 거리를 의식하고 있다. 그에 비해 바보들은 아직도 끝없이 쫓아가고만 있다. 응. 또 벽을 박차고 천장을 잡고 공중을 뛰어다닌다……. 응. 바보네?

"마물이야? 왜 하늘을 나는 마물이 많다는 말을 들어도 아직 바보인 건데? 나방 때도 똑같은 짓 했잖아?! 왜 뇌격 같은 것도 있으면서 쫓아가는 거야? 개야? 습성이야? 다음에 뼈다귀라도 던져줄까?"

(뽀용뽀용)

그리고 훈련에서는 대규모 섬멸 마법까지 능숙하게 쓰던 대현자는 역시 때려 부수는 중이었다. 그렇다. 지팡이라고 주장하는, 거대 망치로 날뛰고 있다. 격렬하게 흔들리고 있다…… 흠흠!

옆에서 째려보는 반장은 방패 장비로 전향한 건지 뭐든 가능한 건지는 모르겠지만 이번에는 대형 방패에 검을 들고 전투 중이다. 올라운더의 끝을 보려는 건가? 역시 끈 프릴 때문인가? 아니, 아무것도 아닙니다. 응, 앞을 보고 싸워야지? 찔린다?

23층의 카나리아. 「스피어 카나리아 Lv23」은 그야말로 귀엽고 사랑스럽게…… 전멸했다. 게다가 악랄하게도 스피어 카나리아는 시종일관 환혹에 걸려서 평형감각이 어긋난 채 비행을 방해받아서 어찌하지도 못한 채 사냥당해 죽었다. 그렇다. 여자 문화부의 특기다. 저건 저항하지 못하면 성가시기 그지없는데, 그나저나 도서위원은 아직도 T백일까?! 입은 모양이니까? 진짜로?!

빨리빨리 진행하는 건 좋지만, 역시 통하고 안 통하는 격차가 너무 극단적이다. 그러나 방향성은 맞다. 철저하게 자기보다 약한 자에게 강한, 그저 레벨을 올려서 두들겨 패는 왕도. 그렇기에 절대로 문제가 생기지 않는다. 문제는 레벨 100의 벽. 계층주전이 조건이라면 대미궁에서 달성했다. 한 마리만으로는 안 되는 건가? 전원이라면 너무 많아서 안 되는 건가?

"비밀 방에 다녀올게. 마석 줍는 사이에 갔다 올 테니까 땡땡이치려는 게 아니거든? 진짜야. 진짜 그렇다니까. 말하다가 있을 것 같은 느낌이 와서 틀리지 않았으니까 가는 거거든? 그래. 보물상자가 기다리고 있어! 같은? 느낌?"

카나리아는 숫자가 많고, 비행하다 여기저기 흩어져 있으니까 마석을 회수하기 어려워 보인다. 그래도 29명이나 있으니 바로 끝나겠지. 그러니까 비밀 방. 그래. 땡땡이치는 게 아니다. 효율적인 행동 선택이라 할 수 있겠지! 왜냐하면 말하다가 있을 것 같은 느낌이 들었으니까?

"""아아~ 도망쳤네?!"""

"""응. 다녀와~."""

그리고 비밀 방에는 「빅 카나리아 Lv23」이…… 있었지만, 맛있었을까? 응. 안 봤으니까 모르겠지만 보물상자는 먹지 않았으니 괜찮겠지?

(뽀용뽀용 ♪)

"다녀왔어~ 같은? 놀랍게도 던전 아이템은 『부유석 : 【뜬다】』였어! 뭐, 텐션을 올려 봤지만 용도를 모르겠네……. 붕 떠 있으니까 오타쿠용인가? 주고 따돌릴까?"

"""붕 떠 있는 방향성이 달라졌잖아. 이상한 방향으로?!"""

그래도 슬라임 씨가 가만히 보고 있었다.

"갖고 싶어?"

(부들부들 ♪)

붕 뜨는 거야? 부들부들둥실둥실이 되어버리는 걸까? 응. 여자 목욕탕에서도 둥둥 떠 있었다고 한다. 근데 세 마리가 둥실둥실 떠 있다니 나머지 두 마리는 대체 어디서 목욕탕에 온 걸까? 여관에 슬라임 손님이 있었어?!

(뽀용뽀용)

결국 점심에 수수께끼의 새로 끓인 전골 요리를 대접한다는 조건으로 부유석을 받았고, 슬라임 씨에게 줬다. 어쩌면 돌을 좋아하는가 해서 시험 삼아 미스릴을 줬더니 먹기는 했지만, 돌은 필요 없는 모양이다. 비싼 휘석, 귀금속 한정의 미식가라니 식비가 늘어나겠네?!

""" "닭고기 전골이야. 찜닭이야~ ♪" """

"기대되네~ ♪"

(뿌용뿌용!)

그나저나 던전에서 모두 함께 전골이나 먹고 있어도 되는 건가? 뭐, 미궁황과 미궁왕이 기뻐하고 있으니까 문제는 없을지도? 그러고 보니 닭고기 전골 요리는 하지 않았었다.

그리고 카나리아를 제외하면 대단한 것도 나오지 않았다. 선행 부대가 격파한 모양이라, 슬라임 씨는 너무 지루해서 선행 부대에 끼어들었다. 그래도 날라리 리더의 머리 위에 있으면 깨물리지 않나? 응. 코볼트도 깨물었거든?

""" "깨물지 않았다고 했잖아!!" """

어라? 그랬었나? 뭔가 서로 깨물고 있었던 기억이…… 뭐, 됐다. 당장 비밀 방으로 가서 던전 아이템을 모으자. 이게 끝나면 휴식이다!

"으음. 뭔가 겹치지 않나? 『그랜드 월 : ViT · PoW 30% 상승, +DEF』에 『기간트 스피어 : PoW 30% 상승, +ATT』라니, 누가 쓰지 않았나? 그건 누구였더라?"

""" "왜 완전 무시인 거야!!" """

장비 효과가 겹치기 시작해서 모두의 장비를 기억하지 못하고 있다. 애초에 내 장비도 너무 많아!!

"그건 너무 무거워서 팔았지?"

"맞아맞아. 너무 커서 쓰기 힘들었고?"

"활과 망토는 부족한데 나오는 게 적네~."

"부츠, 글러브도 효과 붙은 게 부족해~."

"도끼 같은 것도 잘 안 나오지?"

(부들부들)

비인기 상품이다. 응, 무기점 직행. 모두의 용돈이 되어달라고 하자. 그리고 그 용돈을 바가지 씌워서 갈취하는 거다! 뭐니 뭐니 해도 오늘은 앵클릿에 스포츠 브라와 팬티, 그리고 비밀의 모피 액세서리도 있다. 돈을 벌게 놔두면 장차 내가 떼부자가 될 것도 틀림없겠지.

"하루카. 돌아가면 대장간에 가지 않을래요?"

"맞아요, 맞아요. 콤포짓 보우를 만들어서 효과를 부여하면 쓸 만할 거예요."

"""왜냐하면 새가 귀찮으니까요."""

콤포짓 보우, 복합궁은 복합 재료를 사용하여 장궁과 동등한 위력을 가지면서도 소형화도 이룬, 장점만 취한 활이다. 위력은 그대로 두고 작게 만들 수 있으니까 장비하는 수고라든가 공격으로 이행하는 시간도 오래 걸리지 않는다. 그리고 어찌어찌 양산화한다면 활 부족을 해소할 수 있다.

"오타쿠 가게, 댁들도 사람이 고약하구먼……. 그런 느낌으로 활을 만들어서 여자들한테 돈을 뜯어낼 거야? 응. 좋은 생각이야! 만들자. 마구 바가지 씌우자!!"

"""그만둬요! 적정가로 판매해서 보급할 목적이라고요!"""

"노려보지 마! 바가지 안 씌울 거니까!"

"뭔가 엄청 노려보고 있네?!"

"""그리고 오타쿠 가게 같은 건 영업하지 않아요!!"""

확실히 전원이 활을 장비한다면 원거리 일제 사격 후에 근접 전투로 이행할 수 있다. 첫 공격을 이쪽에서 할 수 있는 건 전술적으로도 유리하고 마력 절약도 되겠지.

"그러면 공통 규격이 좋을 테니까 생산품이 더 편리한가…… 바가지 씌울 수 있고?"

"""그러니까 우리한테 물어보지 말고, 노려보지 말죠?!"""

좋은 생각이다. 단, 신용할 수는 없다. 오타쿠들은 이 콤포짓 보우 제작법을 암기하고 있겠지. 그러나 기억이 완벽하더라도 오타쿠들에게 만들라고 시키면 뭐가 나올지 알 수가 없다. 절대로 콤포짓 보우가 아니라는 것만큼은 알 수 있다!

"그 콤포짓 보우에 설마 증기기관 같은 걸 달지는 않겠지? 이번에는 난다고 말하지는 않겠지?"

"""대체 콤포짓 보우를 뭐로 생각하는 거예요?!"""

"아니, 요전에 일본도 만들러 어딘가로 나갔다가 증기기관 철갑선 만들지 않았어?"

"""일본도가 배로 변하더라도, 활이 날아갈 리가 없잖아요!"""

"정말이지, 무슨 소리를 하는 거예요?"

아니, 그래도 테이블 만들러 갔더니 의자가 되었고, 일본도를 만들러 갔더니 증기선이 됐다. 그러면 탁상 추론으로 의자형 콤포짓 보우……. 앉으면 발사되나? 즉, 모두 함께 의자를 들고 던전 탐색을 하다가 피곤하면 앉을 수 있으니 편리하겠네?

"그래. 유료 안마의자를 만들어서 여기저기에 놔두면 용돈을 벌 수 있겠어!"

"""콤포짓 보우는 어디로 간 거야?!"""

"잠깐, 용돈 보유자잖아! 분명 떼부자와 합체하면 그레이트 떼부자가 될 거야! 좋아, 부업이다!!"

"""응. 전혀 안 듣고 있네?!"""

구성은 의자에 진동 마법을 부여한 마석을 넣어서 위치만 조절하면 된다. 길드와 여관에 놔두면 떼돈을 벌 것 같다. 그래. 영주관에도 놔두기로 하자!

"응. 분명 그곳은 피곤한 아저씨들이 많을 거야. 언제 가도 피곤한 아저씨들이 서류를 들고 우왕좌왕하고 있었으니까 분명 떼돈을 벌 노다지판이겠지!!"

"응. 과연 누구 때문일까!"

"어~이, 슬슬 지하 50층으로 들어갈 거야~?"

깊은 느낌이 들었는데, 아무래도 50층이 최하층인가 보다. 그리고 느껴지는 공기 흐름과 날갯소리……. 비행형? 비행 중?

"날고 있는 것 같으니까 공중전 같은데, 어차피 바보들이 돌진할 테니까 놔두고 뒤에서 전체 범위 공격을 날리는 걸 추천하고 싶거든? 응. 바보니까 눈치채지 못하겠지?"

미궁왕——방심할 수는 없지만, 레벨 제한의 벽을 넘으려면 필요한 경험이다. 하지만 아무리 레벨이 오르고 지성(InT)이 오르더라도 바보는 낫지 않는 모양이다.

"""노리지 마! 눈치채고, 미리 들었는데 눈치채지 못할 리가 없잖아?!"""

들켰나?! 언어를 이해하다니, 생각보다 똑똑할지도……. 어쩌면 물벼룩보다는 조금 지성이 있는 걸지도 모른다!

"응. 왜 그런 말까지 들었는데 돌진할 생각이 넘쳐나는 거야?"

"""으응……?!"""

"워워, 쏘지 마! 쏘지 마?"

"""절대로 쏘지 마!"""

그도 그럴 것이, 만들어 달라고 시끄럽게 굴어서 만들어 준 부메랑을 잊었잖아. 게다가 그 존재가 아니라 존재 이유조차 잊어버리고 있어!

"응. 난 대체 뭘 위해 부업을 뛴 거야? 왜 던지며 놀다 끝나니까 잊어버린 거야? 그건 장거리 공격용이야. 돌진하기 전에 던지라고!!"

"""아하?!"""

아하는 무슨……. 바보다. 진짜 싫다. 너무 바보 같다. 잊어버리고 있었다니……. 역시 숲에서 놀고 싶었을 뿐이었냐고!

"게다가 왜 던지고 나서 쫓아가는 거야! 개야? 아니, 손 내밀라는 지시도 못 알아듣는 주제에 개야? 코볼트보다 바보인데?"

"""손 내밀라는 지시 정도는 알아들어! 아니, 그게 아니잖아!!"""

역시 못 하는 모양이다. 뭐, 허세를 부리고 싶은 나이니까. 분명 사실은 마음속으로 '손이 어디 있었더라?'라고 고민하고 있을 거다.

"위험했어. 하마터면 손을 내밀 뻔했다고!"

"""내밀 뻔했구나?!"""

그리고 부메랑인데도 돌아오니까 "이럴 수가!"라며 놀라고
는…… 또 쫓아가고 있었다. 응. 저건 원주민 무기인데, 원주민
보다 문명화되지 않은 미개하고 유쾌한 바보였나 보네? 저 "아
앗?!"은 분명 눈치채지 못한 "아앗?!"이었다. 틀림없어!

> **반장님은 여왕님으로 잡체인지 해서**
> **조교사가 되려는 모양이다.**

56일째 오전, 던전 지하 50층

공기를 가르며 우렁차게 울린다. 거대 부메랑이 불규칙한 타원
궤도를 그리고 선회하면서 속도를 실어 회전했다. 맞으면 겉보기
이상의 충격을 가하는 대질량 타격 병기.

"하우스!"

멈췄어?! 그렇다. 공격 지휘를 맡은 건 리더인 반장님. 이거 바
보들 조련용으로 채찍이라도 만들어 줘야 하나——. 응. 어째서
인지 어울리는 것 같단 말이지?

응. 본디지가 잘 어울리지 않을까! 반장님은 여왕님으로 잡체인
지 하려는 건가?! 뭔가 왕녀 여자애보다 지위가 높아 보인다!!

"알고는 있지만…… 그게 말이지?"

"""무진장 쫓아가고 싶은 충동에 휩싸인다니까?"""

"쫓아가지 마! 그리고 거기는 이상한 말 중얼거리지 마!"

""응. 잘 어울릴 것 같네?!""

바보들은 그대로 부메랑을 쫓아가는 걸 멈췄다. 이러면 손 내밀라는 지시도 기억할지도?!

"응. 실은 이제 너희를 던지는 게 빠르다는 생각이 들거든?"

""던지지 마!""

"쫓아간 시점에서 원거리 공격의 의미가 전혀 없고, 적이 있는 곳까지 쫓아가면 그건 이미 접근전이잖아!"

""오오~. 그런 생각은 없었는데?!""

응──. 그런 생각이야말로 없었어!!

"애초에 뜨거우니까 다가가지 말라고 했는데 왜 쫓아가는 거야!"

"응. 평범하게 불타고 있으니까 딱 봐도 불새잖아! 만져보고 놀라지 않아도 틀림없이, 무조건 뜨거울 거야!!"

""오오……. 그러게?!""

계층 상공에서 천천히 내려오는 깃털 화염탄을 방어하면서 활과 마법과 부메랑과 바보의 원거리전을 지휘하며 접근하고 있다. 응. 견실하다.

"한가하네?"

(끄덕끄덕)

(뽀용뽀용)

나와 갑옷 반장과 슬라임 씨는 참견 금지, 훈수 금지라고 해서 딴지만 걸고 있으니 한가하다. 그나저나 슬라임 씨는 말하지 못하니까 훈수할 수 없는데. 입을 열고, 아니 먹고 싶은 것처럼 보고 있네?

"근데 저 새는 뜨거울 텐데…… 화상 입지 않네?"

(부들부들?)

"머리 위로 오지 못하게 해!"

"알았어!"

"근데 이 녀석 짜증 나지 않아?!"

"결계가 못 버텨요!"

"""화염 탄막을 못 끊는다니, 이거 무리 게임 전개라고요!"""

불꽃의 괴조는 거대 부메랑의 연속 공격을 피하고 있지만, 쾌조인지 아닌지는 알 수 없고, 그 회피 행동 때문에 공격에 전념하지 못하는 게 은근히 짜증 나는지 때때로 급강하하면서 공격을 가하고는 있지만…… 그 큰 덩치의 돌격을 오타쿠들이 결계로 튕겨냈다. 응. 회피하기 급급해서 급강하에 힘이 안 실렸다. 그리고 그저 불타는 것만으로는 저 결계 방어를 관통할 수 없다. 응. 나도 할 수 없었다! 그나저나…… 닭꼬치도 맛있어 보이지?

"""진지하게 싸우는데 이상한 소리 하지 마. 배고파지잖아!"""

"닭꼬치…… 가 아니라 새대가리의 머리 위를 확보해!"

"평범한 화살이라면 타버리잖아?!"

여자 문화부 애들의 상태이상 공격이 모두 무효화되고, 원거리 공격까지 타버리고 있어서 끝장내지 못하는 지구전 전개. 그 여자 문화부 애들도 마법 공격에서 활을 쏘는 공격으로 전환했지만, 이번에는 화살이 타버리고 있다.

"마법도 안 통하네요."

"직접 공격하려고 해도 날아다니고 있어서…… 화살로 견제하는 게 고작이에요."

콤포짓 보우도 그렇지만, 먼저 특수 효과가 붙은 화살을 만드는 게 좋을지도? 연사성도 명중률도 좋지만, 파괴력이 부족하다……. 뭐니 뭐니 해도 상대는 계속 『재생』하고 있으니까?

"재생을 보유하고 있다면 야한 새인 건가?"

""""어째서?!""""

하룻밤 내내 재생하면서 애쓰는 새였던 걸까? 『재생 Lv8』이잖아. 하지만 『성욕 왕성』과 『절륜』은 없는 모양이다. 응, 동료는 아니었나?

(저거, 떨어뜨리지 않으면 무리네~. 원거리에서 지구전은 불리하잖아? 갑옷 반장도 그렇게 생각하지 않아?)

(끄덕끄덕)

(뿌요뿌요)

역시 같은 의견이지만…… 슬라임 씨를 상공에 던지면 끝날 것 같은걸? 불타고 있어도, 재생하더라도 먹을 수는 있을 거다. 그야, 아까부터 먹고 싶어 하니까? 그러나 참견과 훈수는 금지 중이니까 안 된다.

"날갯죽지를 집중적으로 공격해!"

""""Ja!""""

떨어뜨리고 싶은 모양이지만, 날아다니는 적에게 집중포화를 날리기는 어렵다. 우선은 발을, 아니 날개를 묶어야 하는데, 와이어 커터 함정은 나와 슬라임 씨밖에 쓸 수 없다.

"저러면 투망도 타버리려나~?"

(뾰용뾰용)

벽을 걸으려고 해도 『공중보행』은 나밖에 쓸 수 없고, 저 거리와 속도라면 나의 『차원참』이나 갑옷 반장의 『일섬』밖에 닿지 않는다. 그리고 결정타가 없으면 지구전이 되고, 『재생』 보유자가 압도적으로 유리해진다. 그리고 『재생』은 나와 슬라임 씨와 반장만 있다.

응. 사실 반장은 『재생』에 『성욕 왕성』과 『절륜』까지 전부 제패한 동료지만, 무지 째려보니까 입 다물고 있자. 응. 똑바로 지휘해야지? 한눈팔면 안 되잖아? 딱히 입 밖으로 꺼내지 않았거든? 동료잖아?

"간다~! 갈 거야~~…… 『프리~즈 라인』이야~?"

"다들 돌격, 단숨에 끝내자!"

""""알았어!""""

""""오오!""""

공중에 무수한 얼음 다리가 놓였고, 교차하면서 피닉스를 옭아맸다. 그리고 사로잡힌 피닉스까지 가는 발판이 생겼다. 확실히 저거라면 억지로 떨어뜨릴 필요 없이 모두가 얼음 다리를 타서 피닉스에게 갈 수 있다. 응. 저걸로 떨어진다면 승리는 확정이겠지.

"저게 노림수였나?"

"하지만, 시간, 빠듯, 해요."

(뾰용뾰용)

모두가 마법을 쓸 수 있지만, 마법 특화 후위직은 적다. 그러나 『대현자』가 그 약점을 혼자 커버하고도 남을 만큼 대규모 마법 공격을 쓸 수 있다. 그야말로 굉장히 크고 흔들려서…… 흠흠!

"응. 평소에도 쓴다면 문제 해결인데, 어째서 백병전 전문?"

(부들부들)

역시 오타쿠 팀의 마도사가 방어 특화인 게 공격 수단 부족의 원인이지만, 방어할 수단이 부족한 것도 사실이다. 결국, 죽은 13명 중에 특화 직업이 많았던 거겠지.

"날개를 떨어뜨려!"

"오른쪽, 갑니다~!"

"가, 같이 갈게!"

"마찬가지!!"

"오른쪽은 맡겨둬!"

""그럼 왼쪽은 받아간다!"""

머리는 오타쿠들과 반장이 붙들고 있지만…… 늦지 않으려나? 이미 무수하게 놓여있던 얼음 다리에 금이 갔고, 불꽃에 닿아 서서히 녹고 있다. 응. 미끄러지면 즐겁겠지만 전투 중에 뒤에서 '아이스 슬라이더~ 이얏호~!' 같은 소리를 했다가는 혼나겠지. 무지 째려보고 있으니까 참자!

(부들부들?)

"응. 뭔가 잘 안 풀리는 모양이네?"

바보들이 오른쪽 날개를 떨어뜨릴 것 같지만, 어째서 저 바보들은 부메랑으로 두들겨 패는 걸까? 게다가 묘하게 어울리네? 원주민이야? 그보다 야만인?

"저 녀석들은 대체 부메랑이라는 걸 뭐라고 생각해서 주문한 거지……. 바보니까 검사가 뭔지 모르는 건가……. 설마 검이 뭔지도 몰랐어?!"

(뿌용뿌용)

통하고는 있지만 왼쪽은 날뛰는 피닉스의 다리가 방해해서 고전 중. 여자 운동부 애들이 방패를 나란히 세워서 다리를 막고, 날라리 여자애들이 날개를 노리고 있지만, 슬슬 다리가 위험하다.

"결계 꺼낼게요!"

"땡큐, 오다!"

"그래도 오래는 못 버텨요!!"

차라리 어느 쪽 날개 하나나 머리를 단번에 뭉개버리는 게 낫지 않았을까?

"재생 스킬 보유자는 끝내지 못하면 오래 버티네?"

"마법도 흡수, 하고 있어요. 저건 강해요."

(뿌용뿌용?)

그리고 얼음 다리로 묶어서 잡았지만, 그 얼음 다리가 녹아버리면 몸에 두른 『호염』이 부활한다. 레벨 50이라고는 해도 미궁왕 정도 되는 마물이니까 간단하지는 않다. 상대에게도 비장의 수단이 있다. 응. 감정에도 『?』 스킬이 있으니까 아마 저게 그거겠지.

"이제 곧 떨어뜨릴 수 있어!!"

"OK, 떨어뜨리고 끝내자!"

"준비 끝났어요!"

""언제든 할 수 있어!"""

단번에 끝낼 생각인 모양이니, 슬슬 가보자.

반짝이는 얼음 조각──── 날개가 떨어져서 얼음 다리와 함께 지면에 꽂힌 불꽃의 거구. 그리고 상공에서 일제히 돌격했다────큰 기술로 끝낼 생각이다.

"먹어라, 칠연참!"

"폭돌(爆突)!"

"얼음창!"

"중격(重擊)이다아아아아아!"

"부워 파괴 갑니다."

"절단!"

"이영~차~아~!"

"……박격(雹擊)."

"뇌강참(雷剛斬)."

치트 보유자들의 큰 기술 연속 공격으로 피닉스의 HP가 쭉쭉 사라지고…… 절규와 함께 재가 되었다. 치트가 있어서 참 좋겠네?

"""해냈다, 미궁왕 격파!"""

"이겼어, 지쳤어~!"

"""그래도 해냈어."""

피곤한 모양인데, 아마 전력으로 끝내기 위해 마력이 고갈되기 직전까지 단번에 담아서 꽂은 거겠지. 응. 피곤해져서 쓰러진 여자도 있다. 하지만 몇 명은 눈치챘나?

"수고했어~? 닭고기 전골 만들 거니까 모여~. 응. 적당히 그쪽 테이블에 앉아있어. 거기는 잠깐 쓸 거거든? 자자~ 어서 오세요, 어서 오세요, 라고나 할까?"

전원을 계층 구석에 만든 식탁에 앉히고 전골냄비를 꺼냈다. 그렇다. 닭고기 전골 요리다. 마침 먹기 좋을 때다. 재료는 닭고기와 배추와 버섯뿐이다. 다시마나 당면이 있으면 좋겠다. 두부도 있으면 좋겠다.

"""잘 먹겠습니다~!"""

"맛있어~♪"

"지쳤어, 배고파."

"뜨거워, 그래도 맛있어!"

"""하후하후, 마시써——!"""

마력 고갈로 급속도로 배가 고파졌는지 잘 먹고 있다. 체력도 소모했고. 큰 부상은 없지만, 회복 버섯도 있으니까 상처도 바로 회복되겠지.

"응. 오늘도 불합격이니까 다음에도 전원 교관 딸린 50층전이거든? 이야, 미궁왕은 귀찮단 말이야? 진짜로?"

"""에엑!! 어째서?!"""

"미궁왕을 물리쳤는데 부당해~!"

"""부우부우!!"""

(부들부들, 부들부들♪)

불만이 쇄도……. 아니, 입에서 침을 흘리면서 말하는 건 예의하고는 전혀 다른 문제고, 그리고 슬라임 씨만 저편에서 예의 바르게 식사 중이다. 응. 남아서 다행이네? 그야 줄곧 먹고 싶어 보였으니까 끝나기를 기다렸고…… 어차피 이렇게 될 거였으니까.

"어라? 슬라임 씨는 뭘 먹고 있어?"

"어? 물리쳤잖아?!"

"그치만 죽지 않았어?"

"근데, 저건…… 불사조 피닉스였지?"

"""되살아났어?!"""

(꾸에에에에에에엑…….)

(뽀용뽀용, 뽀용뽀용~ ♪)

그야 불사조가 재가 되면 부활 2차전 확정이잖아. 뭐, 2차전이 발생하기 전에 먹어버렸지만, 좋아하는 걸 보면 불사조는 산 채로 먹어도 맛있는 모양이다.

"응. 먹기 쉽게 해줘서 잘됐네?"

(부들부들 ♪)

그러니까 불합격. 전투 자체는 아무 문제도 없다. 오히려 정공법이라면 무시무시하게 강한, 견실하고 확실한 싸움법이었다. 그래서 스핑크스 층에서도 함정에 빠졌던 거다. 강하니까 의식이 너무 공격에 집중되고 있다. 약하다면 겁먹고 의심하면서 함정을 경계하지만, 이쪽은 힘으로 밀어붙일 수 있기에 그런 점이 약하다.

그리고 훈련으로 대인전 특화가 되었기에 마물 상대로는 빈틈이 있다. 그렇다. 마물은 거짓말하지 않고 속이지 않으니까 사람과는 달리 믿을 수 있다. 그래서 과하게 의심하면 오히려 핵심을 놓쳐버린다. 이건 속이기 위한 게 아니니까.

"피닉스의 스테이터스에 딱 하나만 ?가 있었어. 불사조인데 『재생』뿐이고 『불사신』은 없었단 말이지? 그럼 해답은 『불사신』

이나 『부활』 같은 거겠지?"

"""으으으, 확실히."""

"그냥 뻔히 다 보였거든? 그런데도 닭고기 전골이나 뒤적거리고 있었으니 불합격이고, 아쉬워하면서 주먹밥이나 먹는 게 정답이었어! 라고나 할까?"

"""불합격 이유가 전골이었구나!"""

(뿌요뿌요 ♪)

맛있었던 모양이다. 그리고 스킬도 먹었겠지. 아, 식비가 굳지 않으려나? 응. 아닌 모양이다. 벌써 전골냄비를 뒤적거리고 있어! 이미 슬라임 씨는 능숙하게 젓가락을 쓰고 있어서 아직 서툰 갑옷 반장이 분통해하고 있었다……. 응, 목욕탕에서는 둥둥 떠 있는데도 식비는 붕 뜨지 않을 것 같다. 그리고 『부유석』의 효과인지 공중에 떠서 전골냄비를 뒤적거리고 있는데, 예의상으로 어떨까?

뭐, 예의범절 책에도 '공중에 뜨면 안 됩니다.' 라는 내용은 없고, 맛있게 먹는 게 제일 좋은 매너니까 괜찮겠지. 자, 돌아가자.

안마의자 체험은 기적 같은데,
왕녀님은 믿지 못하는 모양이다.

56일째 오후, 오무이

"아아, 뭐뭐뭐랄까, 아침에 봤을 때와 의뢰가 안 달라졌잖아~.

그렇게 대단한 걸 발견하고 말았다는 식으로 놀라고 있는데~? 아아, 어쩌지~?(어색)"

"왜 또 온 건가요. 하아~. 그거 아침에 했었잖아요? 왜 안 달라진 걸 알면서 또 게시판을 보러 온 거죠?! 도대체 언제쯤 슬금슬금 와줄 건가요? 그리고 어째서 모험가가 아닌 사람이 모험가 길드에 제일 빈번히 찾아와서 제일 당당하게 있는 거죠! 조용히 보다가 닥치고 돌아가 주세요!!"

아니, 그게 오늘은 왠지 눈흘김 성분이 부족한 것 같아서 잠깐 들러본 건데 역시 접수처 눈흘김 반장의 눈흘김은 이세계에서도 손꼽히게 좋은 눈흘김이다. 그야말로 언젠가 이세계 눈흘김 협회에서 인정서를 받을 게 분명한 제1인자고, 나도 그 협회에 들어가고 싶단 말이지? 응. 회비는 얼마일까?

"그보다 던전 없애버리는 게 너무 빠르지 않나요!"

"아니, 뭔가 맛있어 보여서 슬라임 씨가 먹었거든?"

"……."

(뿌용뿌용?)

그렇다. 일단 던전을 죽인 보고를 하러 오기는 했는데, 나는 모험가가 아니니까 보고하지 않고 살금살금 게시판을 보러 온 건데 안 되는 모양이네? 그래도 게시판 보게 되잖아. 그야 전혀 달라지지 않았으니까? 여전히 한 번도 의뢰가 바뀌지 않으니까 반대로 신경 쓰여서 보러 오게 된단 말이지? 진짜로?

"보고 끝났어……. 앗, 또 하고 있어!"

"아침에도 일부러 그걸 위해 모험가 길드에 들렀으면서 또 하고 있어?"

"분명 저게 하고 싶어서 모험가 등록을 안 하는 거야~."

"아아~ 저게 매일 아침 하고 싶다는 거구나!"

규칙적인 생활은 중요한데 세간에서는 아직 이해하지 못하는 모양이다. 역시 라디오 체조와 길드 게시판은 THE 약속인데 말이지? 그보다 체키라웃?

"""지금 흐름에서 갑자기 랩이 시작될 요소가 있었어?!"""

"아니, 그치만 레벨 20에 등록해도 견습이라 던전도 입장 금지잖아? 등록만 해두고 규정을 무시하는 건 안 되니까 배려해서 얌전히 있었던 건데?"

"""어째서 얌전히 있는다는 사람이 던전에 들어가고 엄청난 주목 속에서 힙합에 랩을 읊기 시작하는 거냐고!!"""

(부들부들 ♪)

모험가가 규칙을 지키지 않으면 길드도 체면이 서지 않는다. 그리고 마석은 어차피 사주니까 이득도 없다. 그리고 신인 강습이 귀찮단 말이지. 응, 모험가 지도를 받지 않으면 안 된다는데 마의 숲에서 강습이라니……. 거기가 집이거든?

반장 일행 때는 검 아저씨 쪽 소속 미인들이 지도해 줬다. 그럼 나도 하고 싶지만 속으면 안 된다──. 그래. 내가 신청하면 무조건 아저씨가 올 테니까! 그야 이세계에 오고 나서 언제나 만나는 건 아저씨니까. 응. 이제 아예 파묻어버릴까!

"부탁이니 길드에서 모험가 아저씨를 파묻을 계획을 큰 소리로 또박또박 부르짖지 말아 주겠나. 굉장히 무서워하고 있거든?!"

어라? 길드장 아저씨까지 나왔다. 그렇다. 웬일로 여자 비율이 높나 했는데 역시 아저씨가 나왔잖아! 묻어버리고 싶네?

"큭, 이세계에서 아저씨가 한 명 나오면 대략 300명 정도 모인단 말이야!"

역시 근절하지 않으면 안 되는 건가? 모근이라든가!!

"정말로 듣고 있는 겐가? 아니, 영주님께서 하루카 군에게 면회를 요청하시던데. 근데 어째서 영주님이 면회를 요청하시는 건지……. 그러니 영주관에 연락하거나 들러줬으면 좋겠어. 부탁할 수 있겠나?"

메리 아버지는 또 뭔가 사과하려는 건가? 아니면 또 왕녀 여자애가 영차영차라도 당한 건가……. 무슨 일일까. 근데 귀찮다. 응, 아직 안마의자를 만들지 않았으니까 두 번 수고하는 셈이다.

"응. 어쩌면 만에 하나 뭔가의 착오로 내키면 잠깐 가볼지도 모를 가능성이 미립자 레벨로 있거나 없거나 할지도 모른다는 기분이 드는 느낌? 이라고나 할까?"

"부탁이니까 조금이나마 선처해 줄 수 있겠나. 그거, 아무리 들어도 굉장히 가고 싶지 않은 걸로 들리거든. 부탁이니까."

귀찮다. 그야 어차피 귀찮은 일일 테니까. 용건은 어차피 왕국 관련 말고는 생각할 수 없다. 그래. 어차피 얽히게 될 거라면 여관에서 갑옷 반장하고 얽히는 편이 남고생으로서도 건전하고 건강하고 굉장히 의미 있는 일이야! 그야 튜브 브래지어는 생각보다 대단히 근사했고, 의외로 복서도 좋았으니까. 응. 좋았지……. 나도 모르게 양산해 버렸지만, 각종 색상이 모두 굉장히 근사하고 좋았어!! 뭐, 영주관에 얼굴만 내밀고 나서 바로 돌아가자.

"어이쿠, 왕녀 전하. 오늘도 평안하시고 찾아뵙게 되어 성은이 망극하지만, 공포의 얼차려도 '원 모어 세트'인 듯한 존안이십니다?"

"저, 얼차려를 받는 건가요? 공포의 얼차려는 야한 건가요!! 또 그건가요. 죄송해요. 잘못했어요. 얼차려는 하지 말아 주세요. 녹이는 것도 안 돼요. 용서해 주세요. 죄송해요. 야한 건 안 돼요. 죄송해요. 용서해 주세요…….."

왕녀 여자애는 여전히 망가진 상태였다. 회복 버섯으로는 낫지 않았던 모양이다. 그리고 또 갑옷 반장한테 토닥토닥 받고 있다……. 그리고 나를 흘겨보고 있어? 근데 공포의 미궁황은 그쪽이거든? 언제나 피해자인 사역주의 증언이니까 틀림없다고?

"어~이! 하~루~카~군! 들어주게! 어서 오라고 해야 할지, 잘 왔다고 해야 할지, 불러서 미안하다고 해야 할지, 아무튼 들어주게!"

또 사과하고 있는데 이번에는 뭘 저지른 걸까? 응, 곤란하네?

"하루카 님, 불러내서 죄송해요. 실은 왕녀님이 이야기를 듣고 싶다고 하셔서 부른 거니, 샤리세레스 왕녀님을 굳이 괴롭혀서 망가뜨리지 말아 주세요. 그분은 왕녀님이니까 괴롭히면 안 돼요. 애초에 왜 왕녀님의 옷을 녹인 거죠? 얼마나 괴롭혀야 이렇게 망가지는 건가요?!"

어라? 메리 부녀 세트다. 응. 뭔가 이야기하고 싶나 보네?

"왕국에서도 유명한 공주기사님이 너무 망가져서 캐릭터 붕괴하고 있지만, 검의 왕녀님이라 여성들의 인기도 굉장하거든요. 의연하고 고상하고 용맹하고 근사하다는 말을 듣고 있는데, 망가져서 떨고 있잖아요! 누구에게도 아첨하지 않고 알랑거리지 않는 공주 장군이 아첨하고 알랑거리고 있잖아요?! 여자 팬들한테 찔릴 거예요. 꽤 무섭다고요?"

팬은 위험해 보인다. 어쩌고 극단 사람들보다 위험한 걸까…… 위험해 보이네?! 그리고 왕녀 여자애는 공주기사에 공주장군에 검의 왕녀님이라고 한다. 뭐, 그래도 이세계의 이명은 부부싸움에서 이긴 적이 없는 무패의 기사라든가, 돌격밖에 안 하는 군신이라거나, 매일 측근한테 혼나는 변경왕이 있단 말이지. 사실 여기 있잖아? 이런데 변경은 괜찮은 걸까? 어째서인지 메리 아버지는 바보들과 마음이 맞던데…… 변경이 걱정된다.

"실례했습니다, 하루카 님. 불러내서 죄송합니다. 으음. 다시금, 패군의 지휘관인 샤리세레스입니다. 경칭은 필요 없습니다. 이번에는 위험할 때, 아니 위험한 차림새가 되어서 부끄러운 모습을 보이며 모욕당했지만, 드레스까지 빌려서 에로한 드레스로 하룻밤 내내 피버라고…… 피버당하는 건가요?! 불러냈으니까 저는 오늘 밤 피버인가요?! 그 야하고 파렴치하고 노출이 심한, 이미 숨길 생각이 없는 야한 드레스를 입고 피버한 밤으로 레츠 댄스인 건가요? 옷이 녹아서 드레스를 빌렸는데도 노출이 오히려 늘어난 것 같았는데 목적은 역시 저의 피버였던 거군요! 이제 피버한 밤이 하룻밤 내내 레츠 댄스고 입으로는 말할 수 없는 파렴치한 이런 일이나 저런 일이 언빌리버블 당하는 거군요! (폭주

중)"

(부들부들)

이 왕국은 괜찮을까? 응. 의연하고 고상한 공주 기사는 레츠 댄스로 피버인 모양이다. 이미 글렀을지도? 마침내 슬라임 씨까지 달래러 갔다. 그래도 오늘 밤은 어어언빌리버어어브을이라고 한다. 응. 무슨 기적 체험인 걸까? 그리고 나는 왜 부른 거야?

"새삼 여쭙고 싶은 게 있습니다. 왜 변경에 도움의 손길을 건네신 거죠? 하루카 님과는 전혀 관련이 없는 변경에 어째서 그렇게까지…… 왕국을 적으로 돌리면서까지."

"어? 도와줬던가? 아니, 손 정도는 빌려달라고 해서 아저씨 말고는 빌려줬지만, 아무도 도와준 적 없는데? 응. 오히려 도움이 필요하거든? 그래. 잔소리라는 이름의 학대라든가, 대련이라는 이름의 폭행이라든가, 오타쿠와 바보라는 이름의 오타쿠 짓과 바보 짓에 매일 고생하니까 도움을 요청하면서 바가지를 씌우거나 도망치는 걸 쫓아가서 밟아주고 싶다고나 할까?"

그렇다. 신은 스스로 돕는 자를 돕지 않는다. 그런 건 성경에도 안 나와 있다. 스스로 돕는 자는 스스로 살아난 거다. 당연하잖아. 신도 타인도 나도 전혀 상관없다. 모두가 행복해지고 싶어서 노력했으니까 행복해진 거라고?

누가 어찌할 수 있을 리가 없다. 스스로 돕고, 주변 사람들을 돕고, 그걸 모두가 했으니까…… 그러면 보통 살아나잖아? 응. 난 전혀 상관없지? 그냥 고블린 두들겨 패고 마석 팔았더니 멋대로 행복해진 거니까, 내 잘못은 없잖아?

"그럼 어째서 마의 숲에 사는 마물들을 섬멸하고 돌아다닌 거죠? 무엇을 위해 위험한 마의 숲에 발을 들일 필요가 있었던 겁니까?!"

"아니, 우리 집이 마의 숲이니까……. 집 주변에 있으면 방해되지 않아? 고블린이라든가?"

응. 보통 집 앞에 고블린이 나오면 두들겨 패잖아? 그 녀석들은 시끄럽고, 싹 쓸어도 금방 늘어나니까?

"집이…… 있는 겁니까? 마의 숲에서…… 살고 있다고?!"

"응. 요전번에도 돌아가서 뜰을 치우고 정원 같은 것도 만들었는데?"

그렇다. 모처럼 정원을 만들었는데 그 이후로 돌아가지 못했다. 여전히 슬라임 씨도 안내하지 못했다. 도저히 집에 돌아가지 못하는 골방지기라고?

"어…… 그치만, 그래도……. 맞다. 스탬피드도 막았잖아요?"

"그러니까 고블린이 나오면 두들겨 패잖아. 계속 나오니까 계속 두들겨 팬 거라고?"

스탬피드라도 해도 한 마리씩 나왔으니까. 0.01초 단위였지만, 여기저기에서 한 마리씩 나왔단 말이지? 그리고 상품은 안 나왔다!!

"하, 하지만…… 대미궁을 돌파했다고 들었는……데요?"

"돌파가 아니라 밟았더니 무너져서 떨어진 거고, 떨어졌으니까 올라왔을 뿐이거든?"

응. 그러나 후회하지 않는다! 그 최하층의 만남은 근사했다!! 이제 매일 밤 만나는데도 근사하다니까?! 그래. 오늘 밤도 만나자. 입히고 나서 벗기고 만나는 거다!!

"그럼 어째서 왕국에서 떼어낸 거죠? 던전이나 성채까지 만들어서?!"

"잠깐, 떼어내지 않았거든? 쫓아오니까 도망쳤을 뿐이잖아? 그야 쫓아오니까. 아저씨들이……. 묻어버리는 게 나았어?"

그야 법률엔 없었으니까……. 응. 잘 읽어봤는데 던전을 만들면 안 된다는 내용은 없었고, 그건 가짜 던전이다. 게다가 이웃 도시도 실은 법적으로 변경령이고, 거기서 멋대로 그곳을 가로막고 있었다. 그럼 변경백이 괜찮다고 말하기만 하면 되니까 변경백 때문이고, 뭐 물어보지 않았지만 아무 말도 하지 않았으니까 문제없지 않아? 아마도?

"그렇다면 왕국과는 적대하지 않는 겁니까?"

"적이라면 적대하는데? 적과 대치한다는 말이니까 적이 아니라면 적대할 수 없지?"

그건 무리다. 적이 아닌 사람과는 적대할 수 없다. 아군대라니, 모르는 사람대라니, 무슨 말인지 모르겠잖아? 응. 말해도 무슨 말인지 모르겠지?

"정말로…… 적이 아닌 겁니까. 그렇다면 어째서……."

왕도라면 가보고 싶다. 도시도 둘러보고 싶고, 음식도 알아볼 필요가 있다. 특산품이나 명물도 궁금하다……. 하지만 그것뿐이고, 거기 지배자가 누구고 뭐라는 이름의 나라인지는 흥미 없거든? 그야 상관없으니까. 응. 이름이 뭔지도 모르는 나라니까?

"샤리세레스 왕녀님. 이게 해답입니다. 납득하지 못하는 건 당신의 문제입니다. 하루카 군에게는 아무런 악의도 없습니다. 단지…… 방해된다면 멸하겠죠. 그건 왕국을 멸망시킨다든가, 왕가에 반기를 든다거나, 그런 뜻은 아닙니다.

방해하지 않는다면 왕에게도 흥미가 없고, 방해된다면 국왕이든 미궁왕이든 상관없습니다. 그저 치워 버리겠죠. 그래요. 안전하고 쾌적하게 살기 위해 마물도 던전의 왕도 죽었으니까요.

귀족이든 왕가이든 차이는 없을 겁니다. 그러니 이 도시 주민들이 다들 웃으며 살아가고 있는 겁니다. 이미 변경은 안전하고 쾌적하게 살 수 없는 이유가 사라졌으니까요."

헉. 변경백 때문이라고 책임을 다 떠넘기기로 했는데, 이쪽으로 되돌아왔어?!

"이건 옛 귀족 아가씨한테 들은 지론입니다만, '대체로 세상이라는 건 비극이나 위협이나 빈곤이나 재앙을 가리켜 방해된다며 몰살하고, 족족 섬멸해버리고 나면 행복밖에 남지 않는다' 라고 하더군요. ──이 도시나 변경처럼."

이야기가 영겁보다 길어질 것 같으니까 메리 아버지가 이야기하는 동안 제작이나 하자. 기본 구조는 목재로 의자를 만들고, 솜을 채운 다음에 가죽을 씌우고, 마석에 『진동 마법』을 부여하고 마력을 주입하는 구조…… 구조는 간단한데 술식이 귀찮다. 뭐, 한 번 만들면 복사할 수 있지만. 그 최초의 프로토타입…… 마석에 마력 회로를 써넣고 조절한다……. 은화 한 닢에 1분이라면 바가지 가격이겠지? 으음, 동화 한 닢이면 100에레이고 100엔에서

200엔 정도니까…… 2분? 뭐, 2분이면 이용자가 적을 테니까 3분으로 하고, 그래도 안 되면 가격을 내리자. 다시 쓰기는 귀찮아도 이용자가 유지되지 않으면 장기 이익이 되지 못하니까……. 응. 이러면 되겠지. 오오오, 이 부들부들이야. 아아아…… 이거 꽤 강렬한데!

"결국, 모든 건 왕국 측의 문제입니다. 왕가와 귀족이 선택한 수단이, 그대로 자신들에게 어마어마한 파괴력이 되어 돌아온 거겠죠. 간단한 이야기입니다. 던전을 죽일 수 있는 자의 부를 빼앗는 것보다 던전을 죽이러 가는 게 더 간단합니다. 당연한 말이지만, 던전을 죽였다는 건 던전보다 강하다는 뜻이니까, 던전이 더 약하지 않습니까? 그것에 시비를 건다면, 망하는 게 당연한 겁니다……. 그나저나 하루카 군은 아까부터 뭘 하는 건가? 이야기를 안 듣는 건 눈치채고 있었지만, 그 의자는 대체 어디에서 나왔…… 뭔가 괜찮은 느낌인데?"

아아아아아아아아아아아————! 설명하기 귀찮아서 앉혔더니 마음에 든 모양이다. 역시 아저씨는 안마의자에 약해! 이걸로 호구를 잡을 수 있으니까 놔둬도 괜찮을 것 같다. 응. 오히려 놔두길 바라는 것 같네.

그리고 아저씨가 우르르 나타나서 벌써 안마의자 차례를 기다리는 줄이 생겼다. 시간당 3천 에레를 번다고 치고 열 시간 가동하면 3만 에레, 여관비와 목욕비와 식비를 거든히 벌 수 있는 셈이니 상당한 액수다. 응. 열 대 놔두면 될지도? 영주관은 아저씨로 넘쳐나니까?

"""""아아아아아아아아아———♥"""""

왕녀 여자애도 시험해 보니 마음에 든 모양이다. 뭔가 "어어어 언빌리버어어브으을——!"이라고 외치고 있으니 기적 체험이었던 것 같다. 뭐, 좋아하니까 괜찮겠지?

그나저나 나를 부른 용건은 결국 뭐였던 걸까? 응. 안마의자를 설치해서 돈도 벌 수 있으니 좋긴 하지만, 일이 없다면 불러내지 말아야지?

56일째 저녁 전, 오무이

자, 그럼. 굉장히, 대단히 드물게도 오타쿠들에게서 멀쩡하게 좋은 제안이 나왔다. 콤포짓 보우는 성능이 좋기도 하지만, 복합 소재에 각각 마법 부여가 가능할지도 모른다. 그리고 무기 제작과 내정은 오타쿠들이 박식하다. 그러나 서툴고(=정신이 나갔고) 협조성이(=눈치가) 없으니까 무의미할 뿐이고, 편중된 지식만 깊고 넘쳐나서…… 그냥 이건 존재 자체가 무의미하지 않나 하는 불안을 느끼며 무기점 대장간에 내려서자 전혀 불안하지 않은 불만이고 불능한 불인간이었다. 그래. 오타쿠였어!

"너는 무슨 소리를 하는 거야. 콤포짓 보우는 짐승귀가 정의!"

"크윽, 확실히 엘프 누님이 콤포짓 보우를 드는 건 사도 같은 느낌이!"

"훗, 어리석은. 어린 소녀가 거대한 콤포짓 보우를 드는 게 미학입니다!"

""""오오~?!""""

"그러나 여기는 검과 마법의 세계. 그렇다면 콤포짓 보우는 마법소녀 사양이다!!"

"아니, 이세계는 다들 마법소녀니까 '마법소녀가 되어 줘' 라고 말하기 전부터 다들 마법소녀?!"

"""으그극!"""

어째서 나는 이 녀석들한테 아주 조금이나마 기대한 걸까? 피곤한 걸까?

"그래, 고블린한테 기대한 거나 다름없었어……. 오히려 고블린이라면 목재 정도는 가공하고 있었을 거야! 활이 아니라 곤봉이 되겠지만 오타쿠보단 나았어!!"

덩그러니 놓인 목재와 철판. 복합은 고사하고 목재 가공이나 철형성도 시작되지 않은, 그냥 목재와 철판이 놓여 있다. 즉, 아무것도 안 하고 있었어!

"""아, 마침 좋을 때?!"""

"콘셉트가 정해지지 않아서요."

"너희 말이야. 콤포짓 보우는 어떻게 됐어? 또라이(=오타쿠)가 상대라면 나는 수단을 가리지 않는달까. 모근 섬멸 인페르노밖에 안 고를 거거든?"

"""그치만 콘셉트가 중요하니까 회의하고 있었는데…… 정해지지 않는데요?"""

아무래도 설계도의 모에 캐릭터를 짐승귀로 할지 로리 소녀로 할지 정하는 게 콘셉트였던 모양이다.

"아직 짐승귀를 본 적도 없으니까, 모르는 짐승귀보다 먼저 동급생 걸 만들어! 보통 제일 처음에 자기 걸 만들잖아!! 왜 갑자기 짐승귀 로리 소녀 전용 장비냐고?!"

응. 동급생의 콤포짓 보우는 내팽개치고 엘프용인지 짐승귀 로리 소녀용인지 정하는 것의 대체 어느 부분에 콘셉트(개념)가 있는지 수수께끼지만, 나중에 여자애들에게 일러바치자.

"콘셉트 이전에 망념과 잡념밖에 없잖아! 응. 그 머릿속에 레이스(원념)라도 넣어 줄까……. 멀쩡해질 것 같은데?!"

어라? 오타쿠들이 눈을 부릅뜨고 경악한 표정으로 이쪽을 보고 있다. ──여기 보지 말라고?

"그렇구나. 짐승귀 로리 소녀라는 방법이 있었어!!"

"""역시 하루카!"""

"이제 싫어. 집에 갈래! 응. 이 녀석들은 역시 이세계에서도 부적합자였어!!"

일단 대화가 불가능하다는 걸 알았으니까 걷어차고, 밟고, 뭉개 주고 나서 설계도를 그리게 시키며 발꿈치를 꽂아주는 등 무척 바빴다.

"휘는 힘과 반발하는 힘이라니…… 도르래가 필요해? 활에? 아니, 왜 갑자기 컴파운드 보우 설계도인데! 갑자기 가능하겠냐!!"

"""그게, 무심코?"""

"하지만 멋있고 당기는 힘이 반감되니까 명중률도 좋고, 멋있잖아요?"

"우리 반 여자애들은 힘(PoW)이 900대니까 당기는 힘을 반감하지 않아도 되지 않아? 내 노력을 반감하자고! 게다가 멋있다는 말을 두 번이나 했잖아. 분명 이유는 그것뿐이야!!"

닥치는 대로 그리게 시킨 설계도를 보러 갔다. 응. 이 고양이 귀 소녀 일러스트는 필요한 거야?

"활을 자세히 그리라고! 왜 일러스트에 제일 힘을 준 건데!!"

"""그야, 그게 가장 중요한 콘셉트니까요!"""

"너무 커서 활의 설명을 보기 힘들잖아!"

바로 만들 수 있는 건 맞붙이는 방식의 화궁(和弓)이나 터키 각궁이겠지. 대나무도 있지만, 그건 창으로 만들어서 오타쿠들을 찌르는 데나 쓰자. 우선은 작고 꺼내기 쉬운 터키 각궁. 활이 오므라드는 안쪽은 경도가 강하고 압축에 강한 소재를 쓰고, 팽팽해지는 바깥쪽에는 신축하는 소재를 쓰는 복합 구조의 활. 그 유선형의 W형 모양은 리커브 형식이라고 해서, 활을 당길 때 반발력이 일어나는 곳을 늘려서 위력을 올린다고 한다. 응, 일러스트 말고는 유용하네?!

"이건 활 바깥쪽이 고무고, 활 안쪽이 용수철 역할이구나. 하이테크인가?"

"그래도 기원전 2천 년 이전부터 있던 활이고, 동물 힘줄이나 아교로 굳혀서 비가 내리면 못 썼다고 하더라고요?"

쓸모없는 지식이다. 이세계에 소환되어도 괜찮도록 익힌 지식이라는데, 완전히 쓸모없었다. 애초에 옆에서 만들고 있는 그건 대체 어디가 활이야?

"왜 활을 만들고 있는데 나무가 남아?"

"그야 가죽과 철사를 꼬아서 넣었으니까…… 아, 나무 프레임을 안 넣었네?!"

"""어쩐지 철사를 늘려도 부드럽다 했다니까?"""

철과 가죽의 끈 모양 물건이 만들어졌다. 오타쿠들은 그걸 신기한 표정으로 바라보고 있었다. 아니, 아무리 봐도 채찍이잖아!

"그거 반장님한테 주면 벌을 내릴 때 꺼내려나?"

"""뭔가 무서워?!"""

이제 태클 거는 게 귀찮아졌는데, 활을 만들면서 나무를 넣는 걸 까먹고 채찍을 만든다니 이게 가능한 거야?! 막대한 활 지식은 대체 뭘 위해 필요한 거냐고!! 일러스트?!

시행착오를 거쳐서 제작하여 오타쿠들에게 시험 사격을 하고, 개조하고 나서 또 죽으려고 쏴봤는데 성능은 올라갔어도 사망자는 나오지 않았다. 칫, 저게 『복층 결계』인가. 관통되지 않아!

"후~ 이렇게 많으면 예비를 고려해도 충분하고도 남겠지?"

"""아무리 봐도 200개 넘게 있으니까, 우리 반엔 사람이 그렇게 안 많아요!"""

"아무래도 요즘 촉수가 미끄러져서 부업이 멈추지 않고 폭주해 버린단 말이야?"

"""대체 무슨 상황?!"""

그렇다. 그러니까 레오타드가 잔뜩 만들어진 것도 내 탓은 아니거든? 그런 일도 생기지 않을까? 아마도?

게다가 효과를 부여하면 시판품과는 비교도 되지 않는 완성도고, 던전 상층 클래스의 아이템 이상의 성능이 있다. 응. 결국 전부 내가 만들었으니까 자화자찬하는 거고, 절찬 판매 예정이야.

그리고 오늘 만든 장비 중에서 최고 성능이 오타쿠들이 만든 채찍이었던 게 진짜 열 받는다……. 마석을 써서 부여하지도 않았는데 PoW와 SpE와 DeX가 모두 50% 상승이라니…….

그 후에 오타쿠들에게 채찍을 양산하라고 시켜봤는데, 이번에는 테이블이 만들어졌네? 표면은 가죽이라 고급스러우면서 기능적인 스틸 테이블. 그걸 의아한 얼굴로 바라보는 오타쿠들은 내버려 뒀다. 응. 나는 대체 왜 이 녀석들한테 기대한 걸까…….

참고로 가죽을 깐 스틸 테이블은 잡화점에 내놓자마자 무지 비싸게 팔렸다. 오타쿠들은 팔려 가는 테이블을 의아한 얼굴로 바라보고 있었다. 그야 저건 채찍이 아니니까 무기점에서 못 팔잖아?

"다녀왔어~? 다들 모여있으니까 활 판매 시작할 거야. 응. 시험 사격도 하고 싶으면 뒤뜰에 오타쿠 과녁도 준비했으니까 사망자가 나와도 되거든? 결계 파괴용 화살도 만들었어. 이거라면 죽일 수 있다고!"

"""앗, 오타쿠들이 도망친다!"""

"""보통 도망치잖아요?!"""

전원에게 활을 지급해서 오타쿠 사냥을 시작해야 할까? 좋은 연습이 될 텐데, 제안했더니 혼났네? 뭐, 확실히 쫓아가는 게 귀찮으니까 매복하는 게 효율적일지도?

"이게 활. 신기한 형태네?"

"진짜네~?"

"크기도 제각각이네?"

"색상까지 다양하니까 고민되네?!"

"""손잡이의 모피 소재가 귀여워!"""

응. 그림에 낚인 거야.

"고속 이동 타입이나 전위직은 소형을, 후위직 궁수는 대형을 추천하고 싶네. 응. 이후에는 파워 타입은 대형, 연사 타입이라면 소형? 이라고나 할까?"

오타쿠 과녁은 도망쳤으니까 그냥 과녁에 쏴봤다. 이거라면 상당히 장거리까지 쏠 수 있고, 초속이 굉장해서 위력도 높다. 그리고 가장 우려했던 점은 헛된 걱정이어서 안심했다. 응. 바보들도 자기가 쏜 화살까지는 쫓아가지 않았다. 정말 다행이야……. 어, 쫓아가네?!

그렇게 여관에서 저녁밥을 먹으면서 던전 탐색 예정과 훈련 계획을 이야기하는데, 미행 여자애 일족 사람이 찾아왔다.

"왕국에서 전쟁을 시작하려는 것 같습니다. 목표는 변경 오무이령, 귀족 영지군과의 연합군인 모양입니다. 현재 오무이 님에게도 같은 전갈을 보냈습니다. 최소 2주면 진군할 것으로 예상됩니다."

전쟁인 것 같다. ──그래도, 무리이지 않을까?

악의는 고사하고 멸시도 우월감도 무관심도 욕망도 사악한 감정도 전혀 없는데 흉악하다니 대체 뭐야?

56일째 밤, 하얀 괴짜 여관에서 여자 모임

다들 지쳐서 너덜너덜해진 몸을 끌며 욕실로 가서 땀과 흙을 씻어내고 욕조에 몸을 담갔다. 이미 체력은 한계다……. 왜냐하면 여자들의 전쟁, 폭탄 세일이었으니까.

"스포츠 타입이지만 속옷 ♪"

"응. 브래지어도 있었지 ♪"

"부드럽고, 꽤 제대로 만들었더라?"

"""응. 안젤리카 씨한테 잔뜩 입혀보고, 잔뜩 벗겨서 확인한 거겠지!"""

다들 전리품을 들고 비무장지대(목욕탕)까지 도착한 전우다. 아까까지는 시끄럽게 싸우면서 서로 밀쳐내고 빼앗기는 했지만 전우다. 방으로 돌아가면 오늘 전리품을 서로 보여주기 시작하겠지. 실은 무늬 말고는 다들 똑같지만 시작될 거다……. 그야 기쁘면 과시하고 싶어지니까 ♪

"""푸하앗~ ♪"""

"목욕은 극락인데, 빨리 나가고 싶은 복잡한 마음이 생기네."

"""응. 같이 보여주자 ♪"""

그리고 목욕탕 안에서는 안젤리카 씨가 제작 비화를 계속 이야기해 줬다. 피팅 때마다 착용감 시험이 시작되었는데, 그건 물론 시험이라는 이름만 붙은 하루카의 욕망 작업이었던 것 같다! 그렇다. 제작 비화가 아니라 시착 시험 비화고, 삐-화이기도 했던 거다!!

"실 굵기부터 천의 밀도까지?!"

"""세밀해!"""

"그러고 보니 뭔가 입체적이었지?"

"""응. 그 착용감은 굉장했어!"""

안젤리카 씨는 합계 18종류의 언더웨어를 피팅할 때마다 밤중에 시착 시험을 당했던 모양이다⋯⋯. 응. 정말로 입어 본 모양이다. 그리고 착용 자체는 문제가 없었던 모양이지만, 착용을 지시한 사람에게 문제가 있어서 노도의 대습격을 당하고 말았다.

　그리고 활도 받았으니까 오늘 번 돈까지 전부 사라졌다. 또 적립금을 깨야 한다. 그래도 굉장히 좋은 활이었다. 직사 사거리가 1킬로미터 가까이 되고, 부가 효과도 붙었다. 그리고 특수 효과가 붙은 화살도 제조한 모양이다. 오늘 피닉스전에서 부족했던 원거리 제압력과 타격력을 갖게 되었으니 전술 자체가 크게 달라질 거다. 단, 화살이 일회용에 가까우니까 금전적으로는 위험한 무기라고 한다.

　"푸하앗~. 오다네가 또 저질러서 괴롭힘당했지~?"

　"이제 취미잖아. 분명 하루카한테만 집적거리는 거야."

　"""마지막에는 괴롭힘당하는데 신기하네~?"""

　오다 그룹과의 벽은 예전만큼 느껴지지 않지만, 하루카와는 처음부터 전혀 없었다. 깊이 새겨진 인간 불신, 그래서 이세계를 진지하게 원했을 만큼 심각한 마음의 상처.

　"하루카가 한 말인데⋯⋯ 오다네는 줄곧 괴롭힘이나 심술을 당하면서 살아왔으니까 사람 보는 눈이 제일 날카롭대. 그래서 하루카나 카키자키네도 '오타쿠가 괜찮다고 한다면 좋아.' 라고 대답하는데, 그건 어느 의미로는 신뢰인 것 같아."

　"영문을 모르겠지만, 우정?"

　그렇다. 나의 『강탈』에 대해서도 한마디로 '오타쿠들이 문제없다고 말했으니까 아무 문제도 없어.' 였다. 악의나 흑심에 가장 민감한 4인조, 그 네 사람이 거점으로 삼았으니까 이 도시에 머물기로 했을 만큼 믿고 있다. 사람을 간파하는 그 눈으로 보고, 따르고 있는 거다.

"누구보다도 흉악하고 사악하고 위협적인 심술쟁이인데, 악의가 전혀 없으니까…… 그래서 따르는 건가?"

"옆에서 보면 강아지하고 장난치는 것 같지~?"

"아~ 남자가 열 명 모여서 뭔가 하면 장난치는 애들 같지."

"그때는 뭔가 하루카까지 어린애 같아진다니까~."

하는 일은 흉악하기 그지없지만, 거기에는 악의는커녕 멸시도 흑심도 욕망도 깔보는 감정도 전혀 없다. 그래서 학교에서도 오다 그룹은 하루카를 잘 따랐다. 그러다 이세계로 함께 오게 되자 매일 하루카에게 다가가서 괴롭힘당하고 있다. 그건 우리하고 똑같은 거다.

"카키자키네도 성격이 변하긴 했지~?"

"뭔가 냉혹한 느낌이었는데, 하루카하고 있으면 강아지 취급이잖아?"

"야만인이니 원시인이니 욕먹고 마구마구 혼나면서 또 장난치더라~."

"게다가 하루카가 뭔가 만들어 주면 그것만 쓰고?"

"""BL?!"""

"그래 보여도 전 세계에서 팬레터 받았었는데."

"그런데 지금은 하루카한테 바보바보 소리나 듣고, 바보입니다

체육복 받고 좋아하잖아?"

무뚝뚝하고 퉁명스러운, 어딘가 차가운 벽이 있었던 카키자키 그룹은…… 이제 뭔가 이미지가 와르르 무너져서 다른 사람으로 변했다. 아무 생각도 없어 보이면서도 묘하게 날카로운 느낌은 그대로지만, 얼핏 느껴지던 예리하고 잔혹한 느낌은 완전히 사라졌다. 그리고…… 하루카하고 있으면 강아지로 보인다. 응. 꼬리를 붕붕 휘두르는 강아지처럼 보인다니까?

"하루카도 캐릭터 붕괴했네. 옛날에는 좀 더 짧게 더듬더듬 말했었는데, 지금은 변명만 늘어놓으면서 '라고나 할까?' 잖아?"

"""하루카가 제일 의외였어!"""

누구와도 말하지 않고, 누구와도 엮이지 않는다. 친하게 지내지 않는다. 잃고 싶지 않아서 누구와도 얽히지 않으려고 했던 하루카는, 막상 얽히고 나니까 걱정이 심한 초 과보호가 되고 말았다. 게다가 그걸 쑥스러워하면서 숨기고 있는 것도 다 들켜버렸으니까 다들 따르는 거다.

안젤리카 씨도 하루카의 옛날이야기를 들으며 기쁜 듯 웃고 있다. 분명 누구보다도 하루카를 따르는 제1인자니까. 영원의 고독을 알고 있기에, 그 쑥스러움이 심한 훼방마(魔)의 따스함을 누구보다도 잘 알고 있다. 슬라임 씨도 찰싹 달라붙어 있으니까.

"""근데 불합격이었어~!"""

"설마 부활할 줄이야."

"주먹밥이 정답이었어~. 주먹밥 먹고 싶다고 했으면 합격이었는데~."

아니, 아쉽다는 말이고 주먹밥 먹고 싶어서 한 말이 아니거든?

뭐, 턴전에서 모두 함께 냄비를 휘젓던 건 어떤가 싶지만, 그 닭고기 전골 요리의 매혹적인 증기와 냄새 공격은 저항할 수 없었다. 그리고 콜라겐이 가득 들어갔고 칼로리도 적다는 킬러 문구 앞에서 여자의 마음이 패배하고 말았다.

"그래도 닭고기 전골은 맛있었어!"

"""응, 닭고기 전골에 한 점 남긴 것 없음!"""

그렇다. 거기서 폰즈 소스가 나온 건 오산이었다. 그걸로 경계심이 붕괴했다. 언제 만들었는지 내일은 교자만두 도시락을 판다고 하니까 내일 마물은 급료로밖에 보이지 않을 거다. 모피 액세서리도 개발되어서 이미 안젤리카 씨는 모피 모자를 받았다. 조만간 팔 거다. 비밀 병기다. 중요 체크다!

"""왠지 즐겁네."""

"불성실한 말이긴 하지만, 행복해."

개발 중인 모피 백 시리즈가 근사하니까 추천한다고 해서 갖고 싶지만, 언더웨어와 동시 발매였다면 곤란했다. 하지만 기다리는 것도 곤란하다.

현재는 모두 함께 방에 들이닥치는 걸 금지하는 협정을 맺어서 새치기는 할 수 없다. 왜냐하면 전원이 미인계용 에로 드레스와 망사 타이츠를 가지고 있어서 위험한 상태니까. 뭐, 모두가 에로 드레스에 망사 타이츠까지 하고 방에 들이닥치면…… 하루카는 틀림없이 『전이』하겠지. 분명 도망칠 거다! 무지 밝히는 주제에 소심하기도 하니까?

"다음 50층은 48층까지 간 게 두 곳인가……. 그래도 벌레가 잔뜩 있는 던전은 싫지 않아?"

"""벌레 얘기는 하지 마! 싫어, 벌레 싫어어어어——!!"""

다행히 현재 그 녀석은 나오지 않았다. 지금까지 최대 공포는 대미궁의 물장군이었다. 겉모습은 거대한 B벌레였고, 제법 빨랐고 삭삭거렸으니까. 참고로 B벌레기 나오면 하부카는 도망친다고 하니까 전면 붕괴는 틀림없다. 응. 무리야!

"새로운 활 훈련도 해야 하지만, 돈을 못 벌면 파산하겠지?"

"응. 앵클릿도 대량으로 출품하려는 모양이고, 전부 효과가 붙었대!"

"속옷에도 작게나마 효과가 붙었고, 활에 부여된 효과는 굉장히 호화로웠어!"

"""응. 이제 그냥 장비 장인이 될 수 있겠지?"""

마석 가공에 이어서 이제는 무기에도 손대고 있다. 그리고 최고급품이 대량으로 생산되어서 부업만으로도 내정이 충실해지고 있다. 그리고 자꾸 투자해서 맨날 돈이 없다고 떠들어대지만……. 이미 떼부자를 넘어서 국가 예산 단위가 움직이고 있을 거다.

"""너무 일하고 있어."""

"틈만 나면 파산하고 있으니까——?"

사람은 인식할 수 없는 건 할 수 없다. 그래서 마법이 치트라도 한도가 있다. 원래는 하룻밤에 몇만이나 되는 상품 생산을 개인의 사고 능력으로 인식할 수 있을 리가 없고, 흙 마법이 특기이고 마력을 무제한으로 쓸 수 있더라도 느닷없이 성을 만들 수 있을 리가 없다. 스킬『지고』가 보조하고 있다지만, 개인의 인식 영역을 너무 크게 벗어났다. 저건 생산 치트 같은 게 아닌 무언가가 있다.

실제로 다들 생산이나 요리에 도전해 봤지만, 손으로 하는 게 빨랐다. 그리고 기본적으로 손으로 할 수 없는 일은 상상할 수 없다. 마법도 그런 식이라서, 중불로 10분 굽는다면 마법으로도 10분 걸린다. 1분도 걸리지 않고 100인분 200인분을 만들 수 있는 건 이상하잖아? 그러나 오늘도 갑자기 냄비가 나오고 식탁까지 있었다……. 누가 그런 막대한 정보를 처리하고, 인식하고 조작하는 거야?

(부들부들!)

"""아, 난입이다!"""

"슬라임 씨도 수고했어~."

(뽀용뽀용♪)

슬라임 씨가 목욕탕에 난입했다. 목욕탕에 부르지 않아서 기분이 상했는지 뽀용뽀용 몸통 박치기를 하며 돌아다니고 있다. 응, 일단 미궁황급의 마물인데 완전히 애완 마물이 되어서 모두에게 귀여움받으며 뽀용뽀용하고 있다.

그리고 목욕이 끝난 뒤에는 방에서 여자 모임. 역시 각자 속옷(언더웨어)을 보여줬다. 분위기는 역시 스포티하지만 오산이었다……. 일단 하나는 확보했지만, 입고 보니까 생각보다 복서 팬티가 귀엽다! 맹점이었다. 다들 홀려버렸다. ……왜냐하면 재고가 적었으니까!

"""이건 추가 주문이네!"""

"""응. 결정 사항이네!!"""

아니, 너무 일한다고 했으면서……. 하지만 이건 폭동으로 발전할지도 모른다. 귀여운 건 물론이고 실내복으로도 괜찮으니까. 근데 역시 치수 재기가 싫어서 스포츠 브라로 만든 걸 테니까 주문 제작은 아직 먼 것 같다.

"""다정하네, 밝히지만."""

"응. 바가지 씌우지만 행복해♪"

와글와글 떠들면서 이야기꽃을 피웠다. 그야 여고생 21명에 슬라임 씨가 붙어있으니까. 회의이니 뭐니 하면서 떠들며 밤을 지새웠다.

아무도 전쟁을 언급하지 않았다. 그건 무서운 것도, 도망치는 것도 아니라, 각오를 마쳤으니까. 그래서 입 밖으로 내지 않았다.

──사람을 죽이는 걸 가볍게 말할 수는 없으니까.

◆ 눈에 잘 새겼으니까 혼나기 전에 만들어서 얼버무리자.

56일째 밤, 하얀 괴짜 여관 뒤뜰

마력으로 감싸고, 그걸 두르고, 스킬도 발동한다. 마법을 중첩해서 함께 두른다. 발동을 수동으로 조작하면서 조절해도, 두르면 두를수록 흐트러진다. 스테이터스에 있는 온갖 조합을 중첩하여 두르고 연성해서── 그리고 한계. 찢어지면서 마전이 풀렸다. 한 발짝도 움직이지 않았지만 무리였다. 움직인 순간 마전이 풀리거나 몸이 파괴된다.

"후으으으으읍──."

호흡에 맞춰서 순식간에 둘렀다. 발동이 되지 않고, 마법도 끝까지 두를 수가 없다.

"어려워! 역시 전이를 완벽하게 인식하지 못하고 있고, 중력도 문제인가…….."

중력도 속이고 있나? 아니, 아니면 이해하지 못하는 건가…….. 그리고 연금술도 둘러서 연성하고 있으니까 복잡함이 늘어났어!

천천히 부드럽게…… 마력의 파도에 잠기는 것처럼 다시 두르고, 몸과 마력을 통째로 장악해서, 목각 인형을 움직이듯이 외부에서 조종한다. 천천히 몇 발짝 움직이고, 지팡이를 몇 번 휘두르고, 멈췄다.

역시 이것만으로도 몸이 파괴된다. 재생을 둘러서 치료하고는 있지만 붕괴는 멈추지 않는다. 뭔가 잘못됐다. 합치는 방식이 잘못된 걸까, 사용법이 잘못된 걸까……. 대체 뭘까?

"응. 인생이 잘못된 거면 어쩌지! 잠깐, 나 열여섯 살인데 벌써 인생 레벨로 잘못된 거야? 진짜로?"

모르겠네. 어째서 나는 잘못이 없는데 인생이 잘못된 걸까? 하지만 나는 잘못이 없는데 호감도도 헛되이 흩어질 것 같다. 이세계는 참 불가사의하네?

완성과는 거리가 멀다고나 할까, 이건 완성될 것 같지 않을 만큼 어렵다. 너무 욕심이 많은 걸지도 모르지만, 나의 스킬은 전부 둘러야 겨우 어떻게든 할 수 있는 레벨이다. 그 상태에서 『허실』까지 쓰지 않으면 쓸모없는 그냥 저렙으로 전락한다. 레벨을 올려서 신체 능력(스테이터스)을 끌어올릴 필요가 있는데, 그 레벨이 안 올라간다. 응. 상승 정도가 느리고 나쁘다. 그럼 할 수 있게 힐 수밖에 없다. 결국 쓸 수 있는 기술은 『마전』을 쓰고 『허실』로 베는 것밖에 없다. 전부 두르고, 가속에 몸을 실어서, 그걸 전부 써서 벤다. 그 단축판이 『마전』과 『허실』. 이것밖에 익히지 못했으니까 이것밖에 없다.

"습득하기 전에 익숙해지라고는 하지만, 익숙해지기 전에 자괴하고 있는데……. 완만하게 자살한다고 해야 할지, 상쾌하게 자멸한다고 해야 할지, 건강하게 자기 붕괴?"

단숨에 붕괴한다. 『건강』도 가지고 있고, 라디오 체조도 빼먹지 않는데 몸이 부하에 버티지 못한다. 스킬 상승에 스테이터스가 따라가지 못하니까 자괴 자체는 어쩔 수 없지만, 그걸 위한 신체 강화가 『마전』이었다……. 그 『마전』을 몸이 따라가지 못하는 모순.

길드에서 갑옷 반장이 훈련 상대를 해줬는데, 속도라기보다는 순간 속도가 빨랐다. 아마 전이가 통하고 있는 건지 가속 상태에서 순간적인 초고속 상태가 섞인다. 그래서 강해졌지만 연약해졌다. 공격은 날카롭고, 읽기 힘든 변칙적인 고속 공격으로 변했지만, 그 대신 빈틈이 늘어난 모양이다. 몸의 움직임이나 회피도 순속화되어서 어떻게든 하고 있을 뿐, 세밀한 제어가 전혀 안 되고 있다. 응. 꽤 위험하겠지.

그리고 분명 온몸이 파괴와 재생을 반복하고 있다. 훈련 뒤에는 내출혈로 멍투성이가 되고, 쓰더라도 오래 버티지 못한다. 이건 도저히 지구전을 할 수 없다.

"재생 속도보다 자기 붕괴가 더 빠른 건가……."

스킬이 상위화되고 스킬 레벨도 올라갔지만, 결국 자기 자신의 스테이터스가 따라잡지 못하고 있으니까 몸에 걸리는 부하가 늘어나 밀리고 있다.

"이거야 원. 문제가 늘어나기만 하고 해결되는 일이 적다니, 앞길이 불안하고 앞길이 깜깜하고 보낸 사람도 깜깜한 불행한 편지잖아? 응, 흑염소도 못 읽어서 사바트를 열겠어."

어떻게든 잘 조절한다면 의외로 될 것 같은 느낌은 든다. 그러나 전혀 잘 조절할 수가 없어서 진척이 없으니 외통수라고 볼 수도 있다. 뭐, 목욕탕에서 천천히 생각해 보자. 남고생의 꿈과 낭만과 거품이 있는 목욕탕이 아닌 게 정말 유감이다. 응, 동굴 집에는 거품 욕조, 그리고 새로 개발한 거품 나오는 입욕제와 끈적끈적한 보디로션까지 근사하게 모였는데 여관 목욕탕을 쓰고 있잖아?

"응. 그치만 그 갑옷 안에는 꿈과 낭만과 매혹의 보디도 들어가 있다고!"

그리고 최근에는 슬라임 씨가 목욕탕에 출장 나가서 좀처럼 놀아주지 않는다. 그리고 이 이세계도, 이 여관도 격차 사회. 그렇다. 이세계 남고생 학대 문제야! 대체 왜 여탕은 욕실도 크고 욕조도 큰 거냐고! 응. 남탕 너무 좁아! 뭐, 파쇄와 붕괴로 내출혈이 일어나 명투성이인 몸을 남에게 보여줄 수 없으니까 좁아서 다행이라고 할 수도 있다. 그리고 무엇보다도 남자와 목욕하러 들어와 봤자 하나도 즐겁지 않아! 전혀 즐겁지 않아! 그럴 바에는 혼자서 느긋하게 들어와 있는 게 낫다.

"으아아아아, 극락에 간 적은 없지만 극락 같은 느낌? 이라고나 할까?"

주변이 돌투성이라는 느낌인 이세계 거리에서 나무 욕조에 몸을 담글 수 있어서 행복하다니까. 역시 영혼에 새겨진 거겠지……. 그래도 나는 돌로 거품 욕조를 만들었거든? 응. 새겨지지 않은 걸까? 그치만 남고생이라면 언젠가는 거품을 동경하게 되니까 만들어 버렸다고……. 상대가 없더라도?

그리고 목적은 달성했다. 달성 또 달성, 완벽하게 달성했다. 해낸 거라고……. 개운하게. 그래도 왠지 나무 욕조는 마음이 누그러진다. 평소에 나무 욕조 같은 것에 들어간 적은 없는데도 어째서 이렇게나 마음이 누그러지는 걸까. 그만큼 느긋하게 있을 수 있다. 응. 다음에 증설할까. 거품 욕조는 근사하지만, 그건 마음이 누그러지지 않아! 왜냐하면 이기적인 거품 보디가 그럴 경황이 없을 만큼 과격한 버블을 일으키니까! 누그러질 상황이 아니라서 버블도 붕괴해 버린단 말이지?!

"자, 그럼. 준비 기간은 2주라고 하는데, 준비하면 끝이라는 느낌도 들어…… 전술적으로도 전략적으로도 정치적으로도 승산이 보이지 않을 텐데, 대체 뭘 노리고 있는 걸까?"

정말로 어리석기만 한 걸까. 어리석다고 단정하고 아무런 대비도 하지 않는 건 그야말로 어리석은 일이다. 어리석은 왕이다. 응, 뭔가 칭호로 붙을 것 같으니까 조심해야겠네?!

(뽀용뽀용!)

오, 슬라임 씨의 몸통 박치기다. 뽀용, 하고 부딪혔다. 귀엽다. 아까는 없었으니까 여자애들과 목욕한 거겠지. 그리고 목욕탕에서 여자애들과 뽀용뽀용하고 왔을 거다. ……응, 귀여워해 주자.

"자, 그럼. 오늘 부업은 뭐부터 시작할까……. 으어어, 시원하다?"

(부들부들)

이제 대장간에 가지 않아도 활을 만들 수 있고 연성도 할 수 있다. 대량의 재고도 있다. 검도 만들 수 있겠지만, 한 번은 제대로 만들지 않으면 좋은 물건이 안 나온다. 역시 검 만드는 법을 배울 필요가 있지만, 오타쿠들에게 배우면 엄청나게 터무니없는 무언가가 튀어나올 것만 같아서 불안하다. 정말이지. 어째서 나는 정상인데, 내가 아는 사람은 정상인이 적은 걸까? 수수께끼네?

뭐, 여자들이 애원하던 속옷 문제는 해결되었으니 일단 안심이다. 만든 나는 끙끙거리면서 대단한 고생을 했지만, 고생한 만큼 이것저것 해버렸어. 응, 분명 나는 잘못이 없다. 단지 그 신축성이 좋고 형태조차 변하는 만능의 스포츠 브라조차도 버티지 못할 가능성이 있는——그 대용량 물질만큼은 추가 주문을 피할 수 없을지도……. 그도 그럴 것이, 마법 소재조차도 뛰어넘는 질량 병기니까. 응, 터질 것 같단 말이지?!

그리고 전쟁 준비—— 전쟁이 없더라도 무장은 쓸모없어지지 않고, 무기가 쓸모없어지면 그건 그것대로 좋은 일이다. 평화롭다는 거니까. 무기점 아저씨의 양산품과 균형을 맞추지 않으면 판매할 수 없고, 전쟁이 벌어진다면 병사들의 장비가 필요하다. 가뜩이나 변경군의 장비는 마물 특화니까 더욱 그렇다. 방어성을 버리고 기동성을 중시하는 건 미물이 쳐들어왔을 때 빠르게 달려가기 위해서니까……. 훈련 정도는 하겠지만, 그건 중무장한 군대와 싸우기에는 너무 경장이다.

"메리메리도, 메리 아버지도 기습당했을 때는 위험했으니까~."

(뽀용뽀용)

그렇다. 그만한 실력 차이가 있었는데도 주변 사람들을 싸우게 하지 않고 필사적으로 지키고 있었다. 다시 말해서 독, 상태이상 내성 장비가 없었기 때문일 거다. 뭐, 가난했으니까 지금도 경제도 주민을 우선했던 건 이해하지만, 그런 장비로 전쟁하는 건 너무 위험하다. 뭐, 채굴권을 얻은 데다 분배도 100%로 받아서 떼돈을 벌기도 했고, 그때 채굴한 철도 남아돈다.

그리고 안마의자는 12대 설치했는데 풀가동으로 떼돈을 벌었으니까 단골손님이다. 그렇다. 병사들에게 장비를 주면 병사 숙소에도 안마의자를 놓을 수 있을지도 모른다. 단골손님을 버리면 장사 기회를 놓치지. 응. 만들자!

"상태이상 내성과 방어, 체력 중시면 되려나? 철은 별로 대단한 효과는 낼 수 없으니까 마석 가루를 섞어서 조물조물하면……. 근데 왜 아저씨 장비를 반죽하는 거지? 좀 더 근사한 걸 반죽하고 싶어……. 그래. 오늘은 반죽하자. 반죽하고 반죽하고 또 반죽하는 거야! 레오타드도 있으니까……. 그래도 장비, 장비."

역시 아저씨 장비라고 생각하니까 의욕이 안 난다. 나를 조금 더 배려해서 미소녀 부대를 만들어 주지 않을까? 아아, 왕녀 여자애의 장비도 녹여버렸으니까 혼나기 전에 만들어서 얼버무리자. 눈에 잘 새겼으니까 치수는 완벽하다. 오차는 1센티미터도 없을 거다. 응, 눈동자에 새겨서 보존했으니까──. 응, 보존했는걸?

"그나저나 잡화점 누님만큼은 얕볼 수가 없네. 항상 놀라게 하니까 쥘부채도 제작하게 되잖아. 어째서 '마을' 같은 걸 주문받는 거야? 요전번에도 집을 지었는데, 이젠 마을을 주문하고 있어! 왜 잡화점에서 집이나 마을 같은 걸 주문하는 사람이 있고, 왜 그걸 받아주는 거야? 그리고…… 어째서 나한테 주문표를 주는 거지? 하아……. 정말이지. 거절할 수가 없네. 이거 그 망한 마을이잖아. 그런 꼴이 되었는데 또 만드는 거냐고. 망해버렸는데…… 나 때문인데, 내가 만들어도 되는 거냐고……. 거절할 수 없잖아…… 정말이지…… 정말 이게 뭐냐고."

> 대답할 방도가 없으니까 쓸 수 없지만,
> 할 수 없게 되었으니까 확실하게 새겼다.

56일째 심야, 폐촌

마력을 모조리 제어해서, 날뛰는 쪽부터 억지로 억눌렀다. 쏟아붓고, 쏟아부을 수 있을 만큼 쏟아붓고 또 쏟아붓는다. 또 여기에 재건한다니까——. 그렇다면 절대로 두 번 다시 망하지 않도록 하는 것밖에 할 수 없으니까.

딱히 이런 일을 한다고 해서 속죄가 된다고는 생각하지 않는다. 단지, 이번에 내가 만든 마을이 망한다면 이제 용서받을 수도 없고 구원도 없잖아? 뭐, 아마 구원 같은 건 없겠지만, 그래도 이런 일밖에 할 수 없다……. 여기 살던 사람들은 이미 죽었으니까, 적어도 돌아오는 사람들에게 해줄 수 있는 일은 이런 것뿐이잖아. 구할 수 없었고, 아무것도 지킬 수 없었고, 아무것도 못 했으니까. 할 수 있는 건 이런 것뿐이야.

"졸리지 않아? 억지로 따라오지 않아도 됐는데. 딱히 위험한 일도 아니고, 마을만 만드는 일이니까 구경해도 지루하잖아?"

(도리도리)

(부들부들)

일행도 따라왔다. 마의 숲 벌채도 진행되어서 현재 이 주변은 안전하고, 어차피 숲의 얕은 부분에도 고블린이나 코볼트나 바보들밖에 없으니까 괜찮단 말이지? 뭐, 심야에 바보들이 있으면 그건 그것대로 괜찮지 않은 것 같지만 괜찮겠지. 응. 바보들의 머리 말고는. 뭐, 이미 늦었으니까?

성벽을 치면서 망루를 지어 연결했다. 그때 이게 있었다면 늦지 않았을 거다. 그때 이게 있었다면 살았을 거다. 이제는 모든 것이 전부 늦었지만, 그러니 적어도 튼튼하고 탄탄하고 견고하게 만든다. 이미 의미는 없을 것이다. 자기만족조차 되지 않는 헛된 행위겠지만, 그래도 최소한 튼튼하고 탄탄하게 지켜주는 성벽으로 만들고 싶다. 바보 같기는 하지만.

문을 만들고 길을 연결했다. 거주지는 집중시켜서 곡물 창고와 공방 터도 만들어 두자. 사람이 절반 이상으로 줄었는데 전보다 큰 마을은 민폐일지도 모르지만, 다시 여기서 산다면 풍족하고 크면 좋겠다고 생각하겠지? 그야 재건하는 거니까. 모든 걸 잃어버린 사람들이, 많은 사람을 잃고, 집도 재산도 잃어서 보통은 기력조차 없어질 텐데…… 응, 대단하네.

"응, 도자기 공방도 설치했으니까 풍족해질 거야. 벽도 이번에는 오크 킹도 막을 수 있겠지…… 요격용 마석도 벽에 잔뜩 박았으니까…… 마물 퇴치 장치도 잔뜩 넣어놨고…… 이번에야말로…… 이번에는 분명……."

이제 마력도 얼마 남지 않았지만, 뭔가 잊어버린 건 없을까? 나는 또 무언가를 놓치고 있지 않을까? 정말로 이거면 괜찮은 건가? 정말로 정말로 이거면 충분한 건가…… 이제, 이 마을은 정말로 안전하고 행복하게 살 수 있을까? 이제, 할 수 있는 일은 없는 건가…… 없겠지. 아무것도.

돌아가기 전에 마을 구석에 세운 비석으로 갔다. 단순한 참회일지도 모르겠지만, 분명 돌아오는 마을 사람들에게는 필요하겠지. 내가 지은 걸로는 위령비도 충혼비도, 충령탑도 안 되겠지만. 그래도 마을 사람들에게는 기념비가 필요할 거다. 비석에 이름을 새겼다. 전부, 모두 죽은 사람들이다. 이것이 마을을 지키고, 가족을 도망치게 해주려 목숨을 잃은 사람들의 이름. 영주관에서 빌린 명부를 보면서, 한 명씩 이름을 새겼다. 그저 계속 새겼다.

"미안해요……. 미안해요……. 미안해요……. 미안해요…….
미안해요……. 미안해요……."

어느새 해가 떠오르기 시작했지만, 그래도 계속 새겼다. 79개의 이름을 새기고, 79명의 이름을 깎았다. 왜냐하면 79명이나 떠나버렸으니까. 그러니까 이름밖에 쓸 수가 없다.

완전히 밝아졌지만, 이건 내 손으로 새겨야만 하는 일이다. 그러니까 한 명씩 이름을 새겼다. 한 명씩 이름만을 새겼다. 나는 위령문 같은 걸 쓸 수 없으니까. 쓰면 안 되니까. 그러니까 이름만 새겼다. 한 글자 한 글자 새겼다. 그리고…… (퍼억!) 뒤에서 얻어맞았다!

"아니, 기척으로 알아채긴 했지만 왜 때리는 거야? 일 제대로 하고 있잖아! 그보다 밤중에 부업 주문해 놓고 아침에 벌써 오다니 너무 빠르지 않아?"

응. 잘 새도 없이 일하고 있었거든……. 정말이지?

"왜 우는 거야. 왜 네가 우는 거냐고! 왜 네가 사과하는 거야! 네가 마물을 전멸시켰잖아. 네가 그곳에서 마물을 막았으니까 살아난 사람들이 도시로 도망칠 수 있었던 거잖아!! 전부 죽여서 원수도 다 갚아줬잖아! 왜 네가 울고, 네가 사과하는 거야!!"

나 참, 성급한 잡화점 누님이다. 의뢰주인 마을 사람들도 벌써 데려왔다.

"왜 벌써 만들었다고 생각하는 거야? 보통 다음 날 아침에 마을이 갑자기 생기지는 않잖아?"

정말이지, 무슨 생각을 하는 건지.

"어차피 만들 것 같았어. 그러니까 마을 사람들의 준비가 끝난 어젯밤에 의뢰한 거야. 그야 다 만들면 도망칠 테니까. 마을 사람들에게서, 살아남은 사람들에게서 도망치려던 거겠지. 모두가 몇 번이고, 몇 번이고 고맙다고 인사하러 갔는데도 도망치고, 일이나 살 곳까지 소개해 주고, 영주님이 보냈다던 고액의 위로금도 네가 준 거잖아!! 그런데 몇 번이고 몇 번이고 도망치다니."

고마워해도 곤란해. 마물만 죽이고 아무도 구하지 못했는데. 여기 79명의 무덤이 있잖아? 이미 죽어버렸다고. 나만이 조짐을 알았는데 깨닫지 못했다. 염두에 두지 않고, 그리고 숲이 이상하다는 걸 알아챘는데도…… 동급생과 사투나 벌이고 있었다. 그러니까 고마워해도 곤란해. 욕한다면 또 모를까, 고마워하면 당연히 곤란하잖아?

"너는 변경을, 이 변경 주민들을 얕보고 있어! 누가 널 미워해? 누가 널 원망하는데?! 변경에 그런 쓰레기는 없어! 확실히 변경은 가난하고, 빈약하고 방벽조차 없어. 제대로 된 무기도 없고, 몸도 지킬 수 없는 사람이 많아. 너와 달리 마의 숲에서 싸우기는커녕 마물조차 잡지 못하는, 가난하고 약해빠진, 멸망을 기다리기만 하는 땅끝의 변경이야. 그래도…… 네가 얕볼 수 있는 사람은 한 명도 없어. 변경에도, 여기에 잠든 79명도, 단 한 명도 없다고!!"

무슨 말을 하는 걸까. 말하는 의미를 이해할 수 없다. 그러나 마을 사람들은 줄곧 이쪽을 응시하고 있다.

"거기에 있는 79명은, 영웅이야. 네가 보기에는 약하고, 그저 마물이 죽인 희생자 같겠지만, 모두 이 마을의 영웅들이라고! 다른 사람들을 도망치게 해주려고 농기구를 움켜쥐고, 여기에 남아서 싸웠어. 시간 벌기조차 하지 못했지만, 다들 목숨을 걸고 싸운 거야!! 노인들은 걸림돌이 된다면서 식칼을 움켜쥐고, 한 마리라도 길동무로 데려간다면서 여기 남은 영웅들이라고!"

그치만, 내가 눈치채고 숲속이 아니라 여기 왔다면……. 적어도 바보들을 치료한 뒤에 차분하게 생각했다면…….

"바보 취급하지 마아아아! 이 사람들은, 살아남은 사람들을 구한 너에게 감사할지언정, 사과를 받아줄 사람은 한 명도 없어! 변경은 말이지. 다들 죽음을 각오하면서 살아왔어. 이 변경에서 너를 미워하거나, 너를 원망하는 사람은 단 한 명도 없다고!!"

그렇다고 죽고 싶었을 리가 없잖아. 그렇더라도 살고 싶었을 게 틀림없어. 그 영웅들은 이미 죽어버렸다고.

"그러니까 너는…… 죽은 영웅들이 감사를 바친 너만큼은 가슴을 펴고 감사를 받아야 하는 거야! 모두를 구한 네가 감사받지 않으면, 여기에 잠든 영웅들의 죽음이 헛수고가 되잖아!! 이 사람들은 맡긴 거야. 목숨을 버리면서, 분명 누가 구해주러 오리라고 믿었어. 그걸 맡아서 구해준 네가 감사를 받지 않으면 이 사람들의 죽음은 보답받지 못해! 목숨을 버리면서까지 원했던 마지막 소원을 이뤄준 너는 사과하면 안 되는 거야! 그러니까, 너는 가슴을 펴고 감사를 받아! 구해준 이상, 그건 너의 의무이고 책임이야. 그러니까 너만큼은 사과하면 안 되는 거야. ——너는 사과할 일을 하나도 하지 않았으니까, 아무도 소년을 원망하거나 하지 않으니까. 모두가 진심 어린 감사를 표하고 있는 거야. 알았어?"

"""감사합니다!"""

응해줄 수는 없다. 정답은 없으니까. 그러니까 가슴을 펼 수는 없지만, 사과할 수도 없어졌다. ……그게 의무이고 책임이라고 하니까.

그래서 위령문 같은 건 쓸 수 없지만, 비석에는 확실히 새겼다.

'잠든 전사의 무덤. 마을의 영웅에게 만감의 존경을 담아서' 라고.

부들부들── 그러게……. 응, 마을 양도도 끝났으니까 돌아갈까? 다들 기다릴 거다. 마력도 다 써서 배도 고프니까……. 자, 오늘은 뭘 만들까?

정해진 운명의 이치로
알기 쉽게 말하자면 돈이 없으니까 내놔.

57일째 아침, 하얀 괴짜 여관

"""어서 와."""

"안 잤지? 반장이 오늘은 휴일로 하자고 말했어."

"오늘은 중층까지 유니온으로 돌 거라서 괜찮으니까."

"돈 벌고 올게~ 도시락도 살 거야~."

"""아, 어서 와~."""

그리고 보니 도시락 판매도 있었다. 뭐, 준비는 끝났으니까 끊이고 굽기만 하면 된다. 기름기가 많지만, 던전을 돈다면 칼로리를 잔뜩 섭취하더라도 문제없겠지. 없을 거다. 기름기가 잔뜩 있어도 내 탓은 아니라고? 애초에 오늘 도시락은 '닭튀김 교자만두 볶음밥 도시락'이라고 미리 공지했으니까, 주문하는 시점에서 각오는 했겠지. 응, 용기 있는 도전자들이다. 아마 지겠지. ── 하다못해 1인당 세 개까지로 해두시지?!

"아침밥도 준비했어~. 응, 생선구이하고 버섯 영양밥에 달걀 부침 정식이거든? 싸다 싸~ 라는 건 판매 문구고, 사실은 꽤 비싼 가격이지만 싸다고 믿으면 분명 싼 기분이 들지도?"

""살래, 먹을래!""

좋아. 아침부터 용돈을 벌었다. 잡화점 누님은 당분간 돌아오지 않을 거니, 무기점 아저씨한테가 볼까. 응, 돈도 수거하고 싶지만, 무기와 방어구 양산도 시작하고 싶다. 전쟁인지 뭔지는 모르겠지만, 병사 아저씨들한테는 내가 안마의자로 돈을 뜯어낼 거니까 죽게 내버려 둘 수 없단 말이지? 어차피 왕국 측은 그동안 뜯어내서 장만한 변경산 고급 장비로 이길 생각이겠지. 지금껏 싸운 변경군과 레벨 차이가 있는 이상, 독이나 상태이상을 노리는 것 말고는 승산이 있을 것 같지 않다. 그렇다면 고급 장비가 부서지고, 독도 상태이상도 안 통한다면 어떻게 할 생각일까? 게다가 대체 어떻게 군대로 가짜 던전을 돌파할 생각일까……. 뭐, 돌파하게 둘 생각은 없고, 전쟁을 해줄 이유도 없다.

문제는 왕녀 여자애네……. 그래 봬도 꽤 강하고, 그 이상으로 지휘 능력이 위협적이다. 적으로 돌아서서 자유롭게 싸우게 두는 건 성가시지만……. 전투 말고는 연약하다. 응. 이미 여러모로 망가졌으니까 문제없겠지. 전군이 일제히 '피버~!' 라고 외치면 한 방에 망가질 것 같고?

""잘 먹었어. 다녀오겠습니다——!"""

방적기 공방에 들러서 가동 상태를 확인하고, 잠깐 이런저런 의견을 들으면서 개량한 뒤에 무기점으로 향했다.

"아저씨. 돈 내놔? 그보다 있는 돈 다 내놔? 응, 까놓고 말해서 안 내놓더라도 강탈할 거거든? 이건 정해진 운명의 이치고, 알기 쉽게 말하자면 돈이 없으니까 내놔? 라고나 할까? 아니더라도 가져갈 거거든? 대머리니까 운명적으로?"

"뭔가 이제 하는 말이 강도보다도 악질인데?! 일단 돈은 준비해 놨고, 건물 건설 비용도 할부로 내긴 해야겠지. 그러니까 그냥 가져가. 강탈하지 말고! 그리고 대머리는 내버려 둬!! 아, 맞다. 요전에 내놨던 그 활도 살 거다. 효과 붙은 액세서리도 매진 직전이고."

화로의 불빛을 반사해서 대머리가 반짝인다. 응. 변함없이 아저씨고, 대머리에 수염이지만 열심히 대장간 일을 하고 있다. 그야 대장장이가 곤봉을 닦던 게 원래 이상했던 거지만, 참 희귀한 광경이다.

"잠깐 기다려. 겨우 제대로 된 철이 손에 들어오는 바람에 주문이 많아져 야단법석이란 말이지……. 뭐, 이제야 겨우 대장장이라고 말할 수 있겠어."

속을 태우고 있었다. 철이 없는 변경에는 할 일도 없고, 팔 무기조차 없다. 그래서 적어도 손에 들어오는 곤봉을 모험가들을 위해 모으고 있었다. 그런 대장장이에게 철이 들어왔으니까, 속을 태우다가 바로 불타오르게 된 거겠지. 하지만 대머리 아저씨니까 귀엽지는 않잖아? 그보다 아저씨가 귀여우면 불태울 거거든? 마침 화로도 있으니까.

"대머리는 관계없고, 뚱딴지같은 이유로 불태우지 마!"

"태울까? 태울까?"

"태우지 말라고──!"

언제나 언짢고 무뚝뚝해 보이는 아저씨 얼굴이지만, 눈빛이 달라졌고 입가에 웃음기가 있다. 응. 이제야 자기를 대장장이라고 했으니까. 철이 없으니까 그나마 손에 들어오는 약간의 목재와 고철로 어떻게든 싸울 수 있는 무기를 만들고 있었다. 그게 아쉬웠던 거겠지. 그런 무기밖에 준비하지 못해서 모험가나 병사들이 죽어가고 있었으니까. 하지만 이제 무기를 만들 수 있다. 진짜 무기다. 아무것도 할 수 없던 무력감에서 마침내 해방된 거다.

그래도 불을 지피고 있었다. 검조차 두들기지 못했지만, 그래도 불을 지폈다. 한 번도 불을 끄지 않았다. 철이 없더라도 포기하지 않았던 그 분통함에서 겨우 해방되었으니까 화끈한 미소를 짓고 있는 것도 당연하다. 그야 이 정도의 실력이 있는데 한 번도 불을 끄지 않고 속만 태웠으니까, 이제 숙원을 이룬 거겠지. 머리는 안 나지만?

"그럼 무기도 있는데…… 이쪽이 좋지 않아? 응. 산만큼 많고, 산에서 마음껏 채굴할 수 있고? 그리고 원하는 게 있다면 채굴해

올 테니까 적어 놔."

그렇게나 많이 줬던 철이 거의 안 남았다. 대체 언제부터 계속 두들기고 있었던 걸까? 그래서 철과 은과 구리와 숯을 산더미처럼 쌓았다. 그리고 점심밥으로 '닭튀김 교자만두 볶음밥 도시락'도 줬다. 제자 아저씨들도 있으니까 40개 정도 있으면 3개씩 먹을 수 있겠지. ……충분할까?

"충분해! 얼마나 먹일 생각이야!!"

"아니, 이 특대 사이즈 3개라도 부족하다는 여고생 20명(가명)이 있었단 말이지~. 누구라고는 말할 수 없지만?"

그리고 부여 끝난 마석과 마석 가루도 있다. 응. 쓸 수 있을 거다. ──이 아저씨는 연금을 보유했고, 대장장이 스킬은 레벨이 Max니까. 오래 썩히고 있었으니까 마음껏 쓰고 싶어서 견딜 수 없겠지. 뭐니 뭐니 해도 나의 부업이 하나 줄어들어서 도움이 되니까 좋은 일이다.

"오냐. 고맙다. 뭐든 말이지."

근데 막상 휴일이 되니까 할 일이 없다. 남고생으로서는 하고 싶은 일이 산더미처럼 많지만, 갑옷 반장은 감독하러 나갔다. 즉, 할 일이 없다! 슬라임 씨도 오늘은 교관이고, 2개 유니온으로 나뉘었으니까 두 명이 갔다. 그러니까 던전에서 무슨 일이 생기지는 않겠지. 이미 중층이라면 여자애들만으로도 전혀 위험하지 않고, 모일수록 강해지니까 유니온이라면 만에 하나조차 없을 거다.

그러나 전쟁 전…… 미행 여자애 일족이 정보를 가지고 돌아왔으니까, 저쪽도 보낼 시간은 있을 거다. ──마침내 미녀 암살자가 오는 걸까! 가슴이 뜨거워지는데?!

"아니아니, 미녀 공작원일지도 모르니까 접대해 줘야겠네! 응. 어쩌면 미녀 첩보원일지도? 꿈이 부풀어 오르는데!"

뭐, 남고생은 기본적으로 앞에 '미녀'가 붙으면 뭐든 상관없거든? 그래. 미녀 잔소리꾼 말고는 괜찮다. 아무튼 미녀 잔소리꾼은 충분합니다. 사양합니다!

"휴일은 한가하네."

혼자서 멀리 가지 않는다고 약속했으니까 가짜 던전에도 가기 힘들다. 그렇다고 혼자 동굴로 돌아가도 즐겁지 않다. 어째서 매번 매번 미아의 미아의 미아 같은 취급인 걸까?

"응. 골방지기와 백수의 귀소 본능을 얕보고 있는 걸까? 스킬 『맵(지도)』가 있으니까 미아가 되지는 않는데?"

여관에서 혼자 자는 것도 쓸쓸하고, 수면 전 운동이 없으면 꿈자리가 사나울 것 같다. 뭐, 운동하고 있어서 잘 틈이 없는 것 아니냐는 소문도 있지만, 분명 남고생에게는 규칙적인 생활과 충분한 운동이 중요한 거다! 그러니까 규칙적으로 매일매일 밤이면 밤마다 운동에 힘쓰는 거다!

"응. 역시 한가하네. 역시 미녀 첩보원이 잡혀주는 게 제일 짭짤한데 말이지?"

아직도 정보가 부족하다. 이건 불리한 수준이 아니라 치명상일지도 모른다. 그러니 미녀 첩보원, 미녀 스파이가 와야 한다. 분명 전국 남고생이 붙잡고 싶은 것 랭킹을 만들면 틀림없이 포ㅇ몬보다 상위일 거고, 아마 미녀 괴도와 접전을 벌이며 우승하는 것도 충분히 있을 법하다. 응. 안 오려나?

"그러니까 미녀 첩보원 같은 거 안 오려나? 응. 게시판 같은 것에 실려있지 않으려나. 그보다 오히려 타고 싶거든. 이 빅 웨이브에? 라고나 할까?"

"저기, 올 수 없었으니까 군에서 모험가를 고용한 겁니다. 어떻게 해야 미녀 첩보원이 그 무시무시한 던전을 무사히 통과할 수 있는 건가요! 거기로 들어가라는 명령을 듣기만 해도 첩보원이 도망친다고요!!"

안 오는 모양이다. 역시 던전 앞에 모집 간판을 세울 필요가 있었던 걸까?

"애초에 오는 걸 알면 오무이 님이 잡았을 겁니다. 그 던전이 있는 한 여성은 오지 않아요. 절대로 안 옵니다! 파렴치해요. 불경해요. 참수하고 싶을 정도로!"

왕녀 여자애가 퇴짜를 놓았다. 드레스나 보석이 있는 보물상자를 설치해서 멋진 던전이라는 느낌을 어필하지 않으면 여자 손님은 바랄 수 없을 것 같다. 아니, 역전의 발상으로 녹일 때마다 새로운 옷이 나오면 인기 스팟이 되지 않을까? 그래도 탈출할 무렵엔 전신 망사 타이츠가 될 것 같은데……. 응. 그건 좋은 거였다.

"아아, 맞다. 까먹을 뻔했네. 이거 망가뜨린 장비 대신하고, 녹인 옷의 사과? 그보다는 대신할 양복 드레스라고 해야 하려나, 전투에도 버틸 수 있으니까 전투복 같은 전투용 드레스라고 해야 하려나……. 뭐, 에로 드레스? 라고나 할까?"

"이, 이렇게 호화로운 장비를 받아도 되는 겁니까?! 이건 왕국의 국보급 이상, 국왕 전용 장비에 필적…… 아니. 실은 국왕의 장비가 훨씬 초라하다고요!"

이런 걸로도 능가하고 있다면, 귀족파가 강해서 국왕의 장비가 초라한 걸까, 아니면 왕국이 전체적으로 초라한 걸까……. 타국에 유출되고 있나?

"정말로 이런 굉장한 걸 받아도 되는 건가요. 게다가 근사한 옷까지…… 에로? 어라? 뭘 위해 이렇게 다 비치고 텅텅 빈 거지? 이걸로 전투라니……. 방어력 증가에 전체 내성! 게다가 힘. 민첩, 체력, 정신의 2할 보정?! 국보급 이상인데 여기저기가 다 비치고 여러모로 텅텅 비었고 보호할 생각은 있고 미묘하게 가릴 생각은 있지만, 실은 완벽하게 가릴 생각은 전혀 없잖아요! 이런 에로 드레스를 입고 싸우면 보인다고요. 여러 군데가 비치고 비어서 위험하잖아요. 이걸, 입으라고요?!"

그야 원래 갑옷 반장이 계속 갑옷만 입어서 질렸고, 이거라면 내가 던전에서 즐겁기도 하니까, 그런 심오한 이유로 만들었는데 싫다고 했단 말이지?

"역시 에로 드레스로 하룻밤 내내 피버하려는 거죠! 저는 이 구멍을 통해 오늘 밤 피버인가요?! 다 비쳐서 파렴치하고, 노출도 많은데 텅텅 비어서 이미 가릴 생각이 없는 야한 드레스로 피버한 밤을 레츠 댄스로 올나이트!! 헌상품인데 에로 드레스라니, 목적은 역시 저의 피버고 하룻밤 내내 레츠 댄스고, 올나이트로 파렴치하게 비치는 이런 곳이나 다 뚫린 저런 곳이 어어언빌리버어브으으을! 하게 당하는 건가요! (망상 폭주 중)"

응. 이 이상의 정보 수집은 무리 같다. 이 왕녀 여자애는 왕국의 명령에 거스르지 못하면서도 변경을 지켜주려고 했다. 그리고 왕국도 지키려고 했다. 그러니까 위험하다. 이건 적이 너무 많다. 사방이 적일 수 있는데 아군이 없을 가능성도 있다. 뭔가 망가져서 폭주하고 있지만 장비에 액세서리도 붙여두자. 그래. 무기만 있으면 충분히 강하다. 드레스나 액세서리에도 부여가 있으니까 평상복이라도 전투는 가능하고, 사이즈도 딱 맞게 만들었으니까 타인은 쓸 수 없다. 응. 오히려 아군이라면 걱정되네?

병사들 장비는 대장장이 아저씨에게 맡기면 된다. 원래 충분하고도 남는 실력이고, 의욕도 있으니까. 그나저나 왜 철도 제대로 캐지 못하는 변경에 그런 만렙 대장장이가 있는 거야? 뭐, 메리 아버지와 메리메리 씨 무기와 방어구도 만들었으니까 맡기자. 시찰을 갔다고 하는데 나는 외출 금지니까.

이걸로 안전하다고 생각하진 않지만, 최소 조건은 만족했겠지. 이제는 동급생들과 나인데……. 역시 던전 장비가 필요하다. 현재 미스릴화 던전 장비가 성능이 더 좋고 특수 효과도 많다. 그리고 비장의 수까지는 바라지 않지만, 우회적인 수나 비김수가 필요하다.

"공격 횟수가 걱정거리야. 촉수는 충분하지만, 아저씨한테는 못 쓰겠단 말이지……. 그야 즐겁지도 않은 데다 그건 감촉이 피드백되니까. 아저씨는 무조건 싫어!"

뭐, 촉수는 근거리 한정이니까, 가까워지는 것도 싫단 말이지? 정보가 필요하다. ──어떤 수단을 떠올린 걸까. 아무리 생각해도 외통수 국면인데 공격에 나섰다. 정말로 어리석기만 한 건지, 뭔가 방도가 있는 건지……. 가짜 던전을 어떻게 통과할 건지, 아니면 가짜 던전을 우회할 방법이 있는 건지. 비장의 수인지 우회적인 수인지. 저쪽은 비김수 같은 걸 쓸 여유는 없을 텐데 말이지?

"이르면 2주라지만, 늦으면 어느 정도일까? 뭐, 도착한 뒤에 할 일이지만. 그야 당연히 방해할 거니까? 응. 초대하지도 않은 손님을 접대하지는 않잖아?"

뭐, 환영해 주겠지만. 기꺼이 맞이해 줄게. 그야 죽이러 오는 거니까, 성대히 환영해도 불평하지는 않겠지? 당연하겠지만.

그래. 죽이러 온다. 그러니까 열렬한 환영이 필요하다. 불처럼 뜨겁게, 타오르는 불처럼 환대해 주겠어. 그야, 누군가를 죽이러 온다는 건 그런 뜻이잖아?

그 힘은 스테이터스로 계측할 수 없는 무시무시한 역량이라 이세계에서도 무쌍이었다.

57일째 낮, 오무이

최악이다. ──완전히 경계를 잊고 있었다. 오늘은 아군이 아무도 없다. 나 혼자인데 방심해서 긴장을 풀고 있었다. 던전 탐색은 휴일이고 대장장이 아저씨가 대장장이 일을 시작해서 할 일이 없어져 너무 느긋하게 있던 바람에…… 경계하지 않았다.

이미 포위당했다. 도주로까지 완벽하게 막혔다. 이미 『공중보행』으로 뛰어넘을 거리가 없다. ──너무나도 외통수다. 게다가 최악은 적이 손에 들고 있는 것, 설마 저게 올 줄은 예상하지 못했다. 방심했다. ……이제 없다고 믿고 있었다. 그래서 경계도 하지 않았고, 기적 탐지의 색적에서 풀어놓고 있었다. 없다고 생각했으니까. 이제는 가지고 있지 않다고 생각했다고……. 그렇다. 저건 틀림없이 최악의 병기. 그래, 주문표다!

"잠깐, 나는 밤새서 마을을 만들었잖아? 응. 불끈불끈했는데도 참고 마을 만들었다고? 그야말로 불끈불끈 타오르는 들판의 불처럼 욕망과의 치열한 싸움을 제압하고 일했다니까? 응. 아무리 그래도 황야에서 시작하면 혼나니까 참았다고?"

어째서 아직도 주문이 남아있는 거야──. 그것이 최대의 문제지만, 문제를 풀 열쇠는 여기에 있다. 그래. 마을을 만드느라 다른 의뢰를 전부 까먹고 있었다?!

"그보다 못한다고! 그런 건 마을 하나 만든 것만으로 시간 초과야!! 밤중에 하는 부업이 24시간 넘게 걸린다면 그건 이미 밤중하고는 상관없잖아? 응. 그냥 24시간 영업이고, 그런 서비스는 하고 있지 않아!!"

밤일은 정말 좋아한다. 그야말로 너무너무 좋아한다. 하지만 부업은 아니야. 심부름값은 좋아하지만 노동을 좋아하는 건 아니라고?

"자, 이거 봐! 제대로 급하다고 적어놨잖아. 도시 여자들이 원피스를 기다리고 있어. 플레어스커트도 블라우스도 기다리고 있다고! 그리고 버섯 도시락은 제일 급하다고 적었잖아아아——!!"

"그러니까 왜 밥까지 나한테 주문하는 거냐고! 게다가 매일매일?! 바로 옆에 음식집도 생겼잖아. 그리고 '급하다고 적어놨잖아.' 라니? 전부 급하다고 적어놨으면서! 급하다고 적어두지 않은 주문표를 한 번도 본 적이 없어!! 전부 급하다고 적어놓으면 적는 의미가 없잖아? 그리고 왜 언제나 언제나 도시락만 제일 급한 거냐고!!"

그러고 보니 굉장한 양의 여성복 주문이었다. 그러나 평범한 롱 원피스나 스커트나 블라우스뿐이었다. 만약 주문이 미니스커트나 에로 드레스나 망사 타이츠였다면 바로 만들었을 거다! 그야말로 단숨에 만들어서 아침 일찍 납품하러 가고는 거리에서 정좌하고 관객이 되었을 거야!!

"아아, 뭔가 롱이라서 영혼이 불타오르지 않았었어……. 분명 모에도 부족했을 거야? 응. 적어도 슬릿 정도는 넣자고. 1미터 정도?"

"슬릿이 스커트보다 길어서 어쩔 거야!"

"아니, 움직이기 편하잖아?"

"움직이면 너무 뒤집혀서 대문제잖아——!!"

그렇구나. 이 포위망은 도시의 부인들. 어쩐지 좁은 골목까지 속속들이 알고 막는 훌륭한 포위망이다 싶었다. 역시 부인들의 힘은 스테이터스로는 계측할 수 없는, 우리 반 치트 여자애들과 세일 전쟁을 벌일 정도의 역량이다. 무시무시한 부인 파워! 역시 이세계에서도 아줌마 무쌍은 막을 수 없었나……. 응. 잡혔다!

뭐, 여관이나 잡화점에서 만들 바에는 여기서 만들자. 복식 공방으로 돌아가서 생산을 시작했다. 기왕 이렇게 된 이상 완성품을 보여주면 양산도 순조로울 거고, 대량 생산이 가능해진다면 가격도 단번에 내려가서 부인들도 그쪽을 사게 되겠지. 단숨에 옷본을 그려서 천을 맞대고, 재단해서 끝부터 봉제를 시작했다. ──마수가. 여전히 변경은 심플과 시크를 좋아하는지라 간단한 형태다 보니 금방 만들 수 있다. ……뭐, 아줌마이니까?

그리고 공방의 재단 봉제 부서에서도 사람이 모였기에 양산하면서 지도했다. 친절하고 세심하고 친근하게 지도했다. 왜냐하면 여기는 젊은 여자가 많으니까! 그래. 여기서 호감도를 올려두면 소립자까지 분해된 나의 호감도가 미립자까지는 부활할지도 모른다. 그러니까 마음을 굳게 먹고 접촉 없이, 손가락 하나 건드리지 않고 친근하게 친절 지도다!

"그게 아니야. 바늘은 찌르는 게 아니라 통과시키는 거라고? 그래. 스윽~ 통과시키는 거거든? 거기서 실을 당기면 안 되고, 천의 틈새와 같은 식으로 실로 묶는 거야. 그래그래. 당길 때는 천까지 당기고, 천과 같은 강도로 실을 놔두는 거야……. 아, 그건 너무 약하네. 라고나 할까? 제대로 천과 실을 하나로 연결하면 풀리기도 어렵고, 형태도 무너지지 않으니까…… 그래그래. 그거야! 응. 실과 틈새가 하나가 되면 완벽해. 그건 굉장히 좋아. 그걸로 한 벌 만들면 최고의 옷이 되는 거야."

음. 미인들을 지도하는 건 즐겁다. 장래에는 도서관에서 일하면서 계속 책을 읽고 싶었는데, 의외로 학교 선생님이 되어서 귀여운 애들만 가르치는 것도 괜찮겠어. 뭐, 이미 학교는 없지만?

겨우 부인들이 신상품 옷을 살 수 있게 되었다. 그래도 젊은 여자들에게는 아직 버겁다. 그래서 이 복식 공방에서도 사원 할인 제도를 채용하여 사원에게는 상당히 싸게 해주고, 노력하면 성과에 따라 할인이나 살 수 있는 숫자가 달라지고, 물론 보너스도 있다. 당연히 성과와 기술에 따라 급여도 달라지니까 돈이 없는 젊은이들이 모인다. 응. 나도 입사하고 싶은데, 어째서인지 내가 만든 공방인데도 고용해 주지 않네?

지도하면서도 『마수』와 『장악』으로 계속 생산해서 이미 잉여분 생산에 들어갔다. 그러나 너무 남으면 공방의 일이 줄어드니까 재고는 1천 장씩 있으면 되겠지. 그래. 그러니까 부인보다도 미인을 지도하는 거다! 무서워서 말할 수 없지만 무조건!! 뭐, 지도만 하고 있고 손가락이나 촉수로 이끌었다가는 혼날 테니까 지도만. 유감이다!

"이제 주문 분량과 재고도 충분하겠지……. 그보다 왜 갑자기 옷이 팔리는 거야? 나체족이 습격 중이야? 응. 어디에 있는 걸까. 잠깐 급한 용건을 떠올려서 탐색 여행이라도 나서 볼까——!"

"그런 게 오겠냐! 왜 나체족이 도시로 밀려오는 건데. 아, 알몸으로 옷을 사러 오는 거야? 돈 좀 벌 것 같네……. 아니, 그래도 나체족은 지갑이 있을까? 아니, 안 와!!"

안 오는 모양이다. 그리고 잡화점 누님은 옷을 안고 잡화점으로 돌아갔다. 물론 도시락도 잊지 않았다. 응. 오히려 옷 가져가는 걸 까먹을 뻔했다!

자, 그럼. 이걸로 일단락? 통, 소쿠리 공방은 지도할 필요가 없겠지. 그야 그쪽은 남자밖에 없고, 그리고 대장간에는 아저씨밖에 없으니까 여기 말고는 행복이 없다. 그래. 또 한가해졌으니까 돌아가서 장비와 저녁밥이라도 만들까……. 그래도 휴일이니까 고민되네?

"응. 뭐가 고민되냐면 갑옷 반장의 관능적인 자태라고 할 수 있지. 그건 그야말로 큰일이란 말이죠? 진짜로 놀고 싶거든? 이라고나 할까? 그래도 안 돌아오니까 관능적인 일을 할 수 없어서 고민되는 거야. 응. 젊은 남고생의 고민이야. 남고생의 고민이라는 건 대체로 이렇다고. ……엄청 고민된다니까!"

하고 싶은 일은 있는데 할 수가 없으니까 대장간으로 돌아가서 자리를 빌려 대장장이 일이나 했다. 연습에서 만든 건 왕녀 여자애와 메리 일가에게 줬다. 그래 봬도 제일 표적이 될 위험이 많은 건 그 가족이고, 실제로 습격당한 적도 있다. 그건 메리메리 씨를 유괴해서 메리 아버지와 무리무리 씨를 억지로 위협하기 위해서였다. 게다가 왕녀 여자애도 꽤 위험하다. 뭐, 연습이라고는 해도 시제품이니까 좋은 소재를 엄선해서 사용했고, 그런대로 괜찮은 완성도여서 시판품보다 압도적으로 좋은 물건인 데다, 기세를 타서 효과도 엄청 부여했단 말이지?

"아저씨. 왜 검을 일부러 전부 두들기고 있어? 연금이 있으면서 한 번 만들면 이후에는 연금술로 양산할 수 없는 거야? 수염이라서 그런 거야? 대머리라서 그런 거야? 응. 바꿔 심을래?"

"멋대로 남의 수염을 머리하고 바꿔 심지 마! 연금으로 양산 같은 건 못 해. 마석 융합과 효과 부여, 나머지는 정제 정도지. 대장장이 일이라면 손으로 하는 게 빠르고, 완성도가 좋아…… 너의 연금이 이상한 거라고. 연금술사라도 그런 건 못 해. 정말이지, 내 소중한 수염을…….”

역시 오타쿠들한테 칼 만드는 법을 캐묻자. 이 아저씨라면, 아마 단련이 가능하다면 굉장한 물건을 만들 수 있을 거다. 단지, 그 녀석들에게 시킨 결과는 증기선이었다. 그리고 열 받게도 운송에서 대활약 중이다. 응. 다음에는 어뢰도 만들어 보자.

“뭔가 별로란 말이야. 뭔가 개운하지 않은 완성도고 뭔가 이게 아니라는 느낌이 드는 건 어째서일까? 응. 뭔가 잘못된 느낌이 들지만, 그래도 지식 같은 건 없는데 잘못을 알 수 있는 건가?”

그래도 이건 아니야……. 어째서일까. 지식은 없지만, 본 적도 읽은 적도 있다. 그리고 뭔가 잘못되었다는 걸 알 수 있다.

“무슨 사치스러운 소리를 하는 거냐. 그 등급의 검을 양산할 수 있는 녀석은 온 세상을 뒤져도 무조건 너뿐이야. 이게 대량 생산된다면 대장장이가 닥치는 대로 폐업할 거다. 터무니없어.”

연금으로 양산할 수는 있어도 품질이 올라가지 않는다. 뭐, 그래도 부여하고 미스릴화하면 던전 상층 아이템 정도는 되지만, 던전 드롭 아이템을 미스릴화하면 더 좋은 물건이 된다. 미묘, 하지만 이걸로 동급생의 장비 부족은 보충할 수 있다. 하지만 완성도가 마음에 안 든다.

처음부터 제대로 두들겨 보자. 왜냐하면, 이건 굉장히 중요한 일이니까. 30명이나 있으면 장비가 모두에게 돌아가지 않지만,

양산할 수 있다면 최소 기준은 끌어올릴 수 있다. 그렇다. 이게 최하 라인이 되는 거니까, 더 높은 기준의 최하가 요구된단 말이지?

그리고 더 중요한 건, 그 30명은 이 변경에서 가장 많이 벌고 돈을 가지고 있다. 던전 중층을 다니는 부자 동급생들인 거다! 응. 바가지 씌우자!!

자꾸 봐도 익숙해지지 않는 건 노화의 시작일지도 모르는데?

57일째 저녁, 오무이 영주관

여기에 있는 건 호화롭게 사는 대귀족도, 왕족조차도 손댈 수 없는 훌륭한 검과 갑옷── "줄게."라고 한다. 음, 받았다고 한다.

"또 받은 물건이 늘어나 버렸지만……. 그렇다면 적어도 이 검과 갑옷에 부끄럽지 않은 삶을 살지 않으면 그를 볼 낯이 없다. 그나저나 이 안마의자라는 물건은 중독되겠어어어. 으음. 소년에게 받은 검과 갑옷은 대대로 영주에게 물려줘서 가보로 삼아야겠군. 그리고 이 검에 부끄럽지 않은 자를 길러내야 해. 좋아. 가훈도 만들자. '못된 짓을 하면 이 검으로 찌른다' 같은 건 어떨까?"

평화롭고 풍족한 도시. 그곳에서 웃는 백성의 모습. 이제 바랄 건 아무것도 없건만, 뜻밖에도 무구까지……. 하지만 이것이 바로 이 기적 같은 행복을 지키기 위한 것이다.

"저까지 장비를 받았어요. 효과가 붙은 고급스러운 드레스까지. 드레스는 어머님의 몫까지 있는데, 언제 치수를 잰 걸까요?

굉장히 딱 맞는데요?"

소년이 우리 가족에게 무기와 장비를 선물했다. 이 국보도 뛰어넘는 보물이 '채굴권의 답례'라고 한다. 답례고 뭐고, 아무도 몰랐던 광맥을 혼자 찾아내고, 아무도 파내지 못한 갱도를 혼자 파내고, 그리고 모두 직접 채굴한 거다. 가만히 있었다면 아무도 모른 채 독점할 수도 있었다. 그리고 그곳에 광맥이 있다는 걸 들어 봤자 손에 넣을 수 있는 건 몇 년이나 지나야 했다. ──그만한 양의 갱도다. 그런데 대량의 철광석을 놔두고는 "방해됐으니까 채굴했는데 필요 없으니까 줄게."라는 한마디만 남긴 채 변경에 주었다. 줄곧 손에 들어오지 않던 철이었는데, 아무렇지도 않게 과거 수십 년 분량을 감사도 바라지 않고 놔두고 갔다.

가난해서 물자조차 없던 변경에 대량의 철과 목재가 들어왔으니 변경 전체에 큰 소란이 일어났다. 건물도 도구도 속속 만들어서 도시의 상점에 진열되었다.

팔 것도 거의 없고 그걸 살 사람도 없었던 변경에 물건이 넘치고, 그게 날개 돋친 듯 팔린다. 이미 몇 번이고 봤는데도 이 눈으로 그 기적을 보면 눈물이 멈추지 않는다. 몇 번이고 몇 번이고 기적을 봤는데도 도저히 익숙해질 수가 없다. 몇 번을 보더라도 평화롭고 풍족한 도시에서 백성들이 웃고 있는 모습이 익숙해질 리가 없다. 선조 대로 단 한 번도 본 적이 없는 이 광경이 익숙해질 수 있을 리가 없다.

그리고 겨우 대장간에 불이 들어왔다. 이 변경의 가난함에 마모되어 갔고, 그럼에도 이 변경을 위협에서 지키며 뒷받침해 줬다.

지금까지 이 도시에서 보답받는 일이 없었던 남자가 겨우 대장장이 일을 시작한 거다. 겨우 화로에 불이 들어왔고, 모두를 구하면서도 아무도 구하지 못했던 남자가 소년에게 구원받았다. 멀쩡한 철조차 들어오지 않는 변경에서 고철을 모으고, 사철을 섞으면서 마물과 싸울 무기를 만들었던 남자. 멀쩡한 목재조차 들어오지 않아서 폐자재를 가공해 창을 만들고, 화살을 만들면서 변경군과 모험가를 뒷받침했던 남자. 일찍이 왕도에 수행을 떠나서 왕도에서도 최고봉의 대장장이 공방에서 최고의 대장장이로 불리며 후계자로 지명될 만큼 천부의 재능을 가졌으면서도 "변경에야말로 무기가 필요하다." 라고 단언하며 이 도시로 돌아왔던 남자.

그 정도의 남자에게 나는 약간의 철조차 준비하지 못했건만, 이 변경에 남은 조악한 재료로 필사적으로 무기를 만들던 남자가 겨우 보답받았다. 이제 쓰러질 때까지 멈추지 않겠지. 지금쯤 최고보다도 더욱 위쪽을 노리고 철을 두드리고 있을 거다. 소년이 산더미 같은 철과 목재와 숯과 가죽까지 쌓아놨다고 한다. '돈 벌면 두 배로 갚으라고~.' 라고 말하며 두고 갔다고 한다. 지금쯤 죽을 힘을 다해 철을 두드리고 있겠지. 고작 두 배 정도로 보답할 수 있을 리가 없으니까. 목숨과 긍지와, 발휘하는 것도 허용되지 않았던 실력을 들여서 대장장이 일을 하고 있을 거다. 겨우 대장장이로 돌아왔으니까…… 왕국 최고의 대장장이로. 그러니 최고를 뛰어넘기 위해 두드릴 거다. ……그 소년에게 보답하기 위해서는 최고조차도 미적지근하니까.

수치를 무릅쓰고 직접 가서 고개를 숙였다. 그리고 겨우 처음으로 그 남자에게 제대로 된 의뢰를 할 수 있었다. 그때 이런 말을 들었다. "지금까지 멀쩡한 무기도 갑옷도 만들지 못하고, 수많은 용사를 헛되이 죽게 해버렸죠. 그러니 이번에야말로 반드시 싸울 수 있는 무기와 목숨을 지킬 수 있는 갑옷을 준비하겠습니다."라고. "미안했다."라면서 고개까지 숙였다.

죽어간 자들 중 누가 불평한단 말인가. 다들 아무것도 없는 곳에서 싸울 수 있는 무기를 만들어 준 것에 얼마나 감사했는지 모른다. 그래도 분했던 거다. 멀쩡한 무기나 갑옷을 주지 못했던 것을. 그래서 자기를 무기점 주인으로 부르고 대장장이를 자칭하지 않았다…… 우리가 자칭하지 못하게 한 거다.

이미 광산은 예정보다 몇 배나 되는 속도로 운영되고 있다. 의뢰한 것의 다섯 배나 커다란 갱도가 생겼으니까 순조롭다고 할 수준이 아니다. 게다가 그 요금이 붙지도 않았건만 '채굴권의 답례' 같은 걸 받아버렸다. 그렇다면 이 검과 갑옷에 걸고 백성을 지켜야겠지. 이 검과 갑옷만 있다면 이제 그냥 전부 돌격만 시켜도 된다. 그 정도로 뛰어난 물건이다.

게다가 왕국 최고의 대장장이가 병사를 위해 무기와 장비를 만들어 주고 있다. 이 정도의 사치가 있을까? 이렇게까지 받았는데 호락호락 백성을 버리고 패주하는 변경군이라면 내 손으로 목을 졸라 죽여줄 거다. 살아가는 수치는 고사하고 큰 은혜조차 갚지 못하는 배은망덕한 녀석은 이 변경에서 숨 쉬는 것조차 허락할 수 없다! 좋아. 훈련이다. 특훈이다. 돌격이다!

"아버님! 하루카 씨도 '움직이지 말라고? 그보다 측근이 하는 말 들어달라고? 진짜로?' 라고 말씀하셨잖아요. 어째서 전투복을 준비하고 계시는 건가요. 지금부터 나서면 왕국군보다 먼저 변경군이 왕도에 들어가 버려요. 교섭은 고사하고 선전포고와 동시에 공격하는 전격전이라고요? 그건 백성을 지키는 게 아니라 왕의 목을 가지러 가는 거잖아요? 임금님도 혼낼걸요? 진짜로.”

진지한 모양이다. 어째서 다들 입을 모아 측근의 말을 들으라고 하는 걸까. 나는 영주인데? 그리고 그 측근은 돌격을 전부 기각하는데?

“변경을 지키고 백성을 위해 죽을 수 있다면 그건 바라던 바. 대대로 그렇게 살아왔다. 이제 와서 목숨을 아끼라고 해도, 그런 삶은 몰라. 게다가 이미 역대 영주가 보기는커녕 꿈꾸는 것조차 허락되지 않았던, 평화롭고 행복한 변경령을 이 눈으로 볼 수 있었다. 나는 너무나 행운아라서 이제 여한조차 없을 정도야.”

이 은혜를 갚지 못하고 죽을 수는 없지만, 은혜가 나날이 늘어나서 거대화하고 있는 상황이다. 이제 갚기는커녕 받은 은혜의 총액조차 파악할 수 없을 만큼 초과 행복. 그런데도 그 소년은 감사의 뜻을 받아주지 않는다. 감사하려고 하면 도망치거나 훼방을 놓는다.

“죽지 말라고 갑옷을 보낸 거잖아요. 뭔가 받을 때마다 돌격 준비를 하지 말아 주세요!”

조금이라도 은혜를 갚는 것 말고는 무엇 하나 후회가 없을 만큼 행운아다. 더 행복한 생애는 꿈꿀 수도 없고, 더 이상은 상상조차 할 수 없다.

"적인 저한테까지 훌륭한 검과 근사한 갑옷을……. 세트로 에로 드레스도 받았습니다. 굉장히 에로했다고요?"

"아아, 받아버렸나요."

"어째서 그 소년…… 하루카 님은 그렇게까지 변경이나 그에 얽힌 사람들을 구하고 지켜주고 있는 겁니까? 그리고, 어째서 오무이 님도 하루카 님과 이야기를 나누고 있으면 말투가 엉망진창이 되는 겁니까? 그리고…… 정말로 그 레벨로 그렇게까지 강한 겁니까?"

샤리세레스 왕녀까지 검과 갑옷을 받았다. 그건 '부쉈으니까 사과의 뜻.'이라고 한다. 적의 무기를 파괴하고 사과하다니 들어본 적도 없으니까 당혹스러운 거겠지.

"당신이 전멸하려고 했던 것에는 화내고 있었지만, 당신이 변경을 지키려 했던 것, 왕국을 지키려 했던 건 인정한 겁니다. 그렇기에 당신을 위해 검과 갑옷을 만들어 준 거죠. 드레스는…… 취미? ……뭐, 그런 겁니다. 그리고 저희가 귀족이니 영지이니 허세를 부려봤자 그 소년은 염두에도 두지 않습니다. 그렇다면 귀찮은 영주로서의 위엄이나 말투 같은 건 의미가 없겠죠. 그러니 평범하게 이야기하는 게 낫습니다. 저는 그 소년에게 예의를 요구할 만한 게 무엇 하나 없으니까요. 그저 감사할 수밖에 없습니다. 설령 소년이 싫어해서 도망치더라도 감사할 수밖에 없는 겁니다."

검을 맞대도 보이지 않았겠지. 저건 그 높이도 깊이도 엿볼 수 없는, 그런 무서움이다. 계측할 수 없는 것만큼 무서운 건 없으니까.

"그리고, 강합니다. 확실히 저 소년은 레벨로도 스테이터스로도 약자라고 봐도 되겠죠. 지금도 신출내기 모험가 이하의 견습 정도. 여기에 나타났을 때는 마을 사람 정도의 능력에 불과한 낮은 스테이터스였습니다. 그리고, 지금도 여전히 낮죠. 그러니까 강한 겁니다. 저 약한 힘으로 오크 킹을 죽이고, 던전의 왕을 죽이고, 마의 숲도 던전도 계속 죽이고 있는 겁니다. 이보다 무서운 일이 있겠습니까? 던전의 왕조차 당해내지 못하는 Lv20입니다. 실제로 검을 맞대봐도 전혀 강함을 계측할 수 없었겠죠. 강함이라는 건 결과입니다. 죽이고 살아남은 자가 강한 겁니다. 아무리 레벨이 높더라도 죽으면 의미가 없으니까요. ——그리고 저 소년은 모든 걸 죽이고 살아남은 겁니다. 그것이 강함이죠."

강함에 의미는 없다. 강한 것에는 아무런 의의도 들어있지 않다. 이기는 것, 죽이는 것, 그리고 살아남는 것. 그 이외의 강함은 어떤 의미도 없다. 우리는 그렇게 배웠으니까.

그런데 모두가 저 소년의 무서움을 이해하지 못한다. 약한 상태로 이기고, 가장 두려운 상대를 죽이고, 극히 평범하게 살아가고 있다는 의미를…… 저것이야말로 강함이고 무서움이건만. 그리고 그것을 이해하지 못하는 무지몽매한 어리석은 자이기에 저 소년이 있는 이 변경에 전쟁을 건다는 어리석은 일이 가능하겠지.

그게 얼마나 무서운 일인지도 모를 만큼 어리석다. 그러니까 저 무서움을…… 불가능을 가능으로 만든다는 것의 공포를 모르는 거다.

> **한꺼번에 내놓지 않고 조금씩 올리거나**
> **시선을 바꾸면 오래 바가지를 씌울 수 있다.**

57일째 밤, 하얀 괴짜 여관

안젤리카 씨가 웃고 있다. 굉장히 기쁜 표정으로 웃는다. 분명 지금까지 줄곧 걱정하고 있었겠지. 여관으로 돌아오니까 하루카는 방에서 자고 있었다고 한다. 보통 밤새서 마을을 하나 만들면 잔다고 생각하는데⋯. 그래도 푹 잠든 모양이다.

좀처럼 잠들지 않는, 자더라도 굉장히 얕은 잠이고, 밤중에 할 일이 없으면 공허한 눈으로 뭔가 생각에 잠겨있었다. 잠들면 가위눌려서 눈을 뜨니까. 그런데 푹 잠들었다. 그 멸망한 마을에 가서 마을을 만들고, 무덤을 만들고, 그리고 마을 사람들에게 고맙다는 말을 들었다.

그리고 감사받는 걸 두려워하던 하루카는, 오늘 아침에는 조금 어른스러워져 있었다. 평소의 인위적인 웃음이 아니라, 자연스럽고 조금 슬픈 느낌이었지만 그래도 감정이 얼굴에 확실히 드러나 있었다. 그건 체념했다거나, 잊었다거나, 떨쳐냈다거나 그런 건 아닐 거다. 조금은 마음속에서 절충이 된 거다. 조금 슬프기는 해도 확실히 앞을 보고 있었다.

그건 굉장히 오랜만에 본 하루카의 얼굴이었고, 조금은 어른이 되어있었다. 뭐, 조금 정도로는 그치지 않을 만큼 밤이면 밤마다 어른의 계단을 500단 정도 건너뛰고 수직 급상승해서 대기권 같은 건 이미 돌파했지만……. 그래도 평범하게 웃는 하루카의 얼굴은 조금 어른 같았다.

여자들은 남자들이 줄곧 부러웠다. 남자한테만 바보 같은 짓을 하며 어린애 같은 모습을 보일 때나, 몰래 길티한 이야기를 하는 고등학생다울 때, 바보바보 오덕오덕 소리를 시르며 활기 넘치는 표정을 지을 때 조금 부러웠다. 모두 함께 '추가 주문이야~.' 라고 떼쓸 때만큼은 '횡포야~! 학대야~!' 라고 말하지만, 그래도 조금 기뻐 보였다. 그런 일 말고는 자신의 가치를 인정하지 못해서, 그럴 때만 조금 웃고 있었다.

그런데 오늘 아침에 갑자기 평범하게 웃으면서 "다녀왔어." 라고 말하니까, 조금 어른스러운 얼굴로 갑자기 그런 말을 하니까 다들 두근두근하게 됐다. 깜짝 놀랐고…… 그리고 기뻤다.

정말로 오랜만에 봤으니까. 한참, 한참 동안 볼 수 없었으니까. 언제나 함께 있는 안젤리카 씨도 기뻐 보였다. 분명 처음으로 푹 잠든 표정을 보게 된 거겠지……. 지금까지 본 적이 없었던 거다.

""""자는 얼굴 보고 싶어~!"""

"안 돼. 겨우 푹 잠들게 되었으니까. 절대 안 돼!"

""""에엑——! 부우부우."""

"안~돼!"

그래도 역시 슬픈 기색인 건, 그래도 역시 분한 거겠지. 그야 하루카니까 어쩔 수 없다. 왜냐하면, 만약 정말로 잊어버려서 신경 쓰지 않고, 자기 탓이 아니라서 어쩔 수 없다고 생각한다면……

분명, 그런 사람은 아무도 구하지 않고 구할 수 없다.

어쩔 수 없는 일조차도 죽을 만큼 후회하고 괴로워하는 사람이니까 구하는 거다. 그러니까 무리라든가 어쩔 수 없다거나 유감이라거나 말하는 사람은 구할 수 있는 사람밖에 구하지 않고, 손도 닿지 않는 사람까지는 구하지 않는다. 그리고 결코 이길 수 없는 자를 죽일 수도 없다.

(부들부들)

"""슬라임 씨 새치기 치사해!"""

(뽀용뽀용)

그래도 슬라임 씨는 돌아왔는데도 놀아주지 않아서 불만인 모양이다. 완전히 어리광쟁이다.

절충. 잡화점 언니는 알고 있었다. 구원 같은 건 없다는 것을. 마음속에서 절충할 수밖에 없다는 것을. 어딘가에서 매듭을 짓는 것이 필요하다는 것을 알고 있었다.

일찍이 자기도 괴로워하고 또 괴로워하고, 끝없이 괴로워하던 그 언니니까 알고 있었다. 그 괴로움을 이해할 수 있으니까 외칠 수 있었다. 구원 같은 건 없다고. 그래도, 다들 구원 같은 건 없더라도, 구하고 싶어서 발버둥 치고 있다고. 그래서 조금 슬픈 기색이었지만, 조금 어른이 되었고…… 그리고 강해졌다. 스테이터스는 전혀 변하지 않았다. 하지만 훨씬 강해졌다. 마음이 예리해진 거다.

그저 죽이는 것밖에 할 수 없다고 한탄하던 소년은, 분명 절충하고, 구원 같은 건 없다는 걸 이해하고…… 그리고 죽이는 것에 대한 각오를 다졌다. 그것밖에 할 수 없다고, 그러니까 죽인다고. 그렇게 조금 어른이 되었다.

"왠지 조금 박력이 있었지~?"

"그래도 웃는 얼굴이 조금 괜찮은 느낌이었어."

"그래도 오늘 저녁밥은…… 돈까스인데."

"그랬지!"

그러나 아무도 깨우라는 말은 하지 않았다. 그래도 조금은 기대하고 있으니까 여관 저녁밥도 먹지 않았다. 참고로 돈까스 소스는 무리였다고 한다.

"좋은 아침. 그보다 어서 와? 라고나 할까? 그럼 밥 먹을래. 목욕할래. 아니면 오·타·쿠·사·냥?"

"""밥이다~."""

"응. 오늘은 돈까스를 꿈꾸면서 돌아왔어!"

"""그리고 사냥하지 마!"""

일어났다. 기척 탐지에 걸렸는데도 잠에 취할 정도로 푹 잤나 보네. 멍한 표정으로 계단을 내려왔지만, 이미 마력을 두르고 조작을 시작했다. 흐르는 마력이 나선을 그리면서 스킬이 종횡무진 분열한다. ……임전 태세다!

"""꺄아아아──! 돈까스♥"""

그렇다. 돈까스 축제가 개막했다. 하루카 주변에서 미리 준비해 둔 돈까스들이 복잡한 나선을 그리며 빵가루를 둘렀고, 공중을 맴돌면서 차례차례 튀겨졌다. 그 지글지글 소리까지 맛있어 보여서, 여자애들도 배에서 꼬륵꼬륵 소리를 내며 기다리고 있다!

"이제 소리만 들어도 맛있다는 걸 알겠어!"

"""소리와 냄새의 하모니네?!"""

아이템 주머니에서 차례차례 나와서 공중을 나는 접시에 올라 갔고, 마수의 초고속 와이어 커터의 참격으로 썰린 양배추와 합 류한 뒤 소스를 뿌려서 테이블까지 활공했다. 그리고 접시를 뒤 쫓듯이 들어오는 갓 지은 밥에서는 김이 오르고 있는 데다 버섯 수프까지 추가로 활공하고 있다! 그렇다. 소녀심이 한계 돌파했 다. 아마 제대로 시간을 계산하면 3분도 걸리지 않았겠지만, 그 소리와 냄새부터 맛있었다. 이제 먹기 전부터 맛있었으니까, 기 다리는 시간이 영원해 보일 만큼 기다리기 힘들었다!! 도와주고 싶어도, 손댈 수는 없으니까 기다릴 수밖에 없었고, 그게 또 더 욱 기다리기 힘들었다……. 그야 지글지글 소리를 내는 돈까스 앞에서는 누구도 저항할 수 없으니까!

"다됐어~. 뭐, 많이 먹으라고나 할까? 응. 더 있으니까. 평소처 럼 근사한 스페셜 프라이즈이고, 지금이라면 한 장에 단돈 800에 레라니까?"

"""먹을래!"""

"그리고 더 시킬 거야. 시킬 거라고!!"

"""잘 먹겠습니다~!"""

"추가도 예약할래!"

"맛있어어, 하루카 하나 더!"

실내는 우물우물 우걱우걱, 무언의 행복으로 가득했다. 그야, 잃어버렸다고 생각한 게 또 하나 돌아왔으니까. 분명 무엇 하나

잃게 만들고 싶지 않은 거다. 설령 이세계더라도 전부 되찾을 생각이다. ……그건 절대로 불가능한 일이지만, 하나라도 많이 되찾으려고……. 응, 자기야말로 최대의 탐욕스러운 강탈 씨다. 그야, 절대 포기하지 않으니까.

"""맛있어——(눈물)"""

"으으으, 정말 그립네……. 돈까스가."

이세계 같은 곳에 끌려와서 모든 걸 잃어버렸지만, 오늘 또 하나 되찾았다. 그리고 이세계에서의 Re:돈까스는 정의였다!

"그보다, 알고 있던 돈까스보다 맛있네?!"

"응. 정확하게는 돼지 같은 무언가 까스라서, 무슨 까스인지도 알 수가 없어……. 뭔가 엄니나 발톱도 있었고?"

카키자키 그룹은 돈까스를 문 채로 하나 더 받으러 갔다가 하루카에게 혼나고 있다. 다른 여자애들도 돈까스 재고량을 곁눈질로 확인 중이다. 그래도 또 하루카 것까지 먹어버리면 안 되거든? 또 분노의 바가지 축제로 무일푼이 되어버리니까? 응. 내 것도 남겨 줘! 그 숫자라면 한 사람이 세 개까지 여유로울 거야!!

"""""하나 더———♪"""""

아뿔싸, 함정이었다! 왜 모두가 두 번이나 추가하고 나서 갈아 만든 무가 나오는 거야! 게다가 별도 요금?! 약삭빠르네. 그래도 먹을래!!

우물우물, 우물우물……. 근데 어째서 디저트까지 있는 거야! 왜 엄선하고 엄선한 각종 과일 무스인 건데!! 응. 정말 좋아하는 거고, 게다가 네 종류나 있다……. 다 먹으면 목욕 전에 훈련에 연습에 단련이다! 분명 칼로리 설계가 수학적 견지로 보더라도 위험하니까! 응. 오늘도 안젤리카 대장의 훈련 캠프에 입대하자. 원 모어 세트?

> **공기인데 최근 농도조차도 흐릿해졌으니까 슬슬 진공이 될 것 같다.**

57일째 밤, 하얀 괴짜 여관

던전 공략은 전원이 문제없이 49층까지 도달했다. 응. 갑옷 반장도 슬라임 씨도 합격점을 줬으니까 문제없이 압승한 거겠지. 고전하지 않고 힘으로 압도한다. 그것이야말로 합격의 정공법이다. 그러나 동급생들 대부분이 레벨 99에서 멈춘 상태가 되었다. 레벨 100의 벽이 너무 두꺼운 것 같단 말이지……. 역시 미궁왕전을 할 수밖에 없는 건가? 길드에서도 정보는 없었으니까, 해보는 것 말고는 조사할 방법이 없다. 그리고 지금도 훈련에 몰두하고 있다. 뭐, 매일 하는 일이고, 과제는 사라질 일이 없다. 그리고 칼로리가 걱정되겠지만……. 그럼 왜 돈까스 다음에 각종 과일 무스를 전 종류 제패한 끝에 2주차까지 가버린 걸까? 돈은 벌었지만?!

그리고 '던전 아이템으로도 계산 가능'으로 팔아서 던전 아이템 대다수를 몰수했지만, 좋은 물건은 미스릴화해서 폭탄 세일이나 경매에 내놓을 거다. 게다가 그것도 사면 또 '던전 아이템 계산' 이 늘어난다는 떼부자 시스템에 이번에는 그럭저럭 괜찮은 자작 장비도 내놓았으니까 떼부자화가 멈출 줄을 모른다! 응. 그런데 왜 돈이 없는 걸까? 쓰면 없어지더라니까? 응. 아무튼 미스릴화다.

"폭탄 세일 개최는 목욕한 뒤가 좋겠어…… . 응. 오늘은 장비품만으로 해둘까?"

그야 액세서리나 옷을 내놓으면 그쪽만 살 것 같으니까? 뭐, 효과 붙은 평상복을 갖추는 것도 평상시의 호신에는 중요하다. 중요하지만…… . 호신이 너무 과도하다고! 이제 외출용 옷만으로도 던전 상층 정도는 갈 수 있는 초 과보호 호신 장비가 되었다니까?!

"응. 그리고 세련된 아이템 주머니도 내놓을까!"

(뽀용뽀용?)

『공간 마법』에 『연금』까지 양쪽 모두 필요하니까 좀처럼 완성되지 않았지만, 밤중에 소리 내어 읽기 싫은 그 책에 만드는 법이 실려있었기에 연습해서 겨우 아이템 주머니를 만들 수 있게 되었다. 그리고 세련된 아이템 주머니가 있다면 평소에도 들고 다닐 수 있다. 그건 무기를 상비한 것과 똑같은 효과가 있다.

"그야 천 주머니라면 들고 다니지 않는단 말이지. 응. 날라리 여자애들이 코디에 어울리지 않는다고 퇴짜를 놓는다니까…… . 분명 대검을 짊어지고 다니는 게 더 이상할 텐데!"

뭐, 이제 조금만 더 있으면 옷 자체에 『수납』도 부여할 수 있을 것 같으니까 호신 문제는 해결할 수 있다. 응. 오히려 멋지게 꾸미고 던전에 갈 것 같다! 그건 뭐랄까, 피크닉인가?

"노출 부분은 마력 방어화인가——……가슴이 뜨거워지네!!"

그렇다. 풀 아머 장비를 하지 않아도 마력으로 물리 방어가 가능해졌다. 이건 역시 마침내 비키니 아머 플래그가 선 건가! 응. 완성되면 완성된 대로 남자들이 허리를 숙이는 바람에 전투 능력이 격감할 것 같다!! 그야 남고생이니까? 응. 무리겠지?

"후우우우우우우——……."

밤의 준비는 되었다. 너무 완벽하게 된 게 문제다. 이 문제는 아마 남고생에게는 지상 명제라고 말해도 좋을지도 모른다. 그야 레오타드의 차례를 기다리고 있었는데 차이나 드레스가 나와버렸단 말이지?

"방적 공장에서 금실, 은실 제작에 성공했으니까……. 무심코 정교한 차이나 드레스를 완성하고 말았는데……. 18종류나 있는데 어쩌지?"

분명 18회전을 벌였다가는 혼날 거다. 그러나 전부 버릴 수는 없어서 고민된다. 분명 입히면 좀 더 고민될 거고, 굉장히 뇌쇄적이라서 대학살이 시작될 거다.

"그나저나 미니는 나쁜 거라고 믿고 있었는데—— 미니는 좋은 거였어!!"

그래서 더더욱 관능적이고 요염했다. 응. 근사하다. 그러나 미니도 넣으면 30회전? 그건 과연 하룻밤에 끝나기는 할까?

"큭. 시제품으로 느낌을 파악하고 나서 숫자를 줄이려고 했는데 오히려 늘어났——다고?!"

차이나 드레스도 판매한다면 떼돈을 벌겠지만, 과연 입고 나갈까? 그렇다. 망사 타이츠조차도 여관 한정이었는데. 뭐, 나가면 그것도 그것대로 문제일 것 같지만, 분명 사겠지.

"그야, 차이나 드레스도 분명 갑옷 반장이 과시하면서 들킬 테니까!"

응. 꽤 어른스럽지 않은 영원한 17세란 말이지? 슬라임 씨한테까지 과시한다니까? 그리고 과시한 뒤에는 잔소리와 주문의 폭풍이 불어닥친다. 그러나 보고 싶지 않냐고 묻는다면 거짓말이겠지. 그건 분명 좋은 것이다……. 그야 여고생 20명의 차이나 차림은 낭만이지만 파괴력이 높을 것 같으니까. 그러나 보면 사건이 벌어질 게 확정적인 함정이다. 응. 보고 싶기는 하지만? 그리고 남자들은 여고생 20명의 차이나 드레스 차림을 보면 확실하게 굳어진 채 공기가 될 거다. 사실 원래부터 공기 같았는데 최근에는 농도조차도 흐릿해지고 있으니까 여자들이 차이나 드레스 같은 걸 입는다면 슬슬 진공이 될 것 같거든?

"응. 뭔가 스킬을 얻을 수 있을 것 같아……. 진공 오타쿠 베기라든가? 응. 베어볼까?"

요전의 미니 원피스로도 남자들은 시종일관 완전히 말이 없었다. 이제 슬슬 배경으로 변해서 벽과 일체화될지도 모른다. 응. 그대로 도색이나 해줄까?

"좋아! 엄선했어. 엄선한 차이나 16장과 레오타드로 좁혔어! 힘든 싸움이었다고……. 응, 아직 미련을 버릴 수 없지만 내일이 있잖아!"

뭐, 분명 내일은 내일의 차이나가 있겠지만…… 그야 오늘은 시제품이니까?

"문제는, 어느새 레오타드까지 8장으로 늘어났는데, 나는 검은색파였을 텐데도 어째서인지 숙적인 하얀색 레오타드까지……. 그래도 좋은 거야. 이건 좋은 거라고! 응. 하얀색 레오타드파와 화해하자. 그래도 검은색 최강은 양보할 수 없어. 절대로! 뭐, 그래도 핑크색파와 물색파와도 화해가 필요할 것 같네…… 고민되는걸?"

목욕 전에 훈련을 지켜보러 가니까 자유 대련 중이었다. 갑옷 반장에게 차례차례 덤벼들었지만, 그녀는 회피하고 걷어내고 흘리면서 두들겨 팼다. 분명 노리는 건 개인 기술의 숙달과 대인전 경험치를 올리는 것. 그리고 토실토실의 연소, 다시 말해 원 모어 세트겠지. 그렇다. 유산소 운동과 무산소 운동을 계속 반복하는 검격전은 효과가 커서 대인기라고 한다. 응, 분명 먹지 않으면 되지 않냐고 물어보면 살해당하겠지. 그야말로 눈만으로 살해하러 올게 틀림없다! 그야 생각하기만 해도 엄청 노려보니까?!

"아니, 근데 31명밖에 없으면서 대체 왜 200개 이상 준비한 각종 과일 무스가 부족해지는 거야? 슬라임 씨한테는 양동이로 줬으니까 무고하거든?"

(뽀용뽀용)

그렇다. 범인은 지금 일제히 눈을 피한, 저기 원 모어 셋 여자애들이다! 더군다나 자각이 있는지 훈련에 쏟는 기합이 다르다고. 응. 저건 진심이다.

그러는 사이 얻어맞아서 차례차례 눈이 가위표가 된 가위표 소녀들이 쌓여갔고…… 끝났다. 그렇다. 마침내 전원이 가위표 눈이 되어 뒤뜰에 쌓인 모양이다. 응, 이제 슬슬 여관의 명물이 될 것 같네? 그리고 백은의 건틀릿이 흔들린다. 갑옷 반장이 이리 오라고 손짓하고 있어?

"설마 갑옷 반장도 너무 먹은 거야? 또 연소할 거야? 응. 오늘 밤 엄청 연소할 수 있으니까 괜찮지 않나? 진짜라니까!"

대답은 검격이었다──. 몸을 던져야지만 뜰 방도도 있다. 작자 미상?

"잠깐, 검격 속에 몸을 던져서 떠오르려고 해도 또 검격의 폭풍이라 그 안에 몸을 던지게 되잖아. 왠지 내 몸을 계속 던지기만 하고 있는데도 떠오르지 않는다고! 나 익사자야?"

참격의 선과 참격 틈새에 몸을 끼워 넣고, 회피와 공격 사이에 검을 내지르고는 있지만 전혀 떠오르는 빈틈이 없다. 응. 내 몸을 계속 던지고는 있지만 내 몸을 휙 내던지는 건 금지야! 응, 지금이 내 몸이었나?!

"훈련, 중요해요!"

"그렇게 말하면서 기뻐하는 표정이라는 게 무섭거든?!"

덮쳐오는 빠르고 날카로운 보법은 복잡한 발놀림인데도 흐트러짐이 없다. 빠르고 우아하고 아름다운 스텝을 새기고, 그 춤추는 듯한 몸에서는 몽환의 검격이 흩날린다. 그래서 사방팔방에서 날아오는 참격 속을 걸었다. 서로 그냥 나뭇가지를 들고 맞부딪치는 모습은 평화롭지만…… 방심하면 나뭇가지에 나뭇가지가 베인다! 항상 마력을 두르고 주입하면서 맞부딪친다. 초고속 사고 상태라서 세계는 슬로모션 상태인데 아슬아슬하게 버티면서 대항하고 있다.

전이까지 두르고, 중력 마법까지 더해서 순간 이동처럼 가지를 휘두르고 무중력처럼 내디딘다. 이미 미쳐버린 꼭두각시 인형 같은 이형의 검격. 그것도 피한다. 스테이터스에 스킬을 겹치고, 마법을 섞어서 만들어 낸 초고속 상태의 검무 난격. 세계가 은빛 섬광으로 가득해진다…… 알기 쉽게 말하면 이제 무리 같은데?

"꺄흥!"

얻어맞았다. 그러나 복수는 나의 것. 그래. 차이나 드레스로 보복하고 레오타드로 앙갚음이다!! 확실하게 38전 분량을 준비해 놨다고——!!

"""수고했어~."""

"굉장하네~."

"""정말로 레벨이란 뭘까?"""

가위표눈 팀이 부활한 모양이지만, 제대로 연소한 걸까? 응. 그도 그럴 것이, 무스를 만들었다는 건 젤리도 만들었다는 거거든? 그래. 원 모어 세트에 끝은 없어……. 어차피 먹을 거잖아?

"후우——. 레벨? 응. 내구력과 방어력과 파괴력이야말로 레벨이야. 속도조차도 직선 속도라서 실은 공격력이거든. 이 세계는 타격전에서 밀리면 끝이라니까?"

사람은 레벨에 따라 강하고 튼튼해지고, 게다가 마법이나 스킬까지 익힌다면 기술 같은 것보다 레벨을 올리는 것이 물리적으로 팍팍 나갈 수 있다. 무술은 간단히 죽어버리는 약한 몸이기에 생겨난 거다.

"근데 안 맞네. 스치지도 않았고?"

"응. 레벨 99의 직선 속도가 무의미해지고 있잖아?"

"아니, 맞으면 죽거든?"

맞지 않더라도, 스치기만 해도 죽어버리는 걸 강하다고 말할 수는 없다. 모든 공격을 피하고, 마법까지 걷어내는 건 불가능하니까. 그렇다. 갑옷 반장 같은 격이 다른 무언가라거나, 한계를 돌파한 강운이라도 없으면 절대로 무리다. 설령 그런 게 있더라도 언제 죽어도 이상하지 않고, 언젠가는 죽는다. 응. 버티고 막아내고, 깨부수는 힘이야말로 진짜다.

"맞찌르기를 노린다면 이길 수 있으니까, 불필요하게 크게 걷어내고 크게 피하고 있는 거거든?"

내구력, 방어력, 파괴력이야말로 레벨. 그러니까 몸통 박치기나 돌진을 유용하게 써야 한다. 갑옷 반장하고 기량으로 맞부딪치는 건 승산은 고사하고 싸움조차 되지 않으니까. 저건 그 기량만으로 이 세계의 법칙을 전부 뒤집어 버리는 격이 다른 존재다. 저걸 목표로 삼는 건 무리거든?

그리고 격이 다른 사람도 꽤 개운해진 모양이다. 오늘은 감독 담당이었으니까 나설 차례가 적어서 지루했겠지. 지루했으니까 사역자도 두들겨 팬 거겠지……. 응, 나중에 반드시 복수할 거다. 그래. 나도 개운해지는 거다!!

그리고 목욕. 나중에 장비품 폭탄 세일로 갈취해서 돈을 벌지 않으면 슬슬 식재료나 조미료가 부족해진다. 쇼핑 나가는 것도 생각해야 하고, 간장이 있으니까 찾아보면 된장이 있을지도 모른다. 다시마나 가다랑어포도 있을지도! 그러니까 왕도나 다른 나라를 돌아보고 싶지만, 남은 던전도 많고 왕국군도 조만간 찾아올 거다. 그렇다. 어쩌면 미녀 암살자가 올지도 모르니까 자리를 비울 수가 없다!

"분명 이세계에서 착하게 지내도 산타는 오지 않겠지만, 미녀 암살자라면 와줄지도 모르잖아. 응. 그야 나, 착한 아이로 지냈으니까?"

응. 근데 착한 아이에게 미녀 암살자는 오지 않을 것 같은 기분이 드는 건 어째서일까? 목욕하고 나온 무쌍 소녀로 돈은 벌었지만, 분명 그건 불쌍 소녀라고 읽어야겠지. 뭐, 이제 전원의 장비가 최소 라인까지는 갖춰졌다. 유일하게 유감스러운 점은 갑옷 반장이 5차나, 2레오타드만에 쉬게 되었다는 거다. 응. 다음은 진짜 핵심이었던 빨강 차이나였는데 대단히 유감스럽지만, 하얀 레오타드는 무서운 아이였다! 그렇게 밤은 깊어 갔고── 심야에 검은색투성이인 늙은 아저씨들이 나와봤자 수요는 없다.

"잠깐, 미녀 암살자의 복선을 계속 깔았는데 아저씨가 오다니 진짜로 못 써먹겠잖아! 교환해 주세요!!"

아니, 다음엔 빨강 차이나였는데 아저씨라니. 필요 없다고!

> **여관에 아저씨가 왔다. 그토록 복선을 깔았는데**
> **놀랍게도 모두 아저씨였다!**

57일 심야, 하얀 괴짜 여관

한밤중에 침실로 쳐들어온 까만 아저씨 따위에게 용건은 없다. 그렇게나 집요하고 주야장천 미녀 암살자 플래그를 세웠는데 못 써먹을 이세계다! 입구에서 들이닥친 본대는 슬라임 씨가 먹었겠지. 맛있지는 않을 것 같고, 더러워 보였으니까 버린 모양이지만 놓치지는 않았다. 이후에 예의도 없고 얼굴도 못생긴 녀석들이 창문에 뛰어들었지만 모두 죽었다. 그야 와이어를 쳐둔 여고생의 침실 창문에 뛰어들었으니까…… 대부분 절단당했다고? 응. 상식적으로 생각해서?

"나 참. 그렇게나 복선을 깔았는데 아저씨를 보내다니, 못 써먹으니까 벌을 받은 거야!!"

"괜찮아?!"

"응, 그쪽은?"

"뭐야 뭐야?"

"다친 데는 없어?!"

"그치만…… 들어온 게 참살 시체였는데?"

"응. 이쪽도."

10명이 방 네 개를 단번에 제압하려고 한 거겠지. 하지만 여관의 방범 체제는 완벽하다. 그런데 힘껏 뛰어들면…… 절단당한다. 그리고 유류품을 보니 독을 쓸 작정인 듯하지만, 거의 모두 즉사. 빈사인 한 명을 제외하면 전멸이다. 한밤중인데도 전원이 기척 감지와 기척 탐지로 눈치챈 모양이라 이미 무장을 마쳤다. 그리고 어째서 실내에 거대 부메랑을 움켜쥔 바보가 있느냐면, 분명 신경 쓰면 지는 거겠지. 응, 안 된다. 태클을 걸면 길어지니까! 분명 지금은 나의 무시력을 시험받고 있는 거다! 아니, 시험하지 말라고!! 지금 바쁘다니까!!

그리고 생존자와 슬라임 씨가 잡은 아저씨 암살자들을 영주관으로 끌고 갔다. 분명 저쪽에도 뭔가 있었을 거고, 없더라도 아저씨는 필요 없으니까?

아저씨 암살자들의 호송은 반장 일행에게 맡기고 먼저 영주관으로 가자, 한밤중인데도 불구하고 화톳불을 켠 병사들이 주변을 경계하고 있었다. 응, 벌써 끝난 모양이다.

"좋은 밤? 의문형 같지만 인사니까 부정하면 곤란한데, 이쪽은 아무 일 없었어? 왜 복선을 깔아도 미녀 암살자를 한 명도 안 데리고 오는 거야!! 응. 여관에 아저씨가 왔는데, 놀랍게도 죄다 아저씨였어!! 왜 나한테는 언제나 아저씨가 오는 거야? 이쪽도 아저씨였어? 잠깐, 이쪽만 미녀 암살자였다면 용서하지 않을 거니까 교환을 요구하겠어!! 차별이잖아. 노 모어 아저씨!!"

측근이 문까지 마중을 나왔지만, 어째서 이 영주관은 문을 그냥 지날 수 있는 걸까? 그렇다. 매번 문지기는 막지도 않고, 용건은 고사하고 이름조차 물어본 적이 없다. 응. 그냥 지나가게 해주는데 문을 지킬 의미가 있는 건가?

"밤중에 걱정을 끼쳤네요. 이쪽은 병사 한 명이 가벼운 부상을 입은 걸로 그쳤습니다. 독을 바른 칼날을 사용했지만, 하루카 님의 해독 버섯 포션으로 큰일로 발전하지는 않았습니다. 단지, 상태이상용 내성 장비가 없었다면 즉효성이라 치료가 늦었겠죠. 상당한 맹독입니다."

"적을 생포하지는 못했지만, 모두 남자였던 것 같던데……. 아저씨인지 아닌지까지는 미확정이지만, 그게 중요한 건가?"

피해는 없었던 모양이다. 뭐, 그 정도라면 괜찮겠다고 생각했지만, 이해할 수 없는 건 전원이 대단한 실력이 아니었다는 거다. 그럼 어떻게 가짜 던전을 통과한 거지? 응, 이 정도의 아저씨력으로 통과할 수 있을 것 같지는 않은데?

그렇게 측근과, 덤으로 메리 아버지와 이야기를 나누던 중에 겨우 반장 일행이 아저씨 암살자들을 끌고 왔고, 여기에 미행 여자애가 정보를 가져왔다. 조금 늦은 모양이지만, 확실하게 정보를 가져온 모양이다. ……응. 늦었으면서 의기양양하네?!

"벌룬 배트라는 마물을 써서 하늘을 날아 사람을 보낸 모양이에요. 이미 암살자와는 다른 간자도 들어왔을 거예요. 조사와 포박을 시작했지만, 그때까지는 조심하세요. 여전히 인원은 파악하지 못했지만, 대단한 숫자는 아닌 모양이에요. 20명에서 30명 정도일까요. 전원 경장일 거예요."

기구 같은 마물로, 하늘에 계속 떠 있는 마물인 모양이다. 설마 공중 수송이 있을 줄은 생각지도 못했다. ……단, 꽤 희귀한 마물이라 많은 숫자가 있는 건 아니라고 한다.

"하늘은 성가시네요."

"대궁…… 노궁이 필요할지도?"

그러면 공중전으로 죽이면 된다. 그야, 기구라면 마음껏 노려서 처리할 수 있으니까. 이쪽에는 부유할 수 있는 슬라임 씨가 있고, 나에게도 『공중보행』이 있다. 장시간 연속 사용은 어렵지만, 직선적인 공중 돌격전이라도 괜찮다면 완전 특기다. 응. 착륙 방법은 여전히 발견되지 않았지만, 날아서 부딪칠 때까지는 숙련자라고 해도 과언은 아니겠지. 분명 격추왕과 추락왕이라면 받을 자신이 있다!

"한동안은 밤만이라도 가짜 던전 성으로 이동할까? 응. 무리무리 성이라면 바로 요격하러 나갈 수 있으니까 후수에 몰리지 않아도 되고, 슬슬 지상에서도 뭔가 올 것 같으니까?"

가짜 던전 주변에도 손대지 않은 던전이 있으니까, 이동해도 문제없기는 하다. 잡화점도 현재 재고는 충분하고도 남을 만큼 있고, 그건 주문을 닥치는 대로 받아주는 누님의 문제니까 내버려 둬도 되겠지. 그보다 여관에서 도망치지 않으면 무조건 주문 받으러 올 거야! 응. 마을 다음에는 과연 뭘까……. 생각하면 안 되겠지?!

반장도 아저씨 암살자 양도가 끝난 모양인지 이리로 왔다. 그리고 인사했다. 뭔데뭔데?

"오무이 님. 밤늦게 소란을 부려서 죄송합니다. 여관에 암살자가 나타나서 포박한 자를 연행해 왔어요. 사정은 들었을까요? 들고 이해하셨을까요? 아마 그쪽 슬라임 씨한테 물어보는 게 이해하기 쉬울 텐데 괜찮나요? 뭐하면 하루카는 격려할까요?"

"소란이라니, 원래는 우리 도시와 백성을 지켜야만 하는데 면목이 없는 건 이쪽입니다. 오히려 도시의 위기를 진압해 주다니 뭐라 감사해야 좋을지. 이 도시의 영주로서 모두에게 감사를 표하고 싶군요."

뭔가 메리 아버지가 꺼림칙한 말투를 쓰고 있잖아?! 아니, 아까까지는 '저기저기~ 안마의자 차례 대기가 기니까 하나 더 만들어 주지 않겠나?' 라고 말했으면서, 캐릭터를 만들고 있어?! 그래도 확실히 이 정도는 하지 않으면 아무도 영주라는 걸 눈치채지 못하겠지⋯⋯. 그야 복장이 병사와 다를 바가 없고, 측근이 훨씬 차림새가 좋으니까?

"주변 확인 완료했습니다."

"도시에도 병사 배치를 완료했습니다."

"음. 밤이 지나갈 때까지 경계를 늦추지 마라!"

""" "예!" """

그나저나, 어째서 이 정도의 잔챙이 아저씨들을 암살자로 보낸 걸까⋯⋯. 이래서는 다른 간자들도 움직이기 힘들어질 뿐인데, 굳이 보낸 이유가 있는 걸까? 그렇다면 양동? 하지만 영주도 여기에 있는데, 진짜 목표는 따로 있나?

"어라? 왕녀 여자애는 어딨어? 그리고 메리메리 씨 쪽은?"

위험한 건 인질로 잡기 쉬운 메리 가족, 그리고 왕족이면서 장군인 왕녀 여자애다. 그렇다면 잔챙이 아저씨 암살자를 일회용으로 던지면서까지 움직일 가치가 있는 진짜 목표가 있을 터. 왕녀 여자애를 죽이러 온 건지, 납치하러 온 건지 확인할 필요도 있지만, 납치한다면 구원일 가능성도 있다. 그렇다면 돌려보내는 게 안전할지도 모른다. 여기에 머무르면 배신했다고 생각할 위험이 있으니까.

"완전 무장하고 저택 안에 있지. 메리에르도 변경 기사 중에서는 최고위의 실력자고, 왕녀 전하는 국내에서는 최강의 공주 기사. 납치당할 걱정은 없어. 일단 병사도 붙여놨다네."

『기척 탐지』에도 『색적』에도 반응은 없다. ……없긴 하지만?

"잠깐 보고 올 건데 누가 따라와 주지 않으면 설마 하던 '꺄아아악 변태' 전개가 일어났을 때 큰일이 벌어지니까……. 그보다 어째서 '꺄아아악 변태'라고 하니까 오타쿠와 바보가 손을 들고 있는 거야?! 응, '꺄아아악 변태' 상황에 남자까지 와버리면 아무런 해결도 되지 않고 악화 일로잖아! 도착하기는커녕 사건을 향해 돌격이야!! 평소에는 공기 같으면서 왜 이런 데서만 갑자기 모습을 드러내는 건데!! 대체 얼마나 '꺄아아악 변태' 상황에 꿈과 희망을 부풀리는 거냐고?!"

아니, 나도 조금은 기대하지 않는 건 아니지만, 지금까지는 기대해 봤자 아저씨로 끝났다고. 그래. 애초에 뭔가를 기대해 봤자 이 세계는 아저씨야……. 응, 경험자가 말하니까 울 것 같지만, 여기서 방으로 달려갔더니 아저씨가 '꺄아아악 변태'라고 말하면 태워버릴 거야? 응. 이 저택까지 모조리 재로 만들겠어——!!

"""영주관을 불태우지 마!"""

이야기가 진행되지 않으니까 왕녀 여자애가 잘 따르는 갑옷 반장을 보냈다. 만에 하나를 대비해서 슬라임 씨는 여관에 남겼다. 응. 잠깐 유도해 볼까? 슬슬 밤도 끝날 테니까 고속 이동으로 도시를 순회하고, 그대로 성벽으로 가면 된다.

아무도 따라오지 않았다. 『기척 탐지』와 『색적』 모두 반응 없음. 하지만 이건 미행 여자애도 속일 수 있었다. 그러나 『공간 파악』에도 걸리지 않는다. 과하게 경계한 걸까, 아니면 표적이 다른 걸까……. 저쪽에는 동급생 29명에 갑옷 반장이 있고, 영주관의 방어는 요새급. 설령 표적이 왕녀 여자애나 메리 아버지라도 손댈 수 없다. 그야 저기에는 공포의 폭력 반장이 있으니까! 그러니까 유도해 봤는데 아무도 안 오네? 역시 호감도가 없기 때문인가?! 혼자서 무방비하게 뛰쳐나왔는데 아무도 안 온다. 밤이 끝나기 직전의 어둠 속에서 혼자 돌아다니고 있는 이상한 사람이었다!

도시에서 더욱 떨어져 봤는데, 슬슬 돌아갈까? 『기척 탐지』에도 『색적』에도 반응이 없다. 하지만──이건 본 적이 있다고?

"──에잇!"

내 그림자에서 검이 뛰어나왔네? 그래서 받아봤는데, 별로 좋은 검은 아닌 것 같다.

그래도 일단 스킬도 붙어있으니, 무기점에 팔면 용돈 정도는 벌 수 있겠지. 그리고 검을 준 손이 그림자에서 뛰어나온 채 굳어졌다. ……응, 이제 다음은 안 주려는 모양이다. 그림자에서 뛰어나온 손이 다음에 뭘 줄지 기다리고 있었는데 아직도 굳어져 있네?

"저기, 다음은 아직이야? 응. 가능하다면 해머 같은 게 부족하니까 그걸 주면 비싸게 팔 수 있어서 기쁠 테니까 빨리 줄래? 실은 꽤 기대하고 있거든?"

"……."

여전히 굳어있다. ——없어? 아무래도 해머는 가지고 있지 않은 모양이다. 모닝스타 같은 것도 희귀하고 비싸게 팔리는데 안 갖고 있나?

"아니, 강요할 생각은 없으니까 딱히 무리할 것 없이 검이면 되거든? 그보다 현금이 좋거든? 응. 돈 되는 거라면 뭐든 좋으니까 무리하지 말고 전부 내놓으면 된다고?"

"……."

결국 그림자에서 나온 건 침울해진 누님이었다……. 미녀 암살자가 아니라 왕녀 여자애 전속 메이드로, 실은 첩보와 호위를 전문으로 하는 미녀 첩보원 with 메이드였다. 응. 모처럼 동굴 근처까지 끌어들였지만 데리고 돌아가면 혼날 것 같고, 거품으로 심문하기도 전에 전부 털어놓았다……. 이미 거품 액체비누도 꺼냈는데 말이지? 그리고 메이드의 목적은 왕녀의 탈환. 암살자를 고용해서 습격하는 양동을 거는 사이에 왕녀 여자애를 구출…. 다른 간자는 탈출 준비를 위한 요원이었던 모양이다.

"왕녀 여자애라면, 말하면 그냥 돌려줬을 텐데?"

"샤리세레스 님은 인질로 잡혀있던 게 아닌 겁니까?! 공주님, 공주님은 무사하신 건가요! 붙잡혔다고 들어서 걱정 또 걱정이라, 붙잡혀서 야한 짓을 당하지 않았나 굉장히 걱정했어요…….

아니, 지금 왜 눈을 돌리는 거죠! 잠깐, 이쪽 보세요. 뭘 한 거야! 공주님에게 무슨 짓을 한 거냐고?! 공주님은 어떤 야한 짓을 당한 거야? 너는 대체 공주님에게 뭘 저지른 거야?!"

"잠깐, 아니거든? 응. 반라인 건 야했지만, 아슬아슬하게 18금이었으니까 세이프였고, 나는 16세니까 아웃이라는 건 신경 쓰면 패배니까 나는 전혀 잘못 없고, 완전 알몸이 아니었으니까 분명 문제없다니까? 이후에 바로 에로 드레스 입혔으니까 괜찮았지만 노출도는 오히려 괜찮지 않게 되었다는 설이 있기는 해도, 나는 잘못이 없다는 설도 분명 어딘가에 있지 않을까?"

하마터면 오해가 생길 뻔했다. 응. 누명이란 무서운 거야.

"왕국의 왕녀를 반라로 만들고서 뭐가 잘못이 없다는 거죠! 최악이에요. 게다가 에로 드레스를 입히다니 언어도단이에요! 불경죄에요! 극형에 처하겠어요!! (이하 온갖 욕설)"

혼났다. 반라 영차영차로 혼나고, 에로 드레스로 잔소리를 들었다. 그러나 나는 반라 영차영차에 참가하지 않았고, 저번 에로 드레스는 급해서 그랬던 거고, 현재 에로 드레스는 방어 효과가 높고 겉보기의 파괴력도 높은데…… 불만인 것 같네? 응. 뭐 에로하긴 하지만.

"그럴 작정은 아니었다고? 음. 그 파괴력은 솔직히 왕녀 여자애를 얕보고 있었어. 이야~ 다이너마이트 보디가 상당한 파괴력을 가지고 계셨다니까? 진짜로 계셨다고?"

"……어째서 공주님에게 경어를 쓰지 않고 다이너마이트한 보디에 경의를 보이는 거죠! 무례하잖아요! 극형에 처하겠어요!!

(이하 매도 중)"

그야 그건 경의를 품을 만하지. 남고생의 감정 폭주를 일으키는 초 위험 섹시 다이너마이트였다. 그래. 저도 모르게 『나신안』이 전력으로 영상을 보존했다니까? 응. 이제 나신안(裸身眼)으로 개명될 것 같아!

그러나 이것만큼은 말해둬야겠다. 그래. 메이드의 눈흘김은 좋은 것이었다! 보존하자!!

방어전 포진인 학익진은 뽀용뽀용이지만 종심진은 부들부들인 모양이네?

58일째 아침, 하얀 괴짜 여관

그로부터 왕녀 여자애와 메이드 여자애의 뭔가 감동적인 재회가 시작됐고…… 나하고는 상관없으니까 돌아왔다. 그야, 관계가 없으니까? 응. 나도 끌어안으면 혼날 것 같았거든?

그리고 얼싸안고 뭔가 이야기하고 있었지만 흘려버리고 돌아왔다. 결코 어쩌고 왕국의 어쩌고 왕에 어쩌고 귀족이 어쩌고저쩌고, 그 어쩌고가 어쩌고를 향해 어쩌고 했으니까 어쩌고 하는 이야기를 이해하지 못했던 게 아니다. 그래. 흘려들었어!

그리고 회의 중. 휴식파와 던전행파와 가짜 던전 정찰파가 논의를 거듭하고 있는데, 차이나 리턴매치파인 나는 극소수 파벌이라서 따돌림당하고 있다. 그렇다. 오늘은 아침 리턴매치를 하지 못해서 빨강 차이나가 방에 멀뚱히 남아있다고?

"그치만 계층주전이 네 군데나 남았고, 시험도 여전히 불합격이잖아?"

"그래도 뭔가 아침부터 피곤해서 집중력 위험하지 않아? 은근히 수면 부족이고?"

"그보다도 차이나 드레스는 잡화점에 입하된 거야? 차이나는 어디?!"

"침입했다는 상공도 경비하지 않으면 또 오지 않을까?"

"""으――음."""

(부들부들)

확실히 하늘에서 습격해 온 건 예상 밖이었다. 그러나 벌룬 배트는 꽤 희귀하고 귀중한 마물이라 숫자가 많지 않고, 현재는 변경군이 접수했다. 그러니 왕국은 이제 비행할 방도가 거의 없다고 한다. ――그러니까 없지는 않다. 절대 안전하다는 보장은 어디에도 없다.

"왕국의 정세는 나중에 들을 테니까, 던전을 없애거나 훈련 같은 걸 해야 할까?"

"그래도……. 오해라도 암살자를 내버려 뒀다가 독살이라도 당하면, 꽤 위험하지 않아?"

"진심으로 사과한 모양이니까 영주님의 판단에 달렸겠지만, 목숨을 걸고 샤리세레스 씨를 구하러 온 거잖아."

"게다가 하루카에게 피해를 봤고?"

"""불쌍하네?!"""

왕국의 정세가 복잡하니까 계획을 전혀 세울 수 없는데, 메리 아버지가 왕도에 돌격하겠다면서 이러쿵저러쿵 소란을 부려서 도망쳐 왔다. 응. 왕국은 어찌고와 저찌고가 절찬 분열 중인 모양이라 왕족도 그렇고 귀족이나 군의 파벌까지 누가 적이고 누가 아군인지 알 수 없다고 한다.

하지만 민중, 아니 국민은 대부분 변경 측의 편이고, 변경의 비극은 어디에나 알려져 있는지라 그곳에 사는 마물과 싸우는 변경 백성들에게 동정과 감사의 마음이 있는 모양이다. 그런 영문 모를 상황 속에서 딱 하나 틀림없는 적은——교회. 그리고 그 교회가 신봉하는 어찌고라는 노신. 노인이다. 영감이다. 좋아, 적이다! 멸망시키자!! 이제 결정이다!!

"역시 이 모든 원인은 그 영감에게 있었던 거야. 그런 걸 모시고 있다면 멀쩡한 녀석이 아니니까 태워버리자. 정화 운동 기간에 불의 7일간이야. 좋아, 하자. 지금 하자, 지금 당장 해치우자!"

"어——이, 엄청나게 사악한 미소를 짓고 있거든~? 완전 마왕도 울 만큼 사악한 웃음이고, 그 웃음은 무조건 세상을 멸망시키려는 사람의 웃음이거든?"

"응. 사악을 뛰어넘고 흉악을 웃돌아서 한 바퀴 돌아 오히려 평범한 못된 얼굴이네."

"가벼운 느낌으로 중얼거리고 있지만, 학살이라든가 섬멸이라든가 유린이라든가 몰살은 금지거든?"

"저기, 보통은 금지하지 않아도 금지잖아?"

영감과 그 동료들의 섬멸은 금지인 모양이다. 그렇다면 남은 길은 토벌이나 소멸이나 근절이나 구축이나 오살이나 박살이나 전멸시킨 뒤 말살 근절에 일소 정도밖에 할 수 없겠네?

"근데 의외로 토벌이라는 말은 청결해 보여서 좋네?"

"""전혀 안 듣고 있잖아?!"""

그치만 설마 변경에 전쟁을 걸어놓고 자기들이 목 졸려 죽는 건 싫다고 말하게 둘 수는 없잖아. 응. 왜냐하면 전쟁은 그저 살육전이니까. 어떤 이유를 늘어놓는다고 해도 죽이려고 한다면 자기도 죽을 운명을 짊어지는 게 살육전이다. 그러니까 싫다고 말하게 둘 수는 없고, 말해도 들을 생각은 조금도 없다.

"아니, 교회를 없애버리는 게 빠르지 않아? 그야 영감 쪽인 모양이고, 모두 사이좋게 죽어서 좋아하는 영감의 하얀 방으로 간다면 기뻐하지 않을까? 응. 아마 영감 페티시즘 모임이라면 분명 그런 성벽이나 취향을 가진 사람들일 거야? 아마도?"

"그건 취향이 아니라 종교잖아!"

"""신앙심이 기호 취급을 당하고 있어?!"""

어째서인지 발언이 금지됐고, 슬라임 씨한테까지 의견을 구해서 뾰용뾰용하고 있는데 나만 금지 중? 응. 어째서 가짜 던전 방어전 포진 의견을 슬라임 씨한테 묻는 걸까. 참고로 학익진은 과감하게 뾰용뾰용이지만 종심진에 관해서는 신중하게 부들부들인 모양이네?

다수결──. 그 결과, 점심까지 휴식. 오후부터 계층주전을 1전이나 2전 정도 하거나 점심까지 무슨 일이 생길지 대비하며 낌새를 보는 모양이다. 그런데 차이나 리턴매치는 기각되었고, 방에서 1전이나 2전은 안 하려는 모양이다……. 뭐, 역시 무리라고 생각했었지만, 아침부터 하는 건 안 되나 보네? 빨강 차이나인데?

그런고로, 어슬렁어슬렁 잡화점이나 무기점을 들여다보면서 거리를 돌아다녔다. 왔을 때는 돌만 깔려있을 뿐인 잿빛의 울퉁불퉁한 건물뿐이었는데, 최근에는 하얀 벽이 붐이라서 석회나 석회석이 꽤 팔리고 있다. 실은 비밀 수입원이라서, 잡화점이나 무기점 개장 효과가 확인되어서 판매량이 급상승해 많이 벌고 있다. 하얀 벽으로 된 가게가 늘어났기에 도시의 경관이 조금이나마 밝아졌고, 신규 가게나 일반 집도 새로 칠한 곳이 늘어서 환경이 바뀌고 있다.

그리고 가장 눈에 띄는 하얀 건조물. 돈이 풍족하게 순환하기 시작하자 메리 아버지가 처음으로 손댄 곳은 고아원이었다. 모험가의 자식이나 멸망한 마을에서 온 아이들에게 제대로 된 시설을 제공하는 걸 최우선으로 했다. 이건 변경을 지켜준 이들을 향한, 변경이 지켜내지 못했던 목숨을 향한 속죄. 그리고 그 아이들의 미래를 위해서겠지……. 단지, 어째서인지 메리 아버지가 고아원을 잡화점에 주문하고, 그 잡화점 누님이 나한테 '집'이라고 주문을 한 그 주문 메커니즘이야말로 수수께끼에 싸여 있는데——. 뭐, 그래서 만들었다. 새하얀 예배당풍 건물이고, 이게 선전이 되어서 석회가 마구 팔리니까 고아원 건설은 참 싸게 먹혔고 덕분에 떼돈을 벌어서 떼부자가 되었다. 근데 이렇게 집 주문을 받았더니 다음에는 마을이었으니까, 그 잡화점은 얕볼 수가 없어!

그렇게 뭘 할까, 저걸 할까 하다가 눈흘김을 받고, 어머나 참 하고 따돌림을 당하고 있던 와중에 병사가 찾아와서 뭔가 문제가 생겼으니 영주관에 얼굴을 내비쳐 달라는 이야기를 들었다.

"응. 얼굴을 내비치고 자시고 아까 거기서 돌아왔는데 또 부르는 거야? 왜 그 자리에서 말하지 않는 건데! 뭐, 귀찮아서 도망쳤지만."

"도망쳐서 쫓아왔어요!"

그리고 아무래도 문제는—— 검을 준 메이드 씨의 문제인 모양이다. 다행히 아저씨 말고는 사망자도 중상자도 나오지 않았지만, 역시 아저씨 암살자를 보낸 게 문제였겠지. 그래도 나를 부른 의미를 모르겠네? 응. 검은 이미 팔았으니까 증거품은 없다. 판 돈도 이미 써버렸으니까 모든 증거를 인멸했다. 꽤 비싸게 팔렸지만, 오늘 여관비까지 같이 써버렸으니까 또 혼날 것 같다.

"그치만 소금에 절인 채소즙도, 토마토도 대량 입하되었다니까? 그래. 그때 이것만 있었다면…… 돈까스 소스에 도전할 수 있었을 텐데! 응. 또 바가지 씌우자!!"

그리고 설탕 가격이 올라갔다. 변경령의 쇄국 상태가 영향을 주기 시작했으니까, 미행 여자애 일족도 밀수업을 좀 더 노력해 줘야 할 것 같다.

"할 것 같다니, 그렇게 이쪽을 쳐다봐도 밀정 일을 하면서 식재료를 들고 돌아오는 거 힘들거든요!"

"응. 부르러 오지 않았어도 갈 거거든? 뭐, 검도 받았고, 조금은 변호해 줘도 괜찮겠다는 생각이 들 만큼 꽤 좋은 가격에 팔렸단 말이지?"

영주관으로 돌아갔다. 점심까지는 돌아갈 수 있을까? 그도 그럴 것이, 메리 아버지의 이야기는 기니까 귀찮고, 대체로 안마의자 이야기였다. 차례를 기다리지 못하겠다는 것 같다. 응. 분명 일을 안 하니까 앉게 해주지 않는 거겠지. 아니면 이세계의 괴롭힘 문제일까?

"매번 감사합니다~. 근데 그 메이드 씨는 좋은 메이드 씨니까 감형을 바라는데, 하나밖에 안 받았으니까 조금이면 돼. 응. 거기서 6개 세트로 나왔다면 탄원서도 썼겠지만, 벌써 써버렸으니까 조금이면 되고 무관계하니까 돌아가도 될까?"

일단 감형 신청은 했다. 응. 아무리 생각해도 나하고는 상관없는 이야기고, 확실히 경상자도 병사였을 텐데 굳이 나를 부르는 이유를 잘 모르겠다.

"어째서 암살을 당할 뻔한 본인이 무관계라고……. 아니, 안마의자 이야기가 아니거든! 그건 나중에 해도 되니까."

그리고 메리 아버지의 말을 들어보니, 문제는 암살 미수 쪽이라고 하는데, 여관 쪽은 나무 창문 수리비만 받으면 되고, 이미 내가 고쳤으니까 수리비를 받는다면…… 공짜 수익이잖아. 여관비를 벌 수 있을지도 모르겠네?!

"저, 전혀 듣고 있지 않아?!"

"역시 통역 반장님을 부르는 게……."

하지만 아무래도 말이 안 통하는 것 같다. 메리 아버지는 문제시하고 있지만 계획 자체도 메이드 씨가 아니라 왕가에서 했다고 하니까, 메이드 씨에게 불평해도 별수 없지 않아? 응. 껄렁왕 데려와서 두들겨 팬다면 이해하지만, 어차피 "암살 해보실까~."라고 말할 게 뻔해. 좋아. 멸망시키자!!

"아니, 왕은…… 아니, 그러니까 설령 오해가 있더라도 독 칼날을 뽑아서 베었던 건 무시할 수 없는 흉악한 상황인 걸세. 설령 그게 충의이고, 착오에서 나온 것이라도 살인 미수는 질책도 없이 무죄 방면할 수는 없는 문제라고?"

"어! 누구를 베기라도 한 거야? 그건 혼나겠지? 응. 나도 자주 혼나지만, 나는 잘못 없으니까 상관없지만 누구를 베면 혼나니까 사과하는 게 좋다고? 요령은 나는 잘못이 없다는 걸 어필하는 거고, 최근에는 하루에 80번 정도 말하고 있는데 여전히 효과가 없는 건 어째서일까? 진짜로?"

"""으에에에에엑?"""

뭐, 뭐야? 무슨 일인데? 으에…… 위에? 위를 봤지만 아무것도 없다. 응. 뭔데?

"잠깐, 무무무무슨 일이 있었어? 위에 좋은 일이 있었어? 하지만 천장에는 아무것도 없는데……. 위층에서 좋은 일? 갈아입는 중이라거나……. 잠깐 용건이 떠올라서 가야만 하는 곳이 생겼어! 지금 가겠어, 라고나 할까――!!"

"아니, 하루카 군을 독 칼날로 베었다고 들어서 문제가 된 것인데……. 기억나지 않는 건가? 그림자에 숨어서 검으로 찔렀다던데?"

그것은 가증스러운 독 칼날에 의한 암살 사건이라는 위험한 암살검――. 아니, 그런 사건 있었던가?

"아니, 암살검이라면 받았거든? 응, 그리 비싸게 팔리지는 않았지만, 내 거라고? 안 줄 거야? 그게, 『에잇』이라면서 줬다고?"

"에잇…… 그건 스킬인 『패위(覇威)』인 게…… 아니었나? 음. 그림자에서 '에잇' 하고 검을 주거나 하지는 않을 텐데."

"아니, 받았거든! 응, '에잇'이라면서 줬으니까 내 거잖아? 근데 가져갔다고 해도 검 하나밖에 없었으니까 이미 없거든?"

"""……."""

정말이지, 사람의 호의를 믿지 못하다니 이런 슬픈 어른은 되고 싶지 않다. 그치만 받았으니까 내 거잖아. 애초에 세상은 "에잇." 이라면서 건네주면 당연히 받는 건데, 대체 무슨 소리를 하는 건지. 조금 더 상식이라는 걸 익혔으면 좋겠다.

그리고 입술을 앙다물고 주먹을 움켜쥐고 떨면서 시종일관 말없이 울상을 지으며 바라보고 있던 왕녀 여자애가 입을 열었다. 그렇다. 유감스럽게도 에로 드레스는 아니었다. 정말 유감이야!

"하, 하루카 님. 그럼 베인 적은 없었다고 말씀하시려는 겁니까!! 저지른 일의 중대함을 감안한다면, 그 정도의 호의를 받을 처지는 아니지만, 정말로 용서해 주시는 겁니까…… 이쪽에서는 부탁조차 할 수 없을 만큼 관대한 조치를……. 세레스를, 메이드를 용서해 주시는 겁니까?!"

"아니, 뭐랄까 '없었다고 말씀하시려는 겁니까?' 가 아니야. 팔았다니까? 그러니까 내 거가 되었고 팔았으니까 이제 없거든? 응. 수염 아저씨 쪽에서 절찬 판매 중이라니까?"

겨우 이해한 모양이다. 역시 이세계어가 이상한 건가. 이런 간단한 말조차 이렇게까지 안 통하다니 언어에 문제가 있는 걸로밖에 보이지 않는다. 정말이지, 이거야 원.

"불문으로…… 해주시는 겁니까?"

"해주고 뭐고 피해자가…… 절도범?"

그렇게 울상을 지으며 석방된 메이드 씨는 어째서인지 메이드복이 아니라 왕녀 여자애한테 줬던 에로 드레스를 입고 나타났다. 정말이지. 이런 위험한 부분 말고는 죄다 시스루고, 그 위험한 곳 근처에는 슬릿이 있는 근사한 옷을 디자인한 건 대체 누구야? 응. 괘씸하군!! 디자이너를 불러. 갑옷 반장 몫도 주문하겠어……. 아니, 나였잖아! 응, 돌아가서 긴급 부업을 진행하자!

"역시 통역 반장님을."

"그래도 불문이라면 굳이……."

"하지만…… 암살이라고요?"

목에서 어깨, 그리고 양팔까지는 투명한 시스루 천이 덮었고, 그 가슴팍에는 가로로 슬릿이 한 줄 들어가 하얗고 요염한 피부와 가슴골을 드러내고 있고, 게다가 가슴의 형태를 강조하면서 흉부(바스트) 아래쪽은 밑가슴(언더 바스트)부터 하복부까지 시스루 천을 두르고 있는지라 잘록한 허리부터 배꼽까지 대담하게 비쳐보이는 요염한 무방비함!

"그치만, 이거 절대로 아무 말도 듣고 있지 않다고요?"

"음. 피해자가 없다고 하니까 말이지?"

게다가 허리부터 들어간 깊은 슬릿에서 보이는 잘록한 옆구리부터 허리뼈까지의 피부가 하얀 액센트를 주고, 매끄러운 허벅지를 드러내면서 다리를 감싸는 얇은 천 앞뒤에도 중심선을 가로지르는 슬릿이 있어서 발목부터 안쪽 허벅지까지의 아름다운 다리를 보여주고 있고, 그 깊고 깊은 틈새에서 보일 듯 말 듯 한 망사 타이츠의 처절한 파괴력! 에로합니다!! 걷기만 해도 틈새를 통해 중요한 곳이 보일 것 같으면서도 안 보이는 게 요염하고, 하얀 피부가 힐끔힐끔 들여다보이니까 더더욱 에로하다. 게다가 시스루라서 가리고 있으면서도 가리지 않은 각선미의 여성다움이 대단히 괜찮다고 생각하지 않습니까? 응. 걸으면 안쪽 허벅지가 힐끔 보여서 두근두근하다니 굉장히 근사한 모습이다. 돌아가서 만들자. 자, 돌아가자. 돌아가서 에로한 일을 하고 싶습니다!!

　"이번에 용서해 주셔서, 목숨을 건지게 해주셔서 감사합니다. 앞서 저지른 무례를 아무쪼록 용서해 주세요. 공주님에게서도 사정은 들었습니다……. 그래도 반라 영차영차는 했다면서요? 게다가 이 드레스의 망측함은 뭔가요?! 이건 알몸보다 부끄럽지 않나요? 왠지 가렸다기보다는 보여주는 것 같아서 도발하고 있지 않나요! 드레스가 없다고 해도, 이건 남들 앞에서는 오히려 주저하게 되잖아요? 뭔가 아무도 눈을 마주치지 않고 있잖아요? 그리고 어째서 빤히 보고 있는 건가요——! 그리고 누가 이런 야한 드레스를 공주님에게 입히려고 한 거죠?! 왕녀님에게…… 이, 이런 야릇한 드레스를 선물하는 건 언어도단이고, 불경죄에요! 극형에 처하겠어요! 효수해야 해요!! (이하 온갖 욕설!)"

　근데 왕녀 여자애의 몸매 라인과 1센티미터의 차이도 없이 딱 맞춰 만든 드레스가 너무 잘 맞네. 이거 대역도 맡고 있는 건가. 아무리 그래도 너무나도 체형이 일치한다. 어째서인지 아슬아슬하게 안 보여! 조금이라도 틈이 생기면 중요한 부분이 보여서 대사건이 일어날 수도 있는 한계 아슬아슬한 지점까지 공략한 디자인이었는데 안 보이잖아! 즉, 저스트 피트인 건가?!

　물론 에로 드레스를 입고 눈을 흘기는 모습을 보존했다는 건 말할 것도 없다. 응. 가보로 삼자. 이건 대대로 물려주더라도 대대로 남고생이 기뻐할 거고, 굉장히 쓸만할 거다. 출력할 수 없다는 게 문제지만?

◄─ 대체 그 노선은 어디로 향하고 있는지 앞날이 걱정된다. ─►

58일째 오전, 오무이

　왕녀 여자애와 메이드 여자애는 사실 절친한 소꿉친구였고, 걱정돼서 울 것 같다가 둑이 터져서 둘이서 울며 얼싸안고 있다. 응. 나도 얼싸안고 싶지만 끼어들면 혼날 것 같다. 왜냐하면 아무 말도 안 했는데 뒤에서 갑옷 반장이 눈을 흘기고 있으니까!

"잠깐, 어째서 아는 거야?!"

"감사합니다…… 이 은혜는 절대 잊지 않겠어요."

"대놓고 중얼거렸는데요!"

(뾰용뾰용)

"진짜로?!"

"아니, 안 듣고 있고…… 이미 잊어버린 게 아니겠나?"

""진짜로?!""

아무래도 메이드 여자애는 신분이 낮아서, 신분이 높은 자에게 위해를 가하면 정상 참작의 여지도 없고 상대가 용서하지 않는 한 죽을죄가 된다고 한다. 목숨을 걸고 자기를 구하러 온 소꿉친구가 죽을죄에 몰렸으니 참지 못하고 울고 있었겠지. 입술을 앙다물고 있던 건 여차할 때 자기 몸을 내던질 작정이었을 거다. 응. 야한 건 좋아하지만, 우는 여자애는 보고 싶지 않다. 뭐, 야한 일을해서 울리는 건 특기지만, 다음 날에 대련으로 올 만큼 두들겨 맞고 있단 말이지? 그리고 밤에 복수자가 되는 거다! 에로의 연쇄에 끝은 없는 모양이다!

"그나저나 신분이 높고 낮고 자시고…… 애초에 없는데?"

"엑?"

"그야 신분이고 자시고 마을 사람도 모험가도 아닌 무직이니까? 응. 왜 나한테 결정권이 있다는 식으로 된 거야?"

응. 신분이 없다. 뭐, 메이드 여자애의 신병을 결정할 권리를 무직 백수가 가지고 있다니, 그야 걱정되겠지. 누구한테 물어봐도 야릇한 전개가 될 것 같잖아?! 그리고 야릇한 전개는 결코 마음 깊은 곳 영혼에 걸고 싫어하지 않고, 게다가 왕녀 여자애까지 몸을 던질 각오로 세팅한 환경도 적절하다. 그야말로 에로 드레스를 서둘러서 또 한 벌 만드는 것도 불사할 각오가 있다!! 응, 하지만 울리는 건 특기지만 우는 모습을 보는 건 거북하니까? 응, 이건 이것대로 굉장히 기뻐 보이니까 괜찮겠지.

그나저나── 울면서 얼싸안고 있는 메이드 여자애의 뒷모습도 에로하다는 건 비밀이다. 그야 등은 모두 시스루라서 다 비치고, 엉덩이 위쪽까지 조금 보이는 근사한 디자인이니까. 게다가 무릎을 꿇고 얼싸안고 있으니까 엉덩이 라인이 더욱 강조되면서 깊은 슬릿을 통해 허벅지가 다 보입니다. 감사합니다!!

"다들 눈을 돌리고 안 보려고 하고 있으니까 당당히 바라보지 말아 주겠나?"

왕녀 여자애 쪽은 분위기 탄 모양이니까 메리 아버지에게 살짝 손을 흔들어 주고 돌아왔다. 그나저나 양손으로 있는 힘껏 손을 흔들며 배웅해 주는 영주라니 위엄이 너무 없는데 괜찮은 건가? 영주관의 문을 나와 거리를 걸었다. 포장마차도 늘었고, 가게도 늘었다. 무엇보다 손님이 많다. 아직 붐비는 정도는 아니지만 인파가 늘어나서 몰라볼 정도다.

그중에서도 이채를 발하는 흑발 군것질 집단, 여자 근육뇌파. 즉, 여자 운동부팀이 포장마차에 돌격전 중이었다. 아침에는 여관 밥을 먹었고 지금이라면 점심 먹을 무렵인데, 저 손에 들고 있는 건…… 고로케. 응. 오늘도 오늘대로 부트한 캠프를 개최할 예정인 모양이다. 옆에서 교관이 못 말린다는 표정을 짓고 있네?

""""앗, 하루카 어서 와. 여관으로 돌아갈 거야?"""

"뭐, 점심 먹어야 하니까? 그보다 왜 점심 전에 군것질하고 있어? 자이언트 근육뇌를 노리고 다섯 명이 합체라도 할 거야? 그리고 누가 노란색인지 다투다가 분열돼서 음악성의 차이로 해산하고 솔로 활동으로 외톨이가 될 거야? 뭐, 굳이 말하자면…… 살찌거든? 응. 조금 더 애매하고 소프트하게 포장을 흔들면서 말하자면 뚱보가 될걸~ ♪"

"""말하지 마――! 그건 여자한테는 금지 단어야!!"""

"그리고 노래하지 마! 그건 조용히 넘어가야지?!"

와글와글 소란스럽게 여관으로 걸어가자, 이번에는 날라리 여자애들이 뭔가 하고 있네? 도시 소녀들도 함께 있다.

"어~이, 날라리? 날라리&날라리 퀸이여. 거기거기, 마을 소녀들을 깨물면 안 된다고 말하면 용궁성으로 갈 것 같은데, 마을 소녀들한테 올라탔다가는 감옥으로 직행할 것 같잖아……. 어째서 일까?"

"몰라!! 그리고 왜 아직 이름을 기억하지 못하는 거야!"

"게다가 거리에서 대체 얼마나 날라리를 연호하는 거야!!"

"어느새 내가 날라리 퀸으로 진화했어! 아니, 마물도 아니니까 진화하지 않는다고 말했잖아――!!"

오랜만에 날라리들의 불평 섞인 외침이 날아왔다. 이것도 의외로 좋은 눈흘김이지만, 시끄럽고 깨무는 게 옥에 티인 걸까 머리에 상처인 걸까?

"아니야. 최근 시마자키네는 거리에서 꾸미기 강좌를 열어서 젊은 애들한테 질문을 받기도 해."

"맞아맞아. 이세계 꾸미기 두목인걸."

"어? 날라리 두목?!"

"""날라리라고 하지 마!"""

"두목은 괜찮은 거야?!"

그러고 보니 날라리 여자애들이 입고 있는 옷이 가장 잘 팔린다는 이야기는 잡화점 누님한테도 들었다. 그래그래. 요즘에는 잡화점 판매용과 추가 주문용의 스타일 그림을 만들고 있는데, 확실히 날라리 시리즈는 잘 팔렸다. 그러나 요구가 묘하게 자세하고 귀찮기도 하단 말이지. 고작 2~3센티미터의 오차라도 용서해 주지 않는다. 길이나 폭이 아니라 밸런스가 중요하다던데? 응. 본인들의 정신 밸런스가 불안해 보이지만, 패션은 밸런스라고 하는데도 차림새가 '청초계 날라리 상쾌한 마린풍 너 깨물어 버린다'라서 언밸런스하다는 건 비밀이다. 분명 말하면 머리가 물릴 거다! 엄청 노려보고 있으니까?!

"떨어져서 거울을 보는 걸 잊으면 안 돼."

"그래. 실루엣이 중요하니까."

"""네. 감사합니다."""

"감사했습니다."

"응. 힘내."

그런 마을 소녀들이 주목하고 있는 건 날라리 리더의 감색 미니 원피스에 하얀 사브리나 팬츠인 것 같다. 신고 있는 뮬도 파란색이라 상쾌한 청초 날라리 노선? 응. 대체 그 노선은 어디로 향하는 걸까? 앞날과 앞길이 걱정되네?! 그러나 확실히 눈길을 끌고, 작위적인 느낌이 없어서 자연스럽게 멋지다. 이게 잘 팔리는 이유겠지. 좋아. 베껴서 만들어 보자!

와글와글 북적북적 여관으로 돌아가자 다들 늘어져 있었다. 아직 준비하기는 이른 시간이지만 놀러 갈 시간은 없다. 그리고 노리는 건 점심밥. 어째서냐면 오늘은 리퀘스트가 있었기에 오므소

바니까. 뭐, 야키소바를 달걀로 감싸는 정도지만 오므소바란 말이지?

"""어서 와~."""

"기다렸어~!"

"""응. 할증 요금이라도 먹을래. 추가 요금만큼 먹을래!"""

"아니, 아직 만들지 않은 건 물론이고 만들기 시작하지도 않았거든?!"

벌써 추가 주문이 결정된 모양이다. 마요네즈는 이미 생산되고 있고 양도 충분, 그리고 겨자도 손에 들어왔고 양배추에 콩나물에 돼지 같은 무언가하고…… 역시 찐 어묵하고 구운 어묵이 없는 건 쓸쓸하지만, 그건 사악한 것이라며 인정하지 않는 사람도 있으니 없어도 되겠지. 응. 고추도 입수했고 소스 같은 것도 양산 체제에 들어가서 입하량이 늘었다. 면은 어제부터 만들어 놨다. 그래. 이제 볶기만 하면 되는 만전의 태세다!

"""하루카, 배고파!"""

"아니, 공복은 최고의 조미료고, 계속 공복이면…… 기다리라는 지시를 익힐 수 있겠지? 굶어 죽겠지만?"

"""그거, 조미료하고는 상관없잖아?!"""

철을 연금으로 늘여서 거대한 돔 모양으로 만들고, 가열하면서 기름을 가득 뿌려서 길들인다. 그리고 『장악』으로 거대한 중화 냄비를 흔들면서 단숨에 볶으며 흔들고, 기름을 날려서 구우면서 빙글빙글 흔들어서 휘젓는다. 평범하게 생각하면 60인분 이상, 80인분 정도 될 것 같지만──── 분명 부족하겠지. 응. 주먹밥도 준비하자. 요즘에는 매실을 원한다.

그리고 노도의 식사와 추가 주문. 그 진격의 Re:한 그릇 더를 끝내고, 뒷정리를 맡기고 던전 준비를 하고 싶었지만 장비는 언제나 평상복. 갑옷 반장도 갑옷 입었고, 슬라임 씨는 슬라임 씨고……. 준비 필요 없네? 하지만 언제나 정리는 하게 해주지 않는다. 내가 하면 단번에 끝나는데 어째서일까? 뭐, 나중에 과자라도 주자. 무조건 먹으러 오는 마스코트 여자애와 미행 여자애도 정리에는 제대로 참가한다고? 그에 비하면 오타쿠 바보들은……. 아니, 그 녀석들에게 접시를 닦으라고 시키면 안 돼! 분명 접시를 던지고 쫓아가든가, 접시가 뭔가 다른 걸로 변해버릴지도 몰라!!

"준비 다 됐어~."

"갈 수 있을까~?"

"OK예요."

"갈 수 있어요."

"응, 완벽."

"좋아, 돈 벌어야지."

"가볼까!"

"""네~에!"""

선도하는 반장을 따라가서 우선은 선행조가 던전 저층을 유린한다. 그리고 아직 손대기 금지니까 한가함을 주체하지 못하는 갑옷 반장이 부트한 캠프에서 날뛰는 게 결정되겠지. 그러나 그 효과는 얕볼 수 없어서, 확실히 최근 특히 여자들 몸매가 더욱 좋아지고 있다. 응. 잘록함이 대단하다고? 그리고 적절하게 근육질이 되어가고 있는지라 탄탄하게 다져지고 굴곡이 붙은, 묘하게 멋진 몸매가 되었다.

그렇다. 오타쿠 바보들도 매일 눈 둘 곳이 곤란한 모양이지만, 남고생들이니까 제대로 힐끔 보고 있다는 건 말할 것도 없겠지. 그리고 빤히 볼 배짱이 없다는 것 역시 말할 것도 없다!

"순조롭더라도 긴장 풀지 마!"

"""알았어!"""

"응. 그래도 괜찮은 느낌이네."

저층은 비밀 방도 거의 없으니까 성큼성큼 나아갔다. 그래도 상당한 숫자의 던전에 들어간 경험을 토대로 예상해 보면, 여기는 그리 깊지 않겠지…… 아마 50층에 미궁왕이 나오는 패턴이다. 응. 그야 던전 구조가 어설프고 조잡하니까.

"그 대미궁은 왜곡조차도 풍류가 있고 벽에도 분위기가 있었고, 통일감도 좋고 질감도 좋고 이런 초라한 던전과는 비교도 안 될 만큼 완성도가 높았다니까?"

(뽀용뽀용?)

응. 역시 좋은 물건일수록 깊고 넓다. 그렇다면 역시 대미궁 정도의 물건은 이제 안 나올지도 모른다.

"""오오──!"""

"역시 스킬 컬렉터, 이건 왔다!!"

토벌전은 순조롭지만, 왠지 너무 잘 어울려서 무섭네! 그렇다. 반장에게 채찍을 주니까 어째서 이렇게나 위화감이 없는 걸까?

"저번엔 방패직을 노리기 시작했으면서, 채찍직이 되었어?!"

뭔가 혼자서 「사일런트 비 Lv16」 무리를 토벌해 버렸다. 눈에 보이지 않는 신속한 채찍 끝이 종횡무진 주변을 휩쓰는 중거리전 무쌍.

"왠지 반장님이라고 부르렴, 이라고 말할 것 같아서 어울리지 않아?"

(끄덕끄덕)

(부들부들!)

이거 본디지 의상도 어울려 보이지만, 만들면 얻어맞을 것 같다. 그래. 얻어맞는 도중에 무언가에 눈을 떠버리면 곤란하니까 그만두자! 그야, 이미 노려보고 있으니까 남고생이 새로운 성적 취향에 눈뜰 위기다!!

저 능숙하게 사용하는 기술과 순수한 무기 자체의 강함. 그렇다. 저건 오타쿠들이 활을 만들다가 어느새 생겼던 채찍에 마석으로 부여 효과를 넣고 미스릴화한 『호뢰쇄편(豪雷鎖鞭) : ALL 70% 상승, +ATT, 호뢰, 선풍, 백격(百擊), 폭공진(暴空陳), 거리 형상 변화』. 그리고 『채찍술』은 반장밖에 가지고 있지 않아서 염가로 판매 계약을 맺었는데…… 뭐, 다들 이건 반장이 가져가야 한다고 생각하고 있었던 건 비밀이라고?

"이상한 해석을 넣지 마~!"

"""오오~ 분노로 채찍이 가속."""

"음속을 넘었어?!"

아무래도 『채찍술』은 어쩌고 플랜트라는 식물 성분에서 유래된 마물한테서 강탈해 얻었고, 『구속』도 가지고 있다고 하는데? 응.

그쪽 계열의 마니악한 SM 식물이었던 걸까? 던전에서 '어쩌고 플랜트 님이라고 부르렴!' 이라고 말하며 구속해서 찰싹찰싹 때리는 마물……. 응. 눈뜰 것 같지는 않네!

"아니, 눈뜰 생각은 없다고? 뭐, 반장한테 강탈당해서 GJ이야. 식물은 수요 없으니까?"

(끄덕끄덕!)

(뽀용뽀용)

참고로 반장이 『채찍술』을 가지고 있다고 해서 그런 취미가 있었냐고 물었더니 화내고 잔소리까지 시작되면서 엄청 흘겨보는지라 큰일이었다. 물론 내가 혼났다.

"이야~ 저건 뭔가 진짜로 잘 어울리는데?"

"다음부터는 말 제대로 듣자. 저거 무섭잖아?!"

"저건 『선풍』인지 『백격』인지, 아니면 『폭공진』인지 모르겠는데…… 일방적이네?"

"""응. 무서워서 다가갈 수가 없어!"""

무리 지어 몰려오는 무수한 벌들이 음속을 넘는 채찍에 맞아 순식간에 사라진다.

"뭐, 원래 채찍이라는 무기는 위험하다고? 그야 인력으로도 음속을 넘으니까? 그걸 이세계에서 스킬을 가진 레벨 99가 휘두르고, 스킬도 잔뜩 있잖아……. 응. 특정 취미를 가진 사람도 채찍 무쌍 찰싹찰싹 여고생은 위험하다니까! 앗, 아니거든. 나는 붕붕 시끄러운 벌하고는 무관계한 과묵 남고생이라고!"

"찰싹찰싹하고 있지 않은걸!"

""응. 과묵하고도 거리가 멀지."""

(뽀용뽀용)

그리고 『호뢰』의 일섬으로 전멸했다. 무쌍이었다. 응. 반장님이었다.

""수고하셨습니다, 반장님?"""

"왜 갑자기 반장님이라고 님을 붙이는 거야?! 왜 다들 미묘하게 겁먹었어?! 울 거야, 토라진다고?!"

반장님은 울상이지만, 이건 진짜로 굉장했다. 잘 맞기도 하고, 어울리는 천직이다. 뭐, 채찍술이 천직인 건지, 반장님이 천직인지는 모르겠지만 아무튼 천직. 그저 순수하게 강하다. 그렇다. 만약 그때 이게 있었다면 스핑크스는 잡지 못하더라도 그 미라들의 바다 정도는 돌파할 수 있었을 거다. 분명 지킬 수 있었을 거다. 반장이 강함을 추구하는 이유, 그것은 그때 지키지 못했던 무력감 때문이니까.

그러니 이게 있으면 잔챙이 사냥 무쌍, 마구 죽일 수 있다. 실은 잔챙이가 무한히 튀어나올 때는 큰 기술만으로 끝내버릴 수가 없고, 그대로 몰려들면 정말로 위험하다. ──그야말로 숫자의 폭력. 하지만 반장님은 그걸 무쌍으로 섬멸할 수 있다. 오늘 처음 실전에서 쓴 건데 즉석에서 이 정도 레벨이다. 너무나도 강해서 갑옷 반장도 크게 기뻐했고…… 나중에 훈련할 생각이 넘치는 모양이다. 응, 안타깝네? 반장님?

"아무리 그래도 이 훈련 상대는 상대하기 너무 안 좋고 장난도 심하고 의욕도 넘치니까…… 저렇게 되면 큰일이라고?"

(뽀용뽀용)

왜냐하면, 내가 『나신안』을 얻었을 때도 이런 느낌이었으니까. 물론 얻어맞았다는 건 말할 것도 없다. 단, 최고의 훈련이기도 했다……. 얻어맞았지만. 뭐, 얻어맞을 거다. 경험자가 말한다? 라고나 할까?

스킬도 없이 벽을 달리는 생물에게
화살비는 유효하다고 생각한다.

58일째 오후, 던전

뭐, 이미 포기했지만 역시 바보들은 부메랑을 움켜쥐고 마물을 덮쳐서 힘만으로 두들겨 패고 있다……. 응, 던지라고!

모처럼 만든 전체 길이 2미터는 될 거대 부메랑은 휘두르기만 해도 거대 타격용 박살 병기가 된 모양이다. 뭐, 던지면 던지는 대로 쫓아가고……. 다음은 프리스비인가?

"아니, 이젠 뼈다귀만 던져도 쫓아갈 것 같으니까 거대 뼈? 그건 무기조차도 아니잖아……. 뭔가 엄청 잘 어울릴 것 같은데?!"

(부들부들)

거대한 뼈를 들고 마물을 쫓아서 달리는 바보들은 굉장히 잘 어울릴 것 같지만, 그건 원시인과 뭐가 다른 걸까? 뭐, 직접 만드는 만큼 원시인이 더 똑똑하다는 건 틀림없다. 의심할 여지조차 없다!

전원 합류도 했기에 중층으로 향했다. 응. 역시 장비 차이로 이동 속도에 차이가 생기고 있다. 이건 이것대로 기동전이 되면 문제가 많겠지만, 이건 반장님이 어떻게든 해주겠지.

　"아래, 가자~."

　""""알겠습니다. 반장님!"""

　"아——앙. 울 거거든? 울어버릴 거야!"

　왜냐하면『호뢰쇄편』을 든 반장님에게는 아무도 거스를 수 없으니까. 다들 반장님이라는 호칭이 정착됐고, 그 말을 들은 본인은 울상을 짓고 있지만 어울리니까 어쩔 수 없다고.

　그러나 전원이 거의 레벨 99라서 보통 강한 수준이 아니다. 인간의 레벨 99 파티에서 적절한 수준은 마물 레벨 50대라고 하는데, 그게 29명이나 모여서 연계 전투를 하니까 중층은 쉽게 물리칠 수 있다. 포진과 전술로 숫자까지 압쇄하는 압도적인 압살극이다. 특히 채찍을 든 사람이 쩐다!

　"순조롭네?"

　"그래도 호사다마라고 하잖아?"

　"아니, 호색마는 뒤에서 감독 중이야."

　"계층주한테 갈 때까지는 낙승하지 않으면 안 되겠지만, 반장님이 벌만 줘도 마물 전멸이네?"

　"무슨 벌을 준다는 건데? 그리고 왜 나한테 님을 붙이는 거야?! 울 거야. 진짜로 울 거라고!!"

　『호뢰쇄편』을 능숙하게 쓰기 시작하자 거물조차도 일격에 없애고 있다. 게다가 채찍으로『구속』이 가능하니까 그야말로 반장님이다. 다음에 에나멜 부츠 장비라도 만들어 주자. 물론 하이힐이다!

"던전 안에서 하이힐은 잘못된 것 같지만 어울릴 것 같으니 상관없나?"

(부들부들)

그러나 상상이 너무 과했는지 채찍을 휘두르면서 울상을 짓고 있는 반장님이 흘겨보고 계십니다. 조심해야겠지? 네. 조심하도록 하겠습니다!!

"아니, 그 『호뢰쇄편』 진짜로 위험하거든! 응. 그거 아까 마물을 일격에 날려버렸잖아?! 네. 죄송합니다. 이제 아무 말도 하지 않겠습니다!!"

응. 그러니까 채찍은 내리자? 진짜로 말없이 울상을 지으면서 흘겨보는 삼중주도 대단히 근사하지만, 그 이상으로 채찍이 무섭다니까!

하지만 이걸로 적성이 높은 강력한 무기가 있다면 전력이 급격하게 올라간다는 게 증명되었다. 역시 던전을 도는 게 강력한 장비 증강을 위한 지름길이다. 하지만 어째서인지 전혀 적성이 없는 부메랑으로 싸우고 있는, 영문을 알 수 없는 바보들을 생각하니 뇌가 썩을 것 같으니까 무시하자. 응. 나는 아무것도 보지 못했고, 마물을 둘러싸서 부메랑으로 두들겨 패 죽이고 있는 건 모르는 사람인 게 분명하다. 그렇게 정했다!

그리고 오타쿠 가디언은 무기를 할버드로 바꿨다. 어마어마하게 파괴력이 높아서 어디서 산 건지 물어보니 발리스타를 만들려다가 나왔다고 한다. ……분명 지금까지 했던 일 중에서 제일 멀쩡한 잘못이라고 생각하게 된 나는 여러모로 침식된 거겠지. 뭐, 돌아가면 부여해서 미스릴화해주자. 꽤 강하니까.

그나저나 매번 내가 만드는 것보다 오타쿠의 실패작이 더 성능이 좋아서 진짜로 열 받네. 그래도 마력 소비가 막대한 것 같지만. 그렇게 무기에 익숙해지면서 이미 전투라고 부를 수 없는 유린과 살육을 반복하며 나아갔다. 비밀 방도 없는 채 34층까지 왔을 때 그것이 갑자기 일어났다. ——간식 타임이다!

"그치만 진짜 한가하다고? 진짜야 진짜. 그런 느낌으로 한가함이 쩐단 말이지?"

"""간식이다~!"""

(뽀용뽀용♪)

게다가 서둘러도 오늘은 여기서 끝인 모양이다. 아마 던전을 나갈 무렵에는 저녁이 될 테니까 휴식해도 문제는 없다. 그리고 마석은 꽤 모였으니까 다들 돈도 든든하다!

"그러니까 휴식하자. 응, 숨돌리기도 중요한 중용이라고 중앙에서도 말했을지도 모른잖아? 뭐, 분명 말하지 않았겠지만. 과자로 바가지를 씌우려는 나쁜 짓은 생각했어도 절대로 들키지 않았을 테니까 나는 잘못한 거 없는데? 젤리니까? 어쩔 수 없군? 이라고나 할까?"

"""먹을래!!"""

(부들부들♪)

일단 슬라임 씨에게 젤리를 줬더니 젤리와 함께 부들부들 떨면서 먹었다. ——응. 마음에 든 모양이다. 뭐, 슬라임 씨는 줄곧 던전 안에서 배를 곯고 있었다. 그렇다면 던전 안에서 맛있게 과자를 먹는 것이야말로 복수다! 즉, 과자는 정의! 그리고 떼돈을 번다!! 그야 돈을 벌지 않으면 여관비까지 써버린 게 들키니까. 그렇다. 남고생은 잔소리 회피를 위해 수단을 가리지 않는 법이다.

"""하나 더, 마석으로 낼게!"""

"그래도 잔소리는 결정, 또 여관비 써버렸구나!"

들켰다! 아마 저번의 '여관비가 없다면 과자로 바가지를 씌우면 되지 않을까? By 익명 희망의 마리 씨' 발언이 들켜버린 모양이다. 응. 범인은 마리 씨였다. 무섭구나, 마리 씨. 그렇게 이세계에서도 문제 발언을 해서 내가 누명으로 잔소리를 듣게 되었지만, 젤리는 확실히 먹는 모양이다.

"""파산했어?!"""

"돈 벌어야 해!"

"좋아, 가자!"

반장님은 채찍을 허리에 감고 방패와 검을 장비한 반장으로 돌아간 모양이다. 뭐, 그건 다른 여자들이 나설 차례가 줄어드니까 훈련이 되지 않고, 채찍을 들면 임원들조차 아직 공격과 연계하지 못하고 있으니까. 문제는 많아도 전력으로는 막대한 이득이지만, 그래도 마력 소비가 높아서 배가 고파진 바람에 젤리값도 막대해진 모양이더라고?

"""달지만 맛있네."""

"뭔가 이세계 쪽이 음식이 맛있다니까?!"

(부들부들)

오타쿠들은 문제없다. 이 녀석들은 뭐든 재주 좋게 사용한다. 훈련에서는 언뜻 눈에 띄지 않지만, 실전에서는 스킬을 능숙하게 써서 싸운다. 즉 기초는 별로여도 스킬전에 무척 강하다.

실력이 아니라 어디까지나 치트로 승부하는 깔끔함. 자신들의 운동 신경을 조금도 믿지 않는 강한 신뢰. 그러고 보니 이세계에 올 생각으로 가득해서 준비했으면서 전혀 몸을 단련하지 않고 무도도 배우지 않았다. 그렇다, 오기 전부터 어마어마하게 치트에 의존하고 있었다!

종합 전력이라면 임원이겠지만, 파티로 본다면 빈틈이 없는 날라리 여자애들이 강하다. 너무 올라운더라서 특화된 점은 없지만, 마법검사로서 전위, 중위로 싸우면서 자유자재로 무기를 바꾸고 마법도 폭넓다. 그리고 연계가 굉장히 발군이고, 주변 서포트가 능숙하며 절묘한 균형 감각을 가졌다. 공격력이라면 바보들, 방어력이라면 체육회 여자애들이고, 중위, 후위 특화인 문화부 여자애들과 조합되면 성가시다. 전원이 올라운더라서 더더욱 성가시다. 응. 나에게 지휘관은 절대로 무리다. 무엇보다 바보들의 조련은 반장님이 최적이다. 그렇다. 채찍을 들고 있을 때 바보들의 움직임이 특히 좋아지던데, 저건 조교당한 걸까?

그리고 39층에서 겨우 비밀 방이 나왔는데 전투가 오래 이어지고 있다. 이유는 콤포짓 보우의 실전 훈련. 특수 효과 화살은 쓰지 않고 화살비를 퍼부어 무너뜨린 뒤에 돌격전. 단순하게 효과적이지만 연계가 더더욱 성가시다. 그러니까 나설 차례가 없다. 나는 유니온에는 들어갈 수 없고, 저 복잡한 작전을 기억할 수 있을 것 같지 않다. 그렇다고 바보들과 함께 조련당하는 건 뭔가 싫다!

기어다니는 「포이즌 샐러맨더 Lv39」들은 쏟아지는 화살에 꽂혔고, 움직임이 막힌 순간에 돌입을 허용해서 베였다. 이미 군대라고 해도 지장이 없는 높은 숙련도다. 변경군과 연습전을 해도 이길 수 있겠지. 그야 돌격밖에 하지 않으니까? 응. 어째서 저게 군신인 걸까. 우신(愚神)을 잘못 부르는 게 아닐까?

"한가하니까 비밀 방 갈게~ 이쪽에 세 마리 남아있는데 귀찮으니까 받아 간다? 응. 갑옷 반장하고 슬라임 씨가 지루함을 주체하지 못해서 실뜨기를 시작했거든? 근데 이세계니까 실뜨기로 만드는 「도쿄 타워」를 천공수(天空樹)^{스카이트리}라고 부르면 멋있지 않을까? 진짜로?!"

""""괜찮네. 어차피 「도쿄 타워」는 「에펠탑」이라고 부르기도 해서 명칭이 확실한 것도 아니니까?""""

뭐, 그 이전에 와이어 커터로 실뜨기는 좀 위험하지 않나?

(뿌용뿌용 ♪)

좋아하고 있다. 맛있었어? 응. 먹고 싶어 해서 세 마리 받아 갔는데 대단히 기뻐 보인다. 아마 「염신(炎身)」이 필요했던 모양인데, 피닉스한테서 「호염」을 가져간, 아니 먹었으니까 그쪽이 상위 스킬인 것 같은데 말이지? 뭐, 지루해서 그런 건지 맛있어 보여서 그런 건지는 모르겠지만 아무튼 뿌용뿌용 좋아하고 있으니까 문제는 없다.

"비밀 방 발견! 사실 위층부터 눈치채고 있었지만 발견이고,

『킹 샐러맨더 Lv39』네. ──……맛있었어? 응. 맛있었으면 됐어……. 나설 차례 없는 건 됐어. 응. 최근에는 이제 익숙해졌으니까? 라고나 할까?"

아무래도 멋있는 포즈를 잡는 사이에 늦어진다. 모처럼 나설 차례가 왔다 싶어서 포즈를 잡았는데 차례가 없어졌다. 그래도 남고생이 활약할 자리에서는 멋있는 포즈를……. 뭐, 킹 샐러맨더가 이미 없는 방에서 멋있는 포즈만 잡고 있었다. 응. 포즈 잡는 사이에 할 일이 없어졌으니까 멈출 시기를 놓쳐버렸다고?

"응. 이번에는 삼국지풍으로 포즈를 잡아봤는데, 느낌 괜찮지 않아? 어? 진짜로?! 별로였어?"

(부들부들)

머리 위에서 긴 곤봉을 붕붕 휘두르는 거 멋있지 않아? 응. 멈출 시기를 놓쳐버려서 계속 돌리고 있고, 평소보다 많이 돌리고 있거든?

(뿌용뿌용)

(도리도리)

별로였다고 한다. 이게 공명의 함정인가. 던전의 함정인가?

"다녀왔어. 그리고 놀랍게도『월 부츠 : ViT · SpE 30% 상승, 벽면 보행』이라는 부츠가 나왔는데, 기동전에도 편리하고 궁수직에게도 대인기 상품이 될 게 분명하고 분배할 때 경쟁 붙어서 가격이 올라갈 게 틀림없는 상품이니까 떼돈 벌겠네? 응. 여기는 꽤 출품을 기대할 수 있을지도! 그런 복선?"

"""앗, 갖고 싶어!"""

"""응. 벽 달리고 싶으니까."""

뭐, 바보들은 아무런 스킬도 없이 기세만으로 벽을 달리고 있지만, 그건 흉내 낼 수 없고, 만약 가능하다면 스테이터스에서 인간족이 사라지지 않을까? 은근히 진지하게? 응.

욕구 불만 해소라면 얼마든지 끝없이 한없이 도와줄 수 있지만, 그러기엔 위험하고 뒤숭숭했다.

58일째 오후, 던전 지하 44층

화살비가 날카로운 소리를 내면서 공중을 가르며 하늘을 뒤덮었다. 일제 범위 사격에 도망칠 곳 없이 꿰뚫려서 격추되는 일방적인 섬멸전.

"쏴!"

"""Ja!"""

활이 생각보다 무섭다. 일제 사격으로 뒤덮으면 전혀 도망칠 곳이 없다. 그걸 연사로 날려서 호우처럼 쏟아붓고, 꿰뚫은 이후에는 돌격해서 짓뭉갠다. 게다가 상공에서 쏟아지는 만큼 돌격을 방어하기도 힘들고, 위를 막는 사이 앞에서 돌격하는 거니까 더욱 악질적이다. 역시 인간이야말로 가장 위험한 거다.

"활 굉장하지 않아?!"

"응. 마음껏 선수를 쳐서 공격할 수 있어!"

"일제 사격은 굉장하네~?"

"화살비라고 말하는 의미를 알았어."

"""응응!"""

방패 앞에 창을 내밀고, 고속 이동으로 돌격해서 날려버린다. 그대로 마구잡이 난전에 돌입해서 검의 난무로 섬멸한다. 유린전이다. 활 위험하다. 단발로도 고속 원거리 공격이 위협적인데, 숫자가 모이고 그걸 지휘하게 되니까 전술 병기로 변했다. 일방적인 공격뿐이고, 맞아떨어지면 반격의 여지가 없는 대살육이다.

"저거, 앞쪽이 비게 된다는 걸 알아도 위를 보호하게 되지?"

(끄덕끄덕)

마음껏 돌격해서 마음껏 죽일 수 있다. 먹힌다면 정말 최강 패턴이지만, 화살은 소모품이고 단단한 상대에게는 효과가 별로다.

"방심하면 안 돼. 아직 정밀도가 낮고, 연사도 세 발째가 되면 흐트러지니까!"

"""엄격해~!"""

반장님은 불만인 모양이지만, 레벨 40대의 마물이 아무것도 하지 못하고 죽었다. 강하고 약하고 상관없이, 싸움조차 하지 못하고 섬멸당하고 있다. 이것도 실전 연습인데 말이지.

"돌격으로 전환하는 게 굼뜨기는 하지?"

"응. 그래도 왠지 활을 내던지는 것도 싫으니까?"

"마법 공격을 끼워 넣는 것도 아직 무리고?"

마법이 없다면, 적이 빠르거나 단단하면 어려울지도 모른다. 그래도 평범한 마물 무리라면…… 그리고 군사 전투라면 압도적이다. 응. 또 저질렀다. 그때 오타쿠들은 '콤포짓 보우를 만들자.'

라고 말했고, 오늘은 '발리스타를 만들려고 했다.' 라고 했다. 즉, 완전히 군사 특화다. 그렇다면 흑막은 무조건 도서위원이야. 내가, 나와 갑옷 반장이 집단 대인전에 약한 것을 간파하고, 반 아이들을 전쟁 특화로 만들고 있다. 나를 지켜줄 생각일지도 모르지만, 그건 전쟁…… 사람을 죽인다는 의미인데도.

여자애들은 잘 알면서도 그러고 있다. 반장 일행이 모르고 그런다고는 생각하지는 않는다. 바보들은 이해하지 않겠지. 그 정도로 각오해야 하는 걸까? 바로 두 달 전까지는 평범한 여고생이었던 평범한 애들이……. 뭐, 바보들은 그럴 일 없어 보이니 상관없다. 저 녀석들은 살육전이든 뭐든 목숨을 걸고 싸우는 걸 본능적으로 이해하고, 줄곧 갈망하면서 살아왔다. 그러니까 각오할 필요도 없다. 애초에 의미를 이해하는지도 의심스럽다. 일단 부메랑 쓰는 법도 이해하지 못한다는 건 잘 알았다!!

"왜 활로 화살을 쏘고 나서 굳이 부메랑으로 바꿔 들고 돌격하는 거야! 그건 원거리 공격 무기라고. 던지란 말이야!!"

""""아니, 무심코?""""

그러나 『강탈』로 스킬을 닥치는 대로 빼앗고 있는 반장님은 이해하지만, 날라리 여자애들의 적응력이 발군이다. 이미 검도 창도 방패도 쓰고, 마법 공격이나 마법 방어에 치료 마법까지 숙달되었고, 활까지 완전히 다루고 있고 상태이상 같은 잔기술도 섞고 있다. ──나에게서 스킬이 분배되고 있기는 하지만, 이 정도의 기술을 익힐 수는 없을 거다. 왜냐하면 나한테 없는 스킬까지 쓰고 있으니까?

"전위는 수평 발사로 면 공격, 후위는 곡사로 도주로를 막아."

"""알았어!"""

44층도 순식간이었다. 특화 전법만으로도 잘 들어맞으면 압살이었다. 빠르게 달려서 교란하려고 했던 「블루 울프 Lv44」 대집단은 도망칠 곳을 잃고 화살비에 움직임이 막힌 잠깐 사이에 섬멸당했다. 그리고 비밀 방.

"이제는 도망친 블루 울프를 토벌하고 마석 회수만 회수하면 되니까 받아도 되겠지? 응. 비밀 방으로 갈 거니까. 절대 마석 줍기가 귀찮아서 도망치는 게 아니야. 그래. 보물상자가 기다리고 있으니까 가지 않으면 안 될 때가 있는 거야. 아마도?"

"""잘 갔다 와. ──……그래도, 도망쳤구나!"""

블루 울프가 도망친 탓에 흩어진 마석, 그리고 지면에 꽂힌 화살도 잔뜩 있어서 큰일인 것 같으니까── 슬슬 나설 차례를 주지 않으면 갑옷 반장이 욕구 불만에 빠질 것 같다. 응. 건전한 욕구 불만 해소라면 얼마든지 끝없이 한없이 도와주겠지만, 뒤숭숭한 욕구 불만이란 말이지? 물론 나의 욕구 불만은 뒤숭숭하지 않은 근사한 쪽의 욕구 불만인 게 당연하다. 왜냐하면 애초에 세상의 남고생은 욕구 불만으로 끙끙대면서 욕구에 계속 불만을 품고 있으니까? 아니, 진짜로.

(크아아아아아아아──!)

어라? 강하네? 빅 블루 울프는 뜻밖에도 강했다. 뭔가 이름만 봐서는 녹색의 집단 늑대 사망 사고의 피해자 대표인 늑대 때문에 가볍게 생각하고 있었는데 강했다. 그야말로 마의 짐승.

"저거 눈치챘을 때 이미 충돌해서 간단히 날아가고 말았는데, 진지하게 싸우면 역시 강했나?"

(뽀용뽀용)

야수의 속도에 SpE가 가미되어서 스테이터스 이상으로 빠르고 예리하다. 확실히 이렇게 강하다면 레벨100 클래스인 모험가가 아니면 눈으로 포착할 수도 없다. 뭐, 상대가 갑옷 반장이었으니까 소용없었지만? 그렇다. 어지간히도 지루했는지 빅 블루 울프와의 고속 전투가 무척이나 즐거운 모양이다. 나도 갑옷 반장과 즐기고 싶지만, 오늘 밤까지는 무리겠지. 응. 야한 일을 생각하니까 눈을 흘기네? 연사로?

"뭐, 줄곧 생각하고 있었으니까 연사겠지만, 눈을 흘길 여유가 있으면 빨리 끝내줄래?"

응. 나도 열심히 즐거운 일을 기대하면서 참고 있거든? 그래. 왜냐하면 갑옷 차림인데도 에로한 부분이 문제다. 몸의 실루엣을 완전히 반영하는 요염한 곡선미 때문에 역광을 받으면 방송 금지가 될 만한 야한 장갑이고, 속공으로 이것저것 하고 싶어질 만큼 야릇하단 말이지? 진짜거든? 하고 싶습니다!

그리고 거대한 늑대의 발톱 공격과 질주를 상대하던 와중에도 이쪽을 흘겨보면서 몸을 날렸고, 마수와 춤추며 백광으로 베고 있다. 눈부신 은색 선이 가르면서——— 흘겨보고 있다! 응. 혼날 것 같으니까 이제 생각은 그만두자. 멈추진 않거든? 그래. 남고생에게 에로란 영원히 멈출 일이 없는. 영혼에 새겨진 반복 기능이 붙은 리비도란 말이지?

자, 그럼. 흘겨보는 시선을 받으면서 보물상자를 열어보니 또 부츠……. 신발 가게 던전인가? 뭐, 글러브나 부츠는 부족하니까 상관없지만, 솔직히 눈치 있게 한꺼번에 30개 정도 나와주지 않으면 좀처럼 장비가 충실해지지 않는다. 그렇게 생각하면 전신 갑주라면 한 번에 다 모이겠지만, 많이 장비하지 못해서 오히려 손해인가? 뭐, 마을 사람 장비인 내가 걱정할 일도 아닌 것 같지만, 전신 갑주는 미스릴화와 부여를 최우선으로 해두는 게 좋을 지도 모른다.

"또 부츠였는데, 이번에는 『축격의 부츠 : PoW · SpE · ViT 30% 상승, 축격, +ATT』라서 걷어찰 수 있거든? 짓밟을 수 있는지는 모르겠지만, 이건 역시 반장님? 그래도 하이힐이 아니니까 짓밟지는 못할지도? 라고나 할까?"

마석도 다 주워서 휴식 중이고, 쓴 화살도 모으고 있는데……. 그거 설마 연성으로 고치라는 건가요?

"""에엑――. 하이힐 아니야?"""

"그러게~?"

"그러게~? 라니. 왜 나의 부츠가 하이힐로 결정된 거야! 나오더라도 안 신을 거야!! 그리고 뭐가 '그러게~?' 인 거야. 그 불만스러운 '그러게~?' 는 대체 뭐냐고――?!"

"""워워."""

이것도 돌아가면 회의가 열리거나 경매겠지. PoW, SpE, ViT가 30%나 상승하는 데다 +ATT까지 붙었으니까 걷어차지 않아도 충분히 좋은 물건이다. 그나저나 『축격』은 짓밟는 것에도 효과가 있을까? 그럼 힐을 붙여서 하이힐로 짓밟으며 채찍을 후려칠 수 있을까……. 어째서인지 잘 어울릴 것 같은데?!

아니, 아무것도 아닙니다. 아무 말도 안 했다고? 아니, 조금 상상하긴 했지만 아무 말도 하지 않았으니까 진짜로 무고하다고! 아니, 확실히 본디지 드레스 만들 생각은 했지만, 아직 생각만 했을 뿐이거든? 응, 그러니까 그 채찍은 안 된다고? 분명 하이힐도 안 되고, 그 이상 새로운 문이 열리면 닫혀있는 쪽이 오히려 적어지잖아?

"네. 죄송합니다! 채찍은 봐주세요. 진짜로 『호뢰쇄편』은 위험하니까, 분명 새로운 취미에 눈을 뜨기 전에 영원한 수면이 와버린다고. 네, 눈만 흘기면 됩니다. 이제 안 하겠습니다. 아마도?"

"으으으으으……!"

혼났다&흘겼다. 그러나 레더 롱코트풍 본디지 드레스라면 방어력도 높아 보이고, 다수의 스트랩도 감게 되니까 더더욱 좋지 않나. 그럼 역시 레이스업으로 틈새에서 반장님의 새하얀 피부가 힐끔 보이는 에로티시즘 넘치는 본디지로…… 아니야. 신작 장비를 고안 중이었을 뿐이고……. 어? 진짜로? 중얼거렸다고? 어디부터?

"아아~. '이 탄탄한 느낌이 폭력적'부터라는 건 '이 웨이스트 니퍼 같은 게 본디지 느낌이 넘치고 잘록하단 말이지!'까지 말했어? 응, 그건 혼나겠네?!"

(끄덕끄덕)

(뽀용뽀용)

물론 화냈습니다&눈을 흘기며 울상을 지었습니다. 자, 던전은 지금부터다……. 아니, 진짜로 미안하거든? 좋아, 머리를 쓰다듬어 주자. 그리고 나중에 과자를 주면 괜찮을 게 틀림없다.

이전 세계에서는 과자를 주고 쓰다듬어 주면 해결되거나 사건이 벌어지거나 둘 중 하나였지만 분명 괜찮겠지. 물론 몰래 스위트 포테이토를 줬다는 건 말할 것도 없다. 보라고. 역시 나는 잘못이 없잖아. 웃으면서 먹고 있으니까? 라고나 할까?

꾸물꾸물하고 끈적끈적하고 꼬물꼬물한데 달라붙을 생각이 넘쳐난다.

58일째, 던전 지하 50층

유명한 것치고는 상상하던 정도는 아니었지만, 그렇다고 굉장하지 않은 건 아니었다. 그렇다고 그렇게까지 경이롭지는 않았다. ——뭐, 굉장한 악취이기는 했다.

이미 동급생 전원에게 레벨 50 미궁왕 클래스의 상태이상에도 저항할 수 있는 장비를 배포했다. 아니, 지금까지 실컷 팔아치웠다. 그리고 이 악취야말로 『혼란』과 『기절』 효과인 거겠지. 지금은 상태이상에 완전히 저항하지만, 악취는 난다. 접근할 때마다 냄새가 나니까 떨어져서 보고 있지만 냄새난다고! 응. 빨리 끝냈으면 좋겠는데 꽤 강해서 고생하고 있다. 뭐, 저건 강하고 귀찮은 타입이긴 하네?

상대는 「드라이어드 라플레시아 Lv50」. 몬스터 아가씨 성분은 하나도 없는, 거대하고 추악한 꽃인데, 저 꽃으로 보이는 부분은 꽃받침이고 안쪽에 진짜 꽃이 피어있는 일그러진 식물이었다. 그러나 이쪽은 이세계의 마물이니까 덤까지 붙어있다. 응. 촉수가 있다.

오타쿠들이 챙겨서 돌아가려고 했지만, 냄새가 고약하니까 들고 가는 건 금지하자. 이런 냄새 나는 건 사역하고 싶지 않고, 이런 걸 들고 돌아갔다가는 마스코트 여자애가 화낼걸?

"뭐, 확실히 촉수의 낭만이 넘치는 18금 전개는 근사하기는 하지만, 저 악취는 안 된다고?"

"""확실히 냄새 때문에 엉망이 된 느낌이야!"""

뭐가 엉망인지는 자세히 말하면 다방면에서 눈흘김이 날아올 테니 그냥 넘어가야겠지. 뭐, 모처럼 나온 낭만 가득한 촉수지만, 그 즙에서 악취가 나면 환상이 깨지니까 섬멸하자. 슬라임 씨도 먹기 싫은 눈치니까……. 냄새가 고약해서.

"""왜 오다네는 땡땡이치고 있는 거야!"""

"""죄송합니다!"""

처음에 날린 화살 집중포화는 효과가 없었고, 이어서 날아간 다음 화염 마법으로도 불타지 않았다. 그리고 촉수가 꿈틀거려서 접근전에도 들어갈 수 없다. 꾸물꾸물하고 끈적끈적하고 꼬물꼬물하고 있으니까 다가갈 수 없다. 응. 움직임도 그렇고 형태도 그렇고, 저건 여자가 접근할 수 없다. 저 이형의 느낌은 멀쩡하지 않을 전개밖에 상상이 안 간다. 응. 여자들도 얼굴이 빨갛네?

"큭, 원거리가 안 통해요."

"촉수, 겉보기보다 길어!"

"""게다가 냄새나아아아아! 그리고, 뭔가 에로해에에에?!"""

그러나 이 에로 꽃은 『마법 흡수』에 『마력 흡수』까지 있으니까 섣불리 다가가서 붙잡히면 위험하다. 게다가 반장과 마찬가지로 『구속』이 있어서 붙잡히면 도망치기도 힘들다. 굵고 튼튼한 덩굴에는 대미지가 먹히지 않고 있고, 아마 참격이 가장 유효할 테니까 접근전으로 들어가고 싶지만, 붙잡히면 위험하다고 해야 할지, 휘감기면 에로하다고 해야 할지……. 힘들 것 같네?

"""어째서 가만히 무릎 꿇고 앉아서 견학하는 거야!"""

"그 예법은 알몸으로……. 아뇨, 아무것도 아닙니다!"

"싫어~. 저 끄트머리 형태가 싫어! 왜 꾸물거리는 거야!!"

"꾸물꾸물이 위험하잖아!"

"응. 뭔가 휘감을 생각 넘치는 것 같지?"

"""저것에 붙잡히면 여자로서 위험해. 뭔가 구도상 아웃이야!!"""

게다가 『재생』까지 갖고 있어서 베어도 베어도 촉수가 재생하니까 접근할 수 없다. 뭐, 반장이 채찍으로 벌을 준다면 끝낼 수 있을 것 같지만, 개인 기술만으로 격파하고 싶지는 않겠지. 그리고 타격이 안 통하니까 박살계인 부반장 B나 바보들은 활약할 수 없다. 앗, 바보…….

"너희는 검사니까 부메랑은 집어넣어! 그보다 그걸 던져!!"

"""던지면 냄새가 옮잖아!"""

"때려도 옮는다고!!"

"""……아아?!"""

후위에서 여자 문화부 팀이 지면에 간섭하기 시작했으니까 눈치챈 모양이다. 지하에 뿌리를 펴서 마력을 흡수하고 있어서 마력이 끊이지 않고 계속 재생하고 있다. 그러니까 근절해야 한다. 이게 잘 해결되면 라플레시아의 재생을 방해할 수 있다. 그리고 재생 속도보다도 빨리 공격해서 HP를 깎아내는 게 왕도이자 가장 견실한 방법. 하지만 뿌리도 촉수라고? 응, 지하에서 움직이고 있으니까?

"윽──. 회피, 즉시 후퇴!"

"어?"

"앗, 발밑, 와요!"

"""뭐야 이거?!"""

그리고 지면 여기저기에서 꾸물꾸물 촉수, 아니 뿌리가 나와서 대혼란에 빠져 진형이 붕괴했다. 이제 도망 다니지를 않나, 베려고 하지를 않나 매우 허둥대고 있다. 응, 갑옷 반장도 못 말리겠다는 표정이니까 불합격인가……. 아무래도 머리가 딱딱하다? 라고나 할까, 이런 녀석을 상대하는 대책은 들은 적이 있을 텐데 이세계의 고정관념에 사로잡혀 있다.

"마법 같은 건 몰랐으면서 『마법 흡수』에 『마력 흡수』 세트 때문에 머리에서 일반적인 수단이 빠져나간 거야. 응, 상식적으로 생각하면 될 텐데 말이지?"

(뽀용뽀용)

그리고 도망칠 곳이 없을 만큼 지면이 가득 메워지면…… 이제 어찌할 방도가 없다.

"하루카~. 조금만 도와줄 수 없을까~?"

"딱히 상관은 없지만 불합격이 되어버리는데 괜찮아? 응. 곧 끝나긴 하겠네? 아마도?"

응. 이건 똑같은 패턴이니까 도와주면 끝난다. 나의 알기 쉽고 도움이 되는 대미궁 이야기 때 대처법도 확실히 이야기했는데……. 아마 촉수들 때문에 그럴 경황이 아니어서 사고회로에 여유가 사라진 것 같다. 그보다 붙잡…… 우왓? 어라라라라~? 어머어머? 어라어라!

"꺄아아아아아!"

"앗, 보지 말고 도와줘!!"

"그리고 보지 마──?!"

"그 이전에 도와줘──!"

"""……(꿀꺽!)"""

그러나 여자밖에 잡지 않는 걸 보면 이 라플레시아도 정말 잘 알고 있다. 같은 촉수 동료끼리 마음이 맞을 것 같지만, 냄새가 고약하니까 안 맞아도 될지도? 스킬 「악취」만 없었다면 밤새워 이야기를 나눴을지도 모르는데 유감이다. 그나저나 이 라플레시아를 죽이고 『강탈』한다면 반장님이 with 촉수가 되거나 『악취』도 붙을 테니까 채찍을 봉인한 건가? 확실히 이 냄새는 여관에서 클레임이 날아올 것 같다!

"꺄아아아아아!"

"""그러니까 보지만 말고 도와줘~!!"""

"아니, 볼거리인가 해서?"

"""그 볼거리는 대체 뭘 보여주는 거야!!"""

"싫어~. 뭐야 이 꾸물꾸물, 안 베이잖아? 잠깐, 거기는 야!"

"이거 놔~! 싫어어어어!"

아비규환이고, 오타쿠들이 오타오타하고 있다. 눈 둘 곳이 곤란하고, 목소리가 들리니까 신경 쓰이고, 그러나 눈을 돌려서 라플레시아 쪽을 보지는 못해서…… 방어전에 몰렸다.

"우와아아아…! 잠깐! 거기는 안 돼! 여자란 말이야?!"

"무리무리, 절대 무리라고?!"

"어째서 그쪽…… 거기는 여자의 침입 금지 구역이야!"

휘감아서 구속하고 갑옷 틈새로 침입한다는, 그 과감하고도 근사한 공격으로 대소동이 벌어졌다. 다리를 휘감아서 공중에 매달아 놓은 것도 꽤 근사하고 뭘 아는 식물이다.

"식물로 놔두기에는 아까울 정도의 재능이고, 오히려 식물로 보이지 않는 육식계 발상이라고도 할 수 있지만, 뭐……. 육식 식물이니까 육식계가 맞을지도?"

(뿌용뿌용?)

바보들도 도망치면서 부메랑으로 촉수를 걷어내느라 바빠 보인다. 그리고 대체 몇 세기 정도 지나야 던지면 된다는 걸 떠올릴까? 응, 진화는 멀어 보인다. 저건 진짜 이세계에 오고 나서 퇴화했잖아? 이제 문명 같은 건 잊어버린 거겠지. 중세 이세계가 아니라 원시 시대였다면 문제없었을 텐데. 아니, 원시인보다도 바보 같으니까 백악기 정도일까? 근데 공룡이 더 똑똑해 보이네?!

"""하루카~! 기브 업~!"""

"그보다 여자적으로 위기!"

"잠깐, 여자의 위기야. 위험해위험해위험해!"

위험한 모양이다. 응. 이제 18금 직전으로 위험하다. 냄새만 없었다면 가짜 던전에 스카우트해도 좋을 근사한 촉수 마물이었는데. 뭐랄까, 잘 알고 있단 말이지. ……핵심을 파악하고 있달까, 좋은 점을 찌르고 있다고나 할까, 굉장한 곳을 휘감고 있다고나 할까? 응. 잘 알고 있다. 그러니까 굉장히 유감이다. ──그리고, 태웠다.

"어? 마법은 안 통하……지, 않았어?"

"""응……. 어라라?"""

현대인답게 태웠다. 여자들은 갑옷 반장이 촉수를 베어서 이미 구조했다. 그저 라플레시아의 머리 위까지『공중보행』으로 도약하면 촉수는 없고, 그냥 위에서 기름을 뿌리고 점화하면 끝. 불타오르는 촉수에 슬픔을 느끼면서 배웅했다. 그도 그럴 것이, 가지고 있는 건『마법 흡수』와『마력 흡수』두 개뿐이고 화염 내성은 없다. 그렇다. 대미궁의 트렌트와 똑같은 스킬 구성이라고?

"불타……고 있네?"

"표면이 갈라졌어. 지금이라면 공격 통해."

"여자를 향한 촉수 금지법으로 단죄야!"

"""오오──!"""

마법 같은 게 없는 세계에 있었으니까, 평범하게 생각하면 기름을 뿌리고 태우면 된다. 이세계에서 마법이나 스킬을 익히는 바람에 『마법 흡수』나 『마력 흡수』를 보고는 불 마법을 쓸 수 없어서 태우지 못한다고 믿으며 이세계 고정관념에 사로잡혔으니까 촉수에 사로잡혀서 창피한 꼴을 보였다고나 할까, 상스럽다고나 할까……. 뭐, 에로한 꼴이 되었다. 만약 『용해』가 있었다면 18금은 고사하고 발매 금지 레벨이었겠지. 아까운 마물을 잃었다.

──냄새는 고약하지만.

"여자 촉수 능욕 금지법으로 처단이야!"

""""유죄! 유죄! 유죄!""""

불타오르면서 꾸물대는 라플레시아. 촉수에서 해방되어 축 주저앉은 여자들은 불타는 피부에 땀을 반짝이면서 거친 숨을 몰아쉬고 있다. 응, 지친 모양이다.

그래도 수고했다고 말하면 화내겠지? 하지만 피곤해서 힘이 빠져 있고…… 얼굴도 빨간데?

"자. 불합격이고 아차상은 갑옷 반장의 부트한 캠프에 초대한다고? 즉, 언어맞기&눈이 가위표가 되는 근사한 호화 언어맞기 여행 초대권이 결정됐다고 깨닫지 못한 채 언어맞으라고? 특히 반장님은 지명했을 정도니까……. 헉, 설마 백합 노선으로 노선이 한없이 릴리안으로 가서 평안하신가요? 저기, 잠깐 견학 희망이고 열람석도 특등석으로 예약 희망합니다! 진심입니다!!"

""""얼차려야?!""""

"아아──앙. 오늘 밤도 가위표 되겠어~."

""""그래도 백합은 없어!""""

없는 모양이다. ──평안하신가요 릴리안 언니 전개는 없는 모양이지만, 언니가 영원한 17세라서 바로 추월당하기 시작해 이론상으로 내년이면 연하가 될 것 같네? 여동생님이 되는 건가?

"""아──앙. 미궁왕만 너무 강해!"""

"응. 여자의 천적이었네!"

"아아~ 냄새 고약했어."

"""응. 생각했던 촉수 마물하고 달랐어!"""

"뭘 생각한 거야!"

이세계엔 수수께끼가 가득하달까, 이세계에서도 최대의 수수께끼는 17세 문제였던 모양이다. 뭐, 문제여도 해결하진 않는다. 왜냐하면 17세 문제는 신경 쓰면 지는 거니까? 진짜로.

> **그곳에는 꿈과 희망이 없고**
> **에로와 욕망과 촉수만 있는 모양이다.**

58일째, 던전 지하 50층

피곤해진 사후 느낌으로 쓰러져서 휴식 중이었던 끈적끈적 점액 여고생들…… 썩은 동태 같은 눈으로 일어났다. 응. 뭔가 에로하네! 그러니까 아이템 주머니에 비축해 둔 물을 온도 마법으로 끓여서 거대한 핫 워터 볼을 만들었다. 그리고 순서대로 간이 샤워. 그렇게 점액을 씻어냈지만, 갑옷을 입고 있어서 야릇한 장면은 아니었거든? 응, 봐도 즐겁지는 않지만 망상이 무한대로 빅뱅

하는 건 남고생이니까 어쩔 수 없어!

"아~앙, 끈적끈적하게 더러워졌어~."

"""응, 그래도 그런 말투는 그만둬!"""

기운이 없는 건 피곤해서 그런 걸까, 져서 그런 걸까. 아니면 불합격이어서 그런 걸까…… 끈적끈적하게 당해서 그런 걸까?

그건 속공으로 코어(핵)를 노렸어야 했다. 화살의 위력에 매료되어서 고집한 시점에서 궁지에 몰린 거지만, 그래도 기세를 몰아서 속공전으로 들어갔다면 밀어붙여서 잡을 수 있었다. ……냄새는 고약했지만. 그렇다. 공격의 종류가 늘어난 덕분에 망설임이 생겼고, 더 안전한 방책을 고르려고 하다가 후수로 몰렸다. 그러니까 지휘관의 실수. 여기서 합격하려고 채찍을 쓰지 않고 집단전의 힘과 전술로 이기려고 했던 반장의 실수다. 그러니까 굉장히 시무룩하게 풀이 죽어서 한심한 모습이다.

"미안해, 이건 작전 실수였어."

"""그건 어쩔 수 없어!"""

"응. 정보도 없이 섣불리 돌진하는 건 위험하잖아?"

"그래도, 발을 멈추고 화살로 공격한 게 실패였어. 미안해."

"""그런 건 됐어. 우리도 찬성했으니까."""

그러나 뭔가 미궁왕과의 상성이 굉장히 안 좋다. 저번 피닉스는 방심이었다. 그 전의 슬라임 씨와 샌드 자이언트는 예외라고 치더라도, 가뜩이나 강한 던전의 왕 중에서 특수형이 나오면 거북한 모양이다. 도서위원이 대인전 특화를 시켜서 변칙 전투가 거북해졌고, 그 경계심이 오히려 역효과가 나서 불리한 상태로 지구전에 내몰린다.

"화살전이 효과가 엄청 좋았으니까."

"화살이 안 통하게 되니까 괜히 발이 멈춰버리더라."

뭔가 분위기가 어두침침? 한가?

"""응. 반성해야겠어!"""

"그래도 첫 공격은 할 수 있으니까 이깝잖아?"

"상대에 달렸겠지. 라플레시아 말고는 압도적이었으니까?"

"""그렇지?"""

그리고 변함없이 남자는 공기.

"응. 화살전 최강을 너무 고집했어."

"그래도, 안 쓰는 건 아깝잖아?"

반성회가 시작되고, 물론 말할 것도 없이 남자는 여전히 공기.

"뭐, 상성이었던 거지만?"

(끄덕끄덕)

(뽀용뽀용)

반성이고 뭐고 속공 공격이나 포위 섬멸이라면 이겼겠지만, 일격에 쓰러뜨리지 못하면 불리해진다. 그게 상성이다.

"저건 미궁왕급이라면 스테이터스가 안 보이니까 불리해지는 건가?"

"아직 경험, 부족, 해요."

(부들부들)

직접 마법 공격이 흡수당한다면 불이나 흙을 만들면 된다. 왜냐하면, 그냥 돌을 던지기만 한다면 무효화도 흡수도 되지 않으니까. 애초에 미궁왕은 레벨 50 정도니까 레벨 99의 마법이라면 밀어붙일 수 있다. 그런데도 완고하다고 해도 좋을 만큼 아끼고, 동급생 중 최대의 MP량을 가지고 있는 부반장 B는 좀처럼 마법을 쓰지 않는다.

그렇게까지 하면서 MP를 온존하는 이유는, 아마 『소생』. 부상이나 독이라면 어떻게든 할 수 있어도 즉사나 치사는 『소생』 말고는 되살릴 수가 없다. 그리고 시간이 너무 지나면 소생시킬 수도 없으니까, 만일을 대비해서 온존하고 있다. 동급생 중에서 만에 하나…… 그리고 즉사 위험이 가장 심한 나와 갑옷 반장을 위해서. 『소생』이라는 대마법은 대현자밖에 쓸 수 없고, MP 소비가 무지막지하다. 그러니까 온존한다. 그게 사망자를 구할 유일한 방법이니까.

"어째서 마력 배터리로 보충하지 않는 걸까? 응. 특히 부반장 B는 충분하게 가지고 있으면서?"

"천천히, 보충할 수는 있어요. 그래도, 급하게는 어려, 워요."

진짜로?! 그래서 직접 전투 스테이터스가 낮고 장비도 마법 특화인데도 완고하게 백병전으로 싸우는 건가……. 뭐, 어느 정도 취미이기도 해서 상쾌하게 웃으며 박살내고 있었다. 물론 흔들리고 있다는 건 말할 것도 없겠지! 응. 완전히 보존해 놨으니까 틀림없다고!!

"점액 끈적끈적 여고생이 산뜻하게 목욕해서 흠뻑 젖어버렸으니까, 슬슬 돌아갈까? 태웠는데도 아직 악취가 남았고 냄새가 고여서, 왠지 장비에까지 냄새가 들러붙으면 싫잖아? 이제 끈적끈적도 씻어서 흠뻑 젖어버렸으니까 돌아가지 않을래?"

"""돌아갈 거지만, 여자한테 끈적끈적이라든가 흠뻑 젖었다고 말하지 마!"""

(부들부들)

철수 준비로 잠시 휴식. 그러나 오타쿠들이 제대로 발리스타를 완성했다면 의외로 활로도 파괴할 수 있었을지도 모른다. ······ 뭐, 어째서인지 할버드가 됐지만?

"발리스타도 그렇지만······ 괜찮겠는데?"

(끄덕끄덕)

할버드. 미늘창, 창도끼, 도끼창이라고도 불리는 기다란 도끼와 갈고리가 붙은 창. 그 강점은 다양성이 풍부해서 모로 베고 창으로 찌르고 도끼로 부수고 갈고리로 끌고 와서 두들기는, 온갖 전투에 적합하지만 무겁고 조작성이 안 좋다. 응. 오타쿠들은 처음부터 전혀 조작할 생각 없이 전부 스킬 조작이지만!

여자들은 다채로운 갖가지 무기를 능숙하게 사용하지만, 무기 교체가 곤란했으니까. 그리고 여자들의 높은 PoW와 DeX라면 잘 쓸 수 있을지도?

"응. 오타쿠들의 흉내라는 게 열 받지만, 진지하게 만들어도 어째서인지 발리스타를 만들려다가 나온 복합 미늘창에 성능으로 밀린다는 게 또 열 받는다고!"

(부들부들)

하지만 만들어서 배치한다면 집단전에서도 유용하게 쓸 수 있는 무기다. 신속하면서도 적절하게 임기응변으로 판단하고 대응

하는 게 필요하지만, 지휘관이 유능하니까 괜찮겠지. 아직 시무룩하게 있지만?

그리고 발리스타도 갖고 싶지만, 대형이라면 고정하지 않고 다룰 수 있는 건 바보들 정도……. 안 되겠어. 분명 발리스타를 들고 두들겨 패러 갈 거야! 오히려 쏘지 않고 던질지도 모르잖아?!

"으──음. 마석 동력을 써서 자동으로 감고……. 아니, 연사가 가능해지면 전력화할 수 있나?"

단발로도 부여 효과에 따라 커다란 파괴력을 낼 수 있게 설계하면 휴대할 수 있다. 설계부터 시작해야겠지만, 일반적인 발리스타의 설계도는 오타쿠들이 알고 있을 거다. 응. 만들면 할버드가 되더라도 설계도는 완벽하단 말이지?

그리고 이번에도 레벨 100에 도달한 사람이 없다. ……이제 슬슬 경험치는 충분할 텐데, 조건이라도 있는 걸까?

겨우 미궁왕이 마석이 되었고, 아이템도 드롭되었다. 응. 냄새가 고약하니까 마무리를 지을 수가 없었어……. 드롭은 『라플레시아의 꽃 : 라플레시아 생성, 조작 지배』였다.

"잠깐, 눈물을 삼키고 사역하지 않았었는데 무의미했잖아!"

(부들부들?!)

그리고 오타쿠들이 빤히 쳐다보고 있다. 마치 꿈과 희망이 들어 있는 보물을 바라보는 듯한 순수한 눈동자. 아니, 거기에는 에로와 욕망밖에 들어있지 않잖아?

"그보다 너희 머릿속엔 촉수밖에 없어? 아니, 괜히 따지다가는 위험한 게 나올 것 같으니까 물어보면 안 되겠네. 응. 이 녀석들의 머릿속은 위험 영역이었어!"

"""그치만 이세계에서 촉수라고요?!"""

"응. 만장일치로 양도 금지 조건 붙여서 하루카에게 양도 결정했습니다!"

"와~ 짝짝짝~."

뭔가 멋대로 회의에서 가결되었다. ……어? 나는 은거하면 동굴로 돌아가서 라플레시아를 길러야 해? 그리고 왜 촉수가 관련되면 다들 나한테 떠넘기는 거야?!

"나는 베스트 촉수니스트로 선발되었어? 뭐, 어울리고 자시고 하기 이전에 아무도 촉수를 달고 있지 않아서 Only1이니까 No1이지?"

(뽀용뽀용?)

일단 『라플레시아의 꽃』은 냄새가 고약하지 않으니까 심기로 했다. 노랗고 가시 돋쳐서 꽃이라는 느낌이 나지 않는 수수께끼 식물이지만, 이거라면 내 호감도를 치유해 줄까?

"좋아. 돌아가자."

"""찬성!"""

"아아~ 배고파——."

(뽀용뽀용)

뭐, 여자들은 어서 돌아가서 목욕하고 싶은 것 같다. 그야말로 끈적끈적 질척질척해졌으니까? 그래도 그건 반장님의 『호뢰쇄편』 클래스의 무기가 다수 있다면 문제없이 쓸어버릴 수 있었다. 우선 오타쿠 가디언의 할버드는 최우선으로 강화하고, 괜찮아 보이면 설계를 표절하자. 그러나 아직 부족하다. 일반 배포 할버드와는 별도로 한 파티당 하나는 『호뢰쇄편』 클래스의 무기를 배포하고 싶다. 왜냐하면, 애초에 최종적인 최적의 해결 방법은 힘으로 밀어붙이는 거고, 그게 간단하면서도 확실하고 안전제일, 위험시의 보험이니까.

"철수하자~."

"""오오우, 아아…… 지쳤어."""

"응. 냄새났어!"

"""도망쳤던 남자한테는 설교야!!"""

"아니, 촉수에 남자는……. 아뇨, 아무것도 아닙니다!"

현재 7파티. 나는 신검이 있고 『차원참』을 쓸 수 있고 갑옷 반장과 슬라임 씨가 있으니까 이제 무기는 필요 없지 않을까 싶을 만큼 안전하다. 반장과 오타쿠 팀은 넘어가고, 앞으로 네 개 있으면 안심이다. 전원에게 있다면 말할 것도 없지만 27개나 나올까?

응. 왠지 오타쿠들에게 수수께끼의 제작 활동을 시키면 조만간 굉장한 무기가 나올 것 같은 느낌도 들지만, 그건 그것대로 뭔가 열 받는단 말이지? 뭐, 부업 뛰다가 뭔가 떠오를지도 모른다……. 끈적끈적 질척질척 대비 장비라든가?

58일째 저녁, 하얀 괴짜 여관

목욕하고 나오자 하루카가 굉장히 굉장히 사악한 표정을 짓고 있었습니다. 저 웃음 뒤에는 언제나 언제나 여자들이 전원 파산합니다. 저 사악한 웃음은 떼부자의 웃음이니까요!

저건 착취할 생각이 넘쳐날 때 보이는 굉장히 사악한 웃음. 그리고 여전히 단 한 번도 저 웃음에서 벗어난 사람이 없을 만큼 결정 사항. 우리는 돈을 빼앗기고 행복해집니다. 그야말로 강제적인 결정 사항. 왜냐하면 저 사악한 웃음이, 저 사악해 보이는 미소가 우리를 이 이세계에서 살아가게 하는 이유니까요.

──이 이세계로 왔을 때, 저는 이미 죽었다고 생각하고 있었습니다. 이런 이세계라니 죽은 거나 다름없으니까, 그러니까 줄곧 죽는 걸 무서워하면서 죽을 때를 기다리고 있었습니다.

아마 그건 저만 그런 게 아니라고 생각합니다. 다들 똑같은 눈이었으니까요. 지치고, 절망해서…… 그저 죽는 게 무서우니까 살아가고 있을 뿐이지, 다들 끝나기를 기다리고 있었습니다. 그저 슬프고, 그저 분해서, 이제 전부 포기하고, 그저 끝나기만을 기다리고 있었습니다.

그리고 어두운 숲속에서 끝이 왔습니다. 수많은 마물에게 둘러싸여서 도망칠 곳도 잃었습니다. 무섭고, 두려워서……이건 이제 무리라는 걸 알게 되었습니다. 그래도 반장 일행이 몸을 던져서 지켜줬으니까 열심히 싸웠습니다. 무섭고, 슬프고, 아프고, 괴롭고……. 그래도 울면서 싸웠습니다. 하지만 사실은 포기하고 있었습니다.

그야 무리라는 걸 알게 되었으니까요. 하지만 모두가 싸우고, 지키려고 하고 있었으니까 열심히 싸웠습니다. 그래도, 역시 끝이었습니다.

모두 힘이 다했고, 잡아도 잡아도 마물은 너무 많고……. 아아, 역시 나는 이런 잔혹한 세계에서 비참하게 죽는구나. 그걸 알아채고 말았습니다. 무섭고, 슬프고, 두렵고, 비참하고, 그리고 분했습니다. 어째서 이런 일을 당해야 하냐고. 그리고…… 겨우 끝날 수 있다고요.

그야, 이런 세계에서 살아봤자 좋은 일은 하나도 없으니까요. 줄곧 너덜너덜한 차림새, 먹을 건 맛도 없는 생선구이뿐. 야외에서 자고 매일 마물을 두려워하며 살아간다니, 이런 걸 견딜 수 있을 리가 없습니다. 그러니까 행복했던 저는 원래 세계에서 이미 죽었고, 이 세계는 다르다고 생각하고 있었습니다. 하지만 그래도 모두가 다치고, 죽는 모습을 보고 싶지 않았으니까 싸웠을 뿐입니다.

실은 이때는 이미 처음부터 이길 수 있다고, 살 수 있다고…… 살고 싶다고 생각하지 않았습니다. 그 새빨간 비가 내릴 때까지는, 붉은 폭풍우가 불어닥칠 때까지는.

굉장히 아름답고—— 그리고 잔혹했습니다. 하늘을 가득 메우는 새빨간 빛의 비가 쏟아지고, 그렇게나 무서웠던 마물들이 불타서 쓰러졌습니다. 그건 두렵고, 무섭고, 그리고 아름다워서 눈물이 나왔습니다.

그렇게 마물은 전멸했습니다. 그렇게나 많았던 마물이 한 마리도 살아남지 못했습니다. 그리고 새까만 모습이 마물 시체 속을 걸어왔습니다.

그때는 아아, 이게 나의 죽음이구나, 싶어서 무심코 넋을 잃고 말았습니다.

"HP 포션이니까 마시면 회복될 거야. ……버섯 맛이지만?"

——퉁명스러운 목소리였지만, 그래도 곤란한 표정으로 그렇게 말했습니다. 그게 하루카. 동급생이지만 누구와도 말하지 않고 언제나 혼자 있던 남자애.

그로부터 세계가 일변했습니다. 죽는 걸 기다리기만 하던 흑백의 꺼림칙한 세계가 변했습니다. 그 붉은 유성우가 세계를 물들이자, 갑자기 세계가 선명하게 채색된 것처럼 변했습니다. 왜냐하면, 다들 웃고 있었으니까요. 네. ……저도 웃고 있었습니다.

그렇게 떠들썩해졌고, 무섭다든가 슬프다든가 비참하다든가 그런 생각을 할 여유도 없이 대혼란이 벌어지고, 언제나 실컷 웃고 화내고, 깜짝 놀랄 만큼 맛있는 밥을 먹고, 세련된 집에서 묵고, 근사한 목욕탕에 들어가고…… 정신이 들자 자연스레 웃고 있었습니다.

그야, 이제 안 좋은 일밖에 없으리라 생각했는데, 가장 행복했던 때는 끝났다고 생각했는데…… 그런데 지금까지 한 번도 본 적이 없는 방이고, 평생 들어갈 일이 없어 보이는 목욕탕이었습니다. 먹어본 적이 없는 맛있는 밥이었습니다. 이전 세계에서 잃어버렸다고 생각했던 행복이, 이런 세계에서 훨씬 굉장한 행복이 되어 그곳에 있었던 겁니다.

아마 평생 묵을 일이 없었을 초고급 호텔 같았고, 포기하던 것보다 더 좋은 걸 보게 되었습니다. 이 세계에서도 행복해질 수 있다는 걸 깨닫게 되었습니다.

그날—— 이런 세계에 오고 나서 처음으로 울지 않고 푹 잠들었습니다. 그로부터 여러 일이 있었지만, 그래도 모두 함께 웃는 행복한 매일로 변했고, 가족을 떠올리며 울기는 해도 절망하며 우는 일은 없이 매일매일 웃으며 행복하게 지내게 되었습니다. 그리고 살아갈 의미가 생겼습니다. 그때, 하루카가 사라졌던 그날까지는.

사라지고 말았습니다. 모두가 위험하다면서 혼자 갔습니다. 우리 때문에 위험해진 걸지도 모른다, 죽었을지도 모른다. ——이제 살아있지 않을지도 모른다. 그럼 이제…… 살아있어도 의미가 없다.

다시 흑과 백의 세계로 돌아가 버린다. 또 절망하며 우는 매일이 돌아온다. 그렇게 겁먹으면서 기다렸습니다. 어쩌면 아닐지도 모른다, 그렇게 생각하면서.

그랬더니 웃으며 돌아와 줬습니다. 아무렇지도 않은 표정으로……. 안심했습니다. 다행이라고……. 하지만 카키자키 그룹이 이야기를 나누는 걸 듣고 말았습니다. 어째서—— '어떻게 그런 몸으로 태연한 표정을 짓고 있는 거지?' 라는 말을.

그건 팔도 뭉개졌다고. 그건 배도 후벼 파였을 거라고.

그건 다리도 절단됐을 거라고. 그건 얼굴 절반이 타버렸을 거라고.

그건 몸 전체가 꿰뚫렸을 거라고. 그건 정말로 죽을 만큼 아프고 괴로웠을 거라고. 숨을 쉬기만 해도 격통이 느껴질 만큼 온몸이 파괴되었을 거라고.

똑같은 일을 겪어가면서 모두를 지켜줬던 카키자키 그룹이기에 알아챘습니다. 그저 재생만 했을 뿐인 겉보기만 깔끔한 몸. 그러나 그건 평범해 보이기만 할 뿐.

전혀 멀쩡하지 않았습니다. 하지만 안심하게 해주려고 아무렇지도 않은 표정으로 웃고 있었습니다. 분명 혼자서 아프고 괴롭고 힘들었으면서 참으면서 웃고 있었습니다.

그런 몸으로 다음 날에 또 싸우러 갔습니다. 누구에게도 말하지 않고 혼자서…… 엉망진창이라 마력조차 회복되지 않은 상태인 몸으로, 그런데도 싸우러 간 겁니다. 또 보호받고 있었습니다.

그 이후에도 던전에서 행방불명이 되거나, 미궁황을 사역하는 등 엉망진창이었습니다. 그래서 다들 웃으며, 웃으면서 필사적으로 발버둥 치고 있습니다. 강해지고 싶다며 발버둥 치고 있습니다. 다들 전투용 스킬밖에 없으니까, 싸울 수밖에 없으니까, 그래서 지켜주려고, 안 되면 더 강해져서 지켜주려고, 안 되더라도 포기하지 않으면 분명 언젠가는 될 거라면서요.

하지만 오늘도 무리였습니다. 풀이 죽었습니다. 하지만 굉장히 사악한 표정으로 웃고 있습니다. 저건 칭찬해 주는 사악한 웃음이고, 열심히 했다고 말하는 굉장히 사악한 웃음입니다.

그러니 오늘도 분명 모두가 웃으며 파산할 겁니다. 세상에서 제일 심술궂은 포상이니까, 오늘 밤은 다들 행복해지겠죠. 그야, 저건 분명 뭔가를 준비하고 있는 사악한 떼부자의 웃음. 그러니까…… 시무룩해졌어도 내일은 힘낼 겁니다. 포기할 수 없으니까요. 저런 사악한 웃음은 다른 누구도 보여주지 않으니까요.

사실은 전쟁이 굉장히 무섭습니다. 인간끼리 죽이는 건 두렵습니다. 그래도 지키지 못하는 것도 좀 더, 무섭고 두려운 일이라는 걸 깨닫게 되었으니까――.

"어서 와, 방패 여자애. 아니아니, 오늘은 굉장히 좋은 물건이 들어왔다고나 할까, 들어온 모양이거든? 응. 그야말로 좋은 물건이라서 사면 이득이고, 사면 나도 좋고 떼돈을 벌어서 이득이니까 내가 떼돈을 벌게 되는 이득? 이라고나 할까?"

응. 굉장히 사악해 보이는 웃음이네요.

그걸 위해서 저는 방패 여자애가 되었습니다. 그러니까 이번에는―― 제가 모두를 지킬 겁니다. 그렇게 결심했습니다. 이번에야말로 아무도 다치지 않게, 이제 그저 기다리는 건 싫으니까, 이번에야말로 지키고 싶으니까. 그게 이기심이라도 괜찮습니다. 그야 자신을 위해 지키는 거니까요. 이제 절대 잃지 않도록. 그러니까 저는 방패 여자애가 되었습니다. 그러니까 제가 반드시 모두를 지킬 겁니다. 오늘도 불합격이지만, 내일도 싸웁니다.

지킬 수 있을 때까지, 계속계속 싸울 겁니다. 왜냐하면 저는 방패 여자애니까 지킬 겁니다!

"""아앗──. 신제품이잖아?!"""

"""꺄아──. 살 거야! 뭔지 모르겠지만 살 거야!!"""

"뭐야뭐야, 뭔데!"

"""방패 여자애만 치사해!"""

그러나 오늘도 파산할 것 같습니다. 이 사악한 웃음 앞에서는 도저히 지킬 수가 없습니다.

왜냐하면, 그동안 계속 지켜줬던 웃음이니까, 아직은 당해낼 수 없습니다. 그러니까 오늘도 웃으면서, 행복하게 모두가 함께…… 파산하지 않을까요?

> **온몸이 거품으로 물들어서 시끌벅적 소란을 부리는**
> **거품 여자애들은 저게 사실 버섯즙인 걸 모를 거다.**

58일째 저녁, 하얀 괴짜 여관에서 여자 모임

밥도 기다리지 않고 목욕탕에 물밀듯이 들어갔다. 나중에 훈련이 있으니까 또 목욕하게 되겠지만 목욕탕!

"하아아──, 냄새도 고약한 데다 꾸물꾸물 구속이라니 최악이었네."

"응. 몸도 끈적끈적했지만, 장비도 옷도 질척질척해졌어."

"하루카가 사악하게 웃으면서 '장비 클리닝. 노, 노, 놀랍게도 지금이라면 특별 바가지 가격 2천 에레!' 라는 간판 만들더라?"

"""바가지 씌울 생각이 넘치잖아!"""

"""그래도 시킬래!"""

그야, 그 점액은 건드리고 싶지 않으니까. 그리고 하루카는 만지지도 않고 바로 깨끗하게 만들 수 있고, 뭐니 뭐니 해도 제작자니까 수정도 마무리도 완벽하다. 그래도 보통은 1천 에레 정도니까 정말로 특별 가격에 바가지지만, 아마 다들 시키겠지.

분명, 무척이나 사악한 웃음일 거다……. 응. 눈에 선하고, 아까도 봤으니까?

"설마 지면에서 촉수가 덮쳐들 줄은 몰랐지~?"

"게다가 너무 많았어!"

"죄송해요. 설마 뿌리가 땅속에서 반격할 줄은 미처 생각하지 못했어요."

반성회도 하면서 돌아왔다. 문제는 많았지만, 먼저 아무도 지하를 탐지하지 않았던 게 실수였다. 그래. 어설펐다.

"""그건 알 수 없었으니까 괜찮아!"""

"오히려 뿌리를 눈치챘던 게 굉장하네!"

"""응. 수훈감이야!"""

그 미궁왕은 땅속에 뿌리를 내려서 마력을 보충하며 재생하고 있었다. 그래서 뿌리를 절단하려고 했는데…… 땅속에서 뿌리가 나타나 둘러싸여서 꾸물꾸물 일제 공격을 받아 괴멸했다.

"그래도…… 불태웠지?"

"으~음. 잘 생각해 보면 마법이 아니라면 됐었네~."

예견하지 못했던 예정 밖에다 예상 밖의 일이 일어나서 붕괴하고 말았다. 그리고 또 불합격이었다.

"발상이……."

"그치만 '마법으로 태우지 못한다면 기름으로 태우면 되지 않아? By M씨' 라던데?"

"""아아, M씨의 발상인가!"""

"그 발상은 없었네."

아니, M씨는 그런 말 하지 않았잖아. 그거 하루카가 한 말이거든? 하지만 맹점이었달까, 발상이고 뭐고 마법이 흡수되니까 불마법도 안 통한다. 그러니까 태울 수 없다고 생각하고 있었다. 그 방법을 들었던 적이 있었는데도 불구하고 곧바로 떠오르지 않았다. 그건 당연한 일이다. 그야 우리는 마법 같은 건 몰랐으니까.

그러니까 '당연히 기름으로 태웠다.' 라는 말을 듣고 다들 깜짝 놀랐다. 그런 방법이 있었다는 것을. 그리고 그런 당연한 수단을 잊고 있었던 것을.

"""으으으. 불합격이지만 행복해."""

"이거 굉장해!"

그랬다. 불합격이었지만 포상은 나왔다. 단, 추가는 발매 대기 중이니까 많이 쓸 수는 없지만, 오늘은 무엇보다도 기쁜 최고의 포상. 분명 이세계 최초의 신제품 '거품 바디워시' 에 다들 기뻐하면서 씻고 있다 ♪

"우와~ 피부가 매끈매끈하다는 건 이런 걸 말하는구나~?"

"응. 처음으로 아기 피부의 의미를 실감했어!"

"""자기 피부가 아닌 것 같네?"""

다들 전신이 거품투성이가 되어서 꺄아꺄아꺄아 소란을 부렸다. 굉장한 거품이라서 피부가 촉촉하고 매끄러워진다. 이건 분명 원래 세계의 고급품보다 좋을 거다. 향기도 좋거니와 피부가 촉촉해지면서 마치 재생되는 것처럼 다시 태어났다…… 응, 분명 이세계 소재를 잔뜩 썼고, 분명 초고급 버섯도 배합되었을 거다. 그걸 바디워시에 아낌없이 쏟아부은, 일반 판매 불가능한 특제품. 바디워시도 1인당 한 개여서 다들 거품 여자애에 목욕 여자애가 되어 행복한 목욕 타임을 보내고 있다.

안젤리카 씨도 꺄아꺄아 외치면서 씻어주고 있는데, 거품 바디워시에는 놀라지 않았으니까 분명 거품 실전 경험이 있던 모양이다. 응. 분명 거품 욕조에서 거품 플레이를 했겠지!!

"이건 굉장한 고급품이에요. 아마 재료만으로도 최고급이고, 그걸 연성했을 테니까요."

"""오오~ 고맙구려, 고맙구려 ♪"""

그렇다. 머리까지 촉촉하고 피부는 매끈하다. 모두의 피부가 반짝여서 요염하다. 굉장한 즉효성이라 만져보니까, 이건 아기 피부라고 말할 만큼 뽀송뽀송해서 기분 좋다. 서로 신나고 활기차게 씻겨주면서 행복한 거품에 잠겼다. 반성회로 시무룩해졌지만, 뭔가 억지로 기운을 내게 되었다. 또 억지로 행복해지고 말았다.

"우왓. 머리가 살랑살랑해서 윤기 헤어?!"

"요전에 마물한테 전격을 맞아서 부스스한 대미지 헤어였는데

살랑살랑해졌어!"

"뭔가 자기 피부가 아닌 감촉이야. 이 기분 좋은 느낌은 뭐야?!"

"이게 진정한 매끈매끈 피부야?!"

""피부 미녀가 될 수 있는 바디워시!"""

정말로 모두가 예뻐졌다. 피부에 투명감이 늘어나서 미소녀라
는 느낌이 되었다.

""이 바디워시는 사자! 바가지 가격이라도 사자!!"""

"응. 이제 이게 아니면 싫어!"

"헉. 바가지 함정 샘플이었어!"

반성하고, 침울해지고, 목욕탕에서 나와서 훈련할 생각이었는
데……. 이 바디워시로 예뻐졌는데 땀을 흘리거나 더러워지는 건
아깝다며 미팅을 열기로 했다. 그렇다. 과제는 나. 사령탑의 역할
―― 지휘관답게 멀찍이 떨어진 위치에서 색적과 정보 분석에 집
중해서 지휘해야 하는가, 아니면 지금처럼 전선에서 싸우고 정보
분석과 색적은 모두에게 맡기는가.

둘 중 하나로 스타일을 정하자는 상의였고, 후자라면 지휘 계통
의 양분화를 고려하고 있지만 작전 행동이 너무 복잡해지는 것도
불안감이 있다.

"그러니까 문제없어!"

"네. 지휘관이 다수 있어도 그건 아무도 대처할 수 없었어요."

"응. 모두 함께 생각하면서 싸워야지?"

""그러게!"""

전원의 의견이 정해지지 않은 채 목욕탕에서 나와 미팅을 하려

고 식당에 들어가자── 그곳은 폭탄 세일 행사장이었다. 응. 이 건 라플레시아보다도 위험한 함정. 왜냐하면 범인은 미궁왕보다 사악하게 웃고 있으니까. 분명 저 웃음을 본 이후에는 어지간한 미궁왕이 좋은 사람으로 보일 만큼 굉장히 사악한 만면의 웃음!

"다들 기다리던 앵클릿 판매라고? 응. 장비용은 『고속 이동』 이나 『회피』 효과가 붙어있고, 주목 상품은 『세련된 아이템 주머 니』거든?"

""에엑?!""

그렇다. 신제품에 한정 프리미엄, 지금뿐이라는 어필까지 한다 면 여고생은 폭주한다!

""꺄아아아아아아──!""

"이제 사복이라도 세련되게 무기를 휴대하는 게 가능해!"

""응. 귀여운 옷이라도 대검을 들고 있으면 엉망이 되니 까!!""

"안심 안전 염가 판매거든~? 그야 천 주머니라면 날라리 두목 이 코디에서 퇴짜를 놓는단 말이지. 칠복신의 천 주머니도 완전 부정하는 탄압이니까, 이번에는 메신저 백 타입하고 무난한 숄더 계 중심이지만 전부 단일 품목뿐이라서 먼저 집은 사람이 임자니 까 서로 빼앗아~ 좀 더 빼앗아…… 으으에와아아아아악……?!"

""꺄아아아아아아아아──!""

하루카는 여자들의 진격에 삼켜져서 메아리만을 남기고 사라졌 다. 하지만 전부 단일 품목이고 먼저 집은 사람이 임자라고 도발 하면 습격하리라는 건 뻔하지 않을까?

분명 많이 준비했으니까 안심하면서 방심했을 거다. 하지만, 설령 아무리 많은 재고가 있더라도 하나씩밖에 없다면 여자의 쟁탈전이 벌어진다. 그건 여자들에게는 가장 위험한 한마디니까!

"잠깐, 기다…… 우와아아아악. 아니, 오와아아아아악——!"

"이것하고 이것하고 이건 내 거니까 가져가면 안 돼~!"

"에에잇, 이미 침 발라놨어!"

""""아~앙. 전부 갖고 싶어——!!""""

"고를 수 없고, 놓았다간 빼앗길 거야! 그래도 정할 수 없네?!"

여자 집단 습격 쟁탈전의 바닷속으로 사라졌다. ——예전에 마물의 대습격을 혼자서 쓸어버린 하루카라도 여고생의 여심 대폭주에는 버텨내지 못했다!

"앵클릿 귀여워!"

"백도 근사해♪"

"전부 단일 품목이고, 미묘하게 디자인이 다른 게 약삭빨라!"

""""응. 전부 귀여워!!""""

그 SpE가 전력으로 발휘되고 있고, PoW가 그에 덧붙었다. 이게 라플레시아에서 가능했다면 이겼을 거다. 응. 역시 돌진력이 필요했던 거구나! 하지만 그건 내 거야. 먼저 찜했어!! 절대 건네주지 않을 테니까—— 프로텍트!

"그, 그 파란 거 나 줘! 앗, 훔쳐 가지 마!!"

"안 되거든, 앗…… 점프!"

"큭, 하지만 보낼 수 없지. 스텝!"

이미 스킬전에 도입했고, 이대로 마법 전투가 되면 불리하다.

그러니까 한시라도 빨리 계산대(하루카)로 가고 싶은데, 그 계산대가 잠깐 떠올랐다가 여고생의 바다에 잠겨버렸다. 때때로 마치 물에 빠진 것처럼 계산대의 손이나 얼굴이 보이지만, 바로 삼켜져서 가라앉아 찌부러지고 짓눌리는 바람에 계산대가 없어서 폭탄 세일 행사장의 스탬피드가 멈추지 않는다. 싸움은 쟁탈전으로 격화되었고, 계산대는 탁류에 떠밀려 갔다……. 응. 어디까지 가는 걸까?

"""아아~앙. 하루카는 어딨어?!"""

"방금 여기에 있었는데!"

"구입할 때까지는 아직 시합 종료가 아니야!"

"그건 내 거야!"

"""꺄아아아아아!"""

응. HP는 아직 괜찮아 보이지만, 여고생에게 밀리고 짓눌려서 정신이 나가버렸고, 동요한 채로 도망치지 못해서…… 그대로 찌부러지고 삼켜져서 사라졌다. 어라? 안 나오네…… 격침했어?

"푸하아아앗——. 아니, 여고생의 육체에 침몰해버리면 나의 호감도가 나무아미타불할 거고, 익사해서 매혹되어 두근두근했다간 사건이 벌어지잖아! 앗, 으규우우우우우욱!!"

앗, 나왔다. 이제는 사악하게 웃고 있을 여유가 사라진 모양이지만, 그래도 빨리 계산해 줄래? 하루카가 휩쓸리고만 있으면 여고생 스탬피드는 영원히 안 끝날 테니까?

58일째 저녁, 하얀 괴짜 여관

사후 확신 편향(Hindsight bias)—— 나중에 '그럴 줄 알았어.'라고, 마치 자신은 알고 있었다면서 예언자처럼 행동하는 심리 경향을 말하는데, 적어도 『망토?』만이라도 장비했어야 했다. 그래. 『가죽 부츠?』만으로는 이동할 수 있는 곳이 없었어!

""""꺄아아아아아아아아아아아아아아아————!""""

섣부른 생각은 나중에 붙는 어리석은 자의 뒷북치기고, 폭주 여고생 페스티벌에 사복을 입고 무방비한 상태로 참가한 이상 여고생 스탬피드에서 탈출할 방도는 없었다. ——그야 감촉이 진짜로 위험하니까!

"앵클릿은 가방에 장식만 해놔도 귀여워!"

"""아~앙. 전부 갖고 싶어?!"""

"아니, 그러니까 이건 스킬 장비고, 다리라면 몰라도 가방에 순속 효과를 붙이는 건 의미 불명…… 아니, 으규우우우우우욱!"

뭔가 부드러운 것에 짓눌리고, 괜히 움직이면 몰캉몰캉 떠밀려서 완전히 포위당해 뭉개지고, 빈틈이 없어서 『공중보행』으로 도망칠 여지조차 없다!

"아니, 그러니까 백도 내물리마법 부여가 되어서 튼튼하고 오래

가니까 그런 건 필요 없잖아?!"

"""여자한테는 두근두근 프리티하고 세련된 물건이 숫자만큼 필요해!!"""

"아니, 돌격 프레스로 압축해 버리는 두툼한 살이…… 우고가 그으오오오!"

"""소녀한테 두툼한 살이라고 하지 마!"""

잠깐의 빈틈을 노려봤지만 『허실』조차도 빠져나가지 못해서 엉망진창으로 물컹물컹 짓눌렸고, 발을 멈추면 더욱 말랑말랑 눌리면서 뭔가 위험한 감촉이 여기저기에서…… 이건 남고생에게는 무리다. 목욕하고 막 나와서 얇게 입었으니까 위험하다고!

그리고 신제품이었던 거품 바디워시의 효과가 있었는지 맨살이 매끈매끈해서 기분 좋기도 하고, 달콤한 냄새와 부드러운 살색이 포화 상태다. 이 얼굴 앞에 있는 뽀용뽀용한 건 뭐야! 응, 짓눌려서 괴로워해야 하는 걸까, 기뻐해야 하는 걸까? 아니, 도망쳐야지!

"빨간 숄더는 어딨어?(몰캉몰캉♥)"

"에이~ 멀티 컬러니까 색보다는 형태와 크기지~. (출렁출렁♥)"

(뽀요요~용♥)

"뽀용뽀용 튕기고 있다고오오오오──! 아니 잠깐, 지금의 대질량 압력은 뭐야! 뭐였던 건데?!"

생각할 새도 없이 부드러운 육벽에 짓눌렸고, 사이에 끼어서 포위된 채로 뒤엉켜서 짓눌렸다……. 응, 뭔가 감촉이 너무 위험해! 분명 이대로 가면 『민감 Lv9』가 상승해서 레벨 MaX가 될 거고,

나까지 MaX가 되어버릴 거다!

뭔가 쓸만한 스킬……. 전혀 사고가 바로잡히지 않지만 『성욕 왕성 Lv8』하고 『절륜 Lv8』은 안 된다는 것만큼은 알겠다. 이건 절대로 안 된다. 사건 정도의 소란이 아니게 되는 녀석이다!

"그래. 지금이야말로 『망석중이』! 아니, 이건 쓸모가 없다기보 다는 쓸 수 없어서 망석중이? 이제 틀렸나? 으규욱?"

"앗…… 뺐었어?"

"저기, HP는 무사하니까 『소생』은 필요 없지만, 『갱생』은 필요 할지도?"

"응. 얼굴이 행복해 보이네?"

"에이~ 갱생시키는 마법은 안 가지고 있어~. 그래도 행복해 보 이는 얼굴로 뺐어 있네~?"

"""짓눌리는 것에 약한가?"""

"레벨 99의 여고생이 짓눌렀으니까, PoW가 레벨의 벽이 되어 서 저항하지 못했던 거예요. 결국은 레벨 20이니까…… 장비도 없고요."

으규우우우욱……. 응, 말이 너무 심하다. 나는 지나가던 불쌍 한 피해자인 바가지 점주인데, 어째서인지 여고생 짓누르기 대회 의 패자 같은 처지가 되었네?

응. 그 대회에 참가하지도 않았는데 엉망으로 뭉개지고 짓눌려 버린 불쌍한 남고생은 뭔가 부드럽고 말랑말랑한 탄력에 탄압당 해서 대단히 위험한 상태였는데도 걱정해 주지 않는 모양이다. 진짜로 남고생에게는 대단히 위기적인 상태였다고!

"어~이, 살아있어~? (말랑말랑♥)"

뭐, 몰캉몰캉 짓눌렸을 뿐이니까 다친 데는 전혀 없다. 그러나 완전히 압살당했고, 레벨의 벽과 PoW 차이로 뭉개졌다. 이게 바로 약점이긴 하지만, 설마 여고생의 폭탄 세일 스탬피드에서 드러나게 될 줄은 몰랐다.

그리고 역시 도서위원은 알아채고 있었다. 알면서도 여고생 집단을 교묘하게 컨트롤해서 일부러 그렇게 만든 의혹조차 있다. 이건 여고생 엉망진창 말랑말랑 서비스를 위해서가 아니라, 약점을 드러내고 문제점을 밝혀낸 거다. 그리고 폭로할 생각이었겠지. 실제로는 전혀 강하지 않다는 걸……. 레벨 20의 나약함을.

그건 정답이다. 실제로 얇게 입은 말랑말랑한 여체에도 압살당한다. 갑옷이나 무기를 들었다면 간단히 죽었을 거다. 그걸 모두에게 보여줬다. 저 얇게 입은 여고생 집단 말랑말랑 짓뭉개고 짓누르기 컨트롤로……. 감사합니다? 아니, 근사한 체험이었지만 함정이었어! 함정에 걸려서 죽은 거야!! 그것 때문에 압살당했고, 그야말로 기분 좋은 유린이었고, 부드러운 살의 압박이 여체였으니까 압축되던 거다! 무릎베개는 허벅지야!! 감사했습니다!! 어라?

"첫 무릎베개~♥"

"아앗, 나도 나도!"

다들 머리로는 레벨 20의 연약함을 알고 있었으니까 초조해하며 지켜주려고 하고, 강해지려고 하고 있었다. 그걸 눈앞에서 완전히 이해했다. 실은 절망적으로 약하다는 게. 그 나약함이 드러나게 된 거다. 응, 당했다. 최약이니까 상황에 따라서는 휘말려서 간단히 죽는다는 걸. 그러니까 음모를 꾸미는 인간이 상대라면 위험하다는 걸. 인간의 지성으로 만든 함정, 그 책략이야말로 나를 죽일 방법이라는 것. 그러니까 그것에 특화된다면 지켜줄 수 있을지도 모른다…… 이걸 하고 싶었겠지. 이걸 하려던 거다.

그러니까 도서위원의 암약을 막았던 건데, 완전히 그대로 노출되고 말았다. 이러면 걱정 많은 사람들이 점점 더 걱정하며 무리를 시작할 거다. 아직 모든 것을 잃고 이세계에 온 지 두 달도 지나지 않았는데……. 사람의 정신은 그렇게 강하지 않은데. 무리하면 간단히 망가질 만큼 약한데도 프레셔를 걸어버렸다.

신들린 공격과 회피력과 요격력을 자랑하는 갑옷 반장이라도 이 방법으로는 무너뜨릴 수 있다. 죽이는 속도보다도 빠르게 대량의 물량을 일회용으로 던져버리면 밀려서 무너진다. 하물며 갑옷 반장이 아무리 궁극적인 강함을 자랑하더라도 결국 약점인 내가 약하다. 그걸 지키려고 하면 한계가 온다. 나를 지키려고 하는 한 공멸하게 된다.

"정말이지. 여자여자 노래를 부를 거면 좀 더 부끄러워할 줄 알아야지? 응. 부끄러운 부분이 부끄러운 느낌으로 부끄러운 느낌 없이 부끄러운 일을 하니까 부끄러운 나머지 터져버릴 것 같았거든? 응. 알기 쉽게 말하자면 에로하네?"

그러나 나와 갑옷 반장이 죽이지 못할 정도의 위협이 있을 수 있다고……. 아니, 생각은 했겠지. 인간 방패를. 우리의 지인이나 동료를 방패로 삼아서 죽이지 못하게 하고 밀어붙이면 된다. 도서위원만큼은 그런 최악의 수단을 예상하고 있었다. 아마 역사 지식이겠지. 그러니까 누구보다도 먼저 경계하면서 대책을 세우기 시작했고, 넘어지지 않기 위한 지팡이가 아니라 죽기 전의 방패가 되려고……. 결국 이 녀석도 걱정이 심하다. 선견지명이 과해서 걱정이 심하다고.

"""꺄아아아아! 성희롱이야!"""

"""여자의 맨살은 언터처블이거든!"""

"""그래그래. 접촉 금지입니다!"""

그러니까 전쟁에 위기감이 들었다. 가장 위험하니까 초조해하고 있다. 그 때문에 주변이 초췌해지기 시작했는데……. 한계가 가깝다고? 평범한 인간이 매일매일 마물과 싸우면서 살 수 있을 리가 없다. 사람을 죽이는 일을 태연하게 준비할 수 있을 리가 없다. 오타쿠나 바보와는 다른, 평범한 인간에게 너무 무리를 강요하고 있잖아?

"잠깐, 소녀의 맨살이 여자 스탬피드로 강제 접촉했잖아? 응. 오히려 강제 접촉이라는 느낌이었고. 근데 성희롱 씨가 누구야? 그런 사람 동급생 중에 있었던가?"

새로운 등장인물인가. 뭐, 아무래도 잘못한 건 성희롱 씨라고 하니까 나는 잘못이 없다. 응. 정말이지, 참 나쁜 녀석이 다 있네. ……누구인지는 모르겠지만?

"""으으으, 역시 귀여워 ♪"""

"파산했지만 행복해."

"""응, 이해해 이해해."""

"내일도 힘내자."

"""오오——♪"""

계산을 마친 여자들은 차례차례 앵클릿을 차기 시작했고, 굳이 스타킹이나 망사 타이츠까지 신는 아이도 있어서 그야말로 근사한 경치였다. 물론 남자는 시종일관 공기로 확산되어 희박해지는 중이었고, 이미 벽이 비쳐 보일 것 같다. 응. 뭐라고 말 좀 해봐!

"세공이 세밀하네."

"디자인도 일품이에요."

"이건 고등학생이 살 레벨이 아니네요."

"""역시나!"""

뭐, 이 광경은 남고생에게는 어쩔 수 없겠지. 그야 의자에 앉은 여자들이 무릎을 세워서 앵클릿을 장착하고, 다리를 높이 들어서 보여주고는 다시 교체하고 있다. 그렇다. 스타킹에 감싸인 다리와 니 삭스의 절대적인 허벅지가 슬금슬금 보이고 있는 겁니다!

이건 마음의 보존용이다. 너무나도 필연적이고 당연하게도 나 신안도 보존 중이다. 응. 나는 대단히 좋은 걸 만든 모양이다. 효과 부여 같은 건 아무래도 좋을 만큼 좋은 물건이었다!

"""방에서 교체하면서 보여주자!"""

"시마자킷치, 코디 부탁해!"

"""아, 나도나도!!"""

"정말, 어쩔 수 없네."

"""잘 부탁해♪"""

좋은 밤이다. ——그리고 분명 굉장한 심야가 될 것 같다. 그야 자극이 너무 강해서 내 안에 봉인되어 있던 남고생의 영혼이 함성을 내지르며 미쳐 날뛰고 있거든. 그러니까 분명 밤중에도 미쳐 날뛰면서 큰일이 벌어지겠지……. 그보다 할 거라고? 왜냐하면 빨강 차이나까지 기다리고 있으니까! 물론 앵클릿도 장비하자! 그리고 미쳐 날뛰고, 날뛴 끝에 망나니 장군이 될 만큼 힘내자!!

"""하루카, 고마워♪"""

세련된 아이템 주머니도 이보다 더할 수 없을 만큼 대량으로 재고를 만들었지만 매진되었고, 여자애들은 그걸 안고 방으로 돌아갔다. 뭐, 던전 탐색에서도 천 주머니를 싫어했으니까, 던전용으로 만든 메신저 백도 매진이었다.

"근데 이세계에서 검과 갑옷과 망토에 메신저 백을 걸쳐도 되는 건가?"

"""팔고 나서 그걸 말하는 건가요?!"""

"뭐, 마물밖에 안 볼 테니까?"

뭐, 실은 조만간 망토에 『수납』을 부여해서 또 바가지를 씌울 계획이라는 건 비밀이다. 그래. 떼부자에게 끝은 없다. 그리고 밤은 길다고!

◆ 낭비도 없고 폐도 끼치지 않고 친환경에 간단 신속하다.

59일째 아침, 하얀 괴짜 여관

아침 일찍 영주관에서 소식이 왔다. 마침내 겨우 드디어 왕녀 여자애 전속 메이드의 사정 청취가 끝났고, 미행 여자애 일족이 가져온 정보와 대조해서 왕국 안의 썩어빠진 전쟁이 시야에 들어왔다.

그렇다. 결국 흔해빠진 매너리즘이고, 언제 어디서든 누군가가 질리지 않고 되풀이하는 무능하고 바보 같고 어리석은 자들의 권력 투쟁이라는 이름의 우행과 우열함과 우둔하기 그지없는 내부 다툼이다.

"좋아. 귀족과 왕족을 닥치는 대로 납치해서 검을 주고 데스 게임을 시키자! 해결이야. 헛된 사망자도 나오지 않고 자기들끼리 민폐를 끼치지 않고 내부 다툼을 할 수 있으니까 친환경이고 간단하고 신속한 살육전이고, 덤으로 모두 죽으면 깔끔하고 산뜻하고 기분도 상쾌하니까 껄렁왕하고 신바람 귀족을 몰살시킬까?"

"""지금 이야기의 어디에 환경 요소가 있었어?!"""

"어? 미적지근해? 즉, 데스 게임으로 약해졌을 때 날라리 퀸을 던져서 깨물어 죽이려는 거야?! 응. 진정한 공포를 맛보도록 해라! 같은 전개?"

"안 깨물 거고, 맛보여 주지도 않을 거고, 그런 전개는 안 해도 돼! 그보다 대체 왜 던지려는 거야!! 대체 왜 내가 진정한 공포 취급을 받는 거냐고?! 그보다 날라리 퀸으로 진화하지 않았다고 말했잖아! 아니, 잘 생각해 보면 날라리 리더도 아니고, 애초에 날라리도 아니라고 몇 번을 말해야 알아듣는 거야――!!!"

"맞아, 이제 슬슬 이름 좀 기억하라고!"

"왜 아직도 스테이터스가 날라리인데!"

"왜 이름도 기억하지 않으면서 날라리 퀸으로 진화시키려고 하는 거야! 왜 이름도 기억하지 않으면서 내던져서 머리를 깨물게 하고 진화시키는 거냐——! 헉, 헉, 헉!!"

역시 레벨 100을 넘지 않으면 진화하지 못하는 건가. 어쩌면 레벨의 벽 말고도 종족의 벽이나 진화의 벽이 있는 걸까. 뭐, 날라리의 벽이라면 깨물어 부술 것 같다. 그렇게 깨물 것 같은 얼굴로 노려보면 무섭단 말이야! 응. 잘못은 왕도의 귀족과 왕족에게 있고, 나는 전혀 잘못하지 않았는데 터무니없는 불똥이 튀었어!

"전쟁은 좀 그렇지만, 귀족이나 왕족에게도 명분이라든가 입장이 있지 않을까?"

"응. 아무리 그래도 데스 게임을 시켜서 남으면 몰살은 좀 곤란하지 않을까?"

"그치만 권력 투쟁이든 뭐시기 투쟁이든 살육전을 벌이고 싶다면 타인한테 따지지 말고 자기들끼리 하면 되잖아? 응, 말려드는 사람이 없다면 문제는 전혀 없으니까, 멋대로 죽을 때까지 싸우다가 그대로 죽으면 된다고?"

그러면 아무도 말리지 않는다. 오히려 추천하고, 처참하게 죽으면 실소도 던져줄 거라고?

"타인이 전혀 말려들지 않는다면, 왕족이든 귀족이든 멋대로 살육전을 벌이다가 멋대로 죽으면 된다고? 응. 문제도 해결됐고 간단해서 상쾌하네?"

죽이고 싶은 자만 죽이고 죽는다면 정말이지 아무래도 좋은 이야기다. 그런데 타인을 끌어들여서 전쟁을 벌이다니 이야기가 커져서 정말 민폐다. 개인이 개별적으로 몰래 즐겁게 살육전을 벌이고 싶다면 멋대로 해도 되고 아무런 문제도 없다고.

"보고하겠습니다. 주력은 교회파 귀족군과 제1왕자 파벌의 왕국군이 섞인 연합군이며, 명칭은 『변경지 평정군』입니다. 왕국에 거스르는 자로서 오무이 님의 목과 미궁왕의 보물을 왕국과 교회에 기증, 마석을 왕가나 교회나 귀족들에게 거의 무상으로 제공할 것을 요구. 현재만으로도 왕국 군세의 3분의 1 이상이 참가했고, 여전히 각지에서 소귀족들이 참가하고 있습니다."

정보 보고는 그것뿐이었다. 핵심적인 건 없는 모양이다……. 응, 껄렁함이 전해지지 않네? 그래도 목적은 알았다. 응. 메리 아버지의 목과 미궁왕의 보물과 변경의 노예화가 목적인 모양이다. 메리 아버지의 목이라면 재생 버섯이 있으니까 아무래도 좋지만, 미궁왕의 보물을 강탈할 생각인 모양이다. ──응, 용기 있는 사람들이네.

우둔하고 무능하고 무지몽매하고 우열한 어리석은 자지만, 그 용기만큼은 칭송해도 되겠지.

"""왜 감탄하는 거야!!"""

"아니, 그치만……. 그건 미궁왕이 아니라 미궁황의 보물이랄까, 갑옷 반장을 말하는 거잖아? 게다가 미궁왕이라면 슬라임 씨도 빠짐없이 따라오는데 기증받고 싶다니……. 용감하잖아?"

"""확실히?!"""

응. 단숨에 멸망한다. 왕도든 왕국이든 교국이든, 기증받은 시점에서 멸망할 거다. 아침부터 기분 좋게 햄버거를 먹고 있지만,

이 이세계에서 최강 최악 최대 파괴력을 자랑하는 섬멸 병기 콤비를 기증받고 싶다니?

"보통 심각한 자살 희망이 있더라도 울면서 살고 싶다고 도망칠 이 두 사람을 받고 싶다니 굉장하지 않아? 응. 이건 멸망을 노리고 있는 걸까?"

나라는 약점이 없는 상태의 두 사람이라니, 조금 생각해 보기만 해도 무서워질 만큼 엄청나다. 정말 용케 이 세계가 무사하다고 감탄할 정도의 전력인데……. 망하고 싶은 거야?

"무모하네."

"게다가 무능하네?"

"게다가 무대책에 무지하니까……. 그랜드슬램?"

"그러게. 안젤리카 씨하고 슬라임 씨라도 세계의 위기인데, 이 두 사람한테 손을 대면 최강 최악 최비상식의 사역자가 사악한 미소를 지으며 몰살하겠지?"

"""응. 뭔가 자기들끼리 살육전을 벌이다 죽는 게 행복해질 레벨이네?!"""

변경에서 나온 고급 장비를 가지고 있더라도 레벨 자체는 낮다고 한다. 그 왕녀 여자애는 강했지만, 그래 봬도 왕국에서는 격이 달랐다고 하니까……. 응. 레벨을 따라잡아야 겨우 여자애들하고 호각 정도라니? 왕국 최강이?

"안젤리카 씨와 슬라임 씨만이라면 상식적으로 나라나 군대가 파괴되고 끝나겠지만, 하루카는 상식과 정신까지 파괴할 테니까?"

(끄덕끄덕!)

(뽀용뽀용!)

악랄한 침략자를 욕하면서, 어째서인지 무고한 남고생을 디스하고 있네?!

"애초에 교국의 영웅담을 읽어봤는데, 신에게 선택받은 영웅이 신의 가호로 즉사하지 않고 사흘 밤낮에 걸쳐 이블 아이를 때려잡았을 뿐이더라고요?"

"""어째서 그 정도 수준으로 신을 정좌시켜서 설교하고 이블 아이를 노려봐서 즉사시킨 사람한테 싸움을 거는 거야?"""

어라? 분명 나를 걱정하고 있었을 텐데 어째서인지 이야기가 달라져서 어느새 디스당하고 있네? 응. 엄청 디스당하고 있잖아!

"잠깐, 뭔가 교국의 영웅담까지 끄집어내서는 왜 마지막에는 내 험담을 하는 거야! 그보다 그건 분명 『즉사』 효과가 반사됐을 뿐이지 노려봐서 죽인 게 아니야! 애초에 노려보기 전에 눈이 마주쳤더니 죽었다니까? 응. 그러니까 난 무고하잖아?"

"""……"""

무시당했다! 완전히 무시당한 채 보고로 돌아갔고, 아무래도 이미 진군 준비에 들어가서 군 편성과 원정 준비도 마쳤는데 아무런 대책도 내지 못하고 있는 모양이네?

"정보가 새는 걸 무서워하는 건가?"

"극비 작전일지도?"

"그래도 미행 여자애 일족도 알아내지 못하고 세레스 씨도 모른다니 너무 엄중하지 않아?"

그렇다. 전략이 보이지 않고, 극비 병기 같은 걸 준비하고 있는 낌새도 없다.

"비행정 같은 걸로 산을 넘어서 오는 게 아니구나?"

"기대하고 있었는데 없다더라고? 응. 그 둥둥 뜨는 동그란 박쥐로 끝이라던데?"

""""그러면 이미 노획할 마음으로 준비를 시작한 거야?""""

그치만 남고생이라면 넓은 하늘은 낭만이기도 하고, 비행정은 갖고 싶지 않아? 없다고 하지만?

최신 정보를 확인하고 회의 같은 걸 했지만, 작전이나 대책 이전에 의미를 모르겠다. 응. 뭐 하러 오는 걸까?

""""전쟁이라고 했잖아!""""

"아니, 목적은 들었거든? 제대로 기억하고 있고, 막 들었는데 잊어버릴 리가 없잖아. ……응. 뭔가 들은 느낌이 들거든?"

그러나 군의 행동은 전혀 의미를 모르겠다. 깜깜하다.

"그냥 대군 끌고 행군하러 오는 거야? 그것뿐?"

"대규모로 동원해서 힘으로 밀어붙이는 건 평범하지 않나요?"

"아니아니, 그치만 가짜 던전 대책이라든가, 게릴라전 대책 같은 게 전혀 없잖아. 아무리 조사해도 찾을 수가 없다니, 그거 뭐 하러 오는 거야?"

"아아~ 군세만이라면 가짜 던전은 힘들겠지~."

애초에 변경군은 지킬 수밖에 없어서 불리했다. 지금은 치고 나갈 수 있고, 숫자와 장비의 질만으로는 레벨 차이를 뒤집을 수 없다. 응. 레벨이 없으면 장비 스킬조차도 못 쓰니까?

"그게 첩보는 간단히 할 수 있는데, 전혀 정보가 없다네요."

""""없구나?""""

할 일이 없다. 그야 정보가 없으니까 대책도 세울 수 없다. 그저 군대가 멀리서 걸어온다는 모양이다. ……응. 대책이나 대응 이전에 좀처럼 오지도 않을 것 같네?

"아니, 멀리서 걸어온다면 신발이 상하니까 신발 가게라도 열면 논 좀 벌지도? 응. 의외로 가짜 던전에 기념품 가게라도 열면 돈 벌 것 같은데?"

""""어째서?!""""

역시 정석은 '변경'이라고 적어둔 깃발이면 되려나? 형태는 삼각형이 좋을까? 응. 정말이지 대처하기 어려울 것 같다.

"생각해 봤자 지금 할 수 있는 일은 없어 보이네~?"

"대책을 세울 정보도 없는 모양이니까, 회의는 이쯤하고 공략하러 갈까?"

""""찬성!""""

"응. 오늘이야말로 합격!"

"맞~아. 타도 미궁왕!!"

괜히 지레짐작해서 쉬려나 했는데 휴일은 아닌 모양이다. 오늘만으로도 지하 50층전 3전은 무리겠지만 2전은 가능할지도 모른다. 역시 던전 아이템이 강화의 지름길이고, 레벨 100의 벽을 모르는 이상 아무튼 싸워서 경험치를 벌며 장비 강화를 노릴 수밖에 없다.

그래. 지나치게 준비해서 곤란한 일은 없고, 넘어지기 전에 지팡이로 두들겨 패서 죽이면 넘어질 걱정도 없는 거다.

> **사전에 불가능이라는 단어가 빠졌다고**
> **클레임을 건 걸로 유명한 클레이머는 참 좋은 말을 했다.**

59일째 아침, 던전 지하 40층

검과 창이 빛나고, 방패와 갑옷이 시끄러운 금속음을 지워버렸다. ——원숭이 주제에. 뭐, 얕보지는 않았다. 방심은 금물이다. 그야 이쪽에는 원숭이보다도 확실하게 바보 같은 바보들이 있으니까. 응. 분명 지혜 승부에 나섰다가는 진다! 고블린이 상대라도 의심스러우니까?

"""시끄러워!"""

"쏴라아아~! 3연, 즉시 돌입!"

화살비가 조밀해져서 타격력도 올라갔고, 제압력까지 늘어났다. 원숭이들은 하늘을 뒤덮은 화살을 보고 끼이끼이 울부짖었지만 이미 늦었다. 몰려있기는 해도 군대는 아니니까.

반장은 낌새를 보는 걸 그만두고 무기 전환을 재빨리 끝냈다. 처음부터 화살전이 효과가 있더라도 4격은 버리고 단번에 정체 없이 돌격전으로 이행할 생각이었으니까. 사전에 작전안을 정해놔서 지연을 없앴고, 임기응변으로 작전을 선택하더라도 각 순서는 사전에 협의했으니까 지연이 없다. 그렇다. 원숭이들은 무너진 시점에서 결말까지가 정해져 있다. ……이미 늦은 거다.

"중열 무기 교체, 쏴아아아!"

"""Ja!"""

전원에게 아이템 주머니가 있고, 전원이 자유롭게 무기를 바꿀 수 있다. 다수의 무기를 가볍게 들고 다니고 자유자재로 교환한다. 그러니까 공격 횟수도 풍부하고 전위와 중앙은 대형 방패, 중위는 할버드의 준비를 마쳤다. 물론 어젯밤 부업을 뛰어서 아침부터 바가지를 씌운 건 말할 것도 없겠지. 떼부자에게 휴식은 용납되지 않는 거다.

"후열, 쏴라아아아. 순차 돌격!"

"""Ja!"""

전위의 전속력 돌격──에서 2진 3진의 파상 돌격으로 단번에 밀어붙여 끝낸다. 근접전이기에 리스크는 있지만, 전술에 지연이 없으니 주도권을 쥔 채 섬멸전으로 돌입했다. 무엇보다 전투 시간이 짧으니까 기세가 있고, 생각할 틈을 주지 않은 채 미리 손쓰기 전에 선수 또 선수를 쳐서 혼란시킨다. ……응. 원숭이와 바보는 모르는 모양이다.

"분산 토벌, 파티로!"

"""Ja!"""

처음 만나자마자 단숨에 섬멸까지 강제로 끌어들이고, 상대의 움직임에는 상관없이 힘으로 밀어붙이는 전술. 응. 대단히 높은 판단력과 결단력이 섞였고, 실패를 두려워하지 않고 결단하고 냉정하게 전황을 보고 판단한다. 이것이 반장님이다. 후방의 사령관은 없어도 된다. 이 집단은 반장님이 이끄는 전투 학급이니까……. 어라? 나는 학급 밖?! 왕따네!!

"종료, 잔존 적 없음!"

"이쪽도."

"잠시 휴식, 마석은 주워야 해."

"""네~에."""

그나저나 「암드 몽키 Lv40」은 무기를 떨궜지만, 별로다……. 뭐, 못 써먹어도 팔면 떼돈을 벌겠지. 어제도 마구 외상을 달았던 여자애들은 임시 수입에 크게 기뻐하고 있지만…… 어설퍼! 응. 오늘 밤도 바가지를 씌우자. 실은 양산에 이은 양산으로 차이나 드레스의 재고가 대량으로 쌓였다! 응. 무심코 많이 만들었거든?

"확인 완료, 피해 없음."

"용돈도 비상금도 회수 완료!"

압승──. 무장한 원숭이 무리였지만 군으로 통솔되지도 않았는지라 대책도 없이 전멸했다. 양 한 마리가 이끄는 늑대 100마리 무리는 늑대 한 마리가 이끄는 양 무리에게 패한다는 고사가 있다. 듣자니 사전에 불가능이라는 글자가 빠졌다는 클레임을 건 걸로 유명한 클레이머가 한 말이라고 하더라고?

그렇다면 원숭이가 이끄는 원숭이 따위가 반장님이 이끄는 고등학생에게 이길 리가 없다. 응. 양이 아니라 바보가 있어도 괜찮다. 설령 그 바보가 역시 부메랑으로 원숭이를 두들겨 패고 있어도 괜찮다. 뭐, 머릿속은 아마 여러모로 괜찮지 않겠지만 괜찮다. 응. 가능하면 양하고 교환하고 싶네?

"마석을 회수했으면 집합하자. 하루카, 비밀 방은 있어?"

"또 꽝이고, 결국 37층부터 하나도 없어. 돈도 못 벌고 있고 바가지도 못 씌우니까 떼부자가 될 수 없어서 대량 구매의 위기네?"

"""또 대량 구매했어?!"""

"전혀 반성하지 않으니까 잔소리야!"

"왜 전부 독점하려는 거야!"

"맞아. 좋은 사람뿐이니까 괜찮았지만, 사실은 모르는 사람 상대로 신용 거래 같은 걸 하면 안 되거든?!"

그렇다. 그것이야말로 수수께끼다. 보통 모르는 사람에게 보증도 없이 돈을 빌려주지 않는다. 하지만 투자는 리스크를 감수하는 법이니까, 그 리스크를 감수하는 고액 투자 계약을 맺어서 돌리고 있다. 그러니까 10개 중 3개만 잘 풀려도 원금 정도는 회수할 수 있도록 이자가 꽤 높다. 그런데 10개라면 10개 전부 지불하러 온다. 예정만큼 잘 풀리지는 않더라도, 필사적으로 돈을 긁어모아서 가지고 온다. 그리고 바가지를 씌웠는데도 언제나 감사를 표하고, 모두가 계약 이상의 돈을 돌려주려고 한다. 그리고 근면하니까 빌려준 돈 이상으로 농지를 개척하고, 공장을 돌리고, 물류를 충실하게 해준다. 다시 투자하면 또 필사적으로 벌어서 계약 이상으로 돌려준다.

응. 영문을 모르겠거든? 모처럼 풍족해졌으니까 원하는 것도, 사고 싶은 것도 많이 있을 텐데······. 그러니까 끝이 없다. 그러니까 발전이 멈추지 않는다. 그야 영주까지 그렇게 하니까.

그러니까 던전 아이템이 필요하다. 이 바보처럼 사람 좋은 이들이 모여있는 바보투성이 변경을 지키려면 무기는 많으면 많을수록 좋다. 지나치게 있어도 나쁜 일은 없다. 리스크 이상으로 돌려주는 변경과 그곳에 사는 사람들은 당연히 그 이상의 것을 받을 권리가 있다. 그렇다면 리스크 정도는 얼마든지 무릅쓰자. 그만한 걸 받았으니까……. 응. 그만한 가치를 보여줬으니까 생명 정도는 걸더라도 충분한 가치를 보여주고 있어.

"이동합니다~."

"""네~에!"""

"잊은 물건은 없지~? 하루카는 제대로 있지~?"

"있어."

"좋아, 가자!"

"""알았어!"""

인솔 반장님이 이동 지시를 내렸다. 그나저나 어째서 매번 내가 있는 걸 확인하는 거야? 응. 그렇게 매번 구멍에 떨어지지는 않으니까 보통 있거든? 응, 없으면 떨어진 거지만, 떨어지지 않았으니까 확실히 있거든? 그리고 어째서인지 잊은 물건하고 동시에 말하고 있다는 건, 역시 존재감이 흐릿해서 잊어버릴 것 같아서 그런가? 좀 더 어필하지 않으면 캐릭터 확립이 부족할 것 같은데, 평범하니까 어필할 수가 없다고? 진짜로?

그리고 48층도 토벌전으로 이동했고, 이제 할 일도 없어서 갑옷 반장과 슬라임 씨 셋이서 큰 기술 「도쿄 타워」에서 「대피라미드」로 전개 중이다. 물론 실뜨기다.

이거 해보니까 조금 즐거운데? 응. 여자 모임에서도 은근히 붐이라고 한다. 그리고 실에 엉켜서 묶여버린 반장을 조금 보고 싶었던 건 비밀이다. 실은 손재주가 서툰 캐릭터였나. 그야말로 묶여서 삐져나오고 조이고 열리고 드러나서 큰일이었다고 한다! 잠깐, 엄청 보고 싶은데!

"응. 여왕님 캐릭터가 되는 줄 알았는데 M 여자애였다니, 꽤 심오하네?"

(뿌용뿌용)

"섬멸 확인, 마석 모으면 잠시 휴식하자!"

""알았어.""

상쾌하게 지휘를 맡고 있다. 어젯밤에는 꽁꽁 묶여서 이런 곳이 그런 식으로 되었고, 그런 곳까지 터무니없는 모습이 되어서 망측한 곳까지 파고들어 어머어머 어라라라 대단히 고생하며 묶였던 모양이지만 상쾌하게 지휘를 맡고 있다. 그리고 눈을 흘기며 노려보고 있다! 어째서 들켰지?! 아니, 그치만 갑옷 반장이 무지 자세하고 구체적이고 박진감 있는 묘사로 생생하게 말해줬거든? 응. 그래서 남고생이 상상해 버린 바람에 이쪽도 큰일이었단 말이지? 그나저나 대체 어떻게 실뜨기를 하다가 귀갑 묶기가 되어버린 걸까? 수수께끼네……. 큰일이다. 더 상상하는 건 위험해 보인다.

왜냐하면 반장이 채찍을 꺼내서 반장님으로 잡 체인지했으니까. 어젯밤에는 혼자 M 여자애 플레이를 했다고 들었는데 직업 설정이 참 다채롭다. 나는 아직도 무직인데 말이지?

"아니, 이제 생각하지 않을 테니까 넣어줄래? 정말이라니까? 아니, 보고 싶었지만 안 봤으니까 상상했을 뿐이거든? 응. 그러니까 무고한 나는 잘못 없잖아? 그야 남고생에게는 자극적이고 극적인 실뜨기에서의 비포 애프터 긴박 귀갑 묶기 여고생 반장은…… 아니야! 위험하잖아?! 그 채찍은 진짜로 위험하거든!"

음속을 뛰어넘는 변환자재의 분노가 종횡무진 후웅후웅 날아왔고, 채찍도 붕붕 날아와서 문무양도 후웅후웅 반장님이었다?!

"ㅇㅇㅇㅇㅇㅇㅇㅇㅇㅇㅇㅇ!"

"죄송합니다. 이제 안 하겠습니다. 그러니까 울상으로 흘겨보면서 채찍 공격은 용서해 주세요. 그거 갑옷 반장의 참격급으로 초 위험 무기거든요. 『전이』가 아니면 피할 수 없을 만큼 위험하다고요! 네, 미안합니다!!"

스릴에 몸을 맡겼다가는 몸이 부서질 것 같아서 위험하니까 얌전히 있자. 그보다 실뜨기나 하고 있었을 뿐인데 실뜨기로 에로한 일을 하니까 이야기가 이상해진 거고 나는 전혀 나쁘지 않은 무고한 남고생인데 위험지대니까 저쪽을 보고 있자. 응. 채찍을 들고 이쪽을 보고 있으니까? 그야말로 파고들고 삐져나와서 포동포동했다고 하지만, 신경 쓰면 채찍으로 살해당한다!

속삭임을 듣고 망상하다가 공수가 역전되다니 요새는 참 기교파가 됐다.

59일째 오전, 던전 지하 50층

결국 비밀 방은 두 개뿐. 드롭된 던전 아이템도 꽤 좋은 장비품이기는 했어도 특별히 좋은 건 없었다. 그래도 미스릴화하면 충분한 전력 증강은 되겠지만, 결정적인 전력은 되지 못하는 미묘한 것뿐이었다. 지금 시점에서 그 두 개가 너무 돌출되어 있으니까. 타의 추종을 불허하는 압도적인 무력을 발하고 있다.

하나는 당연히 반장님이 휘두르는 『호뢰쇄편』. 그 압도적인 파괴력의 폭풍우로 공격의 벽을 쌓고 있다. 『호뢰쇄편 : ALL 70% 상승, +ATT, 호뢰, 선풍, 백격, 폭공진, 거리 형상 변화』. 그야말로 제압용 병기다. 그걸 반장의 채찍술로 휘두르면 미궁왕도 압도할 수 있다.

그리고 오타쿠 가디언이 휘두르는 할버드. 간단한 미스릴화와 효과 부여만으로도 초절 병기로 변한 『만능의 대치태도 : ALL 50% 상승, 참격 타격 찌르기 공격(대), 폭치(暴薙), 충격, +ATT, +DEF』는 후려치고 찌르고 베고 날뛰는 기다란 만능 병기다. 그걸 스킬과 웨폰 스킬의 콤보에 다른 연속 공격으로 연결하여 끝없이 연격한다. 그 갈고닦은 집중력으로 콤보를 이어가고, 이런 수단 저런 수단으로 억지로 연속 기술로 바꾼다. 나는 불가능한 완벽한 치트 의존이다.

"정말이지. 그 집중력으로 어째서 기본 연습을 안 하는 건가 싶을 만큼 초고난도 콤보란 말이지?"

(끄덕끄덕!)

(뽀용뽀용?!)

몰아치는 완전 자동 제어 기술을 완벽한 정밀도로 차례차례 억지로 합체해서 그걸 하나의 연속기로 발휘하고 있다. 그렇다. 자신의 힘을 전혀 믿지 않는 굉장한 콤보다. 왜냐하면 그사이에 자력 공격이나 이동을 단 하나도 끼워 넣지 않고 있으니까!

"스위치(교대) 들어갈게."

""""부탁해!"""

"이거 MP 빡빡해!"

반장님과 오타쿠 가디언이 교대로 전후에서 공수를 바꾼다. 그래서 항상 수비가 가능한 태세로 받아내고 있다. 그 방어를 무너뜨리려고 해도 뒤에서 날아오는 공격은 끊기지 않으니까, 머리 세 개에서 불을 뿜는 거인 미궁왕은 방어전에 몰려 압도당하고 있다.

50층에서는 설마 하던 레벨 100 미궁왕「카쿠스 Lv100」. 참전하려고 했는데 기다리라고 해서 대기 중이란 말이지?

"뭐, 조사해 봤는데 여동생인『카카』는 안 온 모양이니까 괜찮을지도……. 실력은 백중세? 도와줄까?"

(도리도리)

(부들부들)

그래도 위험한 건 분명하다. 그저 전술로 압도하고 휘두르고 있을 뿐이니까 방심할 수 없다.

"아니, 카쿠스 씨는 그리스 신화에 나오는 불의 신 헤파이스토스 씨 댁의 아들이고, 여동생 카카 씨와 둘이서 나쁜 짓을 하던 아저씨 괴물이잖아? 체인지?"

그리고 신화에서는 헤라클레스에게 퇴치된 거인이었을 텐데, 놀랍게도 죄목은 소도둑이라는 미묘한 괴물이었다. 그리고 여동생이 없는 건 이세계에서 남매 관계가 좋지 않아진 걸까? 응. 그러고 보니 여동생 카카 씨가 배신해서 헤라클레스 씨에게 동굴 위치를 가르쳐줬다는 설도 있으니까, 역시 남매 불화설이 농후하다. 이세계도 참 각박하네. 유산 관련으로 다툰 걸까?

"""성실하고 진지하고 필사적으로 싸우고 있는데 이상한 해설 넣지 말아 줄래?!"""

"맞아. 카쿠스 씨 댁의 가정 사정이 신경 쓰여서 집중할 수가 없잖아!!"

그리고 이쪽도 방심할 수 없다! 갑옷 반장이 설마 하던 「대피라미드」에서 「8단 사다리」로 들어가고 있으니까!! 틀림없이, 「헬리콥터」를 노린다고 생각해서 받았는데 실패했다. 「그물」로 도망쳐서 전개하려고 방심하던 차에 「8단 사다리」로 가는 전개에 접어들자, 슬라임 씨도 놀란 나머지 뽀용뽀용하고 있다. 무섭구나. 전직 미궁황의 책략! 이것이야말로 모략이다! 설마 「대피라미드」조차도 유도였다니. 실뜨기 대전략이었다!

(부──부들부들?!)

슬라임 씨도 곤란해하고 있지만, 촉수는 10개까지거든? 그걸 꺼내면 모든 게 가능하니까 끝이 없어서 네버엔딩 실뜨기 스토리가 되어버리니까 금지 사항이란 말이죠?

실은 갑옷 반장도 마수를 쓸 수 있다. 놀랍게도 요전에 마수 20도류를 10도류로 되받아쳤다. 참고로 1도류만으로도 받아치니까 어떻게 되든 받아칠 수는 있다. 물론 되받아친다고 쓰고 얻어맞는다고 읽는 게 올바른 해석이겠지. 그렇다. 섣불리 잔기술로 버티려고 하면 보통 끔찍한 꼴을 당한다. 그렇다고 실력 승부에

나서면 역시 끔찍한 꼴을 당한다. 지금으로서는 끔찍한 일 말고 다른 결말을 본 적이 없으니까, 분명 대련이라고 쓰고 두들겨 팬다는 루비가 붙어서 끔찍한 꼴을 당한다고 해석하는 게 일반적으로 보급된 모양이다.

슬슬 나라고 쓰고 나(얻어맞음)이라는 수식어가 붙는 날도 가깝겠지. 어제 누군가가 계산대라는 수식어를 붙인 느낌이 드는 건 기분 탓인 걸까?

"무너졌어. 우익 돌격어억! 방어진 밀어붙여어~!"

"""Ja."""

마침내 두 번째 목이 떨어졌다. 이제 곧 왼손도 떨어뜨릴 거다. 이러면 끝났군. 확실히 레벨 100이지만 공격 특화에 재생만이 특징인 미묘한 미궁왕이었고, 그『재생』이 압도적 파괴력에 전혀 따라가지 못하고 있다. 특별한 것도 없이 뿜어대는『호염』의 불꽃도 반장님의『호뢰쇄편』이 가볍게 걷어내니까 그냥 날뛰는 거인으로 전락했다. 그렇다. 아무것도 못하게 하고 있다. 그러니까 아무것도 하지 못한 채 쓸데없이 날뛰면서 사냥당하고 있다. 응. 카쿠스 씨는 고함을 내지르면서 계속 깎여나가고만 있다.

"강하지만…… 최악으로 불합격?"

(끄덕끄덕)

(뽀용뽀용)

거인은 반장님과 오타쿠 가디언의 상호 공격에 휘둘리고 있다. 저건 확실히 위험한 공격이지만 방어고, 사실 진짜 대미지 소스는 다른 27명의 포화 공격이다. 조금씩 깎이고 있는 것 같지만 사실 HP의 80%는 다른 쪽에서 당하고 있는데, 화려하게 쏘고 있는 2인조에게 시선을 빼앗기는 사이에 외통수에 몰린 거다. 완전한 전술의 승리. 책략에 걸려든 시점에서 레벨 100 미궁왕이 아무 것도 못한 채 격침되고 있다. 완승이다. ──불합격이지만?

그리고── 이쪽도 갑옷 반장이 완승했다! 그렇다. 적어도 4단 사다리부터였다면 받아낼 방도가 있었을 텐데, 저기서 8단은 무리여서 완패하고 말았다.

"레벨 100 미궁왕을 격파해서 굉장히 감동했는데……. 실뜨기가 굉장히 신경 쓰여서 감동에 잠길 수가 없어!"

"그래도 그래도, 『대피라미드』까지의 공방은 훌륭해서 볼만했는데?"

"그래도 8단은 무리였지~?"

"""그건 하루카가 소심하게 그물까지 돌아가 버린 시점에서 외통수였어. 저건 소심해서 진 거야."""

"디스당하고 있어?!"

응. 던전 반성회가 어째서인지 나의 실뜨기 반성회로 변했다. 게다가 왜 한심해서 졌다는 말을 들으며 디스당하고 있는 체키나우? 이라고나 할까YO? 아니, 한심하기는 했지만, 왜 전원 보고 있었던 거지YO! SayHo?

"이제 실뜨기 이야기는 됐으니까 반성회 하자!"

"모여서 먼저 이걸 반성하자!"

"응. 왜 다들 필사적으로 싸우고 있는 와중에 처절한 실뜨기 대회가 시리어스하게 열렸고, 미궁왕전을 제쳐놓고 흥겹고 뜨거운

배틀을 전개하고 있는 거야!"

반장님이 화냈다. 설마 밤중에 스스로 묶였던 실뜨기 때문에 정신적 후유증(트라우마)이라든가 육체적 후유증(페티시즘) 같은 게 새겨진 걸까! 그리고 실뜨기 대회가 대단히 불만인 모양인데, 그렇다고 불감인 건 아닌 모양이어서 어젯밤 실뜨기 귀갑 묶기 사건에서는 버둥거리다가 실이 파고드는 바람에 여자애들이 총출동으로 풀어서 구출해 줄 때까지 무척이나 다감한 느낌으로 민감하고 감미로운 감탄을 흘리고 있었다던데…… 채찍이 노리고 있어(이 이상은 안 될 것 같다)?!

"응. 불합격인 건 알고 있지?"

"""……응. 이제, 못 싸우겠어."""

"정말이지, 『전국책』의 진책, 무왕편에서도 소풍을 가는 사람은 90을 50으로 여겨야 한다고 했으니까. 500엔 예산에서 간식이 250엔인지 450엔인지는 어려운 문제거든?"

"어째서 그 격언을 소풍 이야기라고 생각하는 거야?!"

"""맞아. 적어도 다 끝나서 집에 갈 때까지가 소풍이라는 의미만큼은 맞았었는데?!"""

(부들부들)

간식 타임을 가져봤다? 응. 무척이나 피곤해져서 힘을 전부 소모했다. 그러니까 불합격. 너무 강한 무기의 폐해, 그리고 던전에서 힘이 다하는 건 너무 무방비하다. 그리고 이제 생각하지 않으니까 채찍은 집어넣자? 그게 원인이거든?

그나저나, 어째서 갑옷 반장은 밤의 개인전 도중에 싸우면서 귓가에 여자 모임의 위험한 토크를 이야기한 걸까? 응. 뭔가 다른 여자들을 생각하는 건 실례이지 않을까 생각한 틈에 갑옷 반장이 방어에서 공격으로 전환했다고! 그렇다. 공방 속삭임 일체의 묘기였다. 그리고 이쪽이 공격하는 사이 귓가에 대고 끈이 어디로 파고들었느니, 가슴이 조일 것 같았느니, 그걸 풀려고 했더니 스쳐서 큰일이었다는 소리를 계속 속삭였다고! 덕분에 어제는 드물게도 열세에다 역경에 몰려서, 혼란을 만회할 때까지 얼마나 공격당했는지 모른다! 그렇다. 무시무시한 미궁황의 함정이었다!!

"""맛있어!"""

"응, 지쳤어……."

"아니, 그래도 단번에 끝내지 못하면 무리였잖아?"

"지금 누가 노리면…… 괴멸적이지?"

"""……그러게?"""

게다가 요새는 기교파가 되어서 얕볼 수 없다! 그렇다. 오늘 밤도 결전이 벌어질 거다. 상대로서 부족함이 없다! 그야 부족하기는커녕 그 다리가 굉장히 아름답단 말이지!!

"""아까부터 뭘 중얼거리고 있고, 왜 승리의 포즈를 잡고 있는 거야!"""

"응. 스타킹에 약하다고나 할까?"

"""니 삭스에도 약한 모양이던데, 약점 많지 않아?!"""

그리고 눈을 흘기며 울상을 지은 채 채찍을 든 반장님에게 사과했다. 그리고 사과했는데 설교를 듣고 정좌까지 했다는 건 말할 것도 없겠지. 응. 압슬형은 봐주세요! 그렇다. 유감스럽게도 채찍은 휘감기지 않았고 헝클어지지 않았다. 굉장히 유감이었다.

그리고 반성회라고 말하면서도 활짝 웃고 있다. 레벨 100 미궁왕을 자력으로 꺾은 기쁨과 자신감. 그리고—— 레벨 100이 되었다. 마침내 동급생들이 레벨 100의 벽을 넘어서 새로운 힘을 얻었다. 그러니까 더더욱 피곤에 절은 불합격.

그야 합격이고 자시고 이제 미궁왕과 정말로 싸울 수 있는 힘을 얻었으니까. 50층 정도라면 이미 유니온으로는 과잉 전력이 되겠지. 레벨 100에 도달하는 조건은 레벨 100 미궁왕을 잡는 것? 레벨 100 용사의 전설이 있다는 건 그게 가능한 모험가가 있었다는 뜻이니까, 이거 난이도가 너무 높은 느낌이 드는데?

> 공기 중에 확산되어서 기척은커녕
> 존재감 자체가 사라지고 있으니까 그냥 공기다.

59일째 오전, 던전 지하 50층

뽀용뽀용, 뽀용뽀용——. 미궁왕「카쿠스 Lv100」은 거인답게 거대한 고순도 마석을 남기고 죽었다. 그리고 드롭 아이템도 있었다.

"으음,『염극석(炎極石) : 화염 속성 증대(특대), 화염, 작열, 업화』. 또 돌이네? 뭐, 불을 뿜는 거인이었으니까 불 관련인 건가?"

부들부들, 부들부들——. 그리고 역시 슬라임 씨가 원하고 있다. 어째서인지 돌을 좋아하는데, 보석은 아니라서 탐욕 반장도 흥미가 없어 보이네?

"그래도 무기에 부여할 수 있을지도 모르고, 시험해 보는 편이 좋지 않을까? 응. 가지고 있으면 나중에 쓸 수 있을지도 모른다고? 사전 장비를 충실하게 준비하는 건 중요해. 봐봐, '넘어지기 전에 해치워라' 라고 하니까?"

"""어째서 그 사람은 넘어지기 전부터 해치울 생각이 넘쳐나는 거야!"""

"그 사람, 분명 그냥 살인마지?"

"""그거, 넘어지기 전부터 예정하고 있었으니까 사고가 아니라 범죄 예고야!!"""

"아니, 사고라니까?"

그래도 다들 슬라임 씨에게 드롭 아이템을 줄 작정인가 보다. 응. 눈도 없는데 귀엽게 쳐다보는, 약삭빠른 애완 마물 공격이다?! 뭐, 확실히 용도를 잘 모르겠고, 지금은 아직 부여도 장비화도 가능할 것 같지 않다. 하지만 레벨 100 미궁왕의 드롭 아이템이니까 사실은 굉장한 물건일 수도 있는데……. 귀엽게 조르네!

"최근 슬라임 씨도 교관을 맡아줬으니까 수업료면 되겠지?"

"괜찮지 않을까? 원하는 것 같고?"

(부들부들~ ♪)

춤추고 있다. 그렇다면 완전히 말을 이해하고 있나? 똑똑한 건 알고 있었고 지적 생명체인 것도 틀림없었지만, 언어 학습 능력은 똑똑하다는 말로 끝나는 게 아닐 텐데. 완전히 이해하고 있다면 최소 인간 수준의 지능이라는 뜻이니까…… 바보들은 레벨

100을 넘어서도 굉장히 바보인데 말이지?!

"""시끄러워!"""

"""갑자기 디스하지 마!!"""

"애초에 하루카가 쓸 수 없는 물건이라면 그냥 썩힐 뿐이니까 아깝잖아?"

"게다가 뽀용뽀용 귀엽잖아? 굉장히 원하는 것 같고?"

(뽀용뽀용!)

어리광 부리고 있어! 응. 확신범이다. 귀엽게 애교를 흩뿌리면서 받을 생각이 넘쳐난다! 조르고 있어! 지적 생명체라기보다는 약삭빠른 애완 슬라임인 척하는 지적 점액 생물의 책략이었나?!

"응. 게다가 슬라임 씨가 강화된다면 그건 훌륭한 전력 상승이잖아?"

"""이의 없음. 그리고 벌써 기쁨의 춤을 추고 있으니까?"""

(부들부들~ ♪)

최근 여유만 나면 마스코트 여자애와 신기한 춤을 추며 대화하고 있기는 했지만, 인간의 말을 완전히 이해하는 슬라임 씨도 수수께끼지만 점액 생물과 제스처로 대화하는 신기한 춤이 가능한 마스코트 여자애도 수수께끼거든? 응. 게다가 어제는 브레이크 댄스로 대화하고 있었는데, 대체 그건 무슨 이야기였던 걸까?!

결국 슬라임 씨가 『염극석』을 받았고, 뽀용뽀용 기쁨의 춤으로 감사를 표하며 돌아다녔다. 그야 내 돈, 아니 '던전 아이템 계산'으로 상쇄되니까 상관없긴 하지만, 이미 미궁황급 슬라임 씨가 아직도 능력을 원하고, 먹은 스킬을 흡수하고 있다…… 어디까지 강해질 생각일까? 응. 맛있지는 않은 모양이었다. 돌이니까?

"자, 그럼 회복도 했으니까 밖에서 점심 먹고 다시 던전 한두 개 돌아볼까?"

""찬성!""

지하 50층에서 끝났고, 비밀 방도 없어서 이제 볼일은 없으니까 게이트를 써서 바로 지상으로 돌아왔다. 뭐, 마물이 다시 나오더라도 상층의 잔챙이 소량 있을 뿐이고, 나머지는 모험가 길드가 확인할 겸 토벌하겠지.

""잘 먹겠습니다——!""

"으으으, 보들보들한 달걀이 행복해!"

"하루카, 한 그릇 더!"

"제대로 맛을 보라고!"

""너희도 먹으면서 줄 서고 있잖아!""

점심에는 호평이었던 오므라이스 축제가 다시 열렸다. 최상의 배치로 테이블 메이킹을 끝낸 식사. 응. 리퀘스트 No. 1이었고, 내가 지지했던 오야코동은 패배했단 말이지?

"맛있어~ 행복해~."

""응. 맛있었어 눈물이 나와.""

"한 그릇 더 희망함!"

(뽀용뽀용, 뽀용뽀용 ♪)

초원에 테이블과 의자를 만들고, 테이블 커버를 씌워서 꽃을 장식하는 준비는 단번에 끝난다. 그리고 진열한 뒤에 점심밥. 빠르고 맛있고 바가지도 씌우는 오므라이스 축제다!

"한 그릇 더 왔다!"

"""Re:오므라이스! 잘 먹겠습니다~!!"""

오므라이스와의 감동적인 재회를 맞이하자 입가를 케첩으로 물들인 여고생들이 양산되어서 대량 발생 중이다. 매번매번 먹으면서 한 그릇 더 받으러 오는 민폐쟁이 바보들은 슬라임 씨와 함께 특대 양동이형 식기로 가득 담아줬다. 뭐, 양농이형 금속 식기라니 '어라? 어째서 양동이?' 라고 생각했던 건 비밀이다. 응. 좋아하니까 괜찮겠지?

(뿌용뿌용 ♪)

"""맛있어. 진짜 맛있어!"""

"큭, 여기에 메이드만 있었다면!"

"""확실히!!"""

"아니, 이세계의 메이드는 평상복을 입은 아줌마였는데?"

"""실은 알고 있었지만, 꿈을 깨지 말아줘~!"""

"""남자란……."""

부드러운 바람이 불었고, 배가 찬 여자애들이 초원에서 뒹굴었다. 슬라임 씨도 뒹굴었다. 휴식 중이니까 갑옷 장비를 벗어서 쉬고 있고, 주변 일대에 스패츠 여자애나 탱크톱 여자애가 데굴데굴 굴러다니고 있어서 아까까지 시끄러웠던 바보들도 공기 중에 확산되었다. 응. 이제 기척은 고사하고 존재감 자체가 사라지고 있어!

식후 산책을 겸해서 강가로 이동하면서 다음 던전으로 향했다. 그나저나, 이쪽은 온 적이 없었네……. 응. 도시에서는 가깝지만 마을도 뭐도 없는 지역이고 최근 벌채를 시작한 구역이라서 보지 않았다. 응. 던전은 그곳에 있었다.

"여기는 나무 틈새에서 햇살이 들어오고 녹색에 둘러싸인 대자연의 파노라마와 강물이 졸졸 흐르는 소리가 들리는 쾌적한 치유의 공간. 충분한 마력과 골라잡을 수 있는 마물들에게 둘러싸인 휴식의 생추어리. 근사한 라이프 스타일에 최적인 쾌적하고 강인한 던전. 호평 분양 중? 이라고나 할까?"

"""큰일이야. 마음에 들었나 봐!"""

약간의 불만은 있어도 입지와 환경은 좋다. 문제는 내부일까?

"아니, 이거 좋은 던전인데? 확실히 대미궁보다는 안 좋아도 과하게 넓지는 않은 느낌이고, 구조도 뒤떨어지지만 대미궁을 제외한 던전 중에서는 발군으로 괜찮은 구조야. 도시와의 거리도 적절하고 마의 숲하고도 가까워. 그리고 리버사이드에 있어서 생선도 마음껏 잡을 수 있는 서비스까지 붙어있고, 놀랍게도 지금이라면 미궁왕의 마석도 따라와! 라고나 할까!!"

"""벌써 미궁왕을 죽이고 탈취할 생각이 넘쳐나잖아!"""

"도망쳐~ 미궁왕 씨!!"

"""앗, 도망치면 안 됐지?!"""

(부들부들)

이쪽 방향에는 마을도 뭐도 없으니까 노 터치였는데 입지도 충분히 좋고, 구조는 약간 고르지 않아도 기본은 갖추고 있고 취향도 공을 들인 의욕적인 던전. 이건 상당히 실력 있는 미궁왕이 설계한 거겠지.

"이 입구의 아치 느낌이 괜찮아서 제작 의욕이 자극되는데?"

"그렇게 말하면서 개조하기 시작했어!"

"여기는 아직 미궁왕을 죽이지 않았으니까 개조할 수 없고, 바꿔도 원래대로 돌아가잖아?"

"응. 그러다가 떨어졌으면서 전혀 성장하지 않았어!"

응. 뭐, 시험 개조로 대충 조작해 봤는데 원래대로 돌아가는 모양이니까, 마음껏 시험해 볼 수 있는 근사한 쇼룸인 모양이다. 역시 입구는 중요하다. 여기의 미궁왕은 잘 알고 있다. 안쪽의 넓이는 공간을 의식하는 현관. 게다가 적절하게 설계되어 포물선으로 넓어지는 디자인! 응. 안쪽으로 들어간다는 느낌도 발군이다. 이건 기대할 수 있는 물건이야!!

"뭐가 다른 거야?!"

"""응. 평범한 던전이잖아?"""

그러나 이 질감과 적절한 구조와 중압감 있는 설계, 여기는 틀림없이 깊다. 60층은 확실히 넘을 거고 70층도 있을 법하다. 응. 위험하네……. 80층이나 90층은 괴물들만 있다. 이건 계층주 클래스가 집단으로 나올 것 같은데……. 뭐, 50층까지는 위험하지 않겠지. 다른 던전보다는 강하더라도 레벨 100 돌파와는 상관없을 거다.

"듣고 보니 공기가 무거울, 지도?"

"""응. 던전의 분위기에 겁먹지 않고 내부 구조를 보고 환희하는 사람도 있지만!"""

여자들도 레벨 100을 넘었으니까 분위기가 달라졌다. 강자라는 걸 한눈에 알 수 있는 분위기를 내고 있다. 참고로 날라리 여자애들은 레벨 100을 넘어서서 단번에 104가 되었다. 아무래도 경험치를 쌓아두고 있었던 모양인데, 그래도 날라리 퀸으로 진화하지는 않는 모양이네? 응. 날라리 A~D도 그대로이고, 진화 조건이 있는 걸까? 레벨 100 미궁왕의 머리를 깨문다거나? 응. 진화할 것 같다! 하지만 이 이상 생각하고 있으면 내 머리를 깨물 것 같다. 노려보고 있으니까! 그래. 저건 깨물 생각이 있는 눈이야!!

"자, 그럼. 우선은 1층 현관과 거실부터 가야겠지? 방 숫자가 적은 만큼 넓으니까, 응접실도 만들 수 있을 것 같아~ ♪"

""큰일이야. 분위기 탔어. 노래 부르기 시작했어!"""

"그러니까 뭐가 어떻게 다른 건데?!"

"응. 평범한 던전이잖아?"

(부들부들 ♪)

자, 그럼. 여기가 현관 부분인데──. 이세계에 거울만 있었다면 여기에 크게 올려두면 괜찮을 것 같은데⋯⋯. 응. 유감이지만 아직 거울은 귀중품이라서 변경에서는 만들 수 없다고 한다. 만들면 잘 팔릴 것 같지만, 무엇보다 이 벽에 거울을 달아두면 보기 좋겠지. 그리고 여관 침실에도 필요할 거다! 그렇다. 전면 거울이 필요할 것 같네?! 잠깐 만들어 보자!!

59일째 오후, 던전 1층

"벽에 선반이라도 놓고 싶은 기분인데, 굳이 벽면을 그대로 남겨서 개방감 있는 공간을 연출? 이라고나 할까?"

(뽀용뽀용?)

으~음. 그럼 건너편에 책장을 놓고…… 책이 없다. 모으고는 있지만 여전히 20권 정도밖에 없고, 장식하려고 해도 절반 이상은 금서라고 하니까?

"응. 의자를 놓는 것도 재미있을지도 모르지만, 그럼 차라리 카운터라도 달아서…… 현관에서 쉬면 거실까지 갈 수가 없잖아!"

(끄덕끄덕)

그래도 1층이니까 천장은 높이 올리고 싶다. 던전의 폐쇄감도 고려해서 채광성도 고려하면 천창(天窓)도 달고 싶다. 그 정비성도 겸해서 캣워크를 다는 것도 세련되지 않을까?

"응. 청소할 때도 편리하겠지?"

(뽀용뽀용)

(끄덕끄덕)

아무래도 던전 안은 어두워지기 쉽다. 그러니까 1층은 밝고 개방적인 분위기로, 그리고 하층을 시크하게 만들어서 대비를 주고 싶다. 간접 조명으로 불을 켜는 건 더 하층에서 해야겠지. 우선은 플로어 전체를 밝은 색상으로 통일하고, 현관은 밝게 만들고 채광으로 빛을 채우는 설계로…….

"어~이, 전투 중이거든!"

"이제 끝날 것 같지만 전투 중이라니까~?"

"""왜 셋이서 쪼그려 앉아서 설계도를 그리기 시작하는 거야?!"""

그야 「구울 Lv1」 대집단 같은 건 혼자서도 순살이잖아? 그러나 이걸로 던전의 가치가 단번에 내려갔다. 사고 물건이야! 현재 진행형으로 대학살이 일어나는 대형 사고 물건이라니까?

"이 썩은 내만 없었다면 구조는 좋았는데……."

(끄덕끄덕)

(부들부들)

그래도 Lv100의 상승치는 굉장했다. 완전히 격이 다른 강함. 인간으로서의 상한을 돌파했고, 일부는 인간 자체를 그만뒀다!

"스킬도 없는데 벽을 달리지 마! 게다가 구울은 걸어다니까 바닥을 달리고, 천장도 붙잡지 마!! 벽을 더럽히지 마──! 아아, 짜증 나!!"

(부들부들)

레벨 100에게 던전 1층의 레벨 1 마물 무리 따위는 평상복은 고사하고 알몸으로도 거뜬해서 무기조차 필요 없다. 응. 그냥 나체족 여자애 무쌍이야──. 벗을 것 같네?!

"응. 손님을 맞이하는 1층 거실에는 나체족 출입을 금지하자.

응, 뻐끔뻐끔 여자애와 함께 하층에 대목욕탕이나 풀장이라도 만들어서 내던지자!"

"안 벗었어! 안 벗을 거야. 입고 있잖아!!"

"즉, 벗지 않아도 애초에 안 입었으니까 지금부터 입는다고?"

"입고 있어! 계속 입고 있다니까!!"

뭐, 풀장이 있다면 기뻐하겠지. 그렇다. 분명 헤엄치고 싶을 테니까. 언제나, 언제나 매일매일 헤엄치고 있었다. 사실은 지금도 헤엄치고 싶을 거고, 앞으로 계속 그렇게 생각하고 있겠지.

"난 뻐끔뻐끔 여자애가 아닌데, 뭔가 평범하게 무시하고 있어?!"

"워워."

국제대회에 나가고 강화 선수까지 되었던 나체족 여자애. 그리고 무명의 일반 선수였던 뻐끔뻐끔 여자애. 하지만 뻐끔뻐끔 여자애 쪽이 지도자에 걸맞다. 그저 운동 선수의 몸을 가지고 태어난 나체족 여자애 쪽이 빠를 뿐이고, 정말로 교묘한 건 뻐끔뻐끔 여자애 쪽인 모양이다.

그렇다. 격이 다른 신체 능력이 없을 뿐이지, 정말로 헤엄치는 걸 좋아하고 교묘한 건 뻐끔뻐끔 여자애. 그래서 나체족 여자애는 뻐끔뻐끔 여자애에게 지도를 받으면서 모범으로 삼았고, 동경하면서 지향하던 건 뻐끔뻐끔 여자애의 아름다운 영법이었다. 그래서 지도자도 없던 학교에 갑자기 나체족 여자애 같은 무명의 대표 선수가 나타났고, 대표 선수까지 된 지금도 뻐끔뻐끔 여자애를 동경하고 목표로 삼고 있는 거다. 그렇다. 분명 이 두 사람은 언제나, 언제나 헤엄치고 싶을 거다. 분명 지금도 헤엄치고 싶겠지.

——뻐끔뻐끔뻐끔뻐끔, 뻐끔뻐끔뻐끔뻐끔?

"뭔가 갑자기 좋은 이야기라는 식으로 말하고 있지만, 뻐끔뻐끔 여자애를 연호하면서 이름을 멋대로 확정 짓고 있어?!"

"난 안 벗었어~(눈물)."

(뽀용뽀용)

그러니까 언젠가 반드시 풀장을 만들어 주자……. 그리고 입장료를 바가지 씌우자! 아니, 만들어도 괜찮기는 한데 그랬다가는 분명 수영복 주문이 나한테 오겠지? 그보다 이미 나체족 여자애한테 학교 수영복 주문이 2인분 왔는데, 어째서 경영 수영복이 아니라 학교 수영복이야? 응. 그건 내 호감도를 겨눈 함정이야?! 심야에 방에서 남고생이 혼자서 학교 수영복을 만든다니 무조건 치명적이잖아! 특히 호감도가!!

"응. 안 듣고 있는데 놔두고 가도 되려나?"

"""아니, 방치하면 개조해 버리지 않을까?"""

(부들부들)

뭐, 그래도 저 두 사람을 고려하면 풀장이든 수영복이든 만들어도 괜찮다는 생각이 든단 말이지. 하지만 저 두 사람으로 끝날 것 같지는 않다. 그래. 끝나지 않을 확신이 든다!

뭐, 갑옷 반장 몫은 만들 거다. ——당연히 만들지. 당연하다! 문제가 있다면, 갑옷 반장은 무조건 과시할 거다. 그리고 그 이후에 찾아올 노도의 주문. 뭐, 주문은 상관없지만 남고생에게 진정한 지옥은 치수 재기라고!

"그건 피눈물이 나올 것 같은 반죽음 느낌이 다감한 느낌이고,

대단한 욕망이 소용돌이치고 과도한 감정이 빙글빙글 소용돌이
치면서 솟구칠 것 같아서 위험하거든? 응. 여러모로 남고생답
게? 아니, 진짜로?"

(부들부들?)

그렇다. 그것이야말로 진정한 지옥이다. 그리고 학교 수영복이
라니 사건 확정이잖아?!

"어~이, 갈 거야?"

"아래로 내려갈 거야~?"

"응. 어째서 던전 개조를 고민하다가 '학교 수영복이~.' 라는 혼
잣말이 나오는 건지 수수께끼지만, 내려갈 거니까 따라와야 해?"

"""응. 돌아가면 잔소리할 거야!"""

중얼거렸던 모양이다. 그리고 또 잔소리를 피하기 위해 내 잘못
이 없다는 걸 설명해야만 하는 것 같다. 응. '나는 잘못한 거 없거
든?' 이라는 플래카드에 현수막까지 있는데 아직도 전해지지 않
다니——. 아아. 사람이 자아내는 말이란 어쩜 이리도 허망한 걸
까. 응. 나는 잘못 없거든?

(마침내 수영복 생산이!)

(비키니는 배짱이…… 그보다 가슴이…….)

(예약은 언제 할까?)

(가격은, 종류는?)

(응. 오더 메이드는 있을까?)

(오늘 밤 여자 모임에서 안젤리카 씨한테 물어보자.)

(그래도…… 어디서 헤엄칠 거야. 강은 위험하지 않아?)

(((그보다 속옷도 필요하잖아!!!)))

(((가슴 패드…….)))

여자들이 뭐라 속닥거리고 있다. 정말이지. 던전 안인데도 너무 긴장을 풀었다. 경계심이라는 건 항상 전장에 있다는 마음가짐을 가져야지만 처음으로 피가 되고 살이 된단 말이지?

"정말이지, 요즘 여고생은 JK니까 상식적으로 생각해서 JK란 말이지? 이게 만약 JFK였다면 암살 플래그잖아? 나 참?"

""그건 대체 무슨 긴장감이야!"""

2층은 또 다른 느낌이어서, 이곳의 미궁왕은 장인이라고 불러도 지장이 없을 레벨 같다.

"넓으면서도 완만한 곡선으로 주회하는 기다란 공간이라니, 거실로도, 작은 작업장으로도 괜찮아 보이네?"

(부들부들)

"그래그래. 공간을 넓게 쓰면서 동선까지 고려하는 기능적인 공간과 양식미. 이건 좋은 던전이야!"

(끄덕끄덕?)

""전투 중이라서 바쁘니까 던전 평가는 나중에 해!"""

"그 이전에 전투 중에 바닥을 개조하려고 하지 마!"

"응. 마물까지 깜짝 놀라고 있잖아?!"

그치만 금방 끝나잖아? 진짜 강하다. 강하고 빠르다니 그야말로 최대의 위협. 그저 힘이 강하고 움직임이 빠른 거니까, 이것이 바로 스테이터스의 무서움이다. 기술 같은 건 그런 게 없는 자가 대항하기 위해 만든 수단에 불과하고, 순수한 강함은 기술이나 무장이나 스킬 같은 다른 조건을 간단히 능가해 버린다. 그저 상대보다 빠르게 움직이고 방어력보다 강하게 친다. 이것만으로도 이길 수 있으니까 그야말로 최강이다.

예상대로 레벨 100부터는 이전보다 보정 효과가 높았다. 게다가 스테이터스에 나오는 숫자 이상으로 강해진 느낌이 든다. 응. 밀어내기 놀이가 더더욱 위험해진 것 같지만, 그건 레벨과는 상관없이 위험하고, 남고생은 견뎌내기 힘든 파괴력이 있어!

"멋대로 던전에 가구를 놓으면 안 되잖아!"

"맞아~. 마물이 세련된 생활을 즐기며 쾌적하게 살면서 타락하니까~?"

(뽀용뽀용 ♪)

"""이미 타락했어?!"""

부반장 B는 마물의 타락이 불만인 모양이다. 아무래도 건전한 마물이 좋은 모양인데, 건전하게 덮쳐드는 마물보다 타락해서 테이블에서 늘어져 있는 마물이 세상을 위해 좋지 않을까? 응. 출렁출렁 흔들리고 있고⋯⋯ 어흠어흠! 큰일이다. 뭔가 20 살기 정도가 느껴졌다!!

"그치만 실제로 레이아웃을 만들지 않으면 평면도로 알 수 없는 일도 있고, 의외로 가구를 넣어보면 갑자기 좁아지는 경우가 많이 있거든?"

(뽀용뽀용)

그렇다. 어느 정도 여유를 두고 설계해도 막상 놓아보지 않으면 알 수 없는 일이 있다. 문제는 마물은 카운터 테이블을 쓰는 걸까? 응. 게다가 토끼란 말이지……. 오히려 테이블에 올라가면 귀여울 것 같다.

"전열 방패 방어, 방어는 소홀히 하지 마!"

""아──앙. 위험한 주제에 귀엽잖아!"""

(((키키이이잇!)))

""아~앙. 울음소리까지 귀여워?!"""

그러나 귀여운 「스파이크 래빗 Lv2」들은 나쁜 여자애들에게 몰살당하고 말았다. 도약하는 날카로운 뿔은 위험한 공격이고, 그 일제 공격은 위협적이었지만, 키키이이잇 하고 우는 건 귀여웠다. 응. 날라리보다 이쪽을 사역하고 싶다. 아무리 생각해도 여고생을 사역하는 것보다는 토끼를 사역하는 게 호감도도 높아 보이는데, 교환 희망서는 어디로 보내야 할까? 그러나 신청서 용지가 들키면 깨물릴 것 같단 말이지……. 토끼가 아니라 날라리한테? 응. 노려보고 있고?

"구조는 좋은데 말이지?"

(부들부들)

하지만 1층은 좀비의 썩은 내, 2층은 토끼의 뿔로 구멍투성이.

"하층은 개인실이라도 괜찮지만, 위쪽은 큰 방이 중심인 편이 쓰기 좋잖아? 뭐, 아래는 아래대로 훈련장이나 대장간이나 공작실 같은 것도 필요하고, 대목욕탕은 양보할 수 없고……. 그래도 중층보다 아래에 설치하면 창고가 될 거 같지? 왠지 내려가는 게 귀찮으니까?"

(뽀용뽀용)

(끄덕끄덕)

그러나 도시에도 우리 집(숲 동굴)에도 근처에 강이 있고 좋은 물건은 좀처럼 나오지 않는 법이다. 우선은 상층만이라도 전부 돌아보고 싶다. 바로 살지는 않더라도 파악해 둘 가치는 있을지도 모르니까……. 아, 그래도 습기가 신경 쓰이네?

> **안타깝게도 스테이터스 상승치는 지능에 전혀 반영되지 않는 모양이다.**

59일째 오후, 던전 지하 38층

최종적으로는 개조할 거고, 입지만이라면 합격점이라 할 수 있다. 그러나 아무래도 천장이 낮다. 대형 마물이 적은 탓인가?

"세로 공간이 부족하니까 압박감이 남는단 말이지? 개인실이라면 그것도 괜찮지만……. 응. 좁으면 공기가 탁해지고, 강이 가까우니까 축축하지?"

(뽀용뽀용)

역시 아무래도 대미궁하고 비교하면 퀄리티와 세련된 구축미에서 조잡함이 눈에 띄고, 구조도 불만이 있다.

"활 일제 사격과 동시에 전위는 고속 돌격 준비! 쏴라아아아! 그리고 뒤쪽 세 사람은 개조하면 안 돼!"

"""Ja! 갑니다!"""

응. 게다가 또 구멍투성이. 그리고 레벨 38의 곰이 힘에서 밀려 날아가고 있다. 전위의 중량급 장비와 초고속화 돌격을 합쳐서 어마어마한 충격력으로 밀쳐내자, 그 파괴력만으로도 강인한 곰의 HP가 분쇄됐다. 이것이 바로 레벨의 벽. 저항할 수 없는 압도적인 힘. 안타깝게도 지능에는 반영되지 않는 모양이다. 응. 왜 중장비 고속 돌격 때 굳이 부메랑으로 바꾸는 거야! 그건 대체 언제부터 돌격 무기가 되었고, 대체 언제가 되어야 던지는 거냐고!!

"모처럼 전위직 모두에게 할버드를 만들어줬는데, 어째서 너희는 망설임 없이 부메랑으로 바꿔 드는 거야? 그리고 이제 부메랑을 던지는 건 잊어버렸어?!"

그리고 부메랑으로 확실히 처리하고 있다. 응. 부메랑이란 대체 뭐였지?

"""……오오. 그랬었지?"""

이젠 싫다……. 하지만 이거라면 50층전도 위험 없이 갈 수 있다. 지금이라면 라플레시아라도 밀어붙일 수 있고, 미라의 바다도 돌파할 수 있다. 뭐, 슬라임 씨는 그냥 별종이라고 생각하는 게 좋고, 만에 하나 샌드 자이언트 같은 게 나오더라도 지금의 이 힘이라면 안전하게 퇴각할 수는 있을 거다. 그렇다. 모두를 지키면서 퇴각할 수 있다. 그것이 제일 중요하다. 살아서 돌아갈 수 있다면 도망쳐도 되니까.

너무 커서 아이템 주머니에 수납했지만, 비상용 간이 결계 장치도 있으니까 시간 정도는 벌 수 있다. 단시간밖에 버틸 수 없지만 비상용으로는 쓸 수 있다. 그러나 탈출용 전이 장치는 단서조차 잡지 못하고 있다. 아무래도 『전이』는 나밖에 없는 데다 내가 전혀 능숙하게 쓰지 못하고 있으니까……. 그리고 그건 너무 위험해서 부주의하게 부여할 수 없다. 응. 미행 여자애 때는 참 용케 날아갔다. 그 이후에도 장거리는 고사하고 중거리조차 한 번도 성공한 적이 없는 초단거리 한정이고, 그것조차도 어긋나서 자멸한다. 의외로 목표 지점이 있는 편이 잘 작동하는 걸까? 좌표를 지정해서 마력으로 감싼 갑옷 반장은 무사히 보냈으니까?

"다들, 피해 확인."

"""이상 없음~."""

"""응. 완벽해!"""

이 던전은 깊어 보이는데, 어디까지 데려가야 좋을까……. 강하지만, 어딘가에서 반드시 밀린다. 레벨 100을 넘어선 최강의 용사들이 되면서도, 압도하지 못하면 진다. 레벨 차이와는 별도로 인간과 마물은 체력과 체격 차이가 있으니까 언젠가는 반드시 밀린다. 밀리기 전에 죽일 수는 없는 거다……. 그건 꼼수니까.

"굉장히 강해졌지만…… 본질까지는 달라지지 않았지?"

"몸 쓰는 법, 스킬, 지금부터 익힐 거예요. ……그래도, 강함은 숫자가 아니, 니까요."

(부들부들)

우리만이라면 가능하다. 기술의 극치에 달해서 꼼수의 예술이라고 해도 좋을 갑옷 반장과 존재 자체가 꼼수 같은 슬라임 씨가 있으니까. 그리고 나도 교활함과 약삭빠름과 비겁함의 3관왕이라며 여자애들이 매일 칭송할 만큼 그런 건 진짜 특기다.

"어라? 잘 생각해 보니 칭찬이 아닌가……. 큭, 오늘 밤 또 바가지를 씌워주겠어! 응. 왠지 무심코 기뻐해 버렸잖아?!"

(뽀용뽀용)

그렇게 가다가 지하 43층에서 겨우 최초의 비밀 방을 발견했다. 마물은 이미 쓸어버렸고, 흩어진 것들도 베어버렸다. 이제는 활일제 사격과 돌격으로 전부 섬멸해 버릴 정도다. 정말 몰라볼 만큼 강해졌다. 이게 레벨 100. 초월자(오버)로 불리는 경지. 그리고 초월자가 모인 압도적인 숫자의 강함.

"다녀왔어. 보물은 『폭풍의 메이스 : PoW · MiN · InT 30% 상승, 폭풍, 격진, 내부 파괴, +ATT』로 악랄하더라? 응. 아마 장갑 같은 걸 파괴하면서 내부도 엉망진창 다진 고기가 될 테니까 햄버그나 교자만두를 만들 수 있겠어. 이거 악랄하네! 아, 오늘 저녁밥은 뭘 먹을까? 라는 식으로?"

"""햄버그와 교자만두한테 사과해!"""

"""그리고 그 전개에서 저녁밥 걱정하지 마! 오늘은 다진 고기 금지!!"""

해머나 메이스는 숫자가 적어서 부족했으니까 귀중하다. 게다가 던전 아이템이니까 성능도 좋다. 다음은 도끼도 필요하지만 갑옷 장비도 아직 부족하고, 검은 그럭저럭 있지만 글러브나 부츠나 망토 같은 것도 부족하다. 하물며 액세서리 계열은 몇 개가 나오더라도 충분해질 일은 없을 거다.

이미 최강 장비인 갑옷 반장은 별도로 치더라도, 나도 좋은 물건이 있으면 복합하고 싶으니까 30인분 이상의 장비가 필요하다. 이러면 충분해질 일은 없을지도 모르지만, 그래도 조금씩 강화할 수밖에 없다. 안전에서 베스트(best) 같은 건 없으니까, 베터(better)를 노릴 수밖에 없다. 그러니까 던전에 오는 거다.

"암살도 경계해야 하고, 호신용 무기도 필요한데…… 크네?"

47층에서는 도끼가 나왔다. 복선을 깔아서 그런가? 다음부터는 원하는 무기를 먼저 정하는 게 좋은가? 그러나 내가 아무리 원해도 단 한 번도 호감도 아이템은 안 나온다! 어딘가에서 복선이 막힌 건가?!

이것도 대박이었다. 『파단(破斷)의 롱엑스 : ViT · PoW · DeX 30% 상승, 물리 내성(대), 파단, 무기 장비 파괴, +ATT』라서 효과도 좋고, 내성에 스킬도 붙었고 무기 장비 파괴까지 붙은 양품. 이 던전은 여러모로 대박인 것 같다……. 그러니까 위험한 던전일지도 모른다. 그리고 이곳의 특색인지 두 번 연속으로 무기 장비 파괴가 붙어서 내부 파괴가 된다는 건 신경 쓰면 패배다. 이건 이것대로 대인전이 될 전쟁에서는 유용한 장비라 할 수 있다. 일단은 무기나 장비를 파괴해버리면 무력화나 약체화가 가능해서 유리해지니까. 뭐, 내부까지 파괴해 버린 시점에서 여러모로 좀 그렇지만 강하다는 건 틀림없다. 그리고 아무래도 하반신의 방어 아이템이 필요한 것 같다. 응. 내부 파괴는 무서워! 그보다 하반신은 내부 파괴당하더라도 제대로 재생할까? 아니, 시험해 보고 싶지는 않아! 그건 남고생은 물론이고 남자는 다들 싫을 거다! 응. 그건 안 돼.

"근데 드롭 아이템은 미묘하네?"

"""응. 하위 호환이라는 느낌이야."""

뭐, 유용한 장비가 늘어나더라도 전쟁 같은 걸 시킬 생각은 없지만── 너무 강해지고 말았다. 이제 뒤에서 기다리고만 있지는 않겠지. 레벨 99에서 오래 멈춰 있었으니까 길게 느껴지지만, 이 세계에 온 지 아직 두 달도 지나지 않았는데 레벨 100……. 치트 보유자들의 성장 속도는 예상을 웃돌고 있다.

"너무 특색이 강하면 분배가 고민된단 말이야. 전위용이지?"

(끄덕끄덕)

자, 그럼. 무기 장비 파괴 무기는 대인전 특화인 리듬체조부 여자애한테 주면 유용하겠지만, 리듬체조부 여자애는 수수께끼의 고유 무기를 갖고 있다. 응. 미스릴화해서 성능도 좋고, 무엇보다 전투 스타일에 어울린다. 자유자재로 변하는 수수께끼의 연금 무기는 공에서 곤봉이 되고, 리본에서 후프가 되는 리듬체조 병기. 그리고 후프만큼은 쓰는 모습을 못 봤으니까, 아무리 그래도 고리로는 싸울 수 없나 싶었는데 모의전에서는 목에 걸고 내던져서 목을 부러뜨리려고 하고, 검이나 창도 휘감아서 팔을 부러뜨리려고 하는지라 진짜 공포였다! 그렇다. 후프야말로 흉악했다. 그건 무섭다!! 응. 리본도 위험했지만, 대인전에서 무서운 건 후프다. 그건 갑옷 반장도 고개를 끄덕일 만큼 흉악했으니까. 평범한 고리인데도 능숙하게 사용할 때 그토록 무서워질 줄은 몰랐다.

그러니까 난전 최강──. 환영처럼 변환 자재, 무기도 싸움법도 변칙적이라 종잡을 수가 없다. 몸을 젖히고, 회전하고 도약하니까 잡을 수가 없고, 역으로 변형 무기에 사로잡힌다. 춤추면서 죽이고, 예상하지 못하는 움직임으로 휘두르면서 현혹한다.

저건 인간이라고 생각하고 싸우면 예상 밖의 위치에서 공격당하고, 예측 불능의 자세로 공격당하고, 반격할 때는 몸을 꺾고 회전하면서 도망친 뒤에 역습을 날리니까 쫓을 수도 없다. 굳이 따지자면 슬라임 씨에 가까운 변화하는 강함. 저건 대인전이야말로 공포다. 응. 스켈레톤도 뼛속 깊이 새겼겠지……. 부러졌지만?

"무너뜨렸어. 포위 섬멸! 리듬체조부 여자애의 퇴로 확보!"

"""Ja!"""

그러니까 무장은 바꾸지 않는 게 좋다. 저 공격의 연계는 무기를 바꿀 여유조차 없을 것 같으니까. 일단 평소에는 활과 검을 들고 싸우지만, 곤봉 형태로도 싸울 수 있어 보이니까?

"오히려 마물을 상대하는 전용 무기를 만들어 주는 게 나으려나? 곡검 같은 것도 잘 쓸 것 같으니까 쇼텔이나 코페시 같은 게 어울려 보이네?"

그러나 『폭풍의 메이스』라면 쓸 수 있겠지. 저건 아마 본인 말고는 전투 스타일을 파악할 수 없는데도, 어째서인지 물어보려고 페브ㅇ즈 씨라고 부르면 화낸단 말이지? 그치만 리듬체조부 여자애라고 부르기는 꽤 힘들잖아?

"치고 들어가자!"

"""아앗, 카키자키네가 돌출!"""

"정말이지!"

강해지니까 개성이 두드러지기 시작했고, 전위진은 더욱 강하게, 회피형이나 암살자형으로 나뉘는 중위는 유격에 힘을 실어서 연계가 한층 복잡해졌다. 강하고 빨라졌기에 생긴 폐해다.

"섬멸 확인."

"이쪽도 OK야."

""""이쪽도 끝났어요.""""

"응. 전멸이네."

그나저나 49층도 순식간에 제압했다. 이 던전은 넓은 방이 많고, 무리 지은 마물과의 집단전이 되니까 단번에 섬멸하게 된다. 49층의 「메탈 웜 Lv49」가 물리 내성을 가진 걸 보자마자 즉시 화염 마법을 준비했고, "쓸어버려!"라는 한마디에 일제히 일소한 뒤 돌격해서 쓸어버려 소멸시켰다. 응. 그래도 갑옷 차림으로 '쓸어버려.'라고 하는 건 뭔가 재수가 없어지는 말 아닌가? 응. 누가 썩은 걸까?

냉기――그리고 겨우 도달한 중층인 지하 50층 계층주는――거대한 코끼리였다.

"뭐, 세상의 코끼리도 대부분 거대하지만, 그래도 이건 좀 너무 크지 않나 싶을 만큼 거대한 코끼리네?"

(뿌용뿌용)

물론 말할 것도 없지만 코는 굉장히 길었다. 엄마는 확인되지 않았지만, 분명 엄마 코끼리도 코가 길겠지. 응, 아빠만 짧다면 무거운 가족회의가 시작되어서 출생의 비밀이 밝혀질 것 같네? 그래도 출생의 비밀이 밝혀지기 전에 죽어버릴 것 같단 말이지……. 아, 쓰러졌나?

"포위! 전위는 방패로 억누르고 중거리 팀은 등, 원거리는 배를 노려!"

"앞에 붙을게요!"

"등은 받아 간다!"

"배 팀~ 집합~."

"코가 위험해. 방패 팀 헬프!"

"은근히 꼬리가 위험한데?!"

"""그리고 무거운 가족회의는 그만둬!"""

(뿌오———옹!)

끝났다. 그나저나 어째서 바보들은 저렇게나 「블리자드 매머드 Lv50」을 잡는 게 잘 어울리는 걸까? 응. 전혀 위화감이 없다. 그리고 창을 던져서 움직임을 막고 부메랑으로 두들겨 패고 있다. 그렇다. 이미 놀라지 않게 된 내가 싫다. 애초에 저건 투창이 아니라 할버드라고! 저게 직접 공격용 무기고, 그 두들겨 패는 부메랑이 원거리 전용이란 말이야!! 그리고 너희는 검사잖아. 너희 대체 검은 어디에 둔 거야! 그러고 보니 요즘 한 번도 못 봤네. 설마 팔아치운 건 아니겠지———?!

"수고했매머드~? 그보다 저게 리얼 수고했매머드야? 근데 피곤한 이유가 매머드를 향한 집단 폭행인데, 이 경우 수고했매머드는 올바른 용법이 맞는 걸까? 오히려 매머드가 수고한 나머지 영면했는데. 뭐, 큰일이었나 보네 수고했매머드?"

"""피곤하네~. 엄청 컸어~."""

"단단하고 HP 2000이라니 반칙이잖아~. 정말~ 이렇게나 고생했으니까 수고했매머드라고 해도 틀린 건 아니야~."

틀리지는 않은 모양이다. 설마 이세계에서 수수께끼의 언어 '수고했매머드'의 수수께끼가 해명될 줄이야. 뭐, 해명된 것치고는 여전히 의미를 모르겠지만, 이건 매머드를 잡을 때 쓰는 말이었나? 대체 누가 쓴 걸까…… 원시인이라거나?

"어쩔래? 내려간다면 막지는 않겠지만 위험해지면 도와준다고나 할까, 손을 빌려준다고나 할까, 슬슬 갑옷 반장이 폭주 직전이라고나 할까, 슬슬 참가하게 해주지 않으면 밤의 훈련이 영원한 원 모어 세트가 될 위기거든? 그래도 참가해버리면 중층 같은 건 무쌍에 독주라서 나는 언제나 쓸쓸하고 나설 차례가 없을 텐데 어쩌지?"

"""내려가고 싶어!"""

"응. 제대로 싸울 수 있을 거야!"

싸울 수 있는 정도가 아니라, 어지간히 상성이 안 좋은 마물이 나오지 않는 한 레벨 50대라면 껌이겠지. 단, 급격하게 능력이 올라가니까 연계가 흐트러진다. 지금으로서는 파탄 나지는 않겠지만 수정은 필요해 보인다. 레벨 50 상대로 연습하는 건 힘들겠지만 의욕은 있나 보네?

"그렇다면……. 이제부터는 빠른 사람이 임자고, 먼저 내려간 사람이 임자고 먼저 해치운 사람이 임자인 진짜진짜 진지하고 가치 있는 승리를 서로 나누는, 뭐어…… 준비 땅!"

가속했다. ──51층, 52층, 53층, 하층으로 내려갔다. 길을 막는 마물만 순살하면서 돌파하고, 고속 이동을 유지하면서 감속 없이 돌격하여 참살하고 섬멸하고 베면서 도망쳤다. 반장 일행은 여전히 51층에 있겠지. 54층, 55층, 56층, 57층, 이대로 60층 계충주를 잡으려고 했는데 57층에 비밀 방이 있었기에 들러서 죽였다. 감정은 나중에 해도 된다. 빨리 가자.

"크으, 이 달리기 속도…… 너무 온존해서 폭주가 빨라!"

(부들부들!)

눈사태처럼 쓸어버리며 58층, 59층도 돌파해서 60층에 왔다. 분명 반장 일행은 여전히 섬멸 작업 중이겠지. 다 죽이지 않고 돌파만 할 뿐이라면 시간은 걸리지 않는다. 그리고 갑옷 반장과 슬라임 씨의 질주 속도는 마석을 회수하면서 쫓아갈 수 없다!

"와, 이건……. 응. 뭔가 모두에게 적절하게 강할 것 같은데? 치명적인 스킬도 없어 보이니까 반장 일행을 맞이하러 돌아갈까?"

(끄덕끄덕!)

(뽀용뽀용!)

응. 저것에 돌진하는 건 싫다. 게다가 움직임이 짜증 난다! 그래도 딱 적절한 강함이니까 순살시키기도 아깝다. 응. 싫단 말이지? 좋아. 마중 나가서 떠넘기자!

커다란 파리. 분명 고속으로 공중전을 벌이게 될 거다. 다행히 특수한 스킬은 있어도 위험한 스킬은 없고, 회피형이지만 물리도 마법도 통하니까 반장 일행의 훈련에는 최적이다! 그래. 결코 나와 갑옷 반장이 파리를 극혐하고, 슬라임 씨도 먹고 싶지 않아서 부들거리고 있으니까 떠넘기려는 건 아니다. 이건 양보의 미덕, 나눠주는 마음씨다.

"좋아. 돌아가자!"

(끄덕끄덕!)

(부들부들!!)

만장일치로 동료를 생각하는 마음씨. 응. 분명 그럴 게 틀림없다. 그렇게 정했어!

> **동료를 위해 경험치와 적을 양보하는 우정 어린 감정일 거니까 문제없다.**

59일째 오후, 던전 지하 59층

59층에서 섬멸전으로 역주하면서 반장 일행과 합류하러 갔다. 역주하면서 마물들이 뒤에서 습격해 오니까 마치 대미궁 때 같지만, 지금은 그리워할 새도 없이 갑옷 반장과 슬라임 씨가 무쌍을 벌여서 모두 단번에 끝났다.

"다녀왔어~. 그보다 아직 52층? 게다가 입구라니 우리를 제쳐놓고 던전에서 레츠 파티~라는 느낌으로 놀고 있었어? 우리는 착실하게 최선을 다해서 그야말로 한결같이 열심히 진지한 마음으로 성심성의껏 마물을 날려버렸는데, 자기들만 레츠 파티~였어? 라고나 할까?"

""""착실하게 싸우고 있었어! 아직 5분도 안 지났거든!""""

"게다가 하루카네가 내달리다가 내팽개친 마석까지 제대로 회수했다고!"

"잠시나마 강해졌다고 자만하던 게 허망하네."

""""응!""""

돌아가는 길에 주우면 되었을 텐데 회수해 준 모양이다. 그리고 어째서인지 눈흘김……. 설마, 레츠 파티~에서 밥을 준비하지 않았기 때문인가! 어? 나는 부르지도 않은 파티의 밥만 만들어 주는 딱한 남고생이었어?! 마침내 이세계 괴롭힘 학대 문제는 여기까지 오고 말았나. 따돌리는 게 빵셔틀보다 너무하다. 역시 이세계에서는 호감도가 없으면 처참한 대우를 받는 모양이다……. 어라? 이전 세계에서도 호감도는 없었던 건 어째서일까? 응. 대체어느 이세계에 소환된 걸까……. 나의 호감도?

"뭐, 그건 그렇고 60층에서 근사한 계층주와 만나게 되었다고나 할까, 목격이 충격이어서 꼭 소개해 주고 싶어서 권유하러 왔어. 응. 진짜로 문무문무라고 말하는 고지식해 보이는 계층주였으니까. 저건 젊은 사람에게 맡기고 남고생은 저편에서 성원을 보낼 테니까. 뭐, 요점만 간단하게 말하자면 힘내라고? 라고나 할까?"

"""수상해!"""

"대체 무슨 계층주가 『문무문무』라고 말하는 거야!"

"서, 설마 계층주가 『*마츠다이라 사다노부 Lv60』인 거야?!"

"없어! 『마츠다이라 사다노부 Lv60』 같은 건 절대 없다고!"

"하루카가 하는 말을 진지하게 들으면 안 되니까."

아무래도 마츠다이라 사다노부 씨의 개혁은 여고생에게는 인기가 없는 모양이네?

"아아~ 배신자다!"

---

* 18세기 일본 에도 막부 시기의 중요 인물. 체제를 바로잡고자 문무(주자학과 무예)를 장려했다.

"응, 안젤리카 씨가 눈을 돌리고 있어!"

"게다가 어색하게 데헷낼름?!"

"""슬라임 씨까지 눈을 돌리고 있어!"""

"""그러게. 눈이 없는데 어떻게 돌리고 있는 거야?!"""

(데헷낼름♪)

(뿌용뿌용♪)

그런 의혹과 곤혹 속에서 와글와글 60층으로 향했다. 마석은 동급생이 책임을 지고 주웠습니다. 라고나 할까?

그리고 계층주전의 막이 열렸다. 나는 닫았다. 사실 내달려서 후방에서 지켜봤다!

"······아, 방어 진형!"

"""Ja······. 그보다 싫어어어어!"""

덮쳐오는 거대한 파리. 그 묘한 번들번들한 광택감이 극혐이고 그로테스크하고, 뭔가 날갯소리까지 극혐이다. 아, 다들 싫어하고 있네. 거대한 파리는 저 바보들조차도 돌격하지 않을 만큼 상상 이상으로 기분 나빴다. 그리고 전원이 이세계에서 수많은 마물과 싸움을 반복하면서 익힌 경험을 토대로 계측하고 이해했겠지······. 저건 베거나 두들기면 벌레즙을 분출한다는 것을!

"""싫어어어어어어——!"""

"이거라면, 차라리 마츠다이라 사다노부가 더 나았잖아?!"

변환자재의 무궤도성으로 변칙적인 이동을 되풀이하며 공격하는 마츠다이라 사다노부 씨······가 아니라 거대한 파리, 「기간트 플라이 Lv60」. 기동 전술을 쓰는 회피 특화, 그리고 겉보기가 그로테스크하다.

접근하지 않고 거리를 벌려서 방어진을 굳히고 화살 연사. 하지만 일제 사격은 민첩한 고속 이동으로 피하고, 단발 저격은 안 통하는 모양이고, 마법까지 종횡무진으로 회피한다. 그렇다. 저건 근접전으로 처리할 수밖에 없다. 나는 싫지만!

그치만 파리는 나는 데다가 위에 있다. 게다가 자잘하게 이동하면서 돌진해 온다. 즉, 베면 무조건 벌레즙이 튄다! 그리고 이 60층은 천장도 높고 넓으니까 살충초가 부족하고, 『공중보행』으로는 저것에 못 이긴다. 공중전에서 저 움직임을 상대하는 건 너무 불리하다. 즉, 정면에서 싸우면 무조건 벌레즙을 뒤집어쓴다!

"장악으로 억눌러도 감촉이 전해지니까…… 저건 싫지?"

(부들부들!)

그리고 마침 좋은 상대다. 강하지만 위험하지 않다. 그로테스크해서 잡기는 어렵지만 당할 걱정은 없다. 그리고 극혐이지만 재빠르니까 훈련에도 좋고 경험으로도 최적이다. 갑옷 반장도 슬라임 씨도 끄덕거리고 있으니까 분명 틀림없다.

(끄덕끄덕!)

(뽀용뽀용!)

그러니까 맡겨야 한다. 그렇기에 양보해야 한다. 60층 계층주 전은 경험치에도 좋고 자신감으로도 이어질 것이다. 그럼 양보해야지. 그리고 벌레즙을 뒤집어쓰는 건 싫다!

"범위 공격, 맞기만 하면 돼!"

"폭풍!"

"염옥."

"풍진. 아니, 안 맞아!"

"열공참~? 아, 어라라~?"

"앗, 왔네?!"

"""싫어어어어어어!!"""

안 맞는다. 역시 저건 마력을 보고 있다. 마법을 보고 피하는 게 아니라, 마력의 흐름 자체를 보고 맞기 전부터 회피 행동에 들어가고 있다. 그리고 겹눈이라서 사각도 없으니 맞히기 힘들다. 그렇기에 좋은 훈련 상대다. 응. 그럴 게 분명하다.

(끄덕끄덕!)

(부들부들!)

"그래도 시간은 걸릴 것 같으니 원호만이라도 해줄까? 기다리는 것도 귀찮고, 보고 있는 것도 한가하고, 보고 있으면 극혐이고, 그로테스크한 것만 모두에게 맡길까?"

(끄덕끄덕)

(뿌요뿌요)

응. 생각은 같은 모양이다. 사역의 효과일까?

"""다 들려! 극혐 그로테스크한 부분은 필요 없으니까!"""

공간 전체의 마력을 희박하게 퍼뜨리고, 충만해졌을 때 범위를 『장악』했다. 그리고 기간트 플라이를 공간째로 억눌러 움직임을 제어, 고속 단거리 변칙 이동을 하는 기간트 플라이라도 공간 전체를 대상으로 삼으면 『장악』할 수 있다. 마수도 쓰면 단번에 끝나지만 마수라면 감각의 피드백이 생생하니까 싫다. 파리의 감촉은 상상하기만 해도 극혐이다. 정말 싫어!

그러나 『중력 마법』으로는 붙잡을 수 없고, 붙잡더라도 아마 떨어뜨릴 수 없다. 본래의 질량이 거대한 것치고는 너무 가볍다. 게다가 자잘하고 빠르게 움직이니까 핀포인트로 노릴 수 없다. 그리고 웬일로 갑옷 반장과 슬라임 씨가 마법 공격으로 원호하고 있다. 그렇다. 절대로 만지고 싶지 않고 다가가지 않을 생각이다! 그렇게 움직임을 억눌러서 끌어내리자 겨우 일제 공격이 시작되었다. 중, 원거리에서의 일제 공격. 모두 접근전을 철저하게 피하고 있다. 그동안 우리는 피난했다. 계단 옆 작은 방까지 후퇴했을 때 그것이 일어났다. ——촤악!

"""끼이이…… 꺄아아아아아아아아아아아아아아아악!"""

역시나. 기간트 플라이를 공격하지 못했던 최대의 이유. 그것은 스킬 『자기 파열』. 자폭 공격이라고 할 정도의 파괴력은 없다. 그러나 벌레즙을 흩뿌려서 벌레액으로 범벅이 된 바다에…… 구더기들까지 따라온단 말이지? 응. 구더기 무리의 공격…… 저건 무리?

"""시이이잃어어어어어어어어어어어어어어——————!"""

계층이 거대한 화염에 불타버렸다. 무한히 솟아나는 대량의 구더기도 순식간에 불타버렸다. ——그보다 방어하는 오타쿠들의 결계조차도 파괴될 듯한 대화력이네? 응. 대현자가 열 받았다. 벌레즙이 안면에 정통으로 직격해서 벌레액으로 범벅이 되었고, 온몸이 구더기 샤워를 당한 모양이다. 얼굴도 질척질척하고?

"이건 위험해. 계층이 붕괴하겠는데?"

"""어떻게 막을 거냐고!"""

이미 이성을 잃고 폭주 상태로 마력을 방출하고 있다. 그리고 역시 벌레즙에 맞은 상태라서 질척질척 걸쭉걸쭉했다.

"""막아줘!"""

"""맞아맞아. 범인의 책임이야!"""

큰일이다. 완전히 망가졌다. 주변의 말이 귀에 들어오지 않는 폭주 상태.

"싫어어어어어어어어우우와아아아아악~~!"

"""이제 무리, 결계 못 버텨요!"""

눈동자에 이성이 없고, 마력 폭주가 굉장해서 접근할 수 없다. ……그럼 봉인된 금단의 마법을 말해야겠군. 이미 잠깐의 유예도 없다. 아무리 그래도 이 이상은 본인의 몸이 위험하다. ──소곤소곤?

"으아아아아아아아아아아아아………… 어?!"

응. 나았다. 부반장 B는 정지 상태에 들어간 모양이다. 당장의 위기는 벗어났지만 이미 계층이 붕괴 직전이니까 보강하자. 하아아아아──. 나중이 큰일이겠네?

"""ㅇㅇㅇㅇㅇㅇㅇㅇㅇㅇ!"""

"아니, 제대로 구해줬고, 막았잖아?!"

"""ㅇㅇㅇㅇㅇ!!"""

"너…… 파리를 이쪽으로 보내고 나서 베었지?!"

아니, 정면에서 하면 나한테 튀잖아? 파리의 목표가 틀어지지 않으면 관성의 법칙으로 뒤집어쓰게 되거든? 뭐, 전원 무사하지만 오타쿠 성자와 가디언과 닌…… 앗, 마도사도 무리였나. 응. MP 고갈. 전원을 폭주의 불지옥에서 보호하느라 한계였던 모양이다.

지금이라면 머리를 마음껏 태울 수 있지만, 오늘은 애썼으니까 봐주자. 저 대현자의 폭주를 결계로 지켜냈으니까. ……괜히 매번 머리털 연소 인페르노를 막아내던 게 아니다. ……벌레즙과 구더기는 무리였지만?

마력이 고갈된 오타쿠들도 그렇고, 다들 벌레즙을 뒤집어쓰고 벌레액과 구더기도 추가된 느낌으로 질척질척 걸쭉걸쭉 하얀 액체를 뚝뚝 흘리고 있어서 그로테스크했다. 응. 아직 시간상 이르지만 돌아가는 게 좋아 보인다. ──그야 이건 눈흘김이 아니다. 이건 겁탈당한 눈이니까!

응. 뭔가 눈의 광채가 죽었고, 이제 무기질한 흑색으로 덧씌워져서 전혀 광택이 없단 말이지? 이제 오늘은 무리다. ……뭔가 다들 말이 없어서 무섭다니까?

> **뭔가 이제는 여관에 무기를 잊고 와도
> 모른 채 하루가 끝날 것 같은 오늘 이맘때.**

59일 오후, 던전 지하 66층

던전 안에 간이 샤워실을 준비해서 질척질척 걸쭉걸쭉한 벌레즙을 씻어냈지만……. 다들 말없이 겁탈당한 눈 상태로 마을로 돌아갔네?

"저거, 제대로 무사히 돌아갔을까?"

(부들부들)

그렇다. 마물이 습격한다면 마물이 오히려 불쌍해질 것 같다. ……마물은 갈기갈기 찢길 테니까!

"뭔가 셋이서 던전 탐색하는 것도 오랜만인 것 같네. 근데 왜 내가 멋있게 포즈를 잡을 때만 반드시 초고속으로 섬멸하는 거야?! 아니, 요즘 나의 전투 장면은 갑옷 반장한테 얻어맞는 것뿐이잖아. 왜 매일 던전에 들어가는데 전투 장면이 없는 거냐고!! 응. 뭐랄까, 이제는 여관에 무기를 잊고 와도 모른 채 하루가 끝날 것 같은 오늘 이맘때? 최근 어쩌시냐고 물을 만큼 나설 차례가 없는 일상감이라고?"

(부들부들)

위로해 주고 있잖아! 저도 모르게 가슴에 얼굴을 묻고 울고 싶을 정도의 위로력이었지만, 가슴이 없으니까 묻을 수가 없었다. 응. 슬라임이니까?

그러나 가슴이 바스트였다면 묻고 묻고 마구 묻…… 얻어맞은 뒤에 땅에 묻힐 것 같으니까 그만두자. 왜냐하면 갑옷 반장이 슬그머니 검을 뽑았으니까. 응. 슬그머니 참살당할 것 같으니까 그만두자. 나머지는 오늘 밤에!

그리고 66층의 「어새신 고스트 Lv66」도 슥삭슥삭 소멸하고 있다. 그보다 슬라임 씨는 고스트도 먹을 수 있는 모양이다. ……파리한테서는 우리와 함께 도망 다녔지만? 뭐, 저건 먹으면 안 되겠든? 그나저나 아무것도 없는 공간에서 갑자기 나타나서 베는 어새신 고스트는 꽤 위험한 적이라, 반장 일행도 여기서는 고전했을 거다. 조금이라도 긴장을 풀면 뒤에서 찔릴 테니까 레벨 100의 ViT와 HP여도 위험하다. 중층 이후에 나오는 적의 공격은 우회적인 수단도 늘어나고 위험성도 부쩍 커진다. 뭐, 보이면 아무런 의미도 없지만? 모습을 숨겨도 『나신안』의 마안으로 마력이 보이니까 어디에 있는지 알 수 있다. 그래도 어새신 고스트들은 부지런히 모습을 숨기고 접근했지만, 실체화하지 않으면 공격하지 못하는 모양이니까? 응. 그래서 일방적으로 베이고 먹히고 있다. 그냥 평범하게 나와서 공격하면 될 텐데 말이지?

"애초에 고스트라니 아무리 생각해도 『신검』에 약해 보이잖아? 사라져도 보이고, 베인다고? 무조건 그냥 나와서 덤비는 편이 강할 텐데, 왜 완고하게 모습을 감추고 몰래몰래 다가오는 거야?"

역시 암살자(어새신)의 직업윤리인 걸까? 아니면 고스트의 종족적 긍지인 걸까? 뭐, 베기는 하겠지만.

비밀 방에서도 던전 아이템이 나왔다. 어새신 고스트의 드롭 아이템도 모두 무기 장비 파괴가 붙어있는 걸 보니, 이 던전의 특산품인 거겠지. 무기를 들지 않는 마물 상대라면 의미가 없고 쓸모도 없지만, 효과도 붙었고 스테이터스 상승도 40%급의 물건이었다. 역시 깊은 던전은 던전 아이템도 대박이 많은 모양이다. 게다가 어새신 고스트는 베면 바로 마석이 되는 대단히 친절한 마물이라 무척 좋았다. 그야 베는 편이 빠르고 마석을 모으는 게 오히려 큰일이니까. 그래도 매일매일 지루한 작업을 하는 것이 떼부자로 이어지는 길인 거다. 자주 멈추기는 하지만 아무튼 이어지고 있어! 단선도 많지만 아마도 이어지고 있을 거다!

"하층에 들어왔으니까 조금이라도 좋으니 연계하자. 단적으로 알기 쉽게 까놓고 말하자면 나도 끼워달라고? 뭔가 뒤에서 혼자 멋진 포즈를 잡고 굳어진 남고생은 싸우지도 않으니까 가슴이 아프잖아. HP는 노 대미지인데 가슴은 아프니까 오늘은 이탈리아 요리로 해볼까? 응. 토마토와 올리브유는 있는데 치즈가 없으니까 힘드네? 그보다 피자도 먹고 싶은데 해산물도 없어서 봉골레조차 할 수 없잖아. 뭐, 올리브유를 쓰고 바질을 뿌리면 이탈리아 요리 같아지니까 상관없나?"

(부들부들……?)

의문으로 답하고 있잖아! 어째서인지 이세계의 점액 생물이 사이비 이탈리아 요리를 퇴짜 놓았다. 그래도 분명 먹겠지. 지금으로서는 모래와 바위와 파리 말고는 편식하지 않는 모양이니까……. 뭐, 그건 보통 싫어하긴 하지.

그리고 재빨리 67층도 통과했다. 「소드 위즐 Lv67」. 전신이 칼날인 족제비? 위즐은 족제비였을 텐데 족제비를 본 적이 없으니까 뭐라 말할 수가 없지만 이미지는 족제비 같으니까 족제비겠지.

"응. 뭔가 멋있으니까 『족제비(鼬)』는 한자 쪽이 멋있다는 느낌? 이라고나 할까?"

이게 또 『마법 무효』를 보유하고 있고 전신 칼날을 가진 특공 족제비였다. 수많은 윤택하고 풍부한 족제비들이 떼로 덮쳐와서 애쓰고 있지만 멋진 포즈를 잡은 나한테 도달하지 못했다. 그냥 내가 가자……. 앗, 사람이 전선에 나오려고 하자 전선이 더 앞으로 도망치고 있잖아!

"잠깐, 나설 차례가 없잖아! 이대로 가면 또 촉수가 돌을 줍고 끝난다고나 할까, 버섯 캐기하고 아무런 차이도 없는 농업 같은 수수한 활약으로 끝난다고나 할까, 이건 활약이 아니야! 그러니까 기다려. 전부 먹으면 안 된다니까?!"

(뽀용뽀용 ♪)

무지 애써서 '어떻게든 두 마리 잡았다. 수백 마리는 있던 대량의 족제비 대집단 중 두 마리만 가까스로 때려잡았다. 그 두 마리조차도 아슬아슬 가까스로 때려잡았다! 역시 갑옷 반장은 교관 역할이 지루했던 모양인지, 그러면서도 약삭빠르게 파리 앞에선 도망쳤으니까 얕볼 수 없는 당찬 마음가짐도 익힌 모양이었다. 응. 누구를 닮은 걸까. 곤란하네? 재빠르게 싸우고 느긋하게 마석을 주워서 아래로 내려갔다. 68층은 비밀 방이 있는 물건이었는데, 또 천장도 낮고 방도 미로처럼 너무 자잘했다. 이 던전에서 좋은 건 상층뿐인가?

"돌려보낸 게 정답이었네. 또 벌레잖아?"

(끄덕끄덕)

(뽀용뽀용)

여기부터는 꽤 위험했다. 아까 그 소드 위즐 대군에 둘러싸인다면 나라면 틀림없이 죽는다. 가까스로 장비로 버텨내더라도 움직임이 멈추면 이후에는 아무것도 못하고 베일 거다. 그러니까 실전이야말로 최고의 훈련이지만, 나는 과보호자들에게 무척 보호받고 있는 거다. 응. 아무래도 내 주변 사람들은 다들 걱정이 많단 말이지? 매번 죽을 것 같으면서도 살아 돌아오는 신뢰와 실적의 안심감이 있을 텐데, 어째서인지 매번 그렇게 하는데도 믿어주지 않는단 말이야? 응. 역시 호감도 때문인가?

그리고 또 벌레. 그러나 이번에는 작은 게 잔뜩 나왔고, 이건 바보들한테 들은 적이 있다. 창 같은 형상으로 날아다니면서 일제히 쏟아지는 메뚜기, 「스피어 호퍼 Lv68」.

천 마리 수준이 아닌 만을 넘는 강철의 곤충. 응. 이런 상대와 살충제도 없이 정면에서 싸우는 건 바보나 하는 일이다. 그렇다. 바보들은 했다고 한다! 응. 용케 이겼네? 보통 현대인에게는 불가능하달까 절대 안 할 텐데 말이지?

살충초를 태워서 연기를 『장악』으로 모아 보냈다. 그리고 메뚜기들도 공간째로 『장악』해서 연기에 가뒀다. 얼마 안 되는 살충초로도 엄청 환경적으로 절약할 수 있고, 무엇보다 마석도 한 덩어리로 떨어지니까 체력도 필요 없다. 아마 『공간 마법』이 나와서 『장악』의 효과도 달라진 거다. 쓰면 쓸수록 수수께끼가 늘어나고 고성능인 데다 사용법이 어려워진다. 응. 보통은 쓰기 쉬워지지 않나? 노력하면 점점 허들이 올라가는 스킬이라니, 그거 벌칙 게임의 다른 말 아닌가?

그러나 효과는 늘어나고, 용도도 넓어지고, 강력해지고 있다. 그러나 쓰는 것도 함께 어려워진다. ……뭐, 일단은 이번에는 환경적이었으니까 넘어가자.

"스피어 호퍼 같은 건 요리해도 못 먹을…… 바보라면 먹을지도? 이미 마석이지만?"

그리고 69층도 난전이었다. 역시 대형 마물이 적으니까 천장이 낮고 방 분배가 조잡하다. 좁고 천장이 낮은 계층에 한 발을 내디뎌서 피하며 베고, 떨쳐내면서 벤다. 격추하면서 베고, 틈새를 누비면서 벤다. 이미 레벨 100을 넘어버린 동급생들과는 따라잡을 수도 없는 격차가 벌어졌다. 스테이터스로는 닿지 않는다. 정면 싸움은 처음부터 할 수 없다. 그러니까 싸우지 않는다. 일방적으로 상대의 빈틈을 벤다. 허를 찌르고 실을 쟁취한다.

작은 마을의 주민조차도 그 목숨을 걸고 누군가를 지켰다. 나이 든 노인조차도 그 목숨을 양식으로 삼아 마물을 막아내고는 함께 죽었다. 제대로 된 무기도, 멀쩡한 방어구조차 없이 가족을 지키려고 싸웠고, 많은 병사와 모험가들이 목숨을 잃었다. 그런 비참하고 절망적인 변경은 사람 좋은 바보들뿐이라서 진저리가 날 만큼 많은 것을 잃었고, 잃어가면서도 웃으면서 누군가를 구하려 하는 왕바보들만이 이 세상에 남았다.

이제 내디디는 것을 주저하지 않는다. 공포나 죽음은 아무래도 좋다. 그저 순수하게 죽인다. 정말이지, 메리 아버지는 착각도 유분수라니까……. 나는 전혀 구하지 않았다. 싸움에 어울리지 않는 걸 넘어서서, 죽이는 것밖에 못 한다. 응. 변경의 기적은 처음부터 변경에 있었다. 변경이야말로 기적 그 자체니까. 변경 사람들이 행복을 믿고, 목표로 삼았기에 행복해졌을 뿐이다. 변경 사람들이 치르며 산 것을 생각하면 이 정도의 행복을 받는 건 당연하고, 아직도 과도한 돈을 청구해서 뜯어내도 될 정도다.

그러니까 찢어버리고, 떨쳐내고, 휘두르고, 올려치고, 후려치고, 내려친다. 마구잡이로 베고, 베고, 베고, 다시 벤다…… 베어 죽이고, 베어서 모조리 죽여버린다.

"후우우우——. 기다렸지? 라고나 할까? 그보다 내가 마지막인가? 내가 지나간 통로가 제일 인형이 적었는데……. 응. 평소보다 몇 배는 때려잡았다는 느낌이 있었는데……. 그보다 연습이 안 되니까 기름을 뿌리고 방화도 하지 않았는데, 평범하게 싸우는 게 빠르네? 의외로?"

(뽀용뽀용)

그나저나 「솔저 퍼핏 Lv69」는 확실히 대인 집단전, 즉 전쟁 대책을 위한 연습 상대로는 딱 좋았다. 하지만 모르겠다. ——대미궁에 있던 「워 퍼핏」과 「솔저 퍼핏」은 뭐가 다른 걸까? 확실히 워 퍼핏은 팔랑크스로 돌진했으니까 해자에 떨어뜨려서 화계로 태워버렸다. 「솔저 퍼핏」은 포위망으로 끌고 들어가려고 했으니까 난전으로 무너뜨렸다. 장비는 「워 퍼핏」이 중장 갑옷과 대형 방패에 장창을 장비했고, 「솔저 퍼핏 Lv69」도 검이나 창에 해머 같은 것까지 들고, 방패도 대형 방패도 있었고, 갑옷도 있었지만, 아무래도 대미궁과 비교하면 종합적으로 품질이 떨어진다. 이건 일반 판매네. 그러나 이것도 재산이니까 제대로 모았다. 이만큼 있으면 좋은 군자금이 되겠지. 그리고 지하 70층 계층주. 여전히 최하층은 아니다…… 꽤 깊네?

59일째 오후, 던전 지하 70층

달라붙는 냉기에 발밑이 얼어붙는다. 극한의 세계에 우뚝 솟은 서리 거인 「요툰 Lv70」은 북유럽 신화의 거인으로, 대자연의 정령 중 하나이자 초인적인 힘을 가진 얼음 거인.

하지만 뭐, 트롤의 보스라거나 선조라거나 하는 설도 있다고 하고, 그리고 신화에는 안 나왔지만…… 맛있다네?

(규와아아아아아아아아아아아아아————!)

먹으면 맛있다는 전승은 없었지만, 일반적으로 서리 거인은 먹는 게 아니고 먹더라도 머리가 찡 울릴 것 같은데? 뭐, 슬라임 씨한테 머리는 없고, 요툰 씨의 머리는 먹을 수 있겠지만…… 맛있는 모양이네?

(뽀용뽀요요용~ ♪)

오~? 텐션 올리고 있네. 응. 뽀용뽀용 튕기면서 좋아하고 있다. 갑자기 냉기로 바닥을 얼려버려서 놀라기는 했지만, 나는 『공중보행』으로 공중을 걸을 수 있고, 갑옷 반장은 냉기를 통째로 베었다. 물론 슬라임 씨는 냉기도 꺼리지 않고 먹었다.

"이건 오타쿠들하고 상성이 안 좋네. 여자애들도 위험하려나?"

(끄덕끄덕)

얼어붙어서 발이 묶이면 죽는다. 그리고 얼음창을 든 거인은 얼어맞고 먹히는 바람에 활약하지 못했지만, 그 신체 능력은 레벨 100을 넘어선 반장 일행조차 가볍게 웃돌았다.

강하고 빠르고 거대하고 강인한 체구가 얼음 마술의 보호를 받으며 극한의 냉기와 얼음 갑옷을 두르고 있다. 실력도 월등해서 레벨 100 미궁왕과도 필적한다. 강함만 따진다면 능가할지도 모를 만큼 경이롭게 강하다. 뭐, 그저 그것뿐이었지만. 아니, 정말로 강하거든? 그래도 저기, 레벨 100 미궁왕에 필적하거나 능가하더라도…… 미궁황 클래스가 둘 있으면 무리잖아?

그나저나 겨우 『마전』을 제대로 두를 수 있게 된 느낌이 든다. 지금 전투는 꽤 평범하게 움직였다. 차례도 활약상도 없었지만 움직이기는 했고, HP도 거의 줄지 않았다. 『마전』으로 억지로 움직이면 몸이 버티지 못해서 항상 HP가 감소하지만, 지금은 부드럽게 갈 수 있었다. 겨우 형태가 잡힌 걸까?

뭐, 매일 밤이면 밤마다 대련이라는 이름의 구타를 버티고, 밤에도 『마전』까지 써가면서 복수했으니까. 마침내 그 효과가 나타나기 시작한 걸지도 모른다.

자, 내려가자──. 그렇게 생각했는데 슬라임 씨가 마석을 가져왔다. 청백색으로 투명감이 높고 크다. 꽤 좋은 느낌? 너무 고급인 마석은 가치가 너무 높아서 판매하기 어렵지만, 아이템에 쓰면 좋은 물건이 나온다. 그러니까 장비품 제작에서는 대활약하고, 남으면 아이템 주머니에서 마력 배터리도 되어준다. 역시 던전은 이득이 크다. 아무리 생각해도 전쟁 같은 건 적자의 방류다. 그런 전력이 있다면 던전에서 싸우란 말이지?

"오, 창이네."

서리 거인의 드롭 아이템인데 평범한 사이즈로 떨어지는 친절한 설계. 게다가 『영구빙창 : Pow · SpE · DeX 50% 상승, 얼음 속성 증강(특대), 빙창, 빙전(氷纏), 빙동진(氷凍陳), +ATT』라는, 오타쿠의 운빨 장비급 명품이다. 뭐니 뭐니 해도 아직 미스릴화하지 않았는데도 이렇다. 게다가 쓰기도 편해 보이고, 창이지만 날이 길어서 왜장도 같기도 하다. 베고, 찌르고, 휩쓸고, 후려치는 등 공격은 가리지 않지만 마력 소비가 굉장해 보인다. …… 이건 지명해서 팔기로 하자. 후보는 날라리 리더나 도서위원 쪽의 땋은 머리 여자애……. 으음, 수예부 여자애다.

수예부 여자애한테는 뜨개질과 레이스를 바느질하는 법 등등 꽤 많은 걸 배웠으니까 편애하는 거지만, 적성으로 따지면 역시 날라리 리더가 좋으니까 리더한테 줄까? 어느 날라리도 잘 쓰겠지만, 이름에 리더가 있으니까 리더가 좋겠지?

자, 그럼 이번에야말로 내려가서 『마전』을 시험해 보자. 역시 레벨이 안 올라가니까 기술밖에 없다. 반 아이들에게 추월당하더라도 걸림돌은 되고 싶지 않다. 뭐, 사실은 처음부터 따라가지 못해서 꼼수를 쓰는 거지만, 그렇다면 더 교활한 기술을 만들면 된다. 그러니까 『마전』 다음에는 『허실』, 그리고 그 너머가 필요하다. 끝이 없지만 포기할 생각도 없다. 그야 포기하면 칭호에 「기둥서방」이라는 말이 무조건 붙을 테니까! 응. 지금의 세 개만으로도 울고 싶어지는데 네 번째가 붙으면 진짜로 울어버릴 위험성도 있다. 평생 스테이터스 안 볼 거다. 진짜로!

내려가 보니 71층에는 뱀. 뱀은 제법 쉬운 상대였지만, 이번에는 「플레어 스네이크 Lv71」였다. 이건 얼려도 동면하지 않겠지. 뭐, 그렇기에 『마전』 훈련에는 딱 좋다. 도약해서 덤벼들고, 땅을 기어서 일대를 뒤덮는 땅도 공중도 가득 메운 뱀투성이 세계. 틈새도 발 디딜 곳도 없어서 간격에 들어온 걸 베고, 날려버려서 생긴 발 하나 정도의 틈새에 발을 두고, 베고 쓸어버려서 자리를 빼앗고 소탕하면서 발을 놓고 나아갔다.

그 결과, 두르고는 있지만 쓰지는 못하고 있다. 모든 스킬이 뒤엉켰다. 그래도 두르고 둘러서 어떻게든 하고 있다. 이거라면 자멸의 걱정은 줄지만, 개별적인 조정이나 조작이 불가능하니까 나조차도 내 움직임을 예측 불능. 그저 대략적인 흐름을 조작할 수 있을 뿐이고 제어까지는 거리가 멀다. 뭐, 순간이나마 『전이』나 『중력』을 자유자재로 제어할 수 있다면 치트급 성능을 발휘할 테니까 애초에 무리가 있지…… 응. 계속 시도할 수밖에 없다.

그런데 『마전』을 두른 상태에서의 『허실』은 끔찍했다. 조금만 틀어져도 팔이 떨어질 것 같다! 뭐, 『재생』하니까 상관없고, 이걸 못하면 걸림돌에 성가신 놈이 될 뿐이니까 아픈 건 참는다.

"응……. 겨우 반장네가 왜 저렇게 필사적으로 노력하는지 조금은 이해했어. 확실히 보호받기만 하는 건 싫고, 그러다가 다치거나 죽기라도 하면 참을 수가 없겠지. 응. 자기는 안전한 곳에 있는데 누군가는 위험에 처하다니 열 받기 그지없는 일이야. 응. 겨우 알겠어……. 즉, 호감도가 부족한 거야!"

(뿌용뿌용?!)

뭐, 오늘은 이제 반장 일행도 노력하지 못하겠지…… 눈이 죽어 있었으니까. 그래도 60층 계층주는 잡았으니까 만족하라고 하자. ——그래서 돌려보낸 거다.

응. 「요툰 Lv70」. 그건 위험했다. 처음의 『빙계』에서 발이 묶이면 궁지에 몰렸을 거다. 이기지 못한다고는 할 수 없지만 Lv100 집단이라도 상처 없이 끝나지는 않았을 없고, 만에 하나도 있을 수 있다. 장비 부족이다. 그러니 우리가 낫다. ……우리는 파리 싫어하니까? 진심으로.

"자, 비밀 방을 찾자~. 두구두구두~. 아니, 장소는 알고 있지만 가끔은 탐색하고 싶은 나이란 말이지? 응. 밤에는 갑옷 반장의 신비를 탐험하고 탐구하고 만끽하고 있지만, 던전 탐색도 해보고 싶단 말이야. 물론 밤의 던전 돌파는 나갔다 들어갔다 돌파했다 하고 있지만……. 진짜로? 위험해?"

(뿌용뿌용…….)

위험한 모양이다. 이미 사선을 넘어선 것 같다. 뒤에 모닝스타를 든 귀신이 있는 모양이다. 왜냐하면 슬라임 씨가 쫄았으니까. 도망치자!

"전이!"

얻어맞았다. 응. 『마전』 이후의 연속 순간 초단거리 전이로 한 컷마다 사라졌다가 나타났다가 점멸하면서 초고속 이동으로 도망쳤는데 얻어맞았네? 역시 폭력 여신님인 게 틀림없다. 오늘 밤도 기도하면서 침공하자! 전이 금지라는 잔소리를 들으면서, 또 얻어맞으면서 비밀 방에 도착하자 「플레어 킹 스네이크 Lv71」이 있었던 덕분에 폭력 갑옷 반장 씨는 플레어 킹 스네이크를 두들겨 팼다. 응. 마구잡이로 패고 있다. 흉악한 모닝스타의 폭격에 파괴되는 플레어 킹 스네이크와 마주했다. 분명 지금, 나와 플레어 킹 스네이크의 마음은 하나겠지. 응. 무섭다니까!

"역시나 무기 장비 파괴 시리즈네? 방패지만?"

거울 같은 대형 방패는 『명경의 대형 방패 : ViT · PoW · SpE · DeX 50% 상승, 전체 내성, 마법 물리 반사 흡수, 무기 장비 파괴, 절계(絶界), 방패 강타, +ATT, +DEF』. 이거 굉장하지 않아? 이건 이미 무기잖아.

"응. 이거 방패직 지명이네?"

(끄덕끄덕)

(뽀용뽀용)

오타쿠 가디언은 『할버드』가 있으니까 뒤로 미루자. 오타쿠니까. 그리고 최근 파트타임에 방패직 전향 중이었던 반장도 『호뢰쇄편』으로 절찬 반장님이자 M 여자애다.

그러니까 뭐, 순서를 보면 방패 여자애나 트윈 전봇대 콤비겠지. 여자 문화부님은 InT 상승 장비를 원할 테니까 전위직 우선이고, 미스릴화로 변화가 있다면 그때 생각해도 된다. 팍팍 나가지 않으면 늦어지겠지만…… 여기는 깊어 보이니까…… 돌려보내길 잘했네.

그 이후에도 속공에 특공에 졸공이다. 아무튼 빠르게 두르고, 그저 돌진했다. 나중 일은 돌진하고 나서 생각한다. 위험한 바보가 전염된 것 같지만, 그래도 이렇게라도 하지 않으면 늦다. 생각보다 하층의 적이 강한 만큼 갑옷 반장이나 슬라임 씨의 레벨도 올라가고 있는 모양이라…… 섬멸 속도가 무지막지하다! 원래부터 굉장히 강했던 능력에 스테이터스가 따라가지 못했었으니까. 그러니 그만큼 미약한 레벨업이라도 능력이 단번에 올라간다. 그만한 잠재력이 있는 거다. 그리고 신나고 활기차니까 멈추지 않는다. 그리고 여느 때처럼 사역자의 부탁은 완전 무시한다!

그치만 "남겨줄래? 알겠지?"라고 말하면 (끄덕끄덕, 부들부들)이라고 하면서도 다음 순간에는 이미 순멸 섬멸 전멸이었다. 그래서 다시 "나한테도 줄래?"라고 말하면 (끄덕끄덕, 부들부들)이라고만 하고는 신속의 살육이 벌어지면서 살벌하게 깨부수고 있더라고? 응. 그 (끄덕끄덕, 부들부들)은 대체 뭐였던 걸까? 그렇게 해서 지하 80층. 그리고 여전히 최하층은 아니다. ……깊네?

> ## 그건 남고생에게는 너무 무겁고
> ## 무엇보다 그쪽 성향만큼은 눈뜨고 싶지 않습니다.

59일째 저녁 전, 던전 지하 80층

계층주도 80층의 주인 정도 되면 이제 어지간한 미궁왕보다 강하거나 성가셔진다. 응. 정말이지 성가시다. 즉, 성가신 편이다. 종잡을 수 없는 타입?

"깎아낼 테니까 무리하지 마. 뭐, 약해질 때까지는 위험하니까 먹으면 안 된다? 아니, 배에 안 좋다고나 할까, 배는 없지만 소화에 안 좋다고나 할까, 좀처럼 녹지 않을 테니까 안에서 날뛰면 곤란하니 먹으면 안 된다고나 할까? 그런 느낌? 그보다 느끼는 거야. 이 필링이라는 느낌이라고. 분명?"

(부들부들)

잘 모르겠지만, 알아들었겠지? 80층 계층주 『그라운드 클라우드Lv80』은 거미가 아니라 구름. 하지만 그라운드라고 말할 정도니까 날지 못하는 구름이고, 날지 못하는 구름은 그냥 구름인가? 응. 적어도 떠 있지 않으면 그냥 구름조차 아니지만 구름이라고 한다. 뇌운. 거센 바람을 두르는 『폭풍』으로 몸을 감싸고, 번개의 검격인 『뇌격』으로 춤추는 계층주 그라운드 클라우드! 응. 슬라임 씨가 엄청 먹고 싶어 하고 있다! 맛있어 보이는지 이미 먹을 생각으로 넘쳐나는 게 기척으로 전해지고 있어서 그라운드 클라우드가 쫄았어!!

(부들부들!)

계층주조차 겁먹는 위협. 폭식의 프레데터. 그 이름은 슬라임 씨! 그보다 '이름은 아직 없다' 라고 말하면 어쩌지?

"뭐…… 보통 자기가 먹힌다면 무섭겠지? 하물며 레벨 80 계층주라면 자기가 먹히는 건 상상해 본 적도 없을 테니까?"

(끄덕끄덕)

그라운드 클라우드를 『나신안』으로 보자 마력인지 모종의 에너지인지 모를 것이 코어를 둘러싸고 있다. 그걸 깎아내면 먹기 쉬워 보인다. 그러니까 친절하게 벗겨주자. 『수목의 지팡이?』의 『마기 흡수』로 마력인지 모종의 에너지인지 모를 것과 함께 『폭풍』도 『뇌격』도 깎고 깎고 마구 깎아내자. 이미 갑옷 반장은 그라운드 클라우드를 절반 가까이 베어버렸고, 슬라임 씨는 그라운드 클라우드의 공격을 막는 방패가 되어서 『폭풍』도 『뇌격』도 흡수하며 억누르고 있다. 응. 어루만지듯 베었다.

"맛있었어? 돌이라면 가져가도 되겠지만 일단은 보여줘."

(뽀용뽀용)

응. 『폭식』으로 『폭풍』도 『뇌격』도 먹어버렸다. 서리 거인 요툰도 먹었으니까 『빙계』도 먹었을 거고, 『빙창』이나 『빙전』이나 『빙동진』도 먹었겠지. 그리고 슬라임 씨는 스킬을 소화한다. 그리고 어느새 흡수 합성해서 고위 스킬로 만들고 있으니까 볼 때마다 스킬이 달라진다. 이미 흙 계열 말고는 터무니없는 양과 질을 가진 스킬 구성이 되었을 거다……. 응, 아직도 먹고 있어?

(부들부들 ♪)

이대로 가면 갑옷 반장과 비견되지 않을까. 아무튼 어느 쪽도 한계를 보이지 않으면서 손패가 너무 많아 강함이 전혀 보이지 않는다. 그런데 이런 굉장한 미궁왕과 미궁황이 던전에서 종종 나온다면 세계는 벌써 멸망했을 텐데 대체 어떻게 된 걸까?

하지만 그 파리도 레어 스킬을 보유하고 있었지만 도망쳤었지? 뭐, 나도 도망쳤고, 편식이 심해도 파리는 정말 좋아한다거나 그러면 곤란하니까 안 먹어도 되고, 오히려 스킬 『벌레즙』 같은 걸 얻으면 싫으니까? 응. 대인전 최강일지도 모르지만 그건 안 돼!

흉악한 던전 하층 구역을 극악한 최흉이 돌파한다. 이미 86층의 비밀 방도 탐색을 끝내고 87층으로……. 이건 90층을 넘을 것 같네. 이미 하층은 상태이상 공격이 당연하게 나와서 뭔가 하나라도 저항(레지스트)을 띄우지 못하고 맞으면 외통수가 될 만큼 악랄하다. 뭐, 안 맞지만?

그런데 동급생들의 상태이상 내성은 하층에서 어디까지 버틸까? 나는 수수께끼 스킬 『건강』의 효과로 상태이상 내성이 올라가 있고, 장비도 돌출되어 있다. 하지만 동급생들의 아이템만으로 어디까지 저항할 수 있을까……. 그나저나 '병에 안 걸린다면 이세계에서도 편리하겠네?' 정도로만 생각했던 『건강』의 수수께끼 효과 때문에 상태이상에 한 번도 걸린 적이 없다. 그리고 인간족의 스킬이 아닌 『재생』까지 얻었다.

수수께끼다…… 그러나 건강하다. 아마 라디오 체조는 상관없겠지……. 응. 매일 아침 하고 있지만, 그건 뭔가 스킬 효과가 있는 걸까?

"근데 『성욕 왕성』이나 『절륜』 같은 것도 건강 관련으로 얻은 건가? 뭐, 건강 체조 같은 의미라면 건강하겠지만 건전하지는 않은 느낌도 드는데?"

(뽀용뽀용?)

하지만 이세계에서 가장 도움이 되고 활약하는 스킬은 『성욕 왕성』과 『절륜』이라는 소문도 있다. 그야말로 장안의 화제고, 아직 이세계에 온 지 75일도 지나지 않았으니까 절찬 소문이 확산 중이다. 매일 밤이면 밤마다 소문이 굳이 이런 곳의 저런 거를 이보다 더할 수 없을 만큼, 그야말로 과감하게 만지작거리고 핥고 그 허덕이는 모습을……. 그렇다. '소문을 말하면 그림자가 비친다' 라는 속담이 있다. 그건 진실이었나 보다. 모닝스타의 철구 그림자가 보인다. 응. 물론 본체도 보이거든? 보라고, 저기—— 투콰아아아아앙!

예부터 '사람의 소문은 배로 커진다' 라고 하는데 공격력은 세 배였나? 응. 지금은 정좌 중이고, 치료 중이고, 덤으로 말하면 '소문은 먼 곳에서' 라고 하던데 초 지근거리에서의 공격이었던 건 말할 것도 없다. 응. 소문보다 내가 표적이었나?!

"역시 던전 하층은 위험으로 가득했어. 그보다 아프네?"

(부들부들)

그나저나, 어째서 투구를 쓰고 있는데도 얼굴을 붉게 물들이는 건지 구조가 수수께끼지만 아무튼 빨간색은 위험하다는 걸 기억했다. 그야말로 몸에 새겨졌고, 영혼에 각인되어서 위험하고 위태롭고 위험천만한 신호인 거다! 응. 어떻게 모닝스타를 압수하지? 그리고 철구 무쌍 폭주 특급으로 다음은 90층.

그러나 내려가기 전에 조사하고 싶은 게 있다. 그건 88층에서 나온 『연리의 수목 : ?, ?, ?, ?』. ……그렇다, 오랜만에 『?』가 왕창 뜬 아이템이다. 뭐에 쓰는 건지 단서조차 없이 온 『?』만 있는 비밀 아이템이지만, 신경 쓰이는 점은 수목. 그야말로 신경 쓰이는 나무다. 왜냐하면 『나무 작대기?』는 『수목의 지팡이?』가 되었고, 『겨우살이의 덩굴 : 【나무 작대기, 지팡이의 강화】, 마기 흡수, ?, ?, ?』와 일체화했다. 그리고 지금은 은근히 치트 무기이고, 신검 『아마노무라쿠모노츠루기』까지 융합했다. 그런데 여전히 겉보기로는 나무 작대기라는 게 문제라면 문제겠지만, 비교하면 패배다. 특히 주변에서 반짝이는 백은의 갑옷 차림인 사람과 비교하면 안 된다고?

응. 그로부터 막대한 숫자의 무기와 장비를 봤는데도 저 『백은의 갑옷 : 완전 무효, 전체 강화, 수호자, ?, ?, ?』만큼 터무니없는 장비는 본 적이 없다. 그리고 저 10개의 리빙 소드도 아마 초절 치트 품목이다. 하지만 무엇보다 겉모습이 그냥 나무 작대기라는 결정적인 비주얼 격차. 응. 비교하면 안 돼…… 울어버리니까. 진심으로.

눈물을 닦고 『연리의 수목 : ?, ?, ?, ?』을 조사했다. ——나뭇가지다. 그러나 하층 아이템이고, 게다가 수목. 조금 쫄면서 『수목의 지팡이?』와 함께 놔뒀다……. 지나친 생각인가? 딱히 아무 일도…… 어? 진짭니까?

확실히 『겨우살이의 덩굴』 때도 복합하지 않았는데도 일체화하긴 했는데, 접목인가? 그리고 또 『?』가 늘어났는데……. 『연리의 수목 : 칠지도, ?, ?, ?』라니, 그 『나나츠사야노타치』이자 그 『칠지도』?

애초에 연리라는 건 하나의 나뭇가지에 다른 나뭇가지를 붙여서 나뭇결까지 동화하여 일체가 되는 걸 가리키는 거고, 그래서 부부 관계와 비유하는 일이 많다. 그래도 먼저 『겨우살이의 덩굴』이 휘감겨 있는데 『연리의 수목』과 합체하는 건 질척질척한 삼각관계고, 숨겨진 『칠지도』와 『아마노무라쿠모노츠루기』의 칠지관계 의혹까지 나타나서 아침 드라마급의 복잡한 애증 관계에 얽힌 무기가 되어버렸다!

"무, 무서운 무기! 응. 그렇게 생각하면서 보니 애증이 얽힌 서스펜스감이라든가, 갑자기 흘러나오는 자장가 같은 게 느껴져!"

(뾰용뾰용?!)

적보다 내가 도망칠 것 같다. 특히 미인 여주인 온천 여관이나 단애 절벽 근처가 위험해 보이네?! 그리고 뭔지 모를 물건이 되어가는 『수목의 지팡이?』는 『위그드라실의 지팡이』였던 모양이다…………. 아니, 스킬만이 아니라 장비까지 거짓말을 하고 있었다! 지금까지 줄곧 나무 작대기인 척을 하고 숨어있었어!

"전부 거짓말인 스테이터스칸이라니 대체 뭐야? 봐도 의미가 없고, 영문을 알 수 없는 원인은 바로 스테이터스였어!"

뭐, 줄곧 수상했으니까 의심하고 있었지만, 역시 저질러 버렸다. 그나저나 이로써 마을 사람 A의 수수께끼가 깊어졌다. 그리고 그 『일기』는……. 뭐, 상관없다. 분명 모른다는 것밖에 모르겠지만, 그래도 다른 건 알 수 있겠지.

하지만 90층조차도 최하층이 아니라면 역시 위험한데……. 왜냐하면, 이 던전은 그렇게 오래되지 않았을 테니까?

> **언제나 숨어서 거짓말을 하니까 블러프를 던져봤는데 역시 숨기고 있어서 이젠 싫다.**

59일째 저녁 전, 던전 지하 90층

세상에서는 말해두는 게 좋은 것도 있다. 언제나 쓸데없는 말을

해서 혼나더라도, 그래도 말하지 않으면 모르는 법이니까(체중 이야기는 제외하고!) ――응. 말해봤다고?

"꿰뚫어라, 미스틸테인! 이이라라고오나아하알까아――……. 앗…… 아아~아아?"

뭐, 예전에는 심각한 수준의 중2 시기 특유의 병마에 침식되었다가 생환했지만, 그대로 진행 중인 사람이라면 다들 좋아할 미스틸테인(겨우살이).

"아니, 설마 또 몰래 숨기고 있지 않나 해서 잠깐 블러프를 던져봤는데 발동했잖아……. 진짜로 숨기고 있었어! 응, 이 이세계 이젠 정말 싫다니까?!"

(부들부들…….)

응. 또 몰래 위장해서 숨어있었던 모양이다. 『수목의 지팡이?』는 『위그드라실의 지팡이』였다. 그리고 위그드라실 하면 북유럽 신화의 세계수다. 그리고 『겨우살이의 덩굴』이라니…… 너무 수상하잖아!

"아니 뭐, 역시 이건 너무 지레짐작이라고 생각했는데 말이지. 잠깐 기분을 내서 시험해 봤더니…… 정말로 숨기고 있었잖아!"

겨우살이(미스틸테인). 북유럽 신화 최강인 미스틸테인의 창. 만물에 내성을 가지고 있던 빛의 신 발드르를 유일하게 꿰뚫어서 죽음에 이르게 한 겨우살이가 바로 미스틸테인이다. 겨우살이의 이름인지 무기의 이름인지는 불명이고 수수께끼지만, 신화 속에서는 미스틸테인의 창으로 발드르를 꿰뚫었다는 기록이 있다고 하는데, 이것에는 또 각종 사정과 많은 설이 있다고 하니까……

외쳐봤다고?

"아니, 흘겨보고 있지만 나도 놀랐다니까?"

(······.)

(······.)

일단 시험해 보자는 마음가짐으로, 그만 중2병 분위기로 외쳐 봤더니 발현했다. 응. 분위기에 타서 외쳐본 건데 지하 90층의 계층주 『그레이터 가디언 Lv90』이 날아갔네? 설마 하던 『완전 무효』를 가지고 있던 거대한 갑옷 가디언이 단숨에 소멸해 버렸다. 던전에 큰 구멍이 뚫렸다······. 말해봤을 뿐인데? 그리고 비싸 보이는 장비였는데 날아갔어? 그리고 눈흘김?

(······.)

(······.)

그렇다. 마침내 슬라임 씨까지 눈흘김을 익힌 모양이다! 응. 눈이 없는데 어떻게 하는 걸까? 뭐, 갑옷 반장도 옛날에는 해골에 투구를 쓰고 눈흘김을 보여줬으니까 이세계에서는 그런 거겠지. 응. 그야 눈흘김에 죄는 없으니까.

그리고 미스틸테인 폭발 사고로 MP가 뭉텅이로 빠져나갔고, 체력도 다했다. 이건 이제 틀렸다. 히어로가 쓰는 일격필살의 그것처럼 뒤가 없다. 이런 위험한 걸 쓸 수 있을 리가 없다. 지금 습격당하면 움직이지도 못한 채 죽어버릴 만큼 녹초가 되었다. MP 버섯과 체력 버섯을 씹으면서 휴식했다.

"응. 의식까지 날아갈 것 같고, 한 발 쏘면 힘이 빠져서 기절한다는 사망 플래그가 틀림없는 자폭 병기잖아? 왜냐하면 던전은 치안이 나쁘거든?"

(끄덕끄덕)

(뽀용뽀용)

역시 관계자와의 담화에서도 치안은 좋지 않은 모양이다. 그리고 제어할 수 있을 것 같지도 않으니까, 이것도 봉인 코스네……. 뭐, 발견한 것만으로도 충분하고, 모르는 게 더 무서우니까. 그리고 분명 이제부터 수목의 지팡이, 아니 『위그드라실의 지팡이』는 한층 더 부쩍부쩍 제어 불가능한 무기가 되어갈 거다. ——참고로 「그레이터 가디언 Lv90」의 남은 부분은 스태프가 아니라 슬라임 씨가 맛있게 먹었습니다.

겨우 회복하자 갑옷 반장과 슬라임 씨가 마석을 안고 돌아왔다. 호위를 데스 사이즈 3개에 맡기고 휴식 중일 때 갑옷 반장과 슬라임 씨는 하층으로 놀러 가서 술래잡기, 아니 귀신처럼 마물을 쫓아다니며 놀고 있었겠지. 응. 위험하니까 조금만 하라고 했는데도 마석이 무척 많은데……. 아무래도 위험한 건 마물 쪽이었던 모양이네?

(부들부들♪)

"응, 어서 와~. 아니, 딱히 여기서 살지는 않을 거거든?"

그렇다. 기대했던 것치고는 미묘한 던전이었다. 하지만 꽤 깊다. 최근에는 마의 숲 벌채도 대략 끝났고, 이후의 벌채 계획이 정해지지 않아서 메리 아버지와 이야기할 필요가 있지만 이야기하면 길어지고, 왕녀 여자애와 메이드 여자애 콤비에 메리메리 씨까지 더해지면 대체로 이야기가 대혼란에 빠지니까 방치 중. 그래서 데몬 사이즈 세 개를 데려왔는데 나설 차례가 있어서 다행이야……. 응. 『데몬 링』에 넣어둔 채 완전히 잊어버리고 있었다.

"맛있는 마물은 있었어? 그보다 분명히 먹고 왔지? 그 기분 좋아 보이는 뽀용뽀용 춤과 환희의 부들부들 춤의 콤비네이션과 기쁨을 알려주려는 듯한 분위기를 보니 배가 꽉 차서 기분이 좋고, 스킬도 많이 먹은 모양이네? 라고나 할까?"

(부들부들~ ♪)

기분 좋은 모양이다. 뭐, 맛있어서 좋아하고 있으니 넘어가자. MP도 조금이나마 회복되었다. 그러나 산맥을 개척하거나 성채나 튼튼한 마을을 만들던 아이템 주머니의 마력 배터리 용량을 단번에 써버리는 소비량의 공격이라니 이거 보통은 발동조차 불가능하지 않을까?

응. 숨겨진 채 알아채지 못했을 가능성이 높았다. 그리고 말하지 않았다면 줄곧 숨어있었겠지? 장비까지 거짓말을 하다니 대체 뭔데?!

"뭐, 내 장비품에 블러프를 거는 시점에서 영문을 모르겠지만, 오히려 블러프에 걸려서 저절로 발동해 버리는 무기는 뭔데?!"

응. 저도 모르게 친근감이 느껴지고 있어! 그리고 갑옷 반장과 슬라임 씨는 아래층을 보러 간다고 말했지만, 다 잡으리라는 건 예상했다. 그리고 분명 그 아래층에도 갔을 게 분명하다고 생각했지만, 마석이 너무 많았다. 응. 비밀 방을 찾으러 아래층으로 내려가자 94층까지 섬멸된 상태였다. 3층 분량이나 즐겼던 모양이다!

그 93층에서 비밀 방을 찾았고, 잠깐 들어가서 마물을 두들겨 패고 장비품을 회수한 뒤 바로 돌아왔다. 응, 피곤하니까 감정은 돌아가서 해도 된다. 94층이니까 게이트를 써서 돌아가자. 아직 전투는 힘들고, MP가 고갈됐으니까 『궁혼의 반지』의 『구명』이 발동하지 않는다. 보험도 없이 심층에 도전하는 짓은 하고 싶지 않고, 아마 시간적으로도 밤이 될 것 같고, MP 고갈로 배도 고프니까 돌아간다면 돌아가는 거다. 응. 몇 번을 겪어도 MP 고갈은 나른하단 말이지?

"게이트로 돌아갈 거니까 다음은 95층부터 공략이라고나 할까, 술래잡기라고나 할까, 식사라고나 할까, 분명 한 바퀴 돌아서 공략이라고? 응. 저녁밥은 사이비 이탈리아풍 커틀릿으로 결정했으니까 빨리 돌아가서 밥이나 먹자? 진짜 배고프다고."

도시에서 가까운 던전이니까 군것질은 참고 맛만 보면서 도시로 향했다. 주변에 있는 마의 숲이 벌채되어서 탁 트였으니까 도시는 가깝다. 응. 입지는 좋단 말이지?

하지만 이 세계는 레벨업이나 스킬의 습득으로 이동 속도가 올라가니까 거리는 그다지 의미가 없다. 응. 그래서 말 같은 게 좀처럼 안 보이는 거다. 뭐, 가난했으니까 보급되지 않은 거겠지만 이세계에서 가난해 보이는 영주의 마차에 올라타 봤을 뿐, 정석적인 약속인 승합마차에도 타본 적이 없다. 그렇다. 이동은 계속 도보거나, 가끔 날아갔다가 떨어지는 정도다.

아무래도 이세계 판타지 느낌은 심야의 방에서밖에 없는 모양이다. 응, 그건 분명 원래 세계에는 없던 굉장한 거였다! 그야 미궁황이니까? 응. 그 절세 미녀의 럭셔리한 느낌은 다른 곳에는 없지. 굉장하다니까 정말로!

——자, 이제 여관에 도착하면 폭주 대현자 부반장 B가 기다리고 있을 거다. 응. 시련이 기다리고 있다. 그건 분명 어떤 남고생에게도 궁극의 고난이자 곤란한 시련이겠지. 뭐, 약속해 버렸으니까~? 그렇지~?

문지기는 오늘도 깔끔하게 무시했다. 매일매일 미궁황과 미궁왕을 얼굴만 보고 들여보내는 도시. 그거 대체 누구를 막을 생각인지 물어보고 싶네?

"사람이 늘었네~ 솟아나는 걸까?"

(부들부들?!)

잡화점에도 들르고, 무기점도 엿보고, 만약을 위해 모험가 길드 게시판에도 트집을 잡고 눈흘김을 충전해서 여관으로 돌아왔다.

"다녀왔어~? 라고나 할까? 근데…… 왜 노려보고 있어? 뭐, 당당하게 말할 거고 결론은 진리에 도달했지만, 나는 전혀 잘못 없다고? 응. 왜 노려보는지 모르겠지만 설령 그게 어떤 이유가 있더라도 분명 나는 잘못 없거든? 모든 만물의 흐름을 관장하는 섭리를 풀어내더라도 애초에 나는 잘못이 없는 모양이더라고? 라고나 할까?"

"""……"""

흘겨보고 있다. 게다가 40명이 겁탈당한 눈으로 노려보고 있어서 무섭다! 응. 눈의 광채가 없는 건 무섭다니까? 그렇다. 딱히 내가 즙을 뿌린 것도 아닌데 혼났다. 그건 벌레의 벌레즙이었는데 혼났다. 그런데 갑옷 반장과 슬라임 씨는 마치 자기하고는 상관 없다는 표정으로 페이드 어웨이하고 있었다! 잠깐, 호위와의 거리가 어느새 멀어졌잖아!

"""캬오오, 캬오오【이하 잔소리, 진짜 격노했습니다!】"""

공허한 공동 같은 눈이라서 진짜 무섭다! 이건 분명 눈흘김과는 정반대의 벡터에 있는 거잖아?! 기나긴 설교를 기사회생의「사이비 이탈리안풍 커틀릿」의 힘으로 억지로 끝내버리고 겨우 해방되었다. 역시 다들 목욕을 끝낸 모양이라 갑옷 반장이 조금 쓸쓸하게 슬라임 씨와 목욕하러 갔다. 응, 나도 가고 싶지만—— 시련이 기다리고 있다.

눈흘김 21인분에 포위당해 혼나고 오타쿠 바보 9명까지 있고 매일 식사는 직접 만드니까 낭비할 돈도 없거든?

59일째, 디오렐 왕국 왕도 왕성

내전. 그건 국력조차 유지할 수 없이 몰락한 상황에서는 실질적으로 자살이나 다름없다. 단지, 그걸 정말 내부라고 부를 수 있다면 말이지……. 대귀족들은 이미 주변 각국의 꼭두각시. 그들이 자신의 이익을 위해 변경에 몰려들기 시작했다. 이미 왕국에는 그것밖에 남아있지 않건만, 그것조차도 약탈할 생각이다.

"왕제(王弟) 각하. 이쪽이 정보를 정리한 자료입니다. 확실한 정보라고는 말하기 어렵습니다만, 현재 손에 들어온 정보를 모두

정리한 결과입니다. 더는 시간이 허락하지 않겠지요."

왕인 형만 의식을 되찾는다면 타개할 수 있겠지만, 이제는 시간이 없다. 설마 내가 멜로트삼 경과 적이 될 줄이야……. 아니, 이것은 형에게 시킬 수 없다. 형과 멜로트삼 백작이 싸우는 모습을 본다니, 상상만 해도 나 자신이 견딜 수가 없다.

차라리 내가 패하는 걸로 끝난다면, 그걸로 나라가 잠잠해진다면 죽으러 가는 것도 나쁘지 않지만——. 그걸로는 아무런 해결책도 되지 않는 한심한 상황이다.

"다시 말해서, 레벨 20도 되지 못하는 꼬마가 던전에서 사고를 당했다가 기적적으로 목숨을 건져 붕괴로 죽은 미궁왕의 보물을 가지고 돌아왔고, 그 보물로 변경을 사들여 독점하고 있다고?"

멜로트삼 경에게는 어떤 변명도 할 수 없다. 그저 왕을 위해 지금까지 버텨왔다. 왕가를 위해 쓰디쓴 맛을 보면서 굴욕을 감수해 왔다. 그리고 왕이 병으로 쓰러진 동시에 대귀족들의 전횡이 시작되었고, 마침내 멜로트삼 경도 가족의 목숨이 위험했다고 한다. 그리고, 그것조차도 말단 귀족의 목으로 흐지부지 넘어갔다.

"알려진 정보 중에서 확실성을 가진 것만 연결한 추론입니다만, 아마 그게 제일 진실에 가까울 겁니다. 다른 것은 설화처럼 황당무계한 농담 같은 내용뿐이고, 허풍이나 재미있게 각색된 영웅담 같아서 신빙성이 없었습니다. 현재는 20명의 미희를 거느리고 아홉 명의 강인한 A급 모험가를 호위로 붙여서 호화로운 여관 한 채를 빌려 매일 으리으리한 식사를 하며 막대한 돈을 도시에서 낭비하고 있다는 정보가 들어왔습니다."

최소한의 절충안으로 미궁왕의 재보를 손에 넣은 모험가와 그 보물을 왕도에 넘기라는 사자를 보냈지만 완고하게 받아들이지 않았다. 별것 아닌 모험가를 양도하라는 조건이었건만, 그 멜로트삼 경이 격노하면서 미쳐 날뛰었다고 들었다.

　"그렇다면 어째서 그런 떠돌이 애송이를 그 변경백 멜로트삼 심 오무이가 감싸는 건가. 왕국과 전쟁이 벌이지리는데 여전히 양도를 거부하는 이유가 없지 않은가."

　이미 변경은 한계다. 가장 위험한 땅에서 대륙을 수호하는 오무이령은 대귀족들 때문에 빈곤에 허덕였고, 제대로 된 무장조차 하지 못한 채 마의 숲에 사는 마물들과 싸우고 있다. 그런 상황에서 멸망하지 않은 게 기적이다. 오무이가 멸망하면 왕국도 멸망하게 되건만, 변경의 마석을 빼앗아 사치하는 것밖에 생각하지 못하는 대귀족의 어리석음에 구역질이 나올 것 같다.

　"애송이를 감싸는 것이 아니라 왕국의 뜻에 거스른 겁니다. 과거의 맹약을 이유로 마석 판매를 막고 왕국을 협박하고 있는 겁니다. 그 증거로 변경 측 입구에는 강대한 성채가 세워져 있다는 정보도 있으니, 상당히 이전부터 준비해 온 것이겠죠. 성채의 규모로 보더라도 5년 수준의 이야기는 아닐 겁니다."

　그런 상황에서 성채를 지은 건가……. 게다가 몇 년 전부터. 믿을 수가 없지만, 만약 성채까지 준비해 놨다면, 그건 이미 대화할 여지조차 없다는 거다.

　"하지만, 그 멜로트삼 심 오무이가 이끄는 변경군 상대로 승리할 수 있겠나? 게다가 정말로 성채까지 준비해 놨다면, 전쟁에 대비한 것일 텐데."

"하지만 물러날 수 없습니다. 여기서 물러난다면 왕국은 쪼개지고, 국가로서 성립할 수 없게 됩니다. 대화로 끝난다면 좋겠습니다만 결별한다면 전쟁 말고는 국가를 유지할 수 없습니다. 시간이 없습니다. 이미 국고는 바닥, 타국에 빌린 빚을 갚는 것조차 위기적인 상황입니다."

그렇다면 사치를 그만두면 되지 않나. 부패하기 전에 뇌부터 썩어버린 귀족의 탐욕이 모든 근원이건만.

"그 샤리세레스가 이끄는 근위사단조차 괴멸했는데 누가 가능한가. 왕국의 최정예가 변경에 도착하지도 못했다. 전쟁에 이기기 전에 도착할 수는 있겠나?"

적어도 샤리세레스가 교섭할 수 있지 않을까 일말의 희망을 맡겼지만……. 아니, 녀석은 죽을 작정이었다. 그리고 왕국을 위해 변경까지 도착했더라도 결코 멜로트삼 경에게 검을 겨누지는 않았겠지. 그건 자신의 목숨을 쐐기 삼아 죽어서 대귀족들을 막을 생각이었던 거다.

그것조차 무위로 끝났다. 그래도 멜로트삼 경이 보호했으니 다행일지도 모른다.

"국경 경비를 겉만 번드르한 귀족 자제들로 바꾸고, 전군을 변경에 보낼 수밖에 없습니다. 그런 대귀족들의 사병과 어중이떠중이를 긁어모은 군으로는 상대조차 안 될 겁니다. 하지만 구바데이 제1왕자는 완전히 대귀족에게 붙었습니다. 버린다면 화근을 남길 우려도 있습니다."

"버려라. 화근 따위는 내버려 둬. 그 탐욕스럽고 후안무치한 놈들 때문에 변경과 싸우게 된 거다. 그에 편승하는 어리석은 놈에게는 어차피 나라를 맡길 수 없어!"

너무나도 어리석다. 하지만 가장 의심스러운 제2왕자도 이 정세에서 전혀 움직임을 보이지 않고 있다. 나머지는 계승권이 낮은 어린아이들뿐. 누군가가 왕가를 이어야만 한다. 형이 회복되지 않는다면 그것도 머나먼 이야기는 아니다. 그러나 샤리세레스는 피로 피를 씻는 계승권 다툼에 낄 생각은 없겠지. 그렇다면 오히려 멜로트삼 백작 밑에서 보호받고 있는 게 나을지도 모른다. 암살당할 위험이 너무 높다. 녀석은 군에도 백성들에게도 인기가 많다. 그리고 왕자들은 악평이라면 넘칠 정도로 많지만 인망 따위는 조금도 없으니까. 그렇다. 왕성 안이야말로 위험한 거다.

"왕군은 움직이지 않는다. 소수의 인근 부대를 한곳에 불러 모아라. 이미 교섭 같은 건 무의미하더라도 마지막으로 멜로트삼 경에게 가봐야만 한다. 하물며 형은 갈 수 없으니까, 내가 가야겠지……. 이제 모든 게 늦었더라도 갈 수밖에 없는 거다."

멸망인가. 얄궂은 일이지만, 차라리 멜로트삼 백작이 모반을 일으켜서 왕국을 강탈하는 게 제일 좋다는 것이 웃기는 이야기다. 그러나 멜로트삼 경은 결코 모반을 일으키지 않는다.

"무력은 무의미. 멜로트삼 경이 용납하지 않는다면, 그 애송이의 목과 교환해도 된다. 나의 목으로 교섭해서 귀족들을 제지하지 않는다면 멸망은 확실하다."

왕국을, 왕의 자리를 원한다면 오무이의 역대 당주 모두가 어떻게든 가능했을 거다. 그러나 항상 왕국과 왕가에 가장 충성을 맹세하고 마지막까지 그것을 지켜온 것이 역대 오무이가의 당주들이었다. 역대 왕은 다들 오무이가에 감사를 표하고, 마의 숲에서 목숨을 잃은 역대 오무이 백작에게 눈물을 보였다고 한다. 아무런 권위도 바라지 않고 백성을 위해 싸운 영웅의 일족 오무이에게.

그들이야말로 왕에 어울린다. 우리 디오렐은 오무이의 역대 당주들에게 은혜를 입었는데도 그걸 원수로밖에 갚지 못한 허수아비 왕족에 불과하다. 그 왕국의 명운도 다했다. 부패에 젖어 내부는 썩어버렸고, 이웃 나라의 꼭두각시인 돈에 눈먼 귀족들이 나라를 팔아치우고 있다.

그렇기에 그 애송이의 목과 보물이 필요하다. 보물의 은폐는 그 애송이의 죄로 치고, 그 던전의 보물을 접수할 수밖에 없다. 그러니 나의 마지막 일은 형을 대신해서 멜로트삼 백작에게 가는 것이다. 이미 할 말도 없지만, 적어도 왕가의 사람으로서 고개는 숙여야겠지.

"귀족군의 상황 및 작전은, 어차피 왕국이 멸망한다면 변경군과 사이에 끼워서 없애버리는 것도 여흥이 될지도 모르겠군."

"노, 농담이 지나치십니다. 그런 왕국이 쪼개질 수 있는 발언이 외부에 누설된다면 큰 문제가 될 겁니다. 변경의 편을 드실 생각이라면 국적이 되실 수도 있습니다."

형조차도, 왕조차도 막을 수 없었던 최악의 상황인데 무능한 내가 막을 수 있을 리가 없다. 그리고 왕이 병으로 쓰러진 사이 최악은 더욱 악화되었다. 생각할 수 있는 가장 나쁜 상황보다도 더욱 나빠진 거다.

"국적? 샤리세레스의 구출은 실패했다고 하던데, 그런 건 구출을 빙자한 암살이지 않나. 이미 교섭할 구실까지 잃어버린 거다. 애초에 교섭할 수 있는 재료도 없거니와 교섭이 허락될 처지도 아닌 거다!"

이미 왕국군보다 귀족군이 압도적, 그 왕국군마저 분열해서 대다수가 귀족군과 유착했다. 이미 내전이든 뭐든 싸움조차 되지 않는다. 그러나 변경을 내줄 수는 없다. 교섭할 수 있는 조건은, 그 영문 모를 애송이와 그 보물밖에 없는 거다. 그것조차 없이는 귀족들과 그 뒤에 있는 교회 놈들과 교섭할 수단이 없다.

"이미 변경을 치는 것 말곤 다른 수단은 우리에게 남아있지 않습니다. 전란을 피할 방법은 그것밖에는 없는 겁니다. 부디 이해해 주십시오……."

오무이 백작이 그 애송이를 보호하지 않는다면 신병을 확보해서 귀족들의 대의명분을 없앨 수 있을지도 모른다. 모든 백성을 구한 것이 오무이라고는 해도, 너무나도 완고하다. 그리고 아무런 양보도 없이 그 귀족들이 물러나는 건 있을 수 없다. 타협점은 그것밖에 남지 않았고, 길은 사라졌다.

"너는 오무이 백작을 치라고 하는 건가. 왕국의 영웅이자 대은인인 그 오무이를? 그것을 백성들이 용납하리라 보는 건가."

귀족들은 진심으로 왕가나 귀족의 어중이떠중이들이 모여서 그 변경군을 이길 수 있다고 생각하고 있는 건가? 그 쓰레기 귀족들은 변경을 본 적조차 없는 건가. 그 마물이 배회하고 어슬렁거리는 마의 숲에서 싸우는 변경군의 정예와, 작은 던전조차도 없애지 못하는 귀족들이 싸울 수 있다고 진심으로 생각하는 건가?

"네……. 치지 않는다면 왕국은 끝장이고, 왕국의 백성은 나라를 잃은 유랑민으로 전락할 겁니다. 그리고…… 대륙에 전란이 벌어집니다. 칠 수 있느냐 없느냐가 아니라, 이미 치는 것 말고는 길이 없습니다. 그게 설령 그 오무이라 해도 말입니다."

어리석기에 멸망하는가. 이미 왕자들과 나의 목을 내미는 것으로 끝날 이야기가 아니다. 그러니까 갈 수밖에 없겠지. 오무이로. 그리고 왕국의 어둠이 움직이기 전에 사태를 수습해야 한다. 오무이가 무너진다면 왕국은 어차피 멸망할 수밖에 없다. 그리고 왕국만으로 끝나지 않는다는 걸 어째서 모르는 건가.

"그런가……. 그럼 갈 수밖에 없겠구나. 땅끝으로."

가능하다면 그 모험가 애송이의 몸으로 귀족들을 잠재우고, 오무이 백작과 교섭을 하고 싶다. 왕자들과 우리 왕족의 목을 내밀어서 사과하고, 귀족들은 애송이와 보물을 내밀어서 타협할 수밖에 없다. 이게 나의 마지막 길이다. 이 목과 교환해도 좋다. 내전이 벌어지면——왕국은 끝장이다.

> **그건 슬라임 씨가 아니었지만,**
> **슬라임 씨가 말하던 두 명의 목욕 친구가 누구인지는 알았다.**

59일째 밤, 하얀 괴짜 여관

시련의 때가 왔다. 고난은 여기에 도달했다. 『마음을 비워라.』
──참선의 마음으로 『치허극(致虛極), 수정독(守靜篤), 만물병작(萬物竝作), 오이관복(吾以觀復)』. 그렇다. 노자의 말이다.

끝없이 마음을 비우고, 마음의 고요함을 독실하게 지켜라.

온갖 일이 일제히 일어나더라도, 각각이 근원으로 돌아감을 알게 된다.

아무리 엄청나게 경악스럽고 깜짝 놀랄 위협에도 움직이지 않는 부동의 마음……. 아니, 경악스럽고 깜짝 놀랄 위협이라니? 이제 뭐랄까, 천재지변 같은데?

큭, 『명경지수』. ──마음을 물에 비춰 바라본다. 그렇다면 물은 시간과 함께 정지하고 거울처럼 자신의 마음을 밝게 비춰준다. 그렇다. 미혹되지 않고 마음을 잔잔하게 유지하여 있는 그대로 받아들인다.

하지만, 너무나도 커서 받아들일 수 있을 것 같지 않은데?! 잠깐, 이걸로도 아직 부족하다는 거냐! 삐, 삐져나오고 있다고오오오오오오오──! 아니, 현혹되면 안 된다. 현혹되면 안 돼. 현혹되면 안 된다고. 텅 비우고 고요한 마음으로 감싸서 받아들인다면 받아들이는 거다. ……우왓, 아니, 새어 나올 것 같지만 받아들이는 거다!

깊게 숨을 내쉬고 호흡을 가다듬고, 마음을 흐트러뜨리지 않고 그저 있는 그대로 바라보면…… 발광할 것 같다!

있는 그대로 만지고 감싸서 재어본다. ──그보다 무겁다. 크다. 부드럽다. 아니, 마음으로 보는 거다. 이건 보면 안 되고 만지면 끝이야!

(출렁)

이 정도인가……. 적당이란 말은 적절하게 맞춘다는 뜻이다. 알맞다는 건 더하지도 않고, 덜하지도 않은 가장 좋은 지점이라는 거니까…… 그러니까, 이 정도?

(뽀용)

대답은 나왔지만 뭐라 말하고 있는지 모르겠다. 그야 슬라임 씨가 아니니까? 누르지 않고 들어 올리듯이 감싸서, 그 가변하는 벡터를 분해해서 분산시킨다…… 조금 **빡빡한가**?

(뽀용)

아니, 모르거든? 그보다 알면 큰일이 벌어진다고! 이거 이야기하는 게 아니지?! 무심코 대답할 뻔했지만, 문제는 모션이다. 중심점이 없으니까 전체적인 움직임의 폭을 예측하고, 종합적으로 감싸서 모을 필요가 있다. 그러나 시험해 보려고 해도 이 대질량 위험 물체를 흔드는 무서운 일을 할 수 있을 리가 없다. 위에서 매달고 좌우에서 끼워서 들어 올릴 수밖에 없다. 그리고 압축하면서 변형하여 겹쳤다. 너무나 거대한 그 중량도 질량도 내포한 상태로, 그러면서 완전히 고정되지 않게 신축에 여유를 둔 채로 모아 압축했다.

(말랑?)

어라? 의문형이네? 아니, 안 되잖아. 그것과 대화하면 여러모로 끝장이라고! 마음을 비우고 잡념을 버리고, 영혼을 비워서 속박이나 고민에서 해방하는 거다. 이렇게?

(파들~!)

어? 푸딩 먹고 싶어……? 아니, 아니잖아! 이건 슬라임 씨가 아니니까 안 먹어! 먹으면 깜짝 놀라기는커녕 대단한 문제 발생이야……. 그, 그것에 푸딩——— 안 돼. 마음을 비워. 생각이야말로 마음을 떨게 만든다. 뭐, 무거워서 고생하고 있지만, 무심으로 잡념을 떨쳐내 마음을 고요하게 만들었다. 그래도 순수하게 이것하고 놀고 있으면 전혀 순수하지 않은 일이 일어나겠지!

그러나 마지막 목소리는 기분이 좋아 보였으니까, 이 방향성이면 되는 건가. 응. 괜찮은 모양이지만…… 위험하다. 대화가 통하기 시작했어?! 잠깐, 그건 마음속 목소리가 아니었으니까 대화가 통하면 무조건 엄청난 변태에 괴짜잖아?

"저기, 이걸로 괜찮은가 싶으니까, 잠깐 움직여서 시험해 봤으면 좋겠달까 좋지 않달까 같은, 움직이면 위험하지만 움직이지 않는 마음이 중요하거든? 이라고나 할까?"

(뽀요요~용♪)

괜찮은 것 같다……. 아니, 누가 대답한 거야! 제, 제대로 대답하라고?! 그보다 그쪽이 본체였어? 어느 쪽이? 아니, 아니거든.

본체가 아니라 본인은 아직 확인 중이잖아? 응. 나는 대체 누구하고 대화하고 있는 걸까?

"응. 굉장히 좋아~. 편해졌고 움직이기 쉬워~. 이거 원래 세계의 오더 메이드보다 훨씬, 엄청 쾌적해~. 이제는 세세한 디자인만 부탁할게~♪"

진짭니까──. 즉, 나는 그 착용하던 걸 심야에 혼자 개량해야 해? 즉, 착용했던 생브래지어를 남고생이 개량? 응. 그건 도대체 무슨 판타지인 걸까. 아무리 생각해도 이세계 전이보다 훨씬 엄청난 판타지고, 이미 착용했던 생브래지어를 든 남고생이 심야에 혼자서 판타직한 이세계로 여행을 떠날 것 같아! 아니, 여기가 이세계이긴 하지만?

"뭐, 확실히 이 세상의 모든 것. 즉, 만물은 기능성과 장식성이 대항하면서 융합하여 일체화하면서 처음으로 올바른 형태로 자리잡히는 거고, 뭐 알기 쉽게 말하면 남고생이 한밤중에 혼자서 이미 착용했던 생브래지어에 레이스 같은 걸 달라고?"

"응, 부탁해♥"

단지, 이 파괴력은 하프 컵으로 받칠 수가 없으니까 보디 스트랩 부위도 최소한의 폭을 두는 건 양보할 수 없다. 그러니 디자인으로 장식할 수밖에 없으니까 뒤쪽을 크로스해서 중심을 모아 올리는 방법도 있기는 한데……. 치수를 한 번 더 쟀다가는 내가 죽겠지? 응. 분명 마음보다 먼저 영혼이 텅 비어버릴 거다. 그렇다면 디자인성은 최소한으로 올리고 이후에는 레이스로 장식하면서 보강할 수밖에 없다. 응. 해버릴까……. 생브래지어로 작업을.

그렇다. 이것이 그 광란의 폭주 상태였던 부반장 B를 멈추기 위해 사용한 최후의 수단. 그건 봉인된 금단의 수단인 마법의 말(속닥속닥)이었다. 그저 간결하게 "진정하라고 해도 얼굴부터 전신에 벌레즙을 뒤집어쓴 상태로 진정하면 그건 그것대로 그쪽이 더 무섭겠지만, 슬슬 오타쿠들이 불타버릴 테니까 진정하자? 응. 뭐, 오타쿠들은 불태워도 되지만 오타쿠가 불타서 결계가 풀려버리면 다들 불에 타서 홀쭉해질 테니까 진정하자? 라고나 할까?"라고 설득했단 말이지?

그치만 이제 조금의 유예도 없고, 배를 베일 수는 없으니 등을 내줘야 하는 극한 상황이었지만, 등이나 배보다도 위험하고 부드럽고 탐스럽게 흔들리고 떨려서 큰일이었다고!

그렇다. "돌아가면 브래지어 만들어 줄 테니까 돌아가자? 응. 오더 메이드로 레이스 붙은 브래지어니까 돌아가자? 그래도 돌아가기 전에 벌레즙은 씻자? 그보다 얼굴에서 흐르고 있잖아. 뭐랄까 벌레즙이 쭉 늘어나서 여러모로 위험하니까 얼굴 씻자? 자, 온수야~ 라고나 할까?"라고 계약해 버렸다. ……뭐, 이세계에 오고 나서 계속 브래지어에 곤란했던 모양이고, 그리고 모처럼 만든 복식 공방에서도 해결하지 못했다. 갑옷 반장도 매번 만들어 달라고 말하고 있었지만, 여자에게는 중대한 문제라고 해도 10대 남고생에게도 중대한 문제란 말이지? 그리고 궁여지책으로 만든 마력 성형 스포츠 브라도 버티지 못했다. 안에서 날뛰며 움직인다고 한다……. 그런 사정을 남고생에게 말하면 여러 방면에서 곤란하단 말이야. 정말 진지하게?

"응. 대략적인 디자인 희망 사항만 이 패턴에서 골라줄래? 그래도 장식 겸 보강이니까 어느 정도 형상은 달라질 수 있거든?"

"응, 귀엽네~♪"

그때의 한마디. '돌아가면 브래지어 만들어 줄 테니까 돌아가자.' 도 문제 발언이라면 충분히 문제 발언이었지만, '나중에 힘들겠어…….' 라는 생각도 했지만…… 정말 대단히 힘든 대단한 작업이었다. 그리고 역시 남고생에게는 힘들었다. 그리고 지금 현재도 남고생에게는 힘든 상태이고 상황이고 비상사태인 거다!

"으~음. 귀여우니까 전부 갖고 싶은데~ 이걸로 부탁해♪"

그나저나 브래지어라는 게 이렇게나 설계가 복잡한 건지는 몰랐다. 중심과 내용물이 움직이는 걸 억누르지 않고 고정하는 설계 기술이라니 보통은 존재하지 않는다. 게다가 그 중량을 분산시키면서도 지점 부분에 부하를 집중시키지 않는 설계 사상이 어렵건만, 설계하려고 해도 끊임없이 움직이니까 구조를 설계할 방도가 없다. 설마 『지고』의 연산 능력으로도 계산하지 못할 줄은 몰랐으니까 정말 고전했다고!

"응. 이제 눈가리개는 풀어도 되거든~?"

(부들부들)

"아니, 거기서 부들부들이라니 정말로 눈을 떠도 되는지 걱정되는데, 정말로 사실은 슬라임 씨인 거지?!"

(부들부들♥)

말해두는데, 건전하게 갑옷 반장하고 슬라임 씨가 지켜보고 있으니까 꺼림칙한 일은 없었다고? 응. 물론 엉큼한 생각을 하지 않았다고 말한다면 거짓 없는 해명이 천지개벽 해버릴 만큼 남고생적인 판타지한 세계를 판타직하게 대모험이었지만, 눈가리개도 확실히 했고 마수 씨로 작업했으니까 만지지도 않았다. 응. 만지지 않았으니까 세이프라고?

뭐, 마수 씨에게 폭주하거나, 마수가 미끄러지거나 어루만지거나 주무르거나 찌르기두 했지만, 그런 각종 트러블을 넘어서서 완성했다. 그리고 갑옷 반장은 눈을 가리면서 종종 손가락 틈새를 넓히지 말아 줄래? 응. 그리고 부반장 B도 틈새로 눈이 마주치는데 웃으면 안 되지? 그리고 치수 재는 타이밍에 "아~잉♥"이라고 말하는 것도 그만둬 줄래?

"아래도 세트로 부탁할게~. 응. 모르면 치수를 재게 불러줘~. 기대되네~. 고마워, 하루카. 랄랄라♪"

기분 좋게 문을 탕, 하고 닫으면서 굉장히 기뻐하며 돌아갔다. 응. 랄랄라 출렁출렁이었다. 그리고 나는 아래쪽도 만들어야 하는 모양이다. 아래쪽이라는 건 아래쪽이겠지?

그러나 아래쪽 치수를 잰다면 영혼까지 잿더미로 돌아갈 거다. 이미 새하얗게 불타버렸고? 그리고 이 사건은 아마 조만간 무조건 여자들에게 들킨다. 얼마나 조만간이냐면, 지금 바로 들킬 것 같다! 그야 여자들은 매일 같이 목욕탕 여자 모임을 열고, 임원들도 모두 같은 방이니까. 그리고 갑옷 반장도 원하고 있었으니까 만들었지만, 그 갑옷 반장이야말로 무조건 과시하면서 자랑하는 상습범이란 말이지. ……응. 앞으로 19명이나 있다. ……야근이다. 그리고, 그래도 힘냈다.

그치만 마침내 갑옷 반장에게 위아래 맞춤 섹시 란제리에 가터 스타킹까지 모였으니까——! 응, 애썼거든?

> **관광이라는 이름을 가진 욕망의 버스에는 분명 버스 가이드가 필요하고 중요하니까 지명하자.**

60일째 아침, 하얀 괴짜 여관

아침부터 미행 여자애가 보고하러 왔다. 아무래도 왕국의 왕자님이 이끄는 군이 변경을 향해 집결해서 출발한 모양이다. 그리고 왕녀 여자애가 막으러 가려고 해서 영주관에 큰 소란이 벌어졌다고 한다. 안마의자에 모인 동전을 수거하러 가고 싶었지만, 다가가지 않는 게 좋아 보인다. 뭐, 그 근사하고 무적인 에로 드레스를 입고 있다면 매일이라도 보러 가고 싶지만, 무척이나 유감스럽게도 잡화점에서 평범한 옷을 사서 돌아갔다더라고?

"으——음. 그나저나 굼뜨네?!"

"뭐, 대군이기도 하고 고속 이동 스킬도 없는 저레벨 병사에 맞추려면 느려지겠지."

"그래도 이거 열흘 이상은 걸리지 않아?"

"응. 굉장히 느리네!"

"뭔가 나른해지니까 사흘 전 정도에 말해달라는 느낌?"

"응. 준비하는 동안 까먹을 듯한 속도야…… 까먹기도 했고?"

릴레이 방식으로 움직이고 있다지만, 미행 여자애 일족의 속보는 사흘 이내에는 정보가 당도한다. 늦어도 닷새는 걸리지 않는다. 그런데 도착까지 2주라니, 느긋하게 여행이라도 가는 듯한 여유로운 일정……. 투어에 관광인 그건가? 응. 나도 참가하고 싶다! 버스 가이드는 귀여운가! 아니, 버스가 없으니까 걸어서 2주일이나 걸린다고 하니, 이세계에는 버스 가이드가 존재하지 않을 가능성이 높다. 좋아. 의상마이라도 만들어서 갑옷 반장에게 입혀 밤의 황홀한 관광 세계로 안내해 달라고 하고 버스라는 이름을 가진 욕망이 폭주해서 근사한 야간 여행으로 지금 떠나고 싶다!

"어~이, 하루카──. 왜 왕국군의 군사 행동에 대한 보고를 듣고 있는데 승리의 포즈를 잡으면서 '버스 가이드 의상으로 이런 일이나 저런 일을~!' 이라고 혼잣말을 외치고 있어? 그건 무슨 군사 작전인지 정좌해서 한 시간 정도 설명해 주려는 거야? 그리고 이세계에 버스는 없는데 버스 가이드만 만들지 말아 줄래? 뭐, 뭘 할지는 알겠지만 유죄니까 정좌 추가 결정입니다."

"""왜 남자 모두가 슬픈 표정을 짓고 있어?!"""

"""남자란…… 참."""

옛날부터 적의 적은 아군이라고 하지만, 아군이 적이 되어서 적진 한가운데에서 고립무원 상태로 눈흘김 집중포화를 당해 포위 섬멸전이 전개 중인데, 나의 아군은 어디로 가야 만날 수 있을까? 응. 역시 만남을 추구하며 버스 가이드의 안내를 받을 필요가 있어 보인다! 근데 비둘기 버스를 타고 도시 일주나 하는 거라면 어쩌지? 그건 이미 버스 가이드 말고는 볼거리가 없는데? 뭐, 보긴 하겠지만?

혼났다. 그리고 오늘 반장 일행은 50층 계층주전 이후 59층까지 돌파를 노리는 모양이다. 이제 아무런 문제도 없다. 어제도 60층 계층주까지 꺾었으니까 중층이라면 아무런 문제도 없겠지. 어제도 문제는 벌레즙을 뒤집어쓰는 사건뿐이었으니까 괜찮을 거다……. 응. 뒤집어쓰지 않는 한……. 응, 잘 뒤집어써야 해?

"""소녀한테 뒤집어쓰라는 말을 연호하지 마!"""

우리는 어제 하던 걸 계속하려고 생각 중이지만, 이대로 실전에 들어가는 건 불안감이 남는다. 그건 『수목의 지팡이?』가 겨우 드러낸 모습, 『위그드라실의 지팡이』.

이미 신검 『아마노무라쿠모노츠루기(쿠사나기노츠루기) : 【신검, 마를 끊고 멸한다】, PoW · SpE · DeX · LuK 30% 상승, ?, ?, ?』가 복합된 나무 작대기에 『차원도 : 【마력으로 절단력, 절단 거리가 달라지는 도, 요구 Lv100】, 차원참』이나 『엘더 트렌트의 지팡이 : 마법력 50% 상승, 속성 증가(대), 마력 제어 상승』과 『공간의 지팡이 : 【공간 마법을 쓸 수 있는 사람에게는 효과 대】』의 네 가지가 복합되어 있다. 뭐, 이 시점에서 쓸 수만 있다면 치트급 이상의 병기다.

그 『수목의 지팡이?』에 휘감긴 덩굴 『겨우살이의 덩굴 : 【나무 작대기, 지팡이의 강화】 : 마기 흡수, ?, ?, ?』의 정체는 미스틸테인, 북유럽 신화의 미스틸테인의 창이었다. 그렇다. 계속 속이고 숨기고 있었던 거다!

여기에 『연리의 수목』을 첨부하자 효과에 『칠지도』가 나타났다……. 이미 괴물 병기를 넘어섰다. 아무리 생각해도 잘못된 방향의 「내가 생각한 최강의 무기」 노선이 혼선에 탈선한 채로 엉뚱한 역위상까지 폭주해 버린 느낌이거든? 그렇다. 당면한 문제는 컨트롤과 코스트. 어제는 한 방에 졸도할 뻔했으니까 제어하지 못하면 전투 중에 마물 앞에서 쓰러진다. 적이 코볼트나 날라리라면 머리를 깨물릴 거다!

그리고 최대의 불안점은 『마전』. 이걸로 지금까지 레벨이 낮나는 걸 얼버무려 왔는데, 기본적으로 이 기술은 마력도 마법도 스킬도…… 그리고 장비 능력까지 억지로 전부 둘러서 신체 능력을 강화하는 기술이다. 제어할 수 없는 괴물로 변한 '나의 잘못된 최광(最狂)의 병기' 의 능력을 두르고 몸을 움직이는 거 위험하지 않나? 실제로 지금까지도 움직이기만 해도 자멸 대미지를 입고, 억지로 『허실』 같은 걸 쓰다가 팔이 떨어질 뻔했었다. 그러니까 먼저 훈련, 그 훈련 전에 실험을 해야 한다.

응. 이것 말고는 쓸 수 있는 무기가 없는데, 왜 '내가 생각한 최강의 무기' 가 된 거야?

"그보다 누가 생각했어?! 이 잘못된 최강의 대미지는 전부 나한테 오는 거니까 진짜 그만두라고!!"

대답이 없다…… 그냥 지팡이인 모양이다. 뭐, 대답이 돌아오면 놀라겠지만, 무기가 이름을 감추고 숨어있었다니 영문을 모르겠으니까 믿을 수가 없단 말이지?

"나 참. 블러프에 깜빡 속아서 정체를 드러낸 무기는 세상에 이 녀석밖에 없지 않을까? 응. 깜빡하기 전에 깜짝 놀라겠어?!"

응. 왠지 그렇게 생각하니 친근감이 들고, 뭔가 친하게 지낼 수 있을 것 같은 기분이 드네?! 그렇게 도시를 나와서 아무것도 없는 곳으로 향했다. 이건 아마 폭주하면 위험한 물건이다.

"여기까지 오면 되려나?"

(뽀용뽀용)

(끄덕끄덕)

주변에 아무것도 없는 평원에서 갑옷 반장과 슬라임 씨도 떨어지게 하고 실험 개시.

"그보다 이거 스스로 인체 실험? 아뿔싸. 오타쿠들한테 빌려줄걸 그랬나? 뭐, 반장네가 말려들면 곤란하고, 어째서인지 나밖에 쓸 수 없단 말이지……. 스킬로는 발동하지 않는 매뉴얼 조작이라서 다루기 힘들기 짝이 없는 지팡이라니까?"

심호흡하고, 왼손에 『위그드라실의 지팡이』를 들었다…… 문제없다. 그리고 이제 진짜다. 『마력 제어』로 컨트롤하면서 조금씩 미량의 마법을 주입했다…… 문제없네? 그러나 아직 마력을 극미량밖에 공급하지 않은 『위그드라실의 지팡이』가 뭔가 살짝 고동쳤는데?

"이상은 없어……. 휘둘러도 후려쳐도 위화감도 이상한 점도 눈에 띄지 않는데 기분 탓인가?"

서서히 주입하는 마력량을 늘려봤지만 딱히 이상은 없다. 이거라면 컨트롤만 가능하다면 마력 고갈은 일어나지 않을 것 같다. 그렇다면 최대의 걱정거리인 『마전』. 차분히 천천히 은근슬쩍 몰래몰래 둘렀다. 아아………… 이건 위험하네. 아마 지금 섣불리 움직이면 컨트롤하지 못하고 몸이 무너진다.

"후우———……."

숨을 내쉬고, 천천히 당황하지 않고 『마전』을 풀었다. 이미 땀으로 범벅이다. 이건 꽤 위험하다. 아마 『위그드라실의 지팡이』를 들고 『마전』을 걸고 『허실』을 쓴다면 잘해봐야 팔이 떨어지고, 대미지를 분산하지 못하면 즉사할 거다.

현재 『위그드라실의 지팡이』에서는 딱히 아무짓도 느껴지지 않는다. 겉보기도 그냥 나무 작대기다. 그러나 그 고동치는 느낌은, 성장하고 있는 걸지도? 이미 제어가 불가능한 레벨인데 이 이상 성장한다면 버틸 수가 없다.

"응. 일단 무리하지 말고 『마전』으로 움직이면서, 싸울 수 있게 시운전을 해야겠네."

"안 돼요!"

"아니…… 앗, 뼈 부러졌다! 아…… 크아악!!"

(부들부들?!)

응. 아무래도 갑옷 반장은 버스 가이드 전에 간호사가 될 필요가 있어 보인다. 그렇다. 필요하니까 만드는 거다! 뭐, 분명 전부 만들겠지. 그야 만들 생각 넘치니까—— 본인의 말이고?

그나저나 몸의 대미지도 크지만 스킬 효과의 상승 작용인지 『재생』도 빠르다. 그러나 또 바로 부서진다. 억누른 만큼 근육이 파열한 모양이다. 참고로 뼈도 조금 부서진 걸지도? 결국 점심까지 시간을 들여서 겨우 자멸하면서도 라디오 체조 정도는 할 수 있게끔 제어하게 되었다. 그렇다. 라디오 체조가 가능하면 분명 전투도 괜찮다. 『지고』의 완전 제어로도 여전히 자괴 현상이 일어나지만, 어떻게든 익숙해질 때까지는 『재생』하면서 얼버무릴 수밖에 없겠지.

그리고 효과를 억누르고 있는데도 파괴력은 몇 단계나 올랐다. 하지만 최대의 효과는 『마력 흡수』, 코볼트를 마구마구 두들겨 패자 MP가 회복되었다. 고블린도 닥치는 대로 두들겨 패자 어제 비어버린 마력 배터리가 눈에 띄게 늘어났다. 그리고 『재생』도 빠르지만 『지고』도 능력치가 올라간 건지 제어력이 부쩍 안정되었다. 역시 모든 스킬 효과에 상승 작용이 있는 건가…….. 응. 『외톨이』와 『백수』와 『골방지기』의 효과가 걱정된다!

그러나 가볍게 숲속에서 고블린들을 상대로 시험해 봤는데, 최근 레벨이 많이 내려간 고블린들로는 전혀 연습이 되지 않았다. 이미 이 주변에는 레벨 5 이하의 고블린밖에 없다. 그러니까 일격에 날아간다, 머리나 팔이 날아가서 소멸한다. 섣불리 베면 숲까지 베이고, 제어할 수 없으면 아군까지 말려들 수 있다. 갑옷 반장과 슬라임 씨라면 몰라도, 이래서는 당분간 반장 일행과는 함께할 수 없다. 갑옷 반장의 『백은의 갑옷』에는 『완전 무효』라는 치트 스킬이 있고, 슬라임 씨는 어제 「그레이터 가디언 Lv90」의 『완전 무효』를 먹었다. 피닉스의 『부활』도 먹었을 테니 안심해도 되겠지. 애초에 갑옷 반장은 맞추려고 해도 맞지 않으니까 맞을 걱정은 없고, 얻어맞을 걱정은 없어지지 않는다. 응. 없어지지 않는다고?

"일단 여관으로 돌아갈까?"

(끄덕끄덕)

(뽀용뽀용)

몸이 못 버틴다면 내구력을 올릴 수밖에 없다. 분명 지금부터 근력 트레이닝을 해 봤자 늦었으니까, ViT 상승 아이템을 만드는 게 좋을지 던전에서 찾는 게 좋을지 고민된다. 일단은 도시에서 잡화점이나 무기점을 들여다보며 ViT 계열 아이템을 찾아보자.

"그나저나 원래 『마전』은 신체 강화용 스킬일 텐데 너무 강화되어서 몸이 망가진다니, 어째서 나의 스킬은 다들 영문을 모르는 것밖에 없지?"

(뽀용뽀용)

결국 발견한 건 『터프 부츠 : ViT 10% 상승』뿐이었지만, 싸기도 했으니까 위안 정도로 넣어놨다. 그래도 아마 동급생 중 아무도 필요하지 않아서 팔아치운 걸 내가 다시 사서 손해 본 기분이다. 철 투구도 있었지만, 얼굴만 투구를 뒤집어쓰고 천 옷을 입은 검은 망토라니 영문을 모르겠고, 아무튼 금속 장비는 레벨 30이 되지 않으면 스킬 효과를 얻을 수 없다. 이런 때의 선택지가 적은 것도 곤란하니까 미스릴화할까 고민하던 미묘한 장비 『검은 모자 : 【은밀 상승】, 방어+30, 기척 차단』을 미스릴화해서 ViT 부여를 노렸다.

"역시 미묘한 장비는 간단하지만, 미스릴도 줄지 않는 만큼 상승폭도 없다니까. 그래도 부여는 할 수 있을 것 같고 소비도 적으니까 간단할지도? 이렇게 말하는 사이 완성. 이제는 부여하는 마석인데. ……F급 마석의 상위면 충분한가?"

마석에 +ViT 효과를 부여한 뒤 부숴서 가루로 만들고 그걸 연성으로 융합해서 『검은 모자』에 부여했다. 두 번 수고하는 거지만 물리적인 부여는 그만큼 효과가 높고, 효과를 고려하면 아까워할 수고는 아니다. 응. 생브래지어에도 했으니까?

"좋아. 『검은 모자 : ViT 20% 상승, 기척 차단, 은밀 행동, +DEF』. 이걸로 최소 수준이 올라가는 효과가 붙으면 이득인 거지. 이건 싸기도 하니까?"

즉, 멀티 컬러인 일반 옷에도 마석을 쓰면 추가로 효과를 부여할 수 있다는 뜻이다. 뭐, 『터프 부츠』는 잠깐 쓸 소모품이니까 미스릴이 아까우니 『가죽 부츠?』에 그대로 복합했다. 응, 좋은 물건이 나오면 바꾸면 되니까 임시다. 이제는 실전만이 있을 뿐. 실전에서 실험하며 실제 체험해야 한다. ……아, 내가 실험체네?!

그나저나 갑자기 90층으로 가는 건 좀 그렇지. 우선은 적당한 던전에 가야 하나. 아니면 어제의 생브래지어 소동으로 정체되었던 장비의 미스릴화를 진행해야 할까.

느리지만 전쟁은 다가오고 있다. 엄청 느릿느릿하지만, 우선순위는 확실하게 정해둬야만 한다. 응. 어마어마하게 둔하지만, 고육지책으로 간호사냐 버스 가이드냐 고민하는 건 밤에 해도 되겠지. 응. 동급생의 장비냐 나의 전투력이냐……. 뭐, 모두 필요하지만 급한 건 어느 쪽일까? 응. 역시 간호사인가?

60일째 낮, 하얀 괴짜 여관

얻어맞는 중이지만 후회는 없다. 손에는 그냥 나뭇가지를 들고, 허리에는 『위그드라실의 지팡이』를 차고 『마전』을 걸어서 얻어맞기만 하는 간단한 얻어맞기 중이지만 의미는 있다! 나는 제대로 움직이지 못하는 압도적으로 불리한 상황. 그러나 공격할 필요는 없다. 그저 응시하고 간파하고, 피하고 떨쳐내기만 하면 된다. 그저 보기만 하는 것에 의의가 있다.

그렇다. 나뭇가지를 들고 미니스커트 간호사 차림인 갑옷 반장이 공격하는 걸 떨쳐내면서 피한다. 그 가터벨트를 단 망사 타이츠의 절대 영역이라는 틈새에서 드러난 허벅지가 눈부시다!

"본다, 관찰한다. 진단한다. 간파한다. 힘들고 괴로운 고난의 구타 수행도 넘어설 수 있어! 왜냐하면, 다음은 미니스커트 버스가이드도 있으니까——!!"

(뽀용뽀용)

(퍼억퍼억!)

그런고로 근사한 여관 뒤뜰에서 훈련 중이다. 역시 이게 최고의 우선 순위겠지. 익숙해지면서 얻어맞고, 움직이지 못하게 되어 구타 훈련이 끝나면 동급생용 장비를 제작하면 된다. 응. 낭비가 없는 순위 분배라고 할 수 있겠지. 큭, 보일 듯하면서도 안 보여!

세계가 푸르고 무겁다……. 자신의 속도가 『위그드라실의 지팡이』의 스킬 상승 효과로 몇 단계나 올라가서 컨트롤 불능 상태로 폭주하고 있다. 이건 SpE만의 이야기가 아니라, 반응 속도나 사고 속도까지 고속화되어서 세계가 감속해서 시간이 길게 늘어나는 슬로모션. 어긋나는 시간 속에서 몸을 제어하고 동작해서, 최적의 운동을 사고하여 자아낸다.

"크으으……으윽!"

온몸이 자괴하면서 재생하고, 강화되어서는 강화된 힘으로 망가지는 걸 반복한다. 그것에 익숙해진다. 감속 세계에 머무는 미니스커트 간호사 반장의 모든 걸 본다. 그 움직임, 자세, 호흡, 간격, 기척, 마력, 그리고 절대 영역!

(빠직!)

"크아아아악!"

그 허벅지는 함정이었던 모양이다. 보일 것 같으면서도 안 보이는 걸 보려고 했더니 안 보이는 함정이었다! 관찰하면서 보지 않으면 포착할 수 없다. 그러나 진단하지 않으면 간파할 수 없다. 전체를 관찰하면서 세부를 진단한다. 그렇다. 저 허벅지에 홀려서는 안 되는데, 저건 매료당한다. 영혼조차 끌어들이는 함정이다! 내가 입혔지만 참 에로하다니까!!

"조금은 서비스(힘 조절)라거나, 서비스(색기) 같은 게 있어도 되지 않을까?!"

(도리도리!)

어떻게 되기는 하는 걸까. 공격력이나 파괴력은 속도에 따라 몇 단계는 올라갔다. 그리고 기술과 내구력이 너덜너덜해졌다. 모든 걸 깎아내는 『허실』의 정반대 상태, 너무 지나쳐서 폭주하며 흐트러지고 있다. 단번에 향상된 능력에 휘둘려서 동작이 기술과 조화되지 못하고 있다. 애초에 내 스테이터스가 막대한 강화 보정을 버티지 못한다.

뭐, 매번 그렇지만 조정이 따라잡지 못하고 있다. 그리고 따라잡지 못하니까 자괴한다. 하지만 따라잡지 못하면 동급생들에게 버림받잖아? 응. 걸림돌이 될 정도라면 리스크(마전)를 두르자.

그 후에도 미니스커트 섹시 버스 가이드에게 저녁까지 얻어맞았지만 후회는 없다. 그 근사하고 웅장한 경관의 절경은 이 눈에 새겨넣었다! 물론 『나신안』으로 보존했다!! 그 엉덩이부터 허벅지로 이어지는 곡선이야말로 진리, 그리고 거기서 들여다보이는 순백의 피부 영역과 거기서 쭉 뻗은 망사 타이츠에 감싸인 다리야말로 신비였던 거다! 그렇다. 그리고 오늘 밤은 진리를 탐구하며 신비의 안쪽을 해명하는 거다!! 응. 마구 얻어맞은 복수를 위해 정말 힘내자.

"아아, 피곤하달까, 피곤에 절었달까, 너덜너덜하달까?"

(부들부들)

이제 저녁이 되었으니까, 이후에는 내일 실전에서 시험해 보자. 그야 대체로 언제나 실전 쪽이 안전하다. 이제는 중층이라면 갈 수 있을 것 같고 하층에서도 어떻게든 되겠지. 그러나 90계층을 다시 가는 건 아직 무리 같다. 굳이 위험을 무릅쓸 의미는 없고, 그렇게나 단번에 솟아냈으니까 던전도 곧장 범람할 일은 없겠지.

"응. 어딘가 적당한 던전을 찾아볼까? 응. 이제 다들 돌아온 모양이니까 저녁밥으로 오늘의 수익을 거둬들이자!"

(뿌용뿌용!)

그리고 식당으로 들어가자—— 그곳에는 대량의 플래카드가 난립하고 있었다?

『브래지어 차별 반대! 치사하고 질투 난다!』

『레이스 브래지어는 모두의 것이다!』

『상하 세트로 단호히 추가 주문!』

『나는 슈미즈파!』

……들켰네? 응. 차이나 데모부대다. 어째서 차이나 드레스냐면, 내가 팔았으니까?!

"""차별이야! 편애야! 질투 나아아!!"""

"어~? 나, 말 안 했는데~?"

금방 들키리라는 건 알고 있었다. 그러나 들킨 게 너무나도 빠르다! 『나신안』으로 찾아보니…… 있다. 미행 여자애가 과자를 먹고 있다! 그렇다. 눈치챈 정보를 과자를 받고 팔아치운 거구나?! 큭, 얕볼 수 없는 조사력이다……!

"그보다 왕도를 조사하라고! 응, 왜 전쟁을 조사하지 않고 브래지어 제작 비밀을 조사하는 거야?! 그보다 그 과자 내가 만든 거잖아? 응. 입막음비 낼 테니까 먼저 나한테 물어보자?"

"훗, 정보 소스는 팔 수 없어요!"

"멋있게 말해 봤자, 나를 팔아치운 대가인 크랜베리 소스가 입에 묻었다고!!"

""“치사해, 치사해. 나한테도 브래지어!”""

""“물론, 상하 세트로!”""

""“와글와글!!”""

38개의 눈흘김이다——. 즉, 앞으로 19개를 더 만들라고? 즉, 19명의 치수를 재라고?

"어라? 브래지어로 잡아주지 않아도 아무 문제가 없는 여자애 몇 명하고, 스포츠 브래지어로 충분한 여자애 몇 몇까지 시위대에……. 아뇨, 아무것도 아닙니다. 아무 생각도 안 했고 아무것도 안 봤다고? 아니, 진짜 필요한가 해서……. 아니거든? 차별 아니 닌데? 그보다 성희롱은 치수 재는 쪽이 성희롱이고 역성희롱으로 천하제일 결정전이고…… 진짜로!! 상하 세트로 10만 에레?! 슈미즈는 별도 요금이야? 아니, 나보고 슈미즈까지 만들라는 거야?! 아니, 그건 알겠지만 대체 네글리제가 필요한 요소가 어디에……. 아아, 갑옷 반장이 과시했구나. 아니, 네글리제 입고 여자 모임에 갔었냐고! 그 여자 모임은 무슨 목적인 건데? 어? 또 여자의 비밀?" (협상 중입니다)

순서를 정해서 오더 메이드를 받기로 했다. 순서대로 제작해야 하는 모양이다. 응. 차이나 드레스에 둘러싸여서 강행 결정되고 말았다?!

"아무리 그래도 19명의 치수를 재는 건 여러모로 힘들다고나 할까, 에로에로 힘들다고. 그야말로 어제도 여러모로 에로에로한 색기가 에로했거든?"

""“응. 그러니까 만들어줘!”""

그건 정말 마수가 뽀용뽀용 치수를 재고 부들부들 조정해서 『지고』가 뿌용뿌용 무게를 재고 출렁거리는 걸 계산해서 만들었다! 그걸 19번이나 하라고?! (강행 체결 중입니다!)

그런데 또 새롭게 무시무시한 집단이 나타났다. 그 이름은 『힙업 팬티 연합! 끌어올려 줘!』다! 그리고 압도적인 지지를 얻은 20명의 일대 조직이 만들어졌다!! 아니, 그거 모두잖아? 응…… 아래도 재야 하는 모양이다. 게다가 감싸고 끌어올려 줘야 한다네?

뭐, 지금 생각해 봤자 배만 고파질 뿐이다. 저녁밥은 소고기덮밥이다. 하지만 그건 과연 소일까? 뭐, 맛은 소였다. 그러나 정육점에 매달린 그 동물은…… 뭐, 규동(소고기덮밥)이라고?

"국물도 넉넉하고 고기도 넉넉한 곱빼기!"

"특곱빼기로 가득 담아서?"

"""양동이 곱빼기로!"""

"양파도 더 넣어줘."

"몇 번씩 더 먹을 거야!"

"아무튼 시급하게 곱빼기!"

"""한 그릇 더~!"""

"밥 더 줘~!"

(뽀용뽀용 ♪)

"달걀, 달걀도 추가."

"육즙을 가득 뿌려서 국물 넉넉하게 해줘~!"

"더 많이 담아, 담아버려!"

"""양동이 곱빼기, 한 그릇 더!"""

"이쪽도 추가 부탁해~."

"고기! 고기야, 고기!!"

"아~앙, 내 거야~. 그 소고기덮밥은 내 거야~."

．．．．．．．．．．．．．

벌었다. 벌긴 했지만 아수라장이었다. 그렇다. 행렬이 고리가 되어서 「소고기덮밥→이동→착석 즉시 이동(터치다운)→소고기덮밥」의 무한순환수한무수한무 같은 영구 루프의 추가 주문이었다.

"그보다 터치다운이라는 건 앉은 순간 다 먹고 일어나는 거잖아! 너무 빠르지 않아? 그거 대체 무슨 스킬?!"

"""한 그릇 더──♪"""

"맛있어!"

(뽀용뽀용♪)

이미 대형 냄비 네 개가 비었고, 남은 건 두 개! 그래도 이제는 달걀이 다 동나서 속도가 줄었지만, 바보들이 또 양동이를 들고 기다리고 있다! 응, 이제 젓가락을 쓰지 않더라도 놀라지 않을 만큼 양동이가 어울린다. 마이 양동이인 것 같고?

그리고 겨우 줄이 끊어진 뒤에는 아슬아슬하게 마지막 대형 냄비 바닥에 내 몫이 남아있었다. 아슬아슬하게 충분했던 모양이다. 하지만 슬라임 씨가 가만히 바라보고 있는데, 이건 내가 먹어야 하거든?

"응. 적어도 한 그릇으로 참지? 나도 한 그릇 더 먹고 싶거든?"

(부들부들!)

아니, 그건 맛보는 거였고 노 카운트고 비밀이거든? 그리고 식당에는 배가 볼록 튀어나온 여자애들이 뒹굴거리고 있고, 슬라임씨도 같이 뒹굴고 있다. 즐거워 보이네?

그나저나…… 속옷을 만들기 전에 저렇게 배가 볼록 튀어나올 때까지 먹어도 괜찮은 건가? 물어보니 부트캠프가 시작되는 모양이다. 그 훈련은 그렇게나 즉효성이 있는 건가?! 원 모어 세트?

"""워, 원 모어 세트!"""

"맞아, 속옷 치수 재야 했지!!"

"응, 맛있어서 까먹고 있었어!"

(부들부들?)

해산하고 목욕탕으로 향했다. 나는 부트캠프를 하지 않아도 매일이 부트캠프라고나 할까, 구타 캠프가 매일 대성황으로 개최 중이라 얻어맞고 있다. 응, 왠지 이세계에 오고 나서 몸이 탄탄해진 느낌이 들 정도란 말이지? 말하면 노려볼 테니까 말하지는 않겠지만……. 벌써 노려보고 있고? 40개의 번뜩이는 눈이 무섭다니까?

목욕탕에 느긋하게 잠겨서 기척 탐지를 써보니, 부트캠프는 뜨거웠다. 전원이 레벨 100을 넘어서 기초 능력부터 강화된 데다 스킬도 늘거나 상위화되어서 몰라볼 만큼 숙련되었다. 그리고 반장이 『호뢰쇄편』으로 무너뜨리려 들고, 오타쿠 가디언의 『할버드』로 철저하게 보호하는 집중 훈련 중인 모양이다.

"푸하아~~ 원 모어 세트가 격하네?"

(뽀용뽀용?)

　오타쿠들은 스킬 콤보로 공격의 형태를 만들고, 갑옷 반장은 그 틈새를 노릴 수 있기에 호구를 잡히기 쉽다. 그래서 오타쿠들에게는 방어만을 맡기고, 반장은 철저하게 채찍을 이용한 변환자재의 견제로 무너뜨리는 역할에 전념하고 있다. 도약하는 공격을 하는 척하고 변화해서 지면을 기고, 땅을 휩쓸면서 갑옷 반장의 발판을 빼앗는다. 이동 가능한 범위를 줄여서 움직임을 방해하려고 하고 있다……. 그러나 전혀 아랑곳하지 않고 춤추는 듯한 발놀림으로 마치 무도회처럼 내디디는 화려한 발놀림 탓에 반대로 현혹당하고, 유도당해 함정에 걸린다.

　응. 그래서 눈이 가위표. 전멸한 모양이고, 슬라임 교관이 기다리고 있으니까 목욕 전에 1 가위표는 받아두자. 급격하게 치솟은 강함에 홀리지 않도록.

　뭐, 갑옷 반장은 기분 좋아 보이니까 합격점인 모양이다. 나도 흠씬 두들겨 맞는 것보다는 눈이 가위표인 쪽이 좋은데? 좋아. 눈을 가위표로 만드는 연습을 해두자. ……어라? 꽤 어렵네?

> **적을 꺾는 건 2류고,**
> **적을 만들지 않는 게 1류라고 말하니까 혼났다.**

60일째 밤, 하얀 괴짜 여관에서 여자 모임

　실패였다. 실책이었다. 실수였다. 그래서 그 소고기덮밥 페스티벌에 절찬 참가했고, 너무나도 맛있었는지라 식욕도 왕성해져서 마구마구 폭음폭식했고, 다들 행복하게 만복 상태로 배가 볼록 튀어나온 채 데굴데굴 굴러다녔는데…… 지금부터 치수를 재야 했다!

"미용 다이어트(원 모어 세트)!"

""""군살 연소!!(원 모어 세트)!!""""

""""여자에겐 중요(원 모어 세트)!!""""

그렇다. 튀어나온 걸 연소한다. 그 막대한 잉여 칼로리를 열변환해서, 작열 지옥으로 지방을 태워 잿더미로 돌려보낸다! 그렇다. 부트캠프 입대다! 안젤리카 씨에게 잠깐 부탁해 보자.

그리고…… 조금 자신감도 있었지만 단번에 무산되었다. 강해졌다. 실감도 있었다. 그래서 하루카와 안젤리카 씨가 모의전을 하듯이 나뭇가지로 덤볐다. 그런 오만하고 거만하고 지나친 자의식은, 찰나의 순간 베여서 흩어지고 말았다. 전혀 접근할 수가 없다. 닿는다는 건 생각도 하지 않았지만, 그 차이가 전혀 줄어들지 않고 있다. 여전히 차이가 너무 커서 모르겠다. 그저 다르다는 것만 알 수 있다. 그래서 오만을 버리고 진심으로 완전 무장하고 덤볐다. 원 모어 세트!

이제 조금의 오만도 자만도 없이, 그저 머나먼 고지를 향해 도전해서 자신이 얼마나 작은 존재인지 알아보려 했다. 빈약하고 왜소한 자신의 모든 것을 드러내서, 모두가 정점에 전력으로 도전하며 닿지 않는 거리를 깨달았다. 후려치고, 돌진하고, 베고 들어갔다가 날아갔다. 참격이 백광의 꽃잎처럼 흩어지고, 땅에 엎어져 올려다봤다. ──그 닿지 않는 정점을. 미궁황의 심오한 기량을. 그 높은 곳에서 만족스럽게 웃고 있는 그 절세의 미모를. 그리고── 목욕하고 나온 슬라임 교관의 포학한 폭풍우 같은 폭력적인 지도를 받으며 불타버렸다. 그래도 정신은 불타버렸지만, 적(지방)은 여전히 불타지 않고 애쓰고 있을지도 모른다. 그래도 한계, 이제 다들 눈이 ×(가위표)가 되었다.

"좋아. 목욕하고 여전히 저항을 이어가며 배에서 농성하는 적(지방)을 끄집어내자!"

"""오오~ 뜨거운 목욕으로 약해진 적(지방)에게 마무리를 가해서 섬멸하자──!"""

결국 레벨 100은 입구였다. 그걸 겨우 알았다. 앞으로 강해질 수 있다는 실감만큼은 손에 넣었다. 겨우 싸울 수 있는 스테이터스를 얻게 되었다. 응. 지금부터가 진짜 훈련인 거다. 그래서 안젤리카 씨는 기쁜 듯 웃었다. 그래도 슬라임 씨는 폭군이었다. 응, 뭔가 또 강해지지 않았어?

"풍당~?"

"아니, 목욕탕 같긴 하지만 입으로 말하니까 뭔가 좀 아닌데?"

"몸은 빨리 움직이고, 강해졌는데도 전혀 무리였지?"

"응. 이해할 수 없을 만큼 빠르다는 걸 이제야 잘 알게 되었지?"

(부들부들)

깨끗하게 씻은 몸으로 욕조에 잠겨서 배의 지방을 뜨거운 물로 공격하는 기분 좋은 토벌전. 그리고 거품 바디워시는 굉장하다. 아침에 일어날 때는 이미 피부가 매끈매끈하고, 촉촉하고 윤기도 있다. 왠지 자기 피부를 만지는 게 즐거워질 만큼 피부 미용 발군의 제품. 이걸 손에 넣을 수 있다면 여자라면 누구나 이세계로 전이하지 않을까 싶을 만큼 지고의 기호품. 여자에게 아름다운 피부는 최고이자 최강의 장비품이라는 걸 실감했다. 그런 경이로운 세정력 덕분에 단단히 엉겨 붙은 벌레즙까지 순식간에 씻어냈고, 냄새조차도 조금도 남기지 않고 깨끗하게 해줬다. 그리고 매끈매끈한 피부 감촉 대회가 열려서, 목욕탕 안이 조금 백합 같네? 그래도 매끈매끈하고 기분 좋아서 멈출 수가 없다!

"각오를 다지기 전에 입은 모습을 보고 싶네."

"응. 그렇게 굉장해?"

"그 이상이 존재한다는 걸 생각할 수 없는 일품이거든~? 응, 이걸 입으면 다른 건 이제 무리일 만큼 행복한 착용감이야~ ♥"

"""진짜?!"""

목욕탕에서 나온 뒤에 예정된, 부반장 B가 돈을 아무리 줘도 아깝지 않은 최상품이라고 단언한 란제리 공개. 안젤리카 씨도 고개를 끄덕이고 있으니까, 이세계 최강 미궁황의 보증도 붙은 착용감인 모양이다. 근데 하루카는 어째서 그렇게 브래지어 만드는 게 능숙한 걸까?

"브래지어를 향한 기대감과, 치수를 재는 불안감에 흔들리는 여자의 마음!"

"응. 문제는 순서."

"그러게. 빨리 갖고 싶지만, 치수를 제일 먼저 재야 하니까 조정이나 보정하는 게 부끄럽지?"

"응. 결국은 받게 되겠지만⋯⋯. 제일 먼저 갈 용기가 없어!"

""'그래도 갖고 싶어!!'""

다들 두근두근하고 있다. 적어도 하루카는 현대의 브래지어 형상이나 컵의 지식은 있을 거고, 이미 브래지어 소믈리에인 부반장 B에게 최상급 평가를 받았으니까 기대해 볼 수도 있을 것 같고? 응. 근데 이런 걸 남고생에게 기대해도 되는 걸까?

그리고 목욕탕에서 나와 새 속옷을 입은 두 사람을 봤는데⋯⋯. 절경이었다. 호화찬란하고 매혹적인 아름다움에 다들 숨을 삼켰고, 그 예술 같은 아름다움에 말없이 넋을 잃고 빨려들었다. 그 요염하고 농염한 육감을 장식하는 아리따운 보디 라인의 곡선미를 감싸는 예쁜 란제리, 미려하고 화려하게 감싸는 꽃다운 자태와 피부의 촉촉함이 두드러지는 색상의 디자인과 형상.

"잘 만들었다고 해서 어떤 레벨인가 했는데⋯⋯."

"응. 이거 시판품 같은 것의 레벨을 가볍게 뛰어넘었잖아?!"

"그래도 입은 느낌이 없어~. 몸이 가벼워진 것 같아~ ♪"

풍만하고 에로틱한 아름다움과 섹시한 장식이 스타일을 보정해 주면서 아름다움을 도드라지게 만들어 주고 있어서 기품 있고 요염하고, 관능적이기까지⋯⋯ 색기가 풀풀 나네!

"우와──. 에로해. 에로스야. 그보다 치녀?"

"그래도 굉장히 귀여워요!"

여자가 보고도 욕구가 솟구치며, 열정을 품게 될 만큼 위태로운 아름다움. 그런데도 청초함과 음탕함이 뒤섞이면서 서로를 강조하는 요염함이 있다. 그리고 장식의 고저스한 느낌과 아슬아슬한

디자인이 여성적인 스타일이 예술로 승화되어서, 마치 절세 미술품 같은 아름다운 여성이 그곳에 서 있었다.

"""뭔가 위험해!"""

"응. 백합이 되어버릴지도? 뭔가 눈이 끌려가서 떨어질 수가 없는데?!"

"언니?"

"""평안하신가요?!"""

속옷에는 정말로 곤란했다. 그래서 현대 레벨까지는 무리더라도 제대로 컵이 맞고, 파고들거나 쓸리지 않는 레벨을 원했을 뿐이었는데……. 부탁해 보니 궁극적인 예술 작품 레벨로 만들어버렸네? 게다가 모델이 안젤리카 씨와 부반장 B라는 매혹의 쭉쭉빵빵 보디 콤비니까, 예술적인 프로포션을 화려하게 채색하는 장식이 아름답고 가련…… 그런데도 색기가 풀풀?!

"누구부터 만들어 달라고 할 거야~? 치수 재는 거 꽤 시간 걸리고, 피팅하고 조정도 있는데~?"

"""…………"""

만들어 달라고 하고 싶지만 부끄럽다. 하지만 부끄러워하면서 싫어하는 하루카에게 억지로 주문하고 싶을 만큼 갖고 싶고, 절대적인 필수품이라 필요하기는 하지만……. 그렇다고 부끄럽지 않은 건 아니란 말이지? 응. 솔직히 굉장히 부끄러워!

그래서 아무도 제일 처음으로 나서려고 하지 않았다. 제일 먼저 갖고 싶지만, 처음에 치수를 재고 피팅하고 조정하는 건 부끄럽다. 그야, 그건 이미 완전히 감싸고 주무르고 모으고 그것도 그것도……. (푸슉──!)

【오버히트 중입니다. 냉각 중, 잠시 기다려 주세요.】

그래서 가위바위보 대회.

"──그래서 그래서~ 꽉 놀려서~ '으응~♥' 하게 되니까~. 그래도 꽤 보들보들~♥ 같은 느낌으로 몰캉몰캉 당하더라~? 그래서 그래서~……."

그렇다. 누군가의 해설 때문에 더더욱 처음으로 가고 싶지 않은 분위기. 그 '으응~♥'는 대체 뭐야! 뭘 한 거야?!

"어, 착용한 뒤의 브래지어를 넘겨줘야 장식을 달아줘?!"

"착용한 걸…… 주는 거야?!"

"""…………."""

그나저나 하루카는 그렇게나 부끄러워하며 싫어하던 것치고는 굉장한 걸 만들었네? 그도 그럴 것이, 부반장 B는 원래 세계에서도 속옷 문제 때문에 각종 메이커를 모조리 시험해 보고, 오더 메이드로 보정까지 시험했던 브래지어 전문가였다. 그런데도 마음에 드는 브래지어가 없다며 평소에도 한탄하던 부반장 B가 덮어놓고 절찬하다니 대체 어떤 레벨의 브래지어 장인이야?! 응. 브래지어 장인을 노리는 거야? 그래도 최고의 일품을 만들어 준다. 게다가 오더 메이드로……. 그러니까 측정하는 거지만……. 응. 몰캉몰캉 당하나 보네?

그리고 안젤리카 씨의 정보에 따르면, 새로운 제조법을 도입해서 어깨끈(트랩)에 걸리는 중량을 분산하면서 벨트도 빡빡하지 않은 구조로 어프로치했다고 한다. 시제품도 전혀 위화감이 없이 바스트가 가벼워진 착각을 느낄 정도의 완성도고, 격한 전투에서도 틀어지는 일도 쏠리는 일도 없는 궁극의 착용감이라고 한다.

"단, 치수 재는 것하고 조정이 굉장한 거고?!"

"어?! 주무르고, 들어 올리고, 사이에 끼우고 흔든다고!"

"어라? 거기에 끼울 필요가 있어?! 뭘 끼우는 거야!!"

응. 땀띠 대책이라니…… 하루카는 어디로 향하는 걸까? 아마 이미 삼천세계에서 최고봉인 지고한 브래지어 장인이 됐네? 분명 모험하지 않아도 이것만으로 먹고살 수 있을 거다. 브래지어는 수요가 끊이지 않으니까. 응. 그런고로 가위바위보 대회다.

**부드러움도 단단함도 탄력까지도
다른 모두가 온리 원이었지만, 뭐어 두 개가 필요해?**

60일째 밤, 하얀 괴짜 여관

얼굴이 새빨갛다. 아니, 그렇게 쑥스러워하면 이쪽도 쑥스러우니까 곤란한데……. 그리고 갑옷 반장도 '이제 둘이서 오붓하게' 같은 표정으로 나가려고 하지 마시죠? 응. 계속 있어야 하거든? 그거 진짜로 안 되는 패턴이거든?

"그보다 갑옷 반장이 눈가리개 담당인데 없어지면 어쩌려고?!"

그리고 얼굴을 새빨갛게 물들인 얇은 옷의 반장이 흘겨보고 있다. 가위바위보에서 졌다는 모양이더라?

"힘내~ 자 벗어~ 노출이야~ ♪"

"싫어어어! 노출이라고 하지 마, 벗긴 하겠지만 잠깐 기다려!"

그리고 한심하게 구는 사이 어째서인지 부반장 B가 함께하고 있지만 내 편은 아닌 모양이다. 응. 커다란 콤비로 온 건가? 그렇다면 마지막이 부반장 A와 C 콤비인가……. 그보다 브래지어 필요한가? 뭐 부반장 A는 스포츠 브라로 충분하지 않냐는 의혹이 있지만, 필요할지도 모른다. '필요 없지?' 라고 말하면 그곳은 전장이 되겠지. 그러나 작은 동물은 필요 없잖아! 그건 분명히 지탱하거나 고정할 필요가 없다고나 할까, 질량이 없다. 그야 용량이 없으니까.

그나저나 이쪽의 커다란 콤비는 필요해 보이고, 질량도 용량도 뭐라고 할 수 없는 대용량 사이즈다. 갑옷 반장도 있으니 추정 TOP 10 중 세 명이 집결 중이다.

갑옷 반장에게 눈가리개를 부탁하고, 의식을 집중해서 치수를 재기 시작했다.

"아니, 저번 부반장 B 때도 생각한 거지만, 딱히 일부러 손으로 가리지 않아도 되지 않아? 응. 평범한 눈가리개면 안 되는 거야? 이거 갑옷 반장의 눈가리개는 종종 손가락 틈새가 빈단 말이지? 게다가 절묘한 타이밍에?"

"…………."

눈이 마주쳤다. 눈흘김이었다. 보라고. 그러니까 틈새는 안 된다니까! 다시 집중하면서 『마수』를 전개하여 『지고』를 시동했다. 이미 어제 단계에서 제작법부터 형상의 형성 방법까지 완벽하게 파악했다. 그보다 그걸 지탱할 수 있다면 나머지는 대부분 문제없이 지탱할 수 있겠지. 그렇다. 처음에 나온 최고 난관 문제를 대처하면서 시행착오를 거치며 온갖 어프로치를 시도했다. 이미 만들지 못하는 브래지어는 없다고 해도 과언이 아니겠지! 그래도 "이제 만들지 못하는 브래지어는 없어!"라고 말하는 남고생이라니 평범하게 사건 발생 중이었다!! 응. 입 다물고 있자.

공간으로 파악해서 입체로 치수를 잰다. 즉, 형태를 확연히 알 수 있다. 그리고 중량 분포와 탄력을 조사한다. 그렇다. 간단히 말하면 흔들고 주무른다. 그걸 기초로 해서 임시 틀을 연산해서 피팅하고 수정하고 조정하고 보정한다……. 틈새는 없는가, 압력은 균등하게 주고 있는가, 중량은 분산되어 있는가, 압착 부위가 쏠리지 않는가. 하나씩 확인하면서 미조정하고, 때로는 임시 틀을 재계산하고 연산에 맞춰 조정한다. 아직 샘플 숫자가 세 개뿐이라서 확인하지 않으면 차이를 분석할 수 없다. 세 종류지만 여섯 개니까!

"응. 샘플 세 개 중에서 가장 탄력성이 좋으니까, 조금 더 조여도 괜찮아 보이네?"

세상에는 모르는 일이 너무 많다. 고작 샘플 세 개지만, 이렇게나 다들 다른 건가? 정말이지, 과거에 축적된 정보로는 대응하지 못한다. 다들 형상부터 부드러움이나 단단함이나 탄력이 다르다! 그렇다. 모두 온리 원이었던 거다————!

"윽♥, 으으응……."

"빡빡해? 아파? 조금 더 푸는 편이 안쪽이 편안하고 쾌적한 공간에서 쉴 수 있으니까 그쪽이 나은가? 아니, 안 보고 있어! 진짜야!! 분명 마음의 눈도 눈을 감고 있으니까 괜찮거든? 보고 싶네? 가 아니라고나 할까?"

　너무 조이지 않게 감싸고, 누르지 않고, 무게를 느끼지 않게 한다. 그 이상은 처음부터 논리적으로 모순되어 있으니까 어렵다. 이건 결코 정답이 없다. 그러니 최적을 찾는다. 메리트와 디메리트를 조화하는 포인트를 파악하고, 단 하나뿐인 딱 좋은 수준을 찾아내서, 최적을 시행하고 착오하고 제작한다. 단 한 명에게 최적인 온리 원을 모색한다. 이미 『지고』의 사고 능력은 무한한 가능성을 다채롭게 뻗어나가면서 그중에서 최적의 가능성을 조합해 찾아내고, 그걸 다시 조합해서 무한의 패턴을 무한히 시도하고 있다. 응. 뭔가 브래지어 제작을 통해 스킬이 진화할 것 같네? 이러다가 만약 스테이터스 칭호에 『브래지어 장인』 같은 게 나온다면 분명 나는 두 번 다시 자신의 스테이터스를 보지 않게 될 거다!

　"앗, 괜찮거든. 지금이 딱 좋은 느낌이랄까, 느낌……… 괜찮습니다!"

　괜찮은 모양이네? 이 조임을 유지하면서 누르지 않고 들어 올렸다. 단, 통기성 확보는 잊지 않고 가슴 계곡의 선상에 중심점을 만들 듯이 모았다. 최적의 형태를 만들어 내려면 완벽해야만 한다. 여유로운 폭을 만들고, 알맞은 포인트더라도 과도하면 디메리트로 바뀐다.

　"저기, 잠깐 움직여서…… 이게 아니라, 움직여 볼래? 응. 틀어지거나 쓸리거나 빡빡한 곳은 없고? 이게 기본 설계가 될 테니까 조금이라도 안 좋은 부분은 전부 말해줘. 흔들어도 아무렇지도 않아? 아니, 그게 아니야! 알아서 흔들라고! 그건 남고생이 흔들면 큰일이 벌어지는 궁극의 구형 위험물이잖아! 응. 구형 당할 거라고? 근데 평면인 애들까지 주문하러 오고 있는데, 『무』를 『감싸』라니 그거 선문답인가?"

흔들고 있다. 『공간 파악』으로 파악한 공간 속에서 흔들리고 있다. 그 탐스럽게 흔들리는 것을 『마수』씨들이 감촉을 확인하면서 조정했다. 물론 그 감촉은 피드백되어 『지고』로 보내져서 보장치 연산을 시작한다. 그렇다. 나는 피드백된 감촉과 흔들림을 느끼며 지금 맹렬히 끙끙대고 있다!

"꺄아아아!"

"우하하하하하~ ♥ (말랑말랑 ♥)"

뒤, 뒤에서 부반장 B가 반장의 가슴을 주무르고 있잖아! 그 부드러운 탄력에 손가락이 파고들 때마다 형태를 바꾸는 살덩이의 형상이 피드백되었고, 그 탐스럽게 흔들리며 뭉개졌다가 되돌아오는 흔들림까지 계속해서 정보화되어 들어온다. 그리고 『지고』가 안 해도 되는 단단함과 탄력 설계까지 시작하고 있는데……. 뭐, 『나신안』은 만물을 내다보는 눈이니까 까놓고 말해서 눈가리개를 해도 다 보는 게 가능하다는 소문도 있다고? 그래도 기특하게 눈을 감고 애쓰고 있으니까 과격한 영상은 그만두자. 그리고 슬라임 씨, 그건 친구가 아니니까 참가하면 안 된다고?

(출렁)

(몰캉)

(부들부들)

지금 이건 누구의 대답일까? 응. 늘어났는데, 분명 기척 탐지를 안 쓰더라도 눈앞에 있겠지. 아니, 진단하고는 있지만 안 봤다고?

"좋지 않은가~ 좋지 않은가~ ♪ 와~ 예쁜 핑크(쿡♥)"

"꺄아아아아아아아아아아! 왜 주무르는 거야? 왜 내 가슴을 흔들고 돌리고 움켜쥐고 있는 거야! 안 돼——. 하루카도 보면 안 돼!!"

(부들부들)

(말랑말랑♥)

즐거워 보인다. 반장과 부반장 B는 백합 걸이었던 건가? 그래도 서로 비비적거리며 허덕이지는 말라고? 여기는 건전한 남고생의 방이거든? 이건 남고생에게는 고문이나 다름없는 시련이다. 그래도 참가하면 혼나겠지!

"꺄~ 엉덩이가 귀엽~네~. 예쁜 엉덩이구나~? 쓰담쓰담~♪"

"꺄아아아!"

그리고 분홍빛 아수라장은 아래로 이동했다. 그렇다. 이 두 사람도 『힙업 팬티 연합! 끌어올려 줘!』의 구성원이었다!! 아니 뭐, 여자는 전원 들어가 있었으니까 모두가 팬티도 필요한 모양이다. 여자들은 대체 남고생에게 얼마나 고된 시련을 원하는 걸까?

"꺄아아아! 아니, 군소리는 안 해도 돼. 그리고 만지지 마?!"

즐거워 보인다. 지금부터는 진지하게 마음을 비워야 한다……. 자극이 더 오면 죽을 겁니다. 그러니까 그저 무심하게 마음을 비우더라도 스킬 『무심』이 문제다. 그야 『집중』의 상위 진화잖아?

응, 『무심』인데도 초집중 상태거든? 아마 죽겠지. 이제 안 되나?

―――죽었습니다. 이미 극락정토보다 굉장한 원더랜드였다. 천국은 여기 있었던 거다! 뭐, 치수를 쟀다고나 할까, 만끽했다고나 할까, 만들었다. 응, 전부 확실하게 『마수』 씨로 치수라는 이름의 접촉으로 프런티어를 탐험하고 탐구한 거다! 응. 오늘은 잠들지 못하겠네. 힘내자.

"다행히 브래지어 제작의 대미지는 빈사 정도고, 팬티도 어찌어찌 치명상으로 끝났네? 응. 눈을 가린 남고생 앞에서 알몸 여자애라니, 안 보여도 무리야!"

(뽀용뽀용)

옷깃 스치는 소리만으로도 남고생은 한계고, 팬티는 무리잖아!! 왠지 『무심』으로 집중했더니 슬로모션이 시작됐다고. 천천히 벗더라도 그건 그것대로 안 된다니까. 응. 무서운 체험이었다!

"그리고 착용했다 벗은 생속옷이 2인분 상하의 세트로 놓여있잖아⋯⋯. 이걸 한밤중에 남고생이 들고 레이스를 달아야 한다니⋯⋯. 감사합니다? 어라? 아니, 이건 일이고 포상이 아니니까, 이거 받은 건 아니잖아? 그렇지?"

새빨개진 반장은 엉거주춤 헤롱헤롱한 상태가 되어서, 부반장 B에게 업혀 돌아갔다. 역시 『마수』 씨의 자극은 강렬했겠지. 그 미궁황조차도 뻗어버릴 파괴력을 품고 있으니까. 오히려 어째서 부반장 B는 태연한 건지 수수께끼네? 그래도 이거 진짜로 매일 밤 순서대로 할 건가? 너무 이세계스럽지 않아?!

뭐, 다음은 장비다. 서리 거인의 드롭 『영구빙창』과 비밀 방에서 나온 『명경의 대형 방패』의 강화는 전력 증강과 확대에 필수. 그리고 93층 비밀 방에서 발견하고 감정하지 않았던 장비는 『파급의 목걸이 : MiN·InT 50% 상승, 안티 레지스트, 효과 파급 침투』. 이건 애타게 찾던 결정적인 무언가다. 이것만으로도 던전 아이템을 찾아다니던 보람이 있었다. 결정타가 될 가능성이 있다.

아주 조금, 마음과 시선은 생속옷에 쏠리지만. 닥치고 장비다! 이로써 왕국에 비장의 패가 있어도 웃으며 뭉갤 수 있다. 그것이 전쟁인 이상, 비장의 패는 우리의 패가 되었다.

물론 생속옷 이야기가 아니다. 전쟁에 생속옷 투입이라니 대체 무슨 히든카드야? 뭔가 적진 한가운데에 반장님의 생속옷을 던진다면 그건 그것대로 순식간에 적군이 반장님에게 살해당할 것 같지만, 그만두자. 응, 나도 잔소리로는 끝나지 않을 테니까. 그 채찍은 무섭다고!

시제품을 기반으로 처음부터 완전히 다시 만들고 재설계한 개량판의 수정판인 막 완성한 따끈따끈한 신작이다.

61일째 아침, 하얀 괴짜 여관

밤을 새우기는 했지만 새로운 장비들은 시간에 맞췄다. 물론 생속옷도 시간에 맞췄고, 끙끙대면서 해결했지만 그것 때문에 밤을 새웠다!

서리 거인의 드롭 아이템 『영구빙창 : PoW·SpE·DeX 50%

상승, 얼음 속성 증강(특대), 빙창, 빙전, 빙동진, +ATT』는
『ALL 50% 상승, 얼음 속성 증강(특대), 빙창, 빙검, 빙장, 빙동
진 +ATT』로 아주 조금 강화됐지만, 마법검사 타입인 날라리들
은 MiN과 InT도 필요하겠지. 그리고 비밀 방에서 얻은 『명경의
대형 방패 : ViT · PoW · SpE · DeX 50% 상승, 전체 내성, 마법
물리 반사 흡수, 무기 장비 파괴, 절계(絶界), 방패 강타, +ATT,
+DEF』는 『DEF 강화(특대)』와 『오토 힐』에 『가속』까지 붙었다.
자, 이걸 누구한테 줄까?

그리고 마지막으로 『파급의 목걸이 : MiN · InT 50% 상승, 안
티 레지스트, 효과 파급 침투』에는 『전 속성 증대(특대)』가 추가
되어 특급 병기로 변했다. 안티 레지스트라는 내성을 무효화하는
스킬을 파급, 침투시킨다. 이건 집단을 상태이상으로 만들 수 있
는 힘이 있고, 전투 상황을 뿌리부터 뒤집는다. 이건 도서위원과
상담해 봐야겠지만 문화부 여자애 중에 누군가가 받겠지. 뭐, 도
서위원으로 정해지려나. 그리고 생속옷은…… 누구에게 줄지
생각하지 않아도 된다. 무기 장비의 분배는 반장님에게 상담하
자. 지휘관에게는 지휘관 나름의 생각이 있을지도 모르고, 생속
옷을 넘겨주는 겸사겸사 물어보면 되니까?

여관에서 아침 식사를 하면서 아침 회의다. 우선은 가장 위험한
장비 『생속옷(상하) : 사용하고 갓 벗은 것, -나의 호감도』를 배
포해야겠지. 아침부터 얼굴이 새빨개져서 흘겨보고 있지만, 어젯
밤 『마수』 씨가 촉진한 치수와 수축 보정이 트라우마였을까? 응.
몸을 젖히고 경련하고 있었으니까?

"좋은 아침, 반장. 오늘도 반장이네. 그런고로 사용하고 갓 벗은 생속옷을 손에 넣어서 수정과 보정과 장식을 해서 뒀으니까 시착해 보지? 레이스로 보강하면서 협업 효과를 높여봤으니까 이상한 느낌이 들면 말하라고. 하지만 신축성에는 한계가 있으니까 횡방향으로 무한한 성장기가 오면 파고들지도? 진심이거든?"

실은 어제의 시착 팬티를 기반으로 설계부터 완전히 다시 만들고 재구축한 개량판의 수정판인 막 완성한 따끈따끈한 신작 팬티라는 건 비밀이다. 응. 대단히 좋은 물건이 만들어져서 완전한 신작이라고 하면 구작 문제로 발전할 수 있으니까 비밀로 해두자.

"좋은 아침. 근데 아침부터 사용하고 갓 벗은 생속옷이라고 말하지 마! 그리고 횡방향의 성장기는 성장이 아니라 여자의 적이거든? 그리고 아마 이대로 가면 쭉 반장일 건데, 그건 대체 어떻게 된 거야?"

어떻게 되긴, 반장님이고 채찍 장비니까 역시 에나멜 본디지 드레스가 필요하지 않을까? 문제는 오히려 알맹이는 M 소녀라는 점이고, 캐릭터가 마구 흔들리고 있으니까 어느 쪽도 우열을 가릴 수기 없다. 일단 얼추 새 장비 설명을 하고 누구에게 장비시킬지 상담해 봤는데, 방패 말고는 날라리 여자애들과 문화부 여자애들에게 맡기게 되었다. 그렇다. 문제는 방패니까.

"어——방패 여자애? 응. 진지한 이야기인데 방패 반장을 지망해 보지 않겠느냐고 해야 할까, 뭐라고 말해야 할까. 추천하니까 당선 확정이라고나 할까?"

"어? 방패 반장?"

곤혹스러워하는 방패 여자애에게 이러쿵저러쿵 설명했고, 『명경의 대형 방패』를 보고는 깜짝 놀라면서 사양한 방패 여자애에게 조건을 두 개 붙였다. 그건 여자애들 전원의 의지로 방패 여자애를 고르면서 붙인 조건.

　그 조건이란 첫 번째가 죽지 않는 것. 방패 역할이 죽으면 지킬 사람이 없어지니까 절대 조건이다. 그리고 두 번째는 지켜내는 것. 이건 말할 것도 없이 방패 여자애가 지금까지 항상 하던 일이다. 그러니까 모두가 방어력이 가장 높은 장비를 망설임 없이 방패 여자애에게 양보했다.

　그렇다. 조건이란 순번. 1번과 2번을 절대 준수하라는 것. 즉, 지키기 위해 죽으면 안 된다. 자기 목숨을 우선해야 한다. 그러니까 방패 여자애를 골랐다. 지금까지 동료를 감싸고, 몸을 방패로 삼아 뛰어들었다가 날아가는 방패 여자애를 대체 몇 번이나 봤는지 모른다. 모두가 방패 여자애 덕분에 살아난 적은 과연 몇 번이었을까? 지금까지 20명의 여자가 누구 하나 죽지 않고, 중상자도 내지 않고 싸울 수 있었던 이유는 방패 여자애다.

　그래서 골랐다. 누군가가 위험한 상태가 된다면 방패와 함께 몸을 던져 마물의 공격이 날아오는 전면으로 돌진한다. 날아가고 또 날아가도, 방패를 들고 망설이지 않고 돌진한다. 동급생 모두가 장비 이야기를 하면 입을 모아 방패 여자애를 우선해달라고 한다. 누구에게 물어도 똑같은 말이 돌아온다. 경매에서도 매번 고액 낙찰자님이다. 모두가 마지막에는 방패 여자애에게 슬쩍 양보한다. 그건 지켜준 것에 대한 감사와, 지켜준 것에 대한 신뢰와 그 이상으로 지켜내는 방패 여자애를 향한 걱정. 그렇기에 최강의 방패와 절대 조건. 위험한 곳에 가장 많이 뛰어드는 방패 여자애를 지키기 위해 방패 반장으로 올리는 취임 조건이다. 그리고 이 조건은 전원의 의견이라고 말하자 겨우 방패 여자애도 수긍하고 고개를 들었다.

"네. 제가 방패 반장이 될게요. 그리고 반드시 지켜내겠어요!"

방패 반장으로 취임하게 되었습니다. 짝짝? 뭐, 이걸로 해결되었으니까 『명경의 대형 방패』를 건네주고 "위험한 일은 하면 안 되거든? 모두에게 걱정을 끼치면 안 되니까?"라고 못을 박으니까 어째서인지 나를 향해 42개의 눈흘김이 꽂혔다! 응. 상쾌한 아침이다.

그리고 당연하게도 아침에 접수처 반장의 눈흘김을 받으면서 길드 훈련장을 빌렸다. 한산하고 살풍경한 곳에 백은색으로 빛나는 절경, 갑옷 반장이 기분 좋은 듯 기다리고 있다. 두들겨 팰 생각이 넘쳐나잖아?!

그리고 정숙 속에서 무음의 세계에 울리는 건 때리는 소리. (퍽퍽퍽퍽퍽……)

아니, 아프잖아! 억제, 제어는 하고 있다. 예측 수치 이내로 안정되어서 괜찮은 느낌이다. 그러나 완전 제어에는 이르지 못하고 있다. 내가 생각하는 모션보다도 너무 빠르거나 너무 강하거나 너무 많아서 움직임에 낭비가 축적되어 전체적인 동작이 흐트러진다. 이러면 아무리 빠르고 강해도 빈틈이다. 빠르고 강하더라도 제어되지 못하는 동작은 낭비에 불과하다. 이건 빈틈이라고 쓰고 퍽퍽이라고 읽는다! (퍽퍽퍽퍽퍽퍽퍽퍽퍽퍽퍽퍽퍽퍽퍽......) 그러니까 아프다니까?!

그렇다. 훈련도 훈련이라고 쓰고 얼차려라고 읽고, 퍽퍽이라고 발음하는 평소 그대로의 전개다. 생각보다 초단거리 『전이』가 다 발하고 있어서 컨트롤은 고사하고 자신의 움직임조차 예측할 수 없다. 막을 수 없는 이상 이건 전체적인 동작을 얼추 하나의 흐름으로 파악하고 세부적으로 미조정할 수밖에 없겠지만....... 응. 자신의 움직임을 제일 못 읽겠단 말이지?

"큭── 제어하지 못하고 멈출 수도 없다니, 발동 조건이 너무 이상하잖아?"

"그래도, 멈추지 않으면 위험해요!"

"아니, 그래도 멈추면 때리잖아?!"

(끄덕끄덕!)

전부 긍정이었다! 아무래도 또 어젯밤의 장난기라든가, 오늘 아침 남고생다운 폭주에 원한을 품은 모양이다.

그러나 보통 이렇게나 특수한 움직임은 상대도 파악하기 힘든 허상의 움직임일 텐데, 용케 파악하고 퍽퍽 때리고 있네. 뭐, 원인은 알고 있다. 어제 눈을 가린 채 반장을 벗기고 촉진하며 치수를 잰 것에 더해서 이런 보정이나 그런 수정까지 한 탓에 심야에는 내 안에 잠들어 있던 봉인된 광포한 남고생이 각성해서 크게 날뛰어버렸기 때문이다. 물론 섹시 란제리도 미니스커트 간호사도 미니스커트 버스 가이드도 유린했지만, 결국 알맹이는 전부 갑옷 반장이었으니까 화가 난 모양이다!

"특히 마지막은 좀 거시기해서 캐릭터가 붕괴해서 그런 느낌이었으니까, 맨정신으로 돌아온 뒤에 화난 거잖아. 더블 피스는 자기가……. 아뇨, 아무것도 아닙니다!"

(퍽퍽!)

뭐, 역시 좀 부끄러웠던 모양이다. 응. 그래도 대단히 좋아했는데 퍽퍽. 그리고 가속하면서 『마전』으로 춤추듯이 복잡한 스텝을 밟고, 순간적인 정지와 이동을 섞으면서 화려하게 춤추다가 얻어맞았다(퍽퍽퍽퍽퍽퍽!). 오늘 밤에는 반드시 복수하겠어!

(뿌용뿌용)

응. 시간이 된 것 같다. 위에서 접수원들에게 귀여움을 받던 슬라임 씨가 내려왔다. 나도 귀여움을 받고 싶고 귀여워해주고 싶은데……. 아니, 슬라임 씨를 말이지! 정말이라고? 아니, 물론 누님도 정말 좋아하고 큰 것도 좋아하지만 아니거든?

(퍽퍽?)

자, 여기 있으면 위험하니까 평화로운 던전 탐색을 나가자!

그 제목으론 서적화도 만화화도 애니화도 영화화도 실사화도 힘들지만, 야한 책이라면 만들 수 있을 것 같다!

61일째 아침, 던전

37층까지 돌파하고 내팽개쳤던 던전을 받았다. 도중까지 공략했지만 내팽개친 던전. 그러니까 일행은 여느 때의 끄덕끄덕 뿌용뽀용 두 명이다.

　오늘은 중층 던전이니까 두 사람이 없어도 괜찮지만, 같이 오려는 모양이다. 『사역』의 효과인지 무척 따라오고 싶어 한단 말이지? 그러고 보니 여관에서도 항상 정신이 들면 어느새 날라리 여자애들이 뒤에 있는데, 그건 사역의 효과였던 걸까? 뭐, 이쪽에서는 해제할 수 없는데도 어째서인지 풀어주지 않는다. 소문으로는 은혜를 갚을 때까지라고 하는데, '날라리의 은혜 갚기' 란 제목으론 애니화도 영화화도 힘들어 보인다……. 야한 책이라면 만들수 있겠지만!

　중층에서도 마물이 느리거나 적거나 해서 좀처럼 연습이 되지않는다. 하지만 지금은 『마전』을 계속 쓰는 게 중요하다. 경험 데이터를 축적하고 나서 『지고』가 그걸 토대로 계산하고 연산해서피드백하면 제어하기 편해질 거다. 안전한 오토 스킬과는 다른정크 스킬. 그걸 억지로 수십 개나 뒤섞어서 연결해 동시에 조작하고 제어하는 거니까 실패할 가능성이 높고, 성공하더라도 제어를 뛰어넘으면 자괴한다.

　"뭐, 자기 파괴와 자기 재생의 무한 루프고, 전신 복합 골절 근육단열이 전치 1초 부상 가득? 이라고나 할까? 그런 느낌?"

　"쓰지 말고, 그만둬요!"

　(뽀용뽀용)

　회복 속도까지 급상승했으니까 전투 중에도 재생한다. 그러니치명적인 손상만 신경 쓴다면 문제없이 싸울 수 있다. 뭐, 다리가부서지면 위험하다. 마물 무리 속에서 움직임이 멈추면 그냥 위험한 정도가 아니라 언제 머리가 씹혀도 이상하지 않은 위기 상황이다. 그러나…….

"『바운드 독 Lv38』? *포르티시모야? 사랑이 전부라고 맹세할 거야?!"

(퐁퐁!)

뭐, 도약하는 멍멍이니까 주먹을 쥐고 강하게 후려쳐 볼까? 『위그드라실의 지팡이』로 때렸는데, 아주 강하게 때렸으니까 괜찮겠지. 제대로 전부 소멸했고? 슬라임 씨가 붉고 강해져서 화염을 두르고…… 식사 중. 응. 핫도그인가? 그리고 스킬 『도약』을 잔뜩 먹어서 기분 좋게 뛰고 있는데, 계층이 좁으니까 핀볼처럼 벽에 튕겨서 난반사하는 뿌용뿌용 씨가 되었네? 응. 즐거워 보이고, 기묘기이복잡기괴한 도약 궤도라서 바운드 도그들이 필사적으로 도망 다니고 있다.

"살려줘 갑옷 반장에몽? 같은 느낌으로 아직 움직임이 이상한데, 이건 어떤 거야? 뭔가 익숙해져도 지금까지와는 다른 느낌이 드는데 이래도 되는 건가……. 뭔가 엄청 사악한 느낌이 들고, 악랄한 느낌이 드러나서 사악한 악역 같지 않아?"

(끄덕끄덕!)

괜찮은 모양이다. 설마 악랄하고 사악한 악역이라는 말에 끄덕거리지는 않았겠지. 아니라고 생각하고 싶다. 짐작 가는 점은 매일 밤 나오지만 아닐 거다. 그리고 그건 견본이었나……. 이제 몸 여기저기가 『전이』로 순간 이동을 반복하고 『순속』이나 『질주』

---

* 일본의 록 밴드 '하운드 독' 과 노래 ㎰(포르티시모)를 가리켜서 하는 말.

로 가속하는 지금 상태에서는 물 흐르는 것처럼 낭비가 없는 동작을 만들어서 제어하는 건 무리다. 그렇다면 동작을 버리고 결과만 역산해서 앞뒤를 맞추며 컨트롤하는 게 심플하다. 그게 슬라임 씨의 핀볼처럼 튕기는 난반사 공격, 베는 것까지의 치밀한 동작을 버리고 벡터만을 베고, 베었다는 미래의 결과에서 모든 걸역산해서 행동하고 조절하며 결과만 맞게 한다. 마지막에 '베었다' 라는 결과로 강제 집약시킨다.

응, 해봤는데 영문을 모르겠다. 부담은 줄었지만, 어째서 정면에서 높이 들어서 휘두른 일격에 마물이 가로로 양단되는 걸까? 참격까지 『전이』하는 건가? 내 위치도 이상하다. 앞으로 한 발짝 내디뎠는데 적의 배후를 보고 있기도 했다. 벤다는 결과 말고는모든 게 엉망진창이다. 그리고 마물의 공격을── 피하고 있다.

"이건 배니시 울프 같은 게 쓰던 『배니시(소실)』하고 같은 효과인가?"

"하지만, 그게 망가지는 원인, 이에요."

(부들부들)

순간을 초단거리 전이로 돌파하는 건지, 잠깐만 사라지는 건지, 공간을 뛰어넘는 건지 이해할 수가 없다. 해석을 『지고』에 맡기고 있으니까 『지고』는 이해하고 있을지도 모르지만 나의 사고가전혀 따라잡지 못하고 있다. 그러니까 영문 모르는 채 싸우고, 영문 모르는 채로 베고 있다.

"아…… 이거 카운터 맞으면 죽나?"

"그러니까 쓰지 않기 위한, 연습이에요."

결국 40층의 「블레이드 스왈로우 Lv40」 무리는 영문도 모른 채 베여서 소멸했다. 싸웠는데도 어떻게 이겼는지 모르는 수수께끼의 전투였다. 왜냐하면 블레이드 스왈로우를 향해 대각선 베기로 날린 참격이 바로 아래에서 제비들을 쓸어버렸으니까. 의미 불명이네? 블레이드 스왈로우인 만큼 츠바메가에시를 해버린 걸까? 간류는 무리야. 나는 "기다렸지?"라고 말하기 전에 분명 배를 공격하는 타입이니까? 응. 그야 먼저 도착하는 게 유리하잖아? 당연히 기다리지 않고 함정을 깔겠지. 애초에 나는 츠바메가에시보다 매일 밤 앙갚음을 하느라 큰일이라고?

그러나 보고 있던 갑옷 반장은 고개를 끄덕이고 있다. 괜찮은 건가? 슬라임 씨는 부들부들하고 있다. 안 보고 있었겠지. 제비가 맛있는 모양이다. 근데 슬라임이 『비연』 스킬을 익혀서 어쩌려는 걸까? 삐약삐약?

그리고 44층은 오랜만에 나온 「미스릴 골렘 Lv44」 씨. 『위그드라실의 지팡이』로 섣불리 공격하면 소멸해 버리니까 아깝다면서 갑옷 반장이 절찬리에 절단 해체 중. 슬라임 씨도 몰래 먹고 있지만, 조금 정도는 괜찮겠지.

"응. 분리는 맡겨달라고?"

(끄덕끄덕)

(뽀용뽀용)

나는 한 번도 미스릴 무기를 슬라임 씨에게 준 적이 없는데, 슬라임 씨는 종종 미스릴 검이나 미스릴 창을 꺼내서 싸우고 있다. 체내에서 미스릴 무기를 생성하고 있다면 먹여줄 수도 있다. 종종 슬라임 씨가 은색이 되어 공격을 튕겨내는 것도 실은 미스릴 화일지도 모르고, 도움이 되고 맛있다면 먹여주는 것도 좋겠지. ……배 아프지 않아? 응. 미스릴의 재고는 여유가 생겼으니까 괜찮다고?

"이 영문 모를 기술인지 뭔지조차도 알 수 없는 기묘기이한 동작으로 복잡기괴한 조합을 가진 기상천외한 공격 제어는 나도 깜짝 놀라면서 쓸 수밖에 없을지도 모르지만……. 아니, 이런 게 가능하겠냐!"

이거라면 불가능에 가깝더라도 『허실』을 지향하는 게 건전했다. 이건 내가 뭘 하는지조차 알 수가 없다. 어라? 그래도 잘 생각해 보면 일상에서도 내가 뭘 하고 있는지 알 수 없는 일이 굉장히 평범하게 있었으니까 문제없나? 전투까지 그래도 되는 건가?

"둘 다, 필요. 하죠?"

둘 다 필요한 건가? 아니면 둘 다 데스(DEATH)인 건가?! 설마 하던 얀데레 전개는 아닌 모양이니까 수수께끼 공격도 『허실』도 필요한 걸지도? 아니면 양쪽을 연습할 필요가 있는 건가—— 어렵다. 뭐, 데레 없이 데스를 당하는 것보다는 낫고, 분명 얻어맞는 것보다는 낫겠지?

비밀 방도 있어서 들러보니 『귀신의 츠바이헨더 : PoW 60% 상승, 폭격, +ATT, −InT』라는, 첫 60%지만 근육뇌 병기가 나왔다. 어쩌지. 바보들밖에 어울리지 않아 보이는 근육뇌스러움인데, 이 이상 바보가 되어버리면 언어도 안 통하게 될지도 모른다.

"뭐, 바보니까 상관없나. 지금도 언어만 이해하고 내용은 이해하지 못하는 게 분명하니까?"

(끄덕끄덕)

(뿌용뿌용)

그나저나 크다. 츠바이헨더는 사람 키와 같은 길이의 대검으로 1.8미터 정도였을 텐데, 이건 2미터를 가볍게 넘는다. 이 대검에 스킬 『폭격』이라니 너무 근육뇌스러운데……. 부메랑을 들고 두들겨 패는 것보다는 나은 것 같지?

"이제 중층이니까……. 근데 하층에서도 놀고 있으니까 적당히 해도 되겠지?"

(부들부들♪)

괜찮은 건가. 그래도 매일 경험을 쌓는다고 해도 '맛있게 잘 먹었습니다.' 로 끝날 것 같다. 뭐, 맛있는 마물이 안 나오면 간식이나 먹자. 그런고로 내려간다.

(뿌용뿌용)

"잠깐, 마물도 간식도 먹는다니 탐욕 씨 수준의 폭식 씨였어?!"

그나저나 아무래도 던전 안이라면 슬라임 씨에게 관대해진다. 그야 처음 만났을 때 배가 고파서 제대로 마력도 쓰지 못하고 힘도 내지 못한 채 필사적으로 싸우던 슬라임 씨가 떠오르니까……. 뭐, 그때 절호조였다면 반장 일행은 먹혀버렸을 테니까 그건 그것대로 곤란하지만. 뭐, 배를 가득 채워주는 정도는 허용해 줘도 되겠지. 그야 매일 기뻐 보이니까? 응. 내려가서 마물을 해치우고, 그 이후에 간식이다.

61일째 아침, 던전 지하 45층

역시 『마전』 상태라면 몸이 움직이지 않게 된다. 아마 내 명령이 캔슬하고 있다. 진짜로 정말로 싫은 스킬이다. 왜 내 스킬한테 거부당하고 있는 거냐고!

"뭐, 위험하니까 막는 걸지도 모르지만, 전투 중에 몸이 움직이지 않으면 죽잖아?"

(부들부들)

뭐, 이렇게나 많은 스킬에 걸리고, 거기에 터무니없는 장비에 달린 스킬까지 올라가서 뒤섞인 혼합 상태로 발동하고 있는 거니까, 그야말로 조합이 안 좋거나 사이가 안 좋거나 상성이 안 좋거나 여러모로 복잡한 인과의 애증 관계가 뒤얽히고 엉켜있는 걸지도 모르겠지만?

"스킬이 관련성으로 다투지 말라고! 스킬 관련의 불일치라니 중재도 못하잖아!!"

그리고 급정지로 움직이지 못하는 사이 45층의 구멍투성이 바닥에 숨은 「카니버러스 모울 Lv45」이라는 두더지는 소굴에 숨……은 채로 먹히고 있다.

"응. 슬라임 씨가 침입하는데 숨어있다면 식사하게 되겠지?"

(부들부들♪)

육식계 두더지였던 모양이지만, 숨어있는 동안 전부 먹혔다. 잘 안 보이니까 이름밖에 감정하지 못했지만, 슬라임 씨도 흙 계통 스킬을 먹은 거겠지. 아마 흙 계통 스킬이 영양가가 부족한지 먹는 모습이 장난 아니었다!

"카니버러스 모울보다도 육식계인 슬라임 씨였어?!"

(뽀용뽀용)

팍팍 내려가고 있는데, 정오까지 끝나려나? 50층 정도라고 생각했는데 좀 더 깊을지도? 하지만 괜찮은 물건도 비밀 방에서만 나오고 마물도 드롭도 시원찮다.

"뭐, 훈련하러 온 거니까 시원찮은 정도가 딱 좋을지도 모르지만, 멍하니 있잖아? 망령이?"

(뽀용뽀용!)

49층의 「라이트닝 레이스 Lv49」는 번개 속성의 망령이었지만, 멋있는 이름으로 등장한 것치고는 순살당했다. 응. 멍하니 있으니까 일제 방수했더니 누전된 모양이네? 툭툭 떨어져서 닥치는 대로 먹혔다. 슬라임 씨가 노랗게 되어서 좋아하고 있는데……피카피카라고 말하면 어쩌지?

위쪽 48층의 비밀 방에 있던 건 『투사의 스케일 : ViT · PoW · SpE 30% 상승, 신체 능력 상승(대), 철갑화(徹甲化)』라는, 적당한 능력의 근육뇌 아이템이 나왔는데 ViT와 신체 능력 상승(대)가 필요했으니까 받아서 천 옷에 복합해 두자. 응. 근육뇌는 되지 않아!

이걸로 조금은 몸이 버틸 수 있을지도……. 기반을 끌어올려 주는 정도의 효과밖에 없더라도 몸이 강해지는 건 시급히 필요하다. 그러니 지금은 아이템에 의존해도 된다. 뭐, 이것도 두를 테니까 혼란은 멈추지 않겠지만, 멀쩡하게 싸우지 못하는 건 곤란하다. 특히 방패 반장으로 승격한 방패 여자애 반장이 함께 있으면 덮어놓고 감싸러 올 테니까 안 좋은 모습은 보일 수 없다. 그렇다. 설령 시늉이라도 허세를 부릴 필요가 있다.

"이 아래가 최하층? 넓은데 미궁왕이 커다란 건가? 뭐, 왠지 대단치 않다는 느낌도 들지만, 안전 확실로 가자?"

(끄덕끄덕)

(부들부들)

괜찮은 모양이다. 50층 미궁왕은 정말로 대단치 않다. 하지만 슬라임 씨 같은 특수 기체가 없다고 단언할 수는 없다.

으음, 커다란데 마법 특화? 흑염소인 「나이트메어 고트 Lv100」. 단, 레벨은 100이고 스테이터스는 높다. 상태이상계 스킬이 잔뜩 달렸는데 『악몽』이 오리지널 스킬 같다. 저항하지 못하면 효과가 위험해 보인다. 외모는 악마 같은 사악한 느낌이 나는, 거대한 두 다리로 서 있고 뒤틀린 뿔을 가진 흑염소. 읽기도 전에 먹힐 것 같다!

"마법은 먹어도 되지만 상태이상은 피해줘. 저건 위험할지도?"

(부들부들)

저게 나이트메어 고트의 어둠 마법인가. 공중에 검은 안개가 모여서 굳어지며 검이 되었다. 그리고 무수한 검은 검이 덮쳐왔다.

……어둠의 검? 이게 상태이상 공격인 것 같다. 슬라임 씨는 정면
으로 가려는 모양이다. 그래서 나는 오른쪽으로 돌아갔다. 갑옷
반장도 왼쪽으로 돌아갔다. ——깎아내자.

그저 나이트메어 고트의 왼발을 베는 미래만을 상정하고, 전
이하든 안 하든 괜찮은 이동을 했다. 하지만 바로 몸의 각 부위가
『전이』로 순간 이동을 연속 실행했고, 그걸 『순속』과 『질주』가
가속시켰다. 그저 신속하기만 한 엉망진창 공격.

"하지만 간파할 수 없지——. 응. 나도 모르니까?"

나이트메어 고트의 거대한 왼쪽 발목을 옆으로 베려고 갔는데,
왼쪽 무릎을 뒤에서 역대각선으로 절단했다. ……응. 영문을 모
르겠지만 다리는 받아 갔다.

(캬오오오오오오아아아아아아아——!)

백은 씨는 오른 다리도 오른손도 잘게 슬라이스하는 중이고, 상
태이상 공격을 하는 검들도 슬라임 씨의 와이어 커터에 부서지고
있다. 다시 무수히 만들어서 쏟아붓는 상태이상 공격 흑검의 비
를 『배니시』로 벗어나고, 스쳐 지나가면서 목을 가져갔다. 응. 돌
진으로 머리가 날아갔네?

정말이지, 이 공격은 진짜 영문을 모르겠다. 그리고 아마 조금
힘을 줘서 그런지 미스틸테인이 살짝 발동한 모양이네? 응. 마력
이 단번에 30%는 날아갔다. ……진짜로 폭발하지 않아서 다행이
잖아?!

"수고했어. 상태이상 받지는 않았어? 받았으면 받은 곳에 돌려
줘야 해? 뭐, 나는 모두가 '상태가 이상해' 라고 칭찬할 만큼 괜찮

으니까 괜찮겠지? 근데 잘 생각해 보니 디스당하고 있었네?!"

(끄덕끄덕!)

(부들부들?)

레벨 100 미궁왕의 상태이상도 괜찮았던 모양이다. 갑옷 반장은 상태이상 공격만이 아니라 공격 자체를 받지 않았을 가능성이 높다. 그리고 슬라임 씨의 회피 능력으로는 피할 수 있었겠지만, 피하지 않고 몰래 먹었을 가능성도 부정할 수 없겠지? 뭐, 상태이상 공격은 고사하고 본체인 나이트메어 고트를 먹느라 바빠서 대답도 엉성하네?

50층에서 상태이상 공격 특화 미궁왕이 나온다면, 동급생들의 상태이상 내성 장비가 걱정된다. 게다가 무서운 건 나이트메어 고트의 고유 상태이상 공격은 『악몽』이었다는 것—— 여관에서 듣는 설교에서 벗어났는데 던전에서 설교 악몽을 꾸고, 여관으로 돌아가서 또 현실에서 설교라니 너무 무섭다. 어라? 현실이 더 무서운데?

뭐, 지상에서 밥이나 먹자.

"태양의 위치를 보니 정오 조금 전인가? 마지막 일격으로 MP가 단번에 줄어들어서 배도 고프니까 도시에서 밥이나 먹을까. 뭔가 가게도 늘어났고?"

(끄덕끄덕)

(부들부들)

응. 다들 용케 시간을 알고 있네? 도시로 돌아와 큰길로 향하자, 가게도 포장마차도 떠들썩하다. 이 도시에 처음 왔을 때는 다들 최선을 다해 웃으면서 이를 악물고 애쓰고 있었지만, 지금은 진짜로 웃음이 감돌고 있다. 뭐, 그렇게나 가난하고 괴로운 생활이 었는데도 열심히 웃으면서 살던 이 도시 사람들이 행복해지지 않는 게 원래 이상하다. 가게가 많고 상품으로 넘쳐나고, 인파는 끊이지 않고 다들 자연스레 웃고 있다. 이게 도시란 말이지.

"신경 쓰이는 가게 있어? 오늘은 떼부자니까 탐욕과 폭식을 부리며 호화롭게 놀아도 된다고?"

가게도 늘고 노점도 많아져서 관심이 쏠린다. 이게 진짜 도시고, 쇼핑이고, 식사다. 헤매거나 고민하는 게 즐거움이니까. 이국풍 상인들도 많이 왔다. 미행 여자애 일족이 엄선한 상인들만 출입시키고 있으니까 걱정할 건 없겠지만, 정보는 누설된다.

그래도 유통은 필요하다. 지금도 쇄국의 악영향은 슬금슬금 나오고 있어서, 그걸 밀수로 보충하는 상황이다. 응, 가짜 던전에 밀수품 거래소라도 만들까? 많이 벌 것 같은데?

갑옷 반장은 이쪽 가게를 들여다보면서 옷을 보고, 저쪽 가게에서는 액세서리를 보며 고민하고, 또 건너편 가게의 상품과 비교하고 있다. 즐거워 보인다. 하지만 오래 걸릴 것 같다!

여전히 품목도 품질도 잡화점이 훨씬 뛰어나지만, 그래도 고민하면서 괜찮은 물건을 찾아 탐색하고, 비교하며 고생하는 게 즐거운 거겠지. ……줄곧 어두운 땅속에 있어서 하지 못했던 즐거움이니까, 탐욕을 부리는 것도 귀여운 수준이다. ……그러면 좋겠지? 응?

그리고 슬라임 씨도 닥치는 대로 포장마차에서 뽀용뽀용거리며 군것질 중이다. 평범하게 돈을 내면서 사고 있다! 응, 쇼핑하는 슬라임 씨도 굉장하지만, 슬라임 씨 상대로 평범하게 장사하는 사람들도 굉장하다!! 역시 어쩌고 도시는 마물에게 대인기인 모양이다.

즐겁게 쇼핑하는 사람들과 열심히 장사하는 상인들. 신나게 돌아다니는 아이들의 목소리와 도시를 바라보며 웃는 노인들. 응, 이게 도시란 말이지.

"나도 뭔가 먹어야지! 돈을 다 써버리기 전에 먹지 않으면 혼자서 만들어 먹게 될 테니까!!"

(뽀용뽀용 ♪)

이미 갑옷 반장의 탐욕 모드가 발동 직전이고, 슬라임 씨도 폭식 형태가 해방되어 있다! 서두르지 않으면 현금이 떨어진다!! 먹자. 모처럼 도시가 되었으니까.

이미 그 설정을 듣기만 해도
마음이 통렬하게 쓰라릴 만큼 못 써먹을 녀석이다.

61일째 낮, 하얀 괴짜 여관

여관에서 잠시 쉬면서 50층 미궁왕 「나이트메어 고트 Lv100」의 드롭 아이템을 바라봤는데, 아무리 봐도 『몽마의 안대 : MiN · InT 50% 상승, 마안 강화(극대), 환술, 최면, 매료, 꼭두각시, 기억 개변, 의식 지배, 정신 오염』은 못 써먹을 녀석이었다!

"잠깐, 은근슬쩍 『매료』라든가 『꼭두각시』가 들어있는 데다, 대놓고 『기억 개변』이나 『의식 지배』 같은 극악한 효과에 『정신 오염』이라는 결정타까지 붙었잖아! 호감도가 죽어버려!! 그리고 생김새가 너무 안쓰러운데?!"

(부들부들♪)

그리고 무엇보다 무서운 건…… 안대를 찬 마안 보유자라는 설정이다! 너무 안쓰럽다. 듣기만 해도 안쓰럽다! 게다가 검은 가죽에 검은 보석이 박힌 디자인. 이건 중증 중2병 환자조차도 저도 모르게 기겁할 정도의 파괴력이 있다. 이건 영혼 깊숙한 곳에서부터 아픔이 느껴지는 격통이고 쓰라린 통각이 있다. 응. 이건 못 써먹을 녀석이다.

"누군가에게 주려고 해도 『마안 강화(극대)』라니, 마안 같은 건 나밖에 없잖아? 이런 게 보급되면 큰일이라고!"

(뽀용뽀용)

뭐, 『매료』에 『꼭두각시』가 있는 시점에서 봉인 확정. 파는 것도 논외고, 절대 밖으로 유출할 수 없다. 애초에 이건 여자들에게는 트라우마 수준의 물건이고, 악당 전기 일직선에다 최소최악의 중2 아이템 그랑프리 수상이 확실한 못 써먹을 녀석이다. 그래도 효과 증가에 (극대)가 있었다는 건 새로운 발견이다. 극이니까 이게 최대급이겠지. 나중에 (개량)이라든가 (진)이라든가 (절) 같은 게 나온다면 정말 의미 불명 일직선이니까, 이게 마지막일 거다!

"보통 안대 같은 시야를 가리는 장비는 못 써먹는다고……. 마안이 있다면 볼 수 있지만?"

이건 『마안』의 강화를 위해 시야를 절반 버리는 디메리트가 붙는 아이템이다. 뭐, 『나신안』이 있다면 안대를 차도 투시하면 볼 수 있다는 건 비밀이다. 보지 않았지만, 눈가리개의 의미가 없다는 게 들킨다면 반장님의 채찍 연타가 덮쳐올 거다. 응. 어젯밤 이후니까 정말 가차 없이 폭발할 거다. 그건 그것대로 새로운 속성에 눈뜰 것 같아서 위험합니다!

그나저나 이걸로 네 번째 봉인 아이템이다. 모이면 나의 호감도에 대한 파괴력이 어마어마하다.

"그야 『템테이션 셔츠』로 유혹하고, 『프로메테우스의 사슬』로 억지로 속박해서 『복종의 목걸이』로 강제 노예 상태로 만들고 『몽마의 안대』로 매료해서 꼭두각시로 만들어 의식을 지배하는 거잖아? 이건 대체 어디의 악랄하고 비열한 남자인데?!"

(부들부들)

게다가 여기에 『사역』까지 쓴다면 완전 지배잖아! 최악이다. 최소로 비열한 최강의 호감도 다운 버스트야! 이건 봉인하지 않으면 호감도가 사멸해서 전 차원에서 완전 소멸을 달성하고 만다. 이것도 아이템 주머니 깊숙한 곳에 숨겨놓자. 여자들에게 이런 아이템이 있는 세계는 무서울 거고, 언제나 두려워하며 살아갈 수밖에 없어진다. 대책은 필요하지만, 이건 존재 자체가 있어서는 안 되는 물건이다.

"매번매번 도대체 왜 이 세상에 존재하면 안 되는 부류인, 존재 자체가 호감도 소멸 병기 같은 게 차례차례 속속 망설임 없이 나한테 모이는 거야?"

(뽀용뽀용)

역시 이세계는 나의 호감도를 노리는 건가! 죽이게 두지는 않겠어, 죽이게 두지는 않겠어! 이 호감도는 이성의 호감도고, 절찬 부족 중이고 결핍되어 갈망 중이거든?!

"평범한 『악몽』 장비였다면 문화부 여자애 장비로 좋았을 텐데, 너무 지나쳐서 쓸 수가 없어……. 그래도 문화부 여자애들은 고스로리 드레스에 안대 같은 게 어울릴 것 같네!"

(부들부들?)

마스코트 여자애와 미행 여자애하고 놀던 슬라임 씨도 방에 돌아왔고, 갑옷 반장도 새 모자에 만족 중이다. 자, 그럼. 던전 돌파를 재개할까, 아니면 오후의 2회전을 시작할까……. 큭, 2회전은 무리 같다. 갑옷 반장이 모닝스타를 꺼냈다!

"아니, 아직도 들고 있어? 아니, 그치만 신작 블레이저를 입혔더니 내 영혼의 남고생이 거칠게 날뛰고 있거든?"

(빠히————!)

응. 역시 타탄체크 미니스커트가 너무 짧았다! 알면서도 만들었지만 굉장히 짧았던 거다!! 응, 그야말로…… 날뛰게 되었거든?

뭐, 여자들은 교실에서 교복을 입고 전이했으니까 당연히 교복을 갖고 있다. 그리고 그건 당연히 모두 맞춤 교복이다. 응. 누군가가 입고 있으면 갑옷 반장이 빠히 보더란 말이지? 전에도 맞춤 체육복을 만들어줬더니 굉장히 기뻐했고, 지금도 굉장히 소중히 여기고 있다. 보물처럼.

그래서 교복이나 상의도 만들었다. 모두와 맞춰서 학교 가방이나 학교 지정 드림백도 만들어봤는데, 드림백만큼은 완성도가 불완전했다. 응. 로고가 떠오르지 않는단 말이지? 그 고등학교? 무슨 이름이었더라? 뭐, 기뻐하고 있으니 괜찮겠지.

"그러고 보니 뒤쪽 토지는 이제 비었나? 옆도 뒤도 이제 빈 것 같은데 어떨까?"

(부들부들)

(?)

현재 지내는 여관인 하얀 괴짜의 건물 1동은 전세를 놓은 상태. 여자애들도 슬슬 개인실을 원할지도 모르지만, 방이 부족하다. 식당도 제멋대로 쓰고 있어서 통전세 요금으로 계속 빌리고 있다. 하지만 미증유의 호경기라서 여관이 부족하고, 이 여관은 요리도 인기가 있다. 원래 모험가 길드에서 추천했을 정도다. 그렇기에 개축하고 싶었지만, 토지가 너무 좁았기 때문에 옆쪽과 뒤쪽 두 집을 골라 새로 집을 준비해 주고 이주를 부탁했다. 뒤쪽은 가게였으니까 시간을 들였지만, 그저께 정도부터 짐을 옮겼으니까 슬슬 끝났을 텐데…… 어떨까?

마스코트 여자애의 아빠 엄마한테는 이미 말해놨다. 뭔가 엄청 사양했지만, 여관비가 없으니까 빨리 만들어서 건축비로 대신 지불하지 않으면 곤란하다! 그리고 큰길에서 미행 여자애의 기척이 났다. 그건 떼부자 투어가 들킨 게 분명하다. 서둘러야 한다!

"마스코트 여자애~. 다른 이름은 마스코트 서민? 뭐, 여관의 이름 없는 여자애여. 뒤쪽 가게는 이미 비었어? 그건 무슨 가게였더라? 열려있던 모습을 본 적이 없는데, 연중 폐점 세일이라 계속 닫아두고 세일 중이었어? 응. 계속 닫혀있으니까 안 팔려서 가게를 접지 못했을 것 같은데. 진심으로?"

"앗, 하루카 씨. 아까 이사가 끝나서 인사하러 왔어요. 굉장히 좋은 집을 소개해 줬다면서 기뻐하며 감사를 표하던데요. 그리고 저곳은 가게가 아니라 농기구 공장이고, 기본적으로 마을을 순회 영업하고 있어요……. 하루카 씨가 어느 마을에서 본 적도 없는 농기구 만드는 법을 가르쳐줬다면서 크게 기뻐했었는데요. 모르셨나요?"

그러고 보니 내가 갔던 몇몇 마을에서 언제나 만나는 농기구 가게 아저씨가 있었는데, 언제나 평범하게 말을 걸어와서 평범하게 상대했고, 겸사겸사 아직 만들어지지 않은 체라든가 드럼형 풍구나 탈곡기 같은 농기구나 괭이 같은 것의 개량 방법도 가르쳐 줬더니 무척 기뻐하면서 농작물과 대량의 용돈을 주는 아저씨였다. 응. 물론 아저씨니까 까먹고 있었다.

"아니, 자주 말을 걸어서 뭔가 했더니 뒤쪽 가게는 그 아저씨의 가게였어?"

마침 역사 수업에서 에도 시대의 농업을 했었으니까 기억하고 있었는데, 그때 소환되었으니까 그 이후는 수수께끼다. 뭐, 어차피 오타쿠들이 기억하고 있겠지. 그 녀석들은 만들게 시키면 위험하지만 이미 증기기관까지 만들었으니까……. 일본도를 만들려고 하다가!

"좋아."

(뽀용뽀용?)

마력도 충분히 회복됐고, 설계도는 예전부터 완성했다. 지금의 2동을 감싸는 설계니까 이대로 시작할 수 있다. 그리고 이쪽 건물은 계속 대절하고 싶으니까, 크게 고치지 말고 넓게 개장하면서 증축만 해두자. 아무리 그래도 핫팬츠에 망사 타이츠나 미니스커트에 에로 스타킹이나 맨다리나 차이나를 입은 여고생들이 어슬렁거리는 식당은 일반 공개할 수 없다. 뭐, 개방하면 손님이 많이 올 것 같지만?

　그리고 지금은 철골을 넣은, 고층 건축 임페리얼 여관을 만드는 거다! 그야 전직이지만 미궁황과 슬라임 엠퍼러가 머무는 여관이니까!! 마동 엘리베이터도 설계했으니까 설계상 8층 정도까지라면 여유롭게 가능하다.

　"8층은 전망대 딸린 식당이고, 지하에 대목욕탕과 훈련장 완비. 방도 많이 넣고 스위트룸도 만들까. 근데 스위트룸은 좀 말하기 힘들지 않아?"

　(끄덕끄덕)

　(뿌용뿌용)

　아니, 오히려 임페리얼 룸을 만들까. 근데 왕국이니까 왕밖에 없으니 임페리얼(황족급)이라고 하면 마물밖에 없어 보이는데, 괜찮나? 뭐, 지금도 두 명 있기는 하지?

　"어, 대체 뭘── 에에에에에에에에엑?!"

　(부들부들 ♪)

　그리고 이름이 남겠지. 변경에서 가장 유명한 여관으로──. 그렇다. '하얀 괴짜'의 이름이 변경이나 왕국에 새겨지는 거다! 뭐,

마스코트 일가도, 같은 도시에서 도망친 사람들도 줄곧 이어오고 있다. 결코 사라지지 않겠지. 자신들을 구하고 목숨을 잃은 은인의 이름을. 그래도 이름을 모른다고 해서 별명으로 하얀 괴짜라니, 그거 본인은 기뻐할까?

옆쪽이나 뒤쪽 빈집은 해체하면서 재료로 썼다. 건물과 대지에 마력을 주입하고, 마력을 침투시켜서 지면과 흙을 장악해 융화시킨다. 그리고 반죽하면서 벽과 기둥을 수직으로 올린다.

반죽하고 섞고 굳히고 연성하고 만들고, 이어 붙이고 지탱하고 쌓고 또 지탱한다. 모든 힘이 수직으로 떨어지도록 정비하고 진열하고 조립한다. 되풀이하면서 재설계로 보강하고 조립하고 만든다. 강하고 튼튼하고 튼실하고 오래 버티고, 견고하게.

"후우우우. 미리 설계해서 효율화하지 않았다면 위험했나?"

아무리 치밀하게 설계를 반복해도, 시공하면 오차가 생긴다. 역시 8층에서 멈춘 게 정답이었다. 지하에 만든 암반에 올렸는데 생각보다 중심이 높다. 전망대 레스토랑의 전면 유리창은 역시 너무 욕심을 부린 걸까?

"그치만 바깥이 안 보이는 전망대는 말이 안 되고, 그냥 뚫어놓기만 하면 춥잖아?"

"……."

마스코트 여자애가 굳었네? 아직 유리 공장은 이제 막 가동해서 양산보다도 연습과 연구 중이라 유리는 보급되지 않았다. 그렇기에 팔릴 요소가 되지만, 무거웠나?

"너무 두껍게 만들었나……. 그래도 저격 대책이란 말이지? 총은 없지만?"

모든 방을 유리창으로 만든 게 곤란했나? 설계보다 무겁고 중심도 높아지고 말았다.

"좋아. 아래쪽 벽을 두껍게 해서 얼버무리자. 방음 대책도 될 게 분명하니까 그렇게 하자!!"

지하도 추가하자. 마스코트 여자애도 아무 말 하지 않고 있으니 OK겠지. 응. 완성했는데 2층까지는 돌벽 구조라고나 할까, 창문 붙은 돌담처럼 되어버렸지만 뭐, 세련되니까 괜찮겠지? 응. 이제 오크 킹도 부술 수 없는 난공불락 상승무패의 여관이 되었다.

임페리얼 여관이 완성되자 도시 사람들도 보러 왔다. 마스코트 일가도 모두 나와서 입을 벌리고 올려다보고 있다. 그리고 마스코트 일가가 울고 있다. 마스코트 여자애도 부모님도 할아버지도 할머니까지 울고 있다. 분명 옛날을 떠올리는 거겠지. 그때 이 벽이 있었다면 지킬 수 있었을 텐데. 그러면 하얀 괴짜도, 도시 사람도 피난해서 죽지 않을 수 있었다.

많은 사람이나 물자를 잃고 모든 것을 잃었지만, 그럼에도 일어나서 새로운 여관을 재개했다. 그리고 지금, 이제는 잃어버릴 일이 없는 불락의 성채 여관이 완성되었다. 그러니까 이번에야말로 가족도 여관 손님도, 도망쳐 온 도시 사람들도 지킬 수 있을 거다. 이번에야말로 반드시 지킬 수 있다. 그 정도로 단단하고 튼튼하게 만들었다. 그야, 여기서 지켜내지 못한다면 거짓말이 될 테니까. 이 여관의 이름은 도시를 지켜내고 목숨을 잃은 영웅의 이름 '하얀 괴짜'니까.

그리고 확실하게 만들었으니까 이걸로 한 달 정도는 여관비를 벌었을지도 모른다! 목욕비도 서비스 해줄지도? 라고나 할까?

◆━ 관광명소가 되면 대량으로 둔 안마의자로 떼돈을 벌 수 있다! ━◆

61일째 오후, 하얀 괴짜 여관

　신축 여관 안을 순회하면서 내부를 수선하는 동안에도 마스코트 일가는 계속 감사를 표했다. 온갖 말을 쏟아내고, 눈에는 눈물까지 머금고……. 그만큼 마음에 상처가 남은 거다.

　살아남아서 여관을 재건하고, 새로운 집도 지었지만, 옛날의 추억을 잊을 수 있을 리가 없다. 익숙해진 집도, 도시도, 친했던 지인들도, 많은 친구도 전부 잃었다는 슬픔과 공포를 잊을 수 있을 리가 없다. 줄곧 마음 깊은 곳에서는 상처가 있었다. 그리고 그걸 경험했기에 연약함도 덧없음도 알아버렸다. 그로부터 한 번도 진심으로 안심할 수 없었겠지.

　그러나 그런 당신에게 추천하는 것이 바로 이 성채 여관! 난공불락이자 상승무패이자 천마복멸인 임페리얼 여관 '하얀 괴짜'에게 두려운 것은 없다! 안심안전안온한 여관이다. 뭐, 그래도 가르쳐 주지는 않았지만 처음부터 단골 숙박객이 미궁황과 슬라임 엠퍼러라는 이세계 최강급이고, 다른 고등학생들도 Lv100을 넘어선 S급 모험가 집단이다. 이들이 단골손님이니까 이 여관은 세상에서 제일 안전하지만……. 그래도 한 번 잃은 뒤니까 이렇게 눈에 보이는 안심감이 필요했겠지. 응. 이 여관은 함락되지 않는다. 나는 잃어버린 걸 되찾아 주는 건 불가능하지만, 이제 잃어버리지 않도록 도움은 줄 수 있다. 그게 그 마을에서 배운 일이다. 그정도밖에 할 수 없으니까.

"감사합니다……. 정말로…… 감사합니다."

변경의 수많은 영웅들이 지켜낸 것을, 새로운 변경의 용사들이 그 뜻을 이어받아 지켜내는 거다. 그러니까 아무것도 할 수 없더라도 도와줄 거고 부업도 뛴다. 자그마하지만 할 수 있는 건 그 정도뿐이니까. 그러니까 이곳은 함락되게 두지 않는다.

그러나 생각보다 내부 정비에 시간이 걸렸다. 그만 기고만장해서 가구까지 만들어버렸다. 그래도 하얀 괴짜니까 역시 하얗게 통일하고 싶잖아? 응. 뭐, 호텔도 이미지가 하얀색이고, 그리고 뭐니 뭐니 해도 넓게 보이면서 청결감이 있다. 그리고 인테리어도 돋보이니까 로비에는 밀로의 비너스와 사모트라케의 니케, 접수대에는 거대한 해바라기 그림을 벽에 주르륵 진열했고 복도도 박물관 상태. 그러나 투탕카멘은 불평이 들어와서 집어넣었다. 아무래도 마물로 보이는 모양이더라고? 그리고 이세계는 자극에 약한 모양이라 나부화나 나부상도 퇴짜를 맞았고, 밀로의 비너스도 토플리스에서 옷을 입게 되어서 조금 쓸쓸해졌단 말이지?

"정말이지, 이 여관에는 매일 밤 이 모든 미술품보다도 예술적인 미(美)의 화신이, 그야말로 초자극적으로 마구 자극하고 폭발하면서 남고생의 욕망을 자극하고 또 자극하고 있는데 나약하단 말이야?"

(빤히————!)

그렇다. 내가 가장 전력을 다했던 잔 로렌초 베르니니 씨의 조각은 전부 퇴짜를 맞아버렸다. 아니, 예술이거든? 정말이라고? 그러나 안토니오 코라디니의 '베일에 가려진 겸손' 만큼은 옷을 입었다고 목소리 높여 말하고 싶어! 입고 있다고!! 괜찮거든? 안 된다고? 엄청 애썼는데? 그렇게 모처럼 만든 미술품의 70%를 집어넣고, 적절하고 무난한 미술품을 배치했다.

그리고 임페리얼 룸은 황족이라도 맞이할 수 있는 레벨이다. 그러나 여기는 왕국이니까 황족(임페리얼)은 전직 미궁황과 슬라임 엠퍼러 두 명뿐이고, 나머지는 격이 낮은 고블린 킹이라든가 코볼트 킹 같은 왕족뿐이잖아? 응. 숙박할까?

"응. 완성인가? 잘 모르겠지만?"

(뽀용뽀용 ♪)

실은 임페리얼 호텔은 묵어본 적도 없어서 잘 모르겠다. 그보다 보통 묵을 수 없다. 초고급 호텔의 지식을 표절해서 긁어모은 거다. 그야 호텔에 묵기는커녕 들어간 적도 없으니까? 응. 러브호텔조차 없거든? 응. 혼자서 갈 수 없으니까?

"으음. 조금 부족한 느낌도 들지만, 오너가 정할 일이니까 다른 요망이 있으면 말하라고? 그리고 지금 빌리고 있는 곳은 별관처럼 분리해 놨지만, 말해주면 평범하게 연결하고 내부 구조도 통일할 테니까? 뭔가 요망은 없어? 응. 무장도 할까?"

마스코트 일족이 전원 입을 벌린 채 고개를 가로저었다. 요망은 없는 모양이다. 그래도 관리 운영을 해야 하니까 제대로 엄격한 요망을 내주지 않으면 안 되는데…… 목소리가 안 나오나 보네?

일족이 모두 입을 계속 벌린 채 굳었다. 로비를 보고 굳고, 전망대로 올라가서 굳고, 마동 엘리베이터나 대목욕탕에서도 굳었으니까? 계속 말없이 입을 벌린 채 굳어서 따라오는 일족이라니 대체 뭐지? 몸이 딱딱한 건가? 이세계에서도 라디오 체조를 보급시켜야 하는 건가? 하지만…… 라디오도 없는데?

바깥도 굉장한 인파다. 이 도시 최초의 8층 건물에 전망대까지 딸렸고, 게다가 유리 자체가 신기한데 모든 방에 팍팍 썼고, 모든 방에 대형 유리 한 장을 설치했으니까 초호화 여관이겠지. 마스코트 일족도 서둘러 도시 사람들에게 설명하고 있으니까, 분명 관광명소가 될 거다. 그리고 안마의자도 대량으로 뒀으니까 떼돈을 벌겠지!

마력은 떨어졌지만 어중간하게 시간이 남아서 무기점이라고 해야 할지 대장간이라고 해야 할지 아무튼 대머리 수염 아저씨가 있는 대장간에 들렀다. 그야말로 귀가 서린 패기다. 눈이 위험하다. 머리는 벗겨졌지만 수염!

"시끄러워! 다 들리잖아. 울 거다!!"

불꽃이 타오른다──. 혼신의 힘으로 철을 두드리고, 또 철을 두드리고, 그리고 철을 두드린다. 단순 작업 같지만 정교하고 치밀하게 망치를 두들기면서 철의 상태를 파악하고 판단해서── 또 열을 가하고 철을 두드린다. 만약 이게 정말로 단순 작업으로 보이는 인간은, 분명 한 번도 진지하게 무언가를 만든 적이 없는 사람이겠지. 이것이야말로 신의 위업을 목표로 삼은 자, 한계를 넘으려 하는 자, 진지하게 살아가는 진정한 작업자다. 무언가를 만든다는 건 이런 것이다……. 나는 오늘도 브래…… 아니, 그건 진짜로 진지하게 만들지 않으면 정말 어렵다니까?

뭐, 대장간까지 와서 브래지어를 만들 필요는 없지. 한 명 정도는 와이어가 필요할지도 모르지만, 지금은 천으로도 버티고 있다. 그건 중량 설계가 다리를 놓는 것보다 훨씬 어려웠다고? 응. 그것이야말로 구조학의 신비야!

"미안하군, 기다리게 했구나. 돈은 준비해 놨고, 파는 것도 살 거다. 네 덕분에 대성황이야. 게다가 아무리 만들어도 떨어지지 않을 만큼 철이 있고, 내 검을 원하고 있으니까. ……뭐든 말해라. 뭐든지 해주마."

아저씨의 데레는 필요 없거든? 응. 대머리 수염 아저씨의 수요는 없어! 뭐, 로리 소녀 드워프라면 수요가 있다고나 할까…… 오타쿠들이 단골이 될 것 같다! 악수권 같은 걸 팔면서 바가지를 씌울 수 있겠지만, 대머리 수염 아저씨에게는 무리겠지?

"주문을 받으러 왔어. 마석에 마석 가루에 마석액, 부여된 거든 부여 전이든 부여 지정이든 효과든 주문받을 거거든? 분명 필요하겠지? 그야 이건 파는 거지만 장사하는 건 아니니까……. 장사할 거면 이 정도의 물건은 만들지 않을 거잖아?"

최고를 뛰어넘으려고 죽을힘을 다해 만들고 있다. 이 이상 아무도 죽지 않도록, 이렇게나 필사적으로 만드는데도, 그런데도 부족하다며 발버둥 치고 있다. 그러니까 팔게. 돈 없으니까?

"뭐가 필요해? 뭐든 만들어 줄게. 아직 만족하지 않았잖아? 절대로 지지 않는 무기나 방어구 같은 건 만들 수 있을 리가 없어. 당연하지. 불가능해. 그래도 만들 거잖아? 응. 불가능하더라도 포기하지 않을 테니까 필요하지? 그러니까 팔러 왔다나 할까?"

최소한, 병사들의 장비에는 높은 독 내성이나 상태이상 내성을 붙이고 싶다. 붙일 수 있는 거라면 온갖 최고의 효과를 장비에 붙이고 싶겠지. 그게 불가능하더라도 조금이나마 강하게, 조금이나마 튼튼하게, 아주 조금이라도 살아남을 가능성을 극미량이라도 올리기 위해 계속 만들고 있다……. 그러니까 필요하지? 진짜 돈 없거든?

"그래…… 부탁하마."

그래서 팔러 왔다. 죽게 두지 않기 위해 죽을힘을 다해 만들어서 지키려 하고 있으니까 도와주는 정도라고? 응. 그야 돈 없으니까. 필요 없다고 해도 팔 작정이고?

자, 그럼. 무기점에서도 돈을 벌었으니까, 잡화점은…… 들르면 추가 주문이 올 것 같으니까 그만두자. 어라? 에로 메이드 여자애가 달려오고 있다. 그래도 에로 드레스가 아니라 평범한 옷이네?

"정말이지, 메이드인 주제에 메이드 옷을 안 입다니, 메이드에 대한 모독이잖아?"

아니, 본직 메이드이긴 하지만, 위험한 처지인데 평범한 옷이라니 너무 부주의하다.

"정말이지, 외출하려면 장비 정도는 하고 와야지? 응. 그 에로 드레스는 던전 상층 마물의 일격 정도는 무효화거나 거의 경감할 수 있거든? 에로하고?"

"어, 어째서 여기에?!"

뭐, 그걸 입고 밖을 돌아다니면 다른 큰 문제가 풍기상으로 대발생해서 병사들에게 붙잡힐 것 같지만?

"그래서 메이드복을 초특급(超特急)이자 초특급(超特級)으로 만들어왔어!"

"그러니까 어째서——?!"

"각종 내성 부여와 가속에 신체 능력 강화에 격투 효과도 붙고, ALL 20% 상승에 +DEF 붙은 에로 드레스이자 근접전용 메이드복? 뭐, 에로? 호신용이고, 에로가 아니면 만들 즐거움이 반감된다고나 할까 격감? 이라고나 할까?"

"말이 전혀 안 통하고 있어?!"

각종 비밀 무기나 방어구도 넣어놨고, 덤으로 『수납』도 부여했다. 그리고 이 메이드 여자애는 강하다. 그러니까 어새신용으로 특화된 장비다——에로하지만!

"물론 당연한 일이지만 『수납』은 미니스커트 안에서 꺼내는 거라고? 응. 예비로 열화판 『귀신의 츠바이헨더』도 수납해 놨으니까, 에로 메이드복 미니스커트 안에서 2미터급 대검이 나온다니 가슴이 뜨거워지네!!"

"정말로 말을 들을 생각이 있는 건가요——?!"

그렇다. 메이드에게 대검은 약속이지만, 2미터의 대검을 든 어깨 노출에 등 노출에 가슴 무방비인 완전 방어 에로 메이드 어새신이 습격한다면 절대로 그냥은 끝나지 않겠지!

"응. 내가 습격당하면 그냥이 아니라 대단한 일이 벌어져서, 그 괴씸한 배꼽 부분의 세로로 뚫린 슬릿 틈새가 그야말로 대단한 어새신이라고나 할까, 앙앙 저질러 버린다고나 할까, 분명 큰일이라고? 그리고 에이프런 드레스 등 부분은 알몸 앞치마라고 해도 될 만큼 무방비하지만 마력으로 완전 방어했고, 당연하지만 망사니 삭스는 프릴까지 장비했고, 어깨 노출인데도 프릴이 달린 롱 글러브인 것도 대단하다니까!"

응. 습격당하고 싶은 장비 부문이라면 인기투표 1위가 틀림없을 거다!

"저의 목숨까지 살려주신 데다 이런 대단히 비싼 장비를 주셔서 감사의 마음이…… 감사의 마음이 너무나도 에로한 옷 때문에 어딘가로 가버렸지만, 어째서 이런 곳을 뚫어놓은 거죠?"

"어, 낭만?"

"여기는 뚫어놓으면 안 되는 곳이라고 생각하는데요. 왜 뻥 뚫려있는 거죠? 게다가 드레스에 이어서 이 에로함은 대체 뭔가요? 이거 평범하게 부끄럽고 가릴 마음이 전혀 없는데, 미묘하게 가려놔서 엿보고 싶은 마음을 부추기고 있지 않나요?! 이걸 입은 메이드라니 대체 메이드의 일을 무슨 일이라고 생각해야 이런 디자인이 되는 건가요! 네. 저는 왜 입어버린 걸까요……. 그리고 왜 빤히 처다보고 있는 거죠! 그리고 누가 이런 에로한 메이드복을 입히고 공주님에게는 그런 에로 드레스를 입히려 하는 건가요!! 언어도단이에요! 불경죄에요! 극형에 처하겠어요! 왕국 전체를 질질 끌고 다니겠어요!!! (이하 노성)"

응. 발을 구르는 모습조차 허벅지가 에로하다. 그리고 격노하면서 가슴도 출렁출렁하는 게 에로스하네?!

"아니, 쇼핑이라니 왕녀 여자애가 움직일 생각이야? 귀족군은 왕녀 여자애를 노리고 있는데? 응. 지금 움직이면 혼란을 이용해서 확실하게 노릴 거고, 함정도 칠 것 같고, 그래서 메리 아버지도 막았잖아? 애초에 이미 전쟁을 멈출 수 있는 단계는 특대 도약으로 넘어서지 않았어? 게다가…… 고작 둘이서 전쟁을 막으러 갈 셈이야? 무리인데? 바보야?"

거리를 달리면서 여행 준비. 무기나 약에 아이템을 긁어모으며 싸울 준비를 하고 있다.

"공주님이 막겠다고 말씀하신다면, 저는 그에 따르면서 마지막까지 지켜드릴 뿐입니다. 그러니 설령 아무리 에로하더라도 장비는 고맙게 받겠습니다. 설령 파렴치한 데다 에로하더라도…… 이걸로 저는 공주님의 검이 되고, 방패가 될 수 있으니까요. 감사합니다."

깊이 고개를 숙이며 떠나갔다……. 응. 뒷모습이 또 에로하네! 정말이지. 아직 포기하지 않다니. 전쟁을 막는 것에 목숨을 걸고, 고작 둘이서 막을 셈이다. 그 목숨으로 왕국과 변경을 지킬 생각이라니. 그렇게 왕가는 물론이고 왕국이나 변경까지 짊어지려 한다면 뭉개질 게 뻔하잖아. 그렇게 찌부러졌는데도, 아직도 안으면서 일어나려 하고 있다. 자신의 목숨을 버리고 죽으러 온 왕바보 왕녀님은, 그럼에도 포기하지 않는 왕바보 왕녀 여자애였던 모양이다.

61일째 저녁, 하얀 괴짜 여관

50층까지 돌파하고 미궁왕을 잡고 나서 의기양양하게 도시로 돌아왔는데 여관이 없네? 아니, 있기는 하지만…… 호화 고급 호텔? 모던한 돌담 위에 새하얀 건축물이 올라가 있는 빌딩, 그리고 이세계에서는 여전히 귀중하면서도 투명하게 만들지 못하는 유리를 잔뜩 사용한 벽면.

근데 간판은 '하얀 괴짜'였다. 그렇다. 범인은 생각할 것도 없이 알 수 있다. 안을 탐색하면서 그 경이로운 미술품에 경악하고 압도당하고 있는데…… 진범이 아무런 죄의식도 없이 자기는 모른다는 표정으로 나타났다. 여관 일가는 다들 울 것 같은 얼굴인데도 반성 없이 나타났다.

"어서 와? 그보다 그쪽은 본관이고 너희는 이쪽이야. 거의 그대로거든? 뭐, 넓어지고 방도 늘어났지만, 기본적으로는 그대로 전세거든? 그렇달까?"

평소의 입구와 평소의 식당. 그리고 모두가 '다녀왔어.'라고 말하며 들어간다. 이것이 이 도시에서의 일상. 호화로운 본관은 조금 끌렸지만, 이쪽이 우리 집이었다. 그러니까 이쪽은 그대로 둔 거다. 모두가 돌아갈 곳이니까.

그러나 잘 보니 꽤 고쳐나서, 전체적으로 넓어지고 천장도 조금 높아졌다. 하지만 깔끔한데도 새로운 느낌이 나지 않는다. 기존과 같은 재료를 써서 어색함 없이 적응할 수 있다. 지금까지 익숙해진 구조를 그대로 확장하는 게 훨씬 어려웠을 텐데.

"넓……네?"

"달라지지 않은 것 같으면서도 꽤 다르네?"

"응. 다녀왔다는 느낌이네."

　방은 훨씬 늘어나서 2인실이나 개인실로 할지 여자 모임에서 상의하기로 했다. 혼자서 편히 쉬고 싶기도 하지만…… 혼자면 역시 쓸쓸하려나? 여탕은 넓어졌고, 마동 샤워기도 달린 데다 사우나도 완비. 지하에는 훈련장도 생긴 모양이다. 그렇구나……. 지금껏 훈련하던 뒤뜰은 없어졌구나. 새로운 여관이 되었구나.

　여관 주인도 부인도 마스코트 여자애도 눈물이 맺혀 있었다. 이렇게 훌륭하고, 이렇게나 튼튼한 걸 받았다면서. 그 말을 듣고 겨우 깨달았다. 저 눈물은 그저 건물이 훌륭해졌기 때문이 아니다. 한 번 망한 적이 있는 트라우마를 고려해서 말도 안 될 만큼 강고하고 견고하게 만들었다. 저 눈물은 겨우 진정한 의미로 안도할 수 있게 되었기 때문이겠지.

　마물 스탬피드로 도시가 멸망하더라도, 분명 이 여관은 남을 거다. 여기로 도망치면 살아남을 수 있다. 이젠 절대로 잃어버리지 않는다. 이건 그런 메시지. 그렇게 생각할 수 있는 여관을 만든 거다. ……뭐, 이건 이제 여관이 아니라는 말은 접어두고, 아무튼 만든 거다. 여기에 있으면 괜찮다고. 무조건 지킬 수 있다고.

"성벽이 무너지고, 성채가 파괴되고, 성이 함락되더라도······
여관이 난공불락이라면 마물도 깜짝 놀라겠네?"

"뭐, 오너인 경영자 일족이 더 놀라겠지?"

어마어마하게 견고하고 튼튼하고 강고. 하지만 호화롭고 세련
되었다. 게다가 장식된 어마어마한 숫자의 미술품은 전부 대체
어느 루브르인지 대영인지 메트로폴리탄인지 따지고 싶을 만큼
굉장했다. 응. 이것만으로도 충분히 돈을 받을 수 있다. 전부 가짜
인데도 오라가 있었으니까!

"해바라기는 저렇게 많이 있었나?"

"그리고 비너스는 조금 다르지 않았어?"

"저렇게 크지는 않지만, 해바라기는 연작이었어요. 비너스는
옷을 입혔네요."

"모나리자도 꽤 많고?"

"인상파에서 끝난 모양이네?"

"무난해서일까?"

"뭐, 하루카의 동굴은 앤디 워홀이었고?"

"지금 이세계의 문화에서는 야한 건 금지였을걸?"

"""아아, 그래서 비너스에 옷을 입혔구나."""

도시 사람이 구경하러 와서 감동하고 있다. 분명 이 도시에서 이
세계의 문화가 움직였다. 이건 산업혁명이나 문명 개화가 아니
다. 저건 보는 사람의 마음에 감동을 주는 것. 분명 그저 살아가기
만 하는 생활에 아름다운 것을 보고 동경하는 문화가 뿌리를 내렸
다. ──그렇다. 분명 아름다운 도시가 될 거다. 그걸 위한 상징,

매일의 생활 속에서 행복이나 기쁨이나 즐거움을 만들어 내는 건 감동이니까.

전에는 교회풍 고아원이 생기더니, 이번에는 호텔 겸 미술관. 그렇다. 튼튼하고 쾌적한 집밖에 생각하지 않았던 도시 사람들이 어느새 흉내를 내서 벽을 하얗게 칠하거나 형태를 바꾸거나, 정원을 만들고 있었다. 그렇게 조금씩 바뀌기 시작하고 있다.

"그렇구나……. 이세계가 왠지 살풍경하다 싶었는데, 예술이나 문화가 아직 침투하지 않았었구나."

"그래도 옷이나 가구 같은 건 팔기 시작했으니까, 지금부터야……. 변경은 빈곤했으니까."

"응. 만든 본인도 가난한 것 같지만?"

""응. 또 여관비를 외상 달았어!!""

그리고 준비된 저녁밥은 고기감자조림이었다. 울었다. 여자는 다들 위장을 붙들려서 울고 있다. 당연한 것처럼 흰쌀밥과 생선구이에 즉석 오이무침. 이세계에 이런 게 당연한 듯이 있을 리가 없는데. 그래서 맛있고, 진심으로 행복했다.

"으으으, 맛이 제대로 스며들어서 맛있었어!"

"근데 왜 고작 몇 분 사이에 스며드는 걸까?"

"잘 생각해 보면 몇 분 만에 밥을 짓는 것도 진짜 이상하잖아?!"

"오이절임도 아무리 살짝 절였다고는 해도…… 절인 순간 절임이 되지는 않지?"

마법의 요리. 그건 맛만이 아니라 제작 과정도 불가사의했다.

"근데 어째서 생선은 매번 제대로 굽는 걸까?"

"그래도 불 마법이었는데?"

"쓸 수 있는 스킬이 아무것도 없다고 하는 것치고는 누구보다도 편리하게 쓰고 있네."

그러나 생산계 치트 스킬이 있더라도 이런 건 불가능하다. 그야 스킬을 분해하고 재조립하다니…… 스킬을 어떻게 분해해야 하는지 아무도 모르고, 그러니 재조립도 절대 불가능하다. 그건 대체 뭘까?

"그 든든하고 촉촉하고 친숙한 맛에, 감자의 후끈후끈한 느낌이 궁극의 일품이었어."

"그래도 하루카는 실곤약을 원했던 것 같더라?"

"""벌써 원래 세계의 수준을 아득하게 넘어버렸는데, 아직도 불만이야?!"""

그리고── 목욕탕이 굉장했다.

"""우와아, 고저스 리조트?!"""

"조각상에서 뜨거운 물이!"

"와아~ 대리석 욕조야~ ♥"

"노송나무 욕조까지!"

"여기는 냉탕이야."

"왠지 깨달음을 얻어서 새로운 스킬에 눈을 뜰 것 같은 탕이!"

"근데 안녕하다면 산맥에서 산보라는 건 뭐야?"

"폭포탕이니까 아뇩다라삼먁삼보리(阿耨多羅三藐三菩提)인 게 아닐까요?"

"""으응?"""

목욕탕은 넓었다. 여탕이라 특히 큰 모양이다. 남자와 함께 들어와도 즐겁지 않으니까 남탕은 별도라고 한다. 그렇다고 혼욕하지는 않는 게 하루카답다.

"제대로 된 샤워기도 오랜만이야."

"제트 배스. 이거 동굴에 있던 것의 호화판?!"

그렇다. 이 목욕에 대한 집착은 대체 뭘까? 이세계에 온 지 일주일 정도밖에 안 됐을 때도 이미 고양이 다리 욕조에 거품 욕조까지 만들었단 말이지? 불법 점거하고 혼자 살 때도?

"""좋아. 사우나에서 살을 빼자!"""

"""오오──♪"""

(뿌용뿌용♪)

고기감자조림을 그릇으로 마구 먹었던 위험성을 다들 알고는 있나 보네. 타월을 두른 여고생 20명+1명으로 사우나가 단번에 만원이 되었다. 응. 나도 먹었으니까!

"우와~ 뜨겁네~?"

"발한, 발군살!"

"""숙적 퇴치(지방 연소)!"""

천천히 느긋하게, 그러나 차분하게 땀을 흘렸다. 극락이지만 덥다. 뜨겁지만 기분 좋다. 목욕 전 훈련에서는 방패 여자애, 아니 방패 반장이 대활약했다. 그 성장을 본 안젤리카 씨도 눈을 가늘게 뜨며 기뻐했다. 지키고 싶다. 지켜야 한다며 필사적으로 싸우던 여자애는 지키겠다는 각오를 다지고 결의했다. 그리고 방패 반장이 되었다.

자신감이 없었던 얼굴은 결의를 다진 눈동자로 변했고, "하루카에게 방패를 받았어요. 방패 반장이라고 인정해 줬어요. 그러니까 지킬게요."라고 말했다. 언제나 모두를 지켜온 그 손에 하루카에게 받은 『명경의 대형 방패』를 들고, 모두를 지키는 방패 반장(이지스)이 된 거다.

　시마자키의 새로운 장비도 파괴력이 굉장했지만, 그보다는 속도와 그로 인한 공격 횟수가 압도적으로 강해졌다. 그러나 무엇보다 그 손에 『영구빙창』을 들고, 얼음 갑옷을 두르고, 얼음 대형 방패를 들고, 얼음창을 높이 들며 얼음 화살을 조종하는 모습은 마치 얼음 여왕 같았다. 응. 굉장히 아름답고 강렬했다. 그래도 싸움에서는 압도적인 위력으로 흉포한 위세를 떨치며 군림하는 얼음 여왕이었지만, 전투가 끝나자 기쁜 듯이 영구빙창을 사랑스럽게 어루만지며 데레데레하고 있었다.

　그리고 도서위원은 마지막까지 손패를 보이지 않았지만, 장비가 일신되어 문화부 팀의 상태이상 공격이나 아군에게 주는 부여도 힘이 훨씬 늘어났다. 뭐, 그것 때문에 마물들은 닥치는 대로 약체화되어 돌파가 팍팍 진행될 정도였지만.

　그래도 그 『파급의 목걸이』는 하루카와 도서위원이 계속 상의하다가 받았었다. 분명 무언가 더 있다. 다음은 카키자키 그룹 체육회 팀의 장비일까? 그래도 하루카가 없을 때는 제대로 부메랑을 던져서 견제하고, 할버드로 마물들을 제압하고, 검을 들고 찢어버리는데 무기가 딱히 더 필요할까? 오히려 그 신체 능력과 냉정한 판단력, 그리고 순간적인 직감이야말로 무기다. 하지만 하루카와 함께 있으면…… 갑자기 바보가 된단 말이지?

그리고 소란 부리는 콤비인 배구부 여자애 A, B라 불리는 하가와 시스이가 무언……. 지금부터 시작되는 브래지어와 팬티 치수 측정이라는 이름을 가진 여자의 위기 앞에서 긴장하는 것 같다. 응. 도와주고 싶지만…… 그건 괜찮다고 말할 수가 없지? 마지막에 허리에 힘이 풀려서 일어날 수가 없었고, 그때의 일을 떠올리면, 떠올려 버리면 뜨거워져서…………. (화끈)

"메딕! 반장이 사우나에서 쓰러졌어!"

"응. 이제 얼굴이 새빨개서 위험할지도?!"

"근데 헛소리가 나오는 게…… 에로하네?"

"현기증을 일으켰어. 옮기자."

"식혀서…… 아니, 냉동 마법은 너무 과도하게 식힐지도?"

""응. 얼려버리겠지?""

그건 소녀의 위기라고나 할까, 소녀가 타락할 수도 있는 대단한 위기가 흘러나와서 넘치는 듯한, 정신이 위험한 치수 측정이었어. 그래. 그건 여자로서 좋지 않아!

**전후좌우에 더해서 상하 공격 방어를 다용하니까
전후좌우상하로 흔들리는 모양이다.**

61일째 밤, 하얀 괴짜 여관

오늘은 배구부 여자애 A, B 콤비인 모양이다. 그렇다면 가슴이 크고 브래지어 문제가 절실한 여자애부터 우선적으로 오게 된 건가. 확실히 배구부 여자애 A와 B 콤비라면 큰 부류에 들어가도 이상하지 않을 만큼 훌륭하다. 도약하니까 잘 흔들리고?

뭐니 뭐니 해도 이 두 사람은 전직, 아니 지금도 배구부 여자애. 그 공격은 전후좌우에 더해서 상하 도약을 다용하는 공격형 방패 콤비. 그러니까 잘 흔들린다. 응. 공이 들어가 있는 듯한 느낌으로 잘 흔들린다. 그러니까 우선적으로 온 건가?

""…………""

남고생은 이해나 상상과 망상이 미치지 못할 만큼, 브래지어는 중요하고 절실한 문제인 모양이다. 몸의 움직임이나 피로와도 관련이 있다면 전투직인 여자들에게는 안전과 목숨이 걸린 중요 사항. 하지만 프릴도 중요하다네? 그래도 평소에는 크게 소란을 부리면서 옷이 흐트러지든 속옷이 보이든 신경 쓰지 않는 소란스러운 근육뇌 콤비가 말을 우물쭈물……. 굉장히 불편하다! 오히려 나체족 여자애의 동료 캐릭터니까 자연스럽게 훌러덩 벗어던지지 않을까 경계할 정도였는데, 왠지 분위기가 무거워!!

하지만 우선적으로 왔다면 전투에서 지장을 느낀 거겠지. 위험이나 그런 전조가 있어서 우선된 걸 테니, 나는 부끄러워하지 않고 평정심을 유지하며 담담히 장비를 만들면 된다! 그래. 이건 전투용 장비이자 몸을 지키는 갑옷인 거다!! 브래지어지만?

벗기 쉽게 두 사람 모두 앞으로 여는 미니 원피스고, 그 단추를 조심조심 풀었── 죄송합니다. 무리입니다! 이거, 평정심은커녕 남고생의 그것이 비상사태 선언을 발령해서 선수 선서를 선언할 만큼 비상사태인 비상심입니다!

그나저나 한쪽은 위쪽부터 단추를 풀고, 한쪽은 아래쪽부터 단추를 푼다……. 이 무언의 분위기와 옷깃 스치는 소리가 위험하다. 이미 갑옷 반장은 전혀 도움이 안 되는 눈가리개를 발동하고 있으니 보이지는 않지만, 그만큼 소리가 묘하게 리얼하다! 나의 덤덤한 평정심은 아무래도 끙끙으로 변해가는 모양이네? (스륵, 툭)……생생하잖아!!

"아니, 무언의 분위기가 무거워서 하기 힘든데, 그냥 치수를 재고 만들고 대보고 수정하고 형태를 잡고 보정할 뿐이거든? 응. 보이지도 않고, 만지지 않을 테니까 좀 더 편하게 '히얏하~ 알몸 페스티벌이다!' 정도로 평소 분위기로 하면 되거든? 응. 뭔가 캐릭터가 트윈 전봇대 같지 않은걸? 이라고나 할까? 안 본다고?"

"트윈 전봇대라고 하지 마——!"

"그리고 '히얏하~ 알몸 페스티벌이다!' 라니, 왜 우리가 멍청한 여자애 캐릭터가 된 거야!"

아직 딱딱한가? 잡담이라도 나누면서 진행하자, 말이라도 하지 않으면 묘하게 소리가 신경 쓰이니까.『공간 파악』으로 입체를 파악하고 있으니까 신경 쓰여서 견딜 수가 없다. 그러니 별것 아닌 이야기를 한다. 오늘 던전 이야기, 먹고 싶은 음식 리퀘스트, 다음으로 필요한 옷 종류, 그런 매일 이야기……. 분명 아직 옛날 이야기는 괴롭겠지.

"그래서 방패 여자애, 아니 방패 반장이『카운터 실드』로 지켜줘서…… 으응…… 으으."

"응응. 그래서 『블레이드 실드』하고 교환했더니 무게가 달라져서 돌진하니까…… 아아아."

이야기가 시작되자 딱딱한 느낌은 풀렸지만, 대화 도중에 "앗." 이라거나 "윽." 하는 목소리를 넣지 말아 줄래? 엄청 신경 쓰이거든……. 전투 중에는 "오오!"라고 대답하고 있었잖아?!

"딱히 배구는 괜찮아. 뭐, 생각하는 바는 있지만. 전국체전도, 고교체육대회도."

"응응. 결국 만년 2위였으니까!"

"그래도 이세계에서 모두와 전투하는 것도 즐거워. 응. 분명 소란을 부리고 싶은 거겠지. 전력으로 열심히 노력해서 '우와아아!' 가 되고 싶은 거야. 그러니까 이건 이거?"

"그러게. 뭔가 다들 싸우고 이겨서 '와아아아!' 가 좋은 거지."

"응. 분명 배구가 아니라도 괜찮은 거야……. 중고등학교 전부 만년 2위였다는 건 열 받지만!"

아니……. 그냥 강호 학교로 갔으면 되지 않았을까? 뭐, 여자애들 가운데서는 비교적 멘탈이 강한 편이고, 적응력도 높다. 그래도 허세 절반 체념 절반, 즐기는 것 절반과 아무 생각도 없는 것 절반으로 2인분이겠지. 언젠가 바다라도 발견하면 비치발리볼 선수권이라도 개최하자. 그거라면 두 명이 할 수 있으니까?

어린 시절부터 줄곧 연습하고 익혀온 기술이나 경험이 전부 쓸모없어지는 게 아깝고, 분하지 않을 리가 없다. 그러니 비치발리볼 정도라면 보급할 수 있을 것 같다. 물론 비치발리볼 유니폼을 만드는 건 전혀 싫지 않다. 비치발리볼을 보급하기 전에 유니폼만 먼저 보급해 버릴 만큼 매력적인 요즘 이맘때? 라고나 할까?

그러고 보니 반장은 테니스부였는데 보급은 필요할까? 유니폼은? 작은 동물은 확실히 육상부였지만, 지금도 달리고 있으니까 내버려 둬도 되겠지. 그러나 리듬체조만큼은 보급이 어렵다. 그건 설비도 필요하고 경기 자체가 복잡해서 선수가 바로 육성되지는 않을 것 같다……. 그래도 레오타드는 이미 있다고? 응. 갑옷 반장이 열 장 정도 가지고 있다. 물론 입혔지? 응. 만끽했습니다.

그렇게 이야기하면서도 마수는 치수를 재면서 지고로 정보를 보내고 있다. 머릿속에서 출렁이나 말랑 같은 의태어가 들린다……. 아니, 『지고』는 번역하지 않아도 되거든? 그건 슬라임 씨도 아니니까 대화를 요구하면 안 되고, 대화한다면 사건인데?

"으, 으앗……!"

"히이익. 으으으…… 으응!"

원래 그릇형이고 탄력성이 높으니까 억지로 올리거나 억누를 필요는 없어 보이고, 중량의 분산과 고정 중시. 나머지는 격렬한 움직임으로 스트랩이 풀리지 않게 주의할 필요가 있겠지. 응, 왠지 조금 익숙해진 자신이 싫다. 브래지어는 결코 전혀 완전히 싫어하지 않지만, 특기가 브래지어 제작(오더 메이드)이라고 말하는 남고생이라니 뭔가 싫잖아? 응. 내 호감도는 기운차게 살아가고 있어――. (아련한 눈…… 단, 눈은 가린 상태)

그리고 순조롭게 진행되었는데, 역시 아래쪽은 엉망진창이었다. 응. 엉덩이는 탄탄하게 올라가 있지만 근육질이라서 재설계가 필요했다. 즉…… 전부 『마수』로 촉진해서 치수를 재고, 『장악』으로 붙잡아 흔들어서 엉망진창 해버렸다. 측정하는 쪽도 측정받는 쪽도 정신적인 소모전이었다고만 말해두자──. 역시 음성이 위험하다고!

그렇게 겨우 완성해서 치수도 육질도 완전히 파악했기에, 가벼운 마음으로 배구 유니폼을 만들어 줬더니 울었다. 기꺼이 실내복으로 쓴다고 한다. 다음에는 블루머도 만들어 주자. 물론 갑옷 반장 것도 만들 거다! 그 갑옷 반장은 맞춤 배구 유니폼을 가만히 쳐다보고 있다……. 필요해? 저건 모두가 가지고 있는 게 아닌데? 뭐, 만드는 건 전혀, 조금도 싫지 않지만, 울고 있는 여자애들한테 준 것하고 똑같은 걸로 밤에 힘내는 건……. 으음, 색이 다른 거라도 괜찮은가?

그렇게 고난의 시간도 끝나고, 갓 벗은 따끈따끈한 생속옷이 남았지만 장비를 제작해야 한다. 분명 먼저 생속옷을 하게 되면…… 여러모로 문제가 많으니까…… 아직 따끈하기도 하고? 그리고 신경 쓰이는 일도 있어서 시험해 보고 싶은 게 있다. 오늘의 수확이었던 『귀신의 츠바이 헨더』는 소재까지 감정했다. 다른 건 몰랐는데 『귀신의 츠바이헨더』만큼은 소재 감정이 가능했다. 그리고 소재는 모두 알고 있는 것이었다. 그보다 가지고 있다. 철에 미스릴에…… 흑금이다. 흑금은 예전에 갱도 마을에서 채굴한 수수께끼 금속 장식물을 대량으로 구입해서 돌아온 뒤에 연성했더니 나왔다. 이걸 제조로 복제할 수 있다면 바보 파이브 전원에게 줄 수 있다.

"응. 그 녀석들은 바보고 바보고 정말로 바보고, 무척 바보고 굉장히 바보고 초절정 바보라서 어찌할 수 없을 만큼 바보인 데다 바보지만…… 강하니까?"

(끄덕끄덕)

그 다섯 명이 군단에 있기에 무너지지 않는다. 개개인의 연계력은 무지막지하고, 직감력이라면 천재적이고, 두뇌만이 천재(天災)적으로 바닥을 뚫고 있다. 그 위험할 만큼 강한 순간적인 야생의 감이 위기적 상황을 가르쳐 주고, 견본이 되고 있다. 바보지만? 그러니까 그 다섯 명을 한꺼번에 강화할 수 있다면 무척이나 무너뜨리기 힘든 군단이 된다. 전원의 안정성과 전력 자체가 올라간다. 그렇다. 그저 던질 것 같아서 만들고 싶지 않을 뿐이다. 그야 할버드를 던지고 부메랑으로 두들겨 패는 녀석들이니까. 하지만 강하다. 아마 단독으로는 최강 클래스다.

모방이라고 해야 할까, 레플리카(복제) 제작. 『마수』로 촉진하고 『장악』으로 해석하고 『지고』로 분석한다. 응. 검이니까 즐겁지는 않지만 조사해서 정보화한다. 재료가 모여있으니까, 시제품을 만들면서 분석하면 이론상으로는 연금으로 복제할 수 있겠지. 뭐, 어느 정도 능력은 떨어질지도 모르지만 미스릴을 늘리면 충분히 쓸 수 있을 거다. 그러나 완성되더라도 『귀신의 츠바이헨더』는 2미터를 넘는 대검. 게다가 무겁고 밸런스도 특수하니까 분명 바보들 말고는 쓰기 힘들겠지.

그래도 무기 복제가 가능하면 무기나 장비품의 부족은 단번에 해결할 수 있다. 그러니까 시험 삼아 연습해 볼 가치는 있다. 의식을 검에 집중해서——그래. 생속옷은 보면 안 돼!

소재에서 성분으로, 금속에서 설계로. 밝혀낸다. 해명하고 해석하고 분해한다. 제작된 작품을 되돌려서 원래대로 만들듯이…… 그 제작 과정을 밝혀낸다. 응. 이 크기와 무게는 PoW로는 능숙하게 쓸 수 없다. 몸의 반발력과 자세 제어에 중심 이동까지. 이렇게 세 가지가 갖춰지지 않으면 검에 휘둘린다. 이 무게를 반동에 이용해서 원심력으로 바꿔 휘두르는 센스는 야만인 말고는 없겠지. −InT의 디메리트는 있지만, 어차피 근육뇌니까 눈치채지도 못할 거다.

"응. 최적의 무기니까, 던지지 않게 부메랑은 몰수할까?"

(뿌용뿌용)

『귀신의 츠바이헨더』 다섯 개가 눈앞에 있다. 그냥 이게 오리지널일지도 모른다. 대충 진열하니까 정말로 모르겠는데? 전부 『귀신의 츠바이헨더 : PoW 60% 상승, 폭격, +ATT, −InT』, 완성이다. 뭐, 이번에는 이걸 미스릴화해서…… 미스릴화하고 나서 복제했으면 한 번에 끝났잖아! 지금부터 하면 또 다섯 개……. 천 리 길도 한 걸음부터. 로마는 하루아침에 이루어지지 않았다. 생속옷으로 가는 길은 부업부터, 라고나 할까?

◆ 어째서 만두를 사러 기념품 가게에 가는데 완전 무장인 걸까? ◆

62일째 아침, 하얀 괴짜 여관

급보——왕녀님이 메이드를 데리고 왕도로 떠난 모양이다. 밤중에 영주관에서 모습을 감췄다고 한다. 놓고 간 편지에는 그저 '신세를 졌습니다. 왕족으로서 제 이름을 걸고 반드시 왕국과 변경을 지키겠습니다. ——샤리세레스 디 디오렐.' 이라고만 적혀 있었다고 한다. 고작 그것만으로…… 고작 둘이서 전쟁을 막으러 갔다.

영주관에서는 서둘러 군을 편성해서 빠른 말로 수색대를 보냈고, 무리무리 성에도 가짜 던전 앞에 검문을 배치했다고 하지만……. 다들 신변을 걱정하면서 돌려보내려고 경비를 보내는 등 큰 소란이 벌어졌다.

"가버렸나."

"가버렸네."

"뭐, 가겠지."

"응. 가겠네."

뭐, 걱정이다.

"비참한 일이 벌어지겠네."

"처참할지도 몰라."

"참극은 틀림없겠고."

"희극이 더 걱정이네~?"

"""아, 그럴지도."""

이제 몇 회인지, 몇 번째인지, 매번 익숙한 걱정이다. 아침에 일어나니 진짜 강한 미궁황과 진짜 무서운 미궁왕을 데리고, 강한 자 괴롭히기의 제1인자인 자칭 최약이자 참칭 인간족인 사역주가 사라졌다. 분명 왕녀님의 호위다. 이 세상에서 가장 호위로 붙이면 안 되는, 부적절하기 그지없는 악귀나찰이 호위로 붙어버렸다. ……응. 지키기 위해서라면 세상도 멸망시킬 초 과잉 공격력의 호위가 세 명이나 따라갔다……. 습격하는 사람도 큰일이겠네?

뭐, 말이야 이렇지만 결국 모두 완전 장비를 했다. 그리고 거대한 검. 카키자키 그룹은 하루카에게 거대한 대검 다섯 자루를 받았다. 마스코트 여자애에게 맡기고 간 모양이다.

그렇다. 아침 일찍 카키자키 그룹에게 줬다. "바보 같은 얼굴을 한 5인조 바보한테 줘."라고 말했다고 하는데, 확실하게 전혀 망설임 없이 카키자키 그룹에게 줬다. 응. 분명 마스코트 여자애는 '바보' 라는 이름으로 기억하고 있지 않을까?

배구부 콤비도 주머니를 받았는데, 주머니에는 '생' 이라고 적혀있었으니까 뭐, 안에 뭐가 들었는지는 알았다. 부업도 확실히 끝내고 나간 모양이네.

그리고 왕녀님의 결의 넘치는 결사의 마음이 담긴 비장한 편지와 달리, 이쪽은 변함없이 의미 불명. '기념품 가게가 돈깨나 벌 것 같거든? 떼돈 벌겠어! 떼부자야! 라고나 할까?' 였다. 이건 돈을 벌 결의와 욕망이 넘치는, 결산 처분 같은 어울리지 않는 편지라고나 할까, 읽어도 영문을 모른다는 시점에서 이미 편지조차 아닌 수수께끼의 메시지를 남기고 나갔다.

알고 있는 건, 이게 수수께끼의 다잉 메시지가 아니라 죽여서 해결할 생각이 넘치는 데스잉 메시지. 그야말로 범행 성명이잖아?

"""하아~. 뭐, 신경 쓰이니까 가볼까?"""

""" "그러게~." """

뭐, 가야겠지. ——여자아이가 둘이서 목숨을 걸고 전쟁을 막으러 뛰쳐나갔으니까. 그렇다면 가지 않을 수가 없다. 분명 갔을 거다. 하고 싶은 말은 잔뜩 있지만, 여기에 가지 않는 하루카는 그건 그것대로 싫다. 그럼 막을 수 없으니까 우리가 가면 된다. 그걸 위해 싸워서 레벨 100이 되었고, 이보다 더할 수 없을 만큼 장비도, 무기도 준비했으니까!

적어도 가짜 던전으로 간 건 틀림없다. 지나갈 길은 그곳뿐이고, 왕녀님 일행만으로는 지나갈 수 없을 거다. 그리고 하루카의 방에 남아있던 증거품은 '변경 명물 던전 만두라고나 할까?' 라고 패키지된 만두—— 맛있었다. 마침내 만두가 나왔구나!

확실하게 인원수만큼 놓여있는 게 계획적이고, 인원수만큼 차와 온수도 준비되어 있어서 저도 모르게 차와 만두를 먹으며 쉬다 보니 출발이 늦어졌지만, 근데 '라고나 할까?' 라고는 쓰지 않아도 되지 않을까?

그 세 명이 있으니까 초조할 필요는 없을지도 모른다. "전쟁이 벌어지기 전에 도착하면 돼."라든가, "하루카에게 위험한 건 전쟁이나 사람의 함정, 책략이나 특수 스킬이다." 등등. 다들 그렇게 말하면서 준비를 마치고 여관을 나가려고 하자…… 식당에 오야코동이 준비되어 있었다. 버섯국도 있다. 하루카가 아침밥용으로 만들어 놓은 모양이다. 잘 먹겠습니다?

——이번에야말로 모두 함께 출발했다. 목적지는 가짜 던전. 선행은 고속 팀이 여덟 명, 후속 21명으로 출발했다. 레벨 100의 이

동 속도라면 한 시간도 걸리지 않지만, 경계 없이 고속 이동은 위험하다. 너무 빨라서 기척 탐지나 색적이 늦어지고, 탐지로 발견했을 때는 이미 늦을 만큼 이동 속도가 과하니까. 그래서 색적을 교대하면서 충분히 안전을 확보하며 고속 이동.

"없네~?"

"벌써 가짜 던전에 들어간 걸지도."

"그 세 사람은 빠르니까."

밤중에 나갔다면 왕녀님은 가짜 던전에 들어갔어도 이상하지 않다. 그 왕녀님도 메이드도 상당히 고레벨이었으니까.

"감속! 각자 경계하며 정지!!"

"""Ja."""

군이다. 아마 영주님의 군이겠지만 경계는 필요하다. 속도를 줄이고 모습을 보이면서 천천히 접근했다. 응. 짐마차 옆에 큼지막하게 '오무이'라고 적혀있으니까 영지군 같다. 그야 보통은 저렇게 크고 화려하게 적지 않으니까. 아무리 적어도 절대로 기억해주지 않는데 아직도 애쓰고 있구나……. 그러나 고작 그 정도로 기억해 줬다면 우리도 플래카드를 만들어서 들고 다녔을 거다. 응. 무리겠지?

기마 한 기가 이쪽에 손을 들고 다가왔다. 아——. 또 영주님이 멋대로 단기 질주하고 있네. 그 뒤에서 측근이 필사적으로 따라왔다.

"오무이 님. 불러 세워서 죄송합니다. 실은……."

사정을 설명하자, 오무이 님은 활짝 웃었다. 왕국군의 앞날을 이미 알아챈 듯한 모습이다.

"아니, 미안하군. 우리 변경군의 소란에 또 말려들게 해버려서 면목이 없다. 그래도 왕녀님의 신변이 걱정되어서 빠른 말로 소식을 보냈던 건데……. 하루카 군이 따라간 건가. 사역한 마물도 데리고. 그럼 왕녀님의 신변은 안전하겠군. 하지만 하루카 군에게 더 이상 폐를 끼쳐서 무거운 짐을 지울 수야 없겠지. 앞길을 서둘러야겠어. 군에는 전달해 놓았으니, 자네들은 무리무리 성에도 자유롭게 들어갈 수 있네. 미안하지만 먼저 가도록 하지."

그렇게 말하고는 내달렸다. 측근도 인사하기가 무섭게 따라갔다. 응. 힘들어 보인다.

"가버렸는데, 어쩌지?"

"변경군을 추월해서 먼저 갈까?"

"으음. 뒤따라가면서 후속을 기다렸다가 합류할까?"

"""찬성."""

왕국군 본대는 아직 도착하지도 않았다. 그 느린 속도라면 앞으로 일주일은 걸릴 거다. 그 모래가 흩날리는 황야에서 다섯 명이서 맞받아칠 생각일까, 무리무리 성까지 끌어들일 생각일까……. 아니면 가짜 던전에서 무너뜨릴 건가. 치고 나가는 쪽이 손해를 볼 거다. 그리고 어디에 기념품 가게를 개점하려는 걸까. 만두는 얼마일까. 1인당 몇 개까지 파는 걸까? 응. 그건 굉장히 맛있었다! 합류해서 전원 문제없이 무리무리 성에 도착한 우리는 앞다투어 가짜 던전을 돌파해서 강행 정찰을 나갈 준비를 했다.

"뭐, 준비는…… 사원증뿐이지만?"

"""그러게?"""

가짜 던전 통행용 사원증은 미행 여자애 일족에게도 지급되어 있고, 가지고 있으면 마스터 골렘이 유도해 주는 마석제 통행 허가증이다. 어째서인지 통행 증명서로는 안 된다고 하니까? 준비하고 대열을 짜서 가짜 던전으로 들어갔다. 안은 안전하게 지나갈 수 있지만, 왕국군 측 모험가나 병사를 경계하면서 신중하게 색적과 기척 탐지를 날리며 나아갔다. 모르는 길이나 새로운 함정이 늘어났으니까, 드문드문 개장하러 오는 모양이다.

"미끄럼틀로 단번에 갈까?"

"안 돼. 엇갈리잖아."

"응. 그건 지하 직통이니까."

"그치만, 또 통로가 복잡해졌잖아."

가짜 던전의 변경 측 출구에는 '입구로 돌아간다' 라고 적힌 구멍 함정 슬라이더 미끄럼틀이 있어서 왕국 측까지 단번에 갈 수 있지만……. 지하를 통하니까 엇갈릴 수 있어서 곤란하다. 참고로 슬라임 씨가 무척 좋아하고, 여자도 몇 명은 미끄러지고 싶어 하지만 함정이거든?

"지금부터는 조심해. 함정은 발동하지 않겠지만 기름이 발린 곳은 미끄러지니까."

"응. 떨어지면 알몸이야~."

"""싫어~!"""

"거기 남자. 수상한 움직임 보이지 마!"

이 던전은 마술 작동식 함정 말고도 악랄한 함정이 많다. 그리고 물리 함정에 걸려서 떨어지면 장비가 파괴되고…… 옷까지 녹는다. 응. 여기로 쳐들어오려는 왕국군은 정말로 용기가 있다. 여기를 지나갈 바에는 평범하게 던전 공략을 하는 편이 훨씬 안전하니까. 그야 던전 마스터는 하루카보다 상식인이고 정직해서, 그 악랄하고 악질적이고 악덕한 사람이 만든 던전보다 훨씬 평범하고 상식적이고 알기 쉬운 친절한 설계니까!

"벌써 이웃 나로기령까지 간 걸까?"

"으~음. 하루카네라면 이미 갔겠지만…… 어떨까?"

"미로에서 추월해 버린 거 아닐까?"

게다가 이 가짜 던전은 기적 탐지가 어긋나는 설계여서 귀찮다. 단번에 빠져나가고 싶지만 발이 미끄러지면 대참사가 벌어지니까. 아마 우리의 장비 클래스라면 『무기, 장비 파괴』를 당할 일은 없겠지만, 만일의 사태가 벌어져서 망가지기라도 하면 대손해다. 그리고 옷도 내성이 있으니까 괜찮겠지만…… 녹아버리면 여자로서 대참극이다. 응. 신중하게 가자.

"우와~ 리얼하네?"

"이건 공격해 버리겠지?"

"입체적이니까."

천장에 그려진 대량의 거미 마물 그림. 저걸 공격하면 천장이 무너진다. 쓸데없는 공격으로 대손해. 그리고 자멸을 유도해서 마음을 꺾는 장치. 응. 악질적이네!

굳이 소인원으로 갔으니까 왕국 측을 유도하려는 걸지도 모르지만, 느긋하게 있으면 전투가 시작될지도 모르니까 초조하고 불안하다. 그야 도시에서 온갖 것들을 했으니까. 여관 개축도 끝내고, 무기점에도 잡화점에도 대량의 재고를 놔두고, 여기저기에 새로운 공방이나 가게를 짓고, 그리고 몰래 도시 성벽까지 강화했다. 마치, 변경 도시에서 할 수 있는 일은 다 하겠다는 듯이.

그러니까 신경 쓰여서 쫓아갔다. 어디까지 갈 생각일까──. 본인은 아무 생각도 없겠지만, 쫓아가지 않으면 여리모로 걱정된다. 그야 하루카도 앞으로 왕국이 어떻게 움직일지는 읽지 못했다. 모든 것이 예측 불능인 상태로 전쟁에 말려들었으니까.

우리에게는 미래 예측도 결과도 승패도 상관없다. 그저 하루카를 지키러 간다. 지켜주지 않아도 괜찮을지도 모르지만, 만약 정말로 괜찮지 않을 때 지켜줄 수 있도록 곁에 있고 싶다. 아직 따라잡지 못했지만, 옆에 있을 수 있게 강해졌다. 그것만을 목표로 삼고 왔다. 그러니까 이번에야말로 모두가 하루카의 곁으로 간다.

◆ 만두 무섭다는 농담도 모르는 곳에서 만두가 팔릴까?

62일째 아침, 나로기

폐허 같은 도시를 둘이서 헤매는 나와 왕녀 여자애 두 명. 여기저기에서 지켜보고 있다는 건 알지만 모른 척하고 나아갔다. 응. 참고로 데이트 같지만 메이드 여자애는 왕녀 여자애의 그림자에 들어가 있고, 슬라임 씨는 소형화해서 내 머리에 올라가 후드에 숨어있으니까 실제로는 네 명이고 겉보기로는 두 명. 갑옷 반장은 심부름 중.

"잠깐. 모처럼 겉보기만이라도 여자와 둘이서 외출했는데, 왕녀 여자애에게 다가가니까 메이드 여자애가 그림자 속에서 검으로 찌르더라니까? 즐겁지 않아. 모처럼 에로 드레스인데 즐겁지 않아!"

"쉿쉿. 무례하고 불경하고 파렴치해요!"

(뽀용뽀용)

뭐, 에로 드레스 위에 갑옷을 장비해서 노출은 줄었지만, 세트로 보더라도 다리의 슬릿이나 등과 배꼽을 감추지 못하는 근사한 디자인이다! 응. 지켜보고 있는 게 적인지 아군인지 도적인지 그냥 엿보려는 에로한 사람인지도 모를 만큼 대단히 주목받고 있고 에로하다. 그런데 방패로 감추는 건 반칙 아닐까? 안 보이는데?

"정말로 따라와도 괜찮은 겁니까? 지금부터 주변은 모두 적. 저는 목숨까지는 거두지 않을지도 모르지만 하루카 님은 아무런 보장도 없는데요. 어째서 이런 위험한 일을 할 필요가 있는 거죠?"

"괜찮고 자시고 이쪽은 겸사겸사 올 예정이었고, 돈을 벌지 않으면 안 되는데 물건이 안 들어와서 곤란하거든? 응. 그러니까 겸사겸사 같이 나온 느낌으로 에로 드레스 감상? 보고 싶네! 라고나 할까? 뭐, 보러 왔다, 고나 할까?"

미행 여자애 일족의 정보에 따르면, 귀족군 본대는 아직 멀리 있지만 인근 귀족의 작은 군은 모이기 시작했다. 그리고 용병도 집결하고 있다는데, 용병이란 언제나 도적과 변함없는 것도 끼어있기 마련이니까 여자애 둘이서 보내는 건 위험하지 않을까? 게다가 본대에는 제1왕자인 어쩌고가 있다! 그리고 놀랍게도 그 어쩌고는 어쩌고와 어쩌고의 어쩌고라고 한다! 응. 뭐일까?

아니, 설명은 들었지만 왕자였다. 왕자라는 건 대부분 세간의 상식적 관점으로 보면 남자거든? 게다가 상당한 아저씨 왕자다. 그런 어쩌고의 어쩌고 이야기 같은 건 흥미가 없으니까 흘려들었고, 어딘가로 떠밀려 버린 어쩌고가 어쩌고였는지는 모르겠다. 그러나 남매다. 직접적으로 죽고 죽이는 건 악취미다.

"확실하게 자객이 왔을 겁니다. 강한 게 아니라 사람을 죽이는 게 능숙한 이들이죠. 하루카 님이 마물이나 미궁왕을 죽이는 힘이 있더라도, 그들은 대인전 한정으로 사람을 죽이는 전문가입니다. 왕가나 귀족들이 보유해서 사람을 죽이는 기술만큼을 오래도록 연마한 자들입니다. 지금부터 일어나는 건 제대로 된 싸움조차 아니라고요."

게다가 밀수를 도와주는 변경 지지 상인들이 몇 번 습격받았다. 처음에는 밀수가 들켰나 했는데, 아무래도 치안이 악화되기도 했고 질 나쁜 용병과 소귀족이 나쁜 짓을 시작한 모양이다. 응. 왕국에서 나쁜 짓을 한다면 그쪽 마음이지만, 건전한 밀수 루트가 무너지는 건 민폐다. 쌀 부족은 나의 식탁에 영향을 주니까! 그렇다. 쌀의 원한은 무겁다!! 쌀 한 알당 일곱 명은 참살할 정도? 아니, 그건 *신이 일곱 명이니까 도적이라면 한 알 훔치면 300명 단위로 몰살해도 괜찮을 정도다. 응. 그걸로 가자!

"아~ 미녀 암살자는 무섭네~(어색)! 목소리 높여 외쳐보지만

---

* 쌀알 하나에는 일곱 신이 깃들었다고 하는 일본 속담.

미녀 암살자는 무섭다고~(F#7) 잘 듣고 있으려나~ 난 초미녀 암살자는 안 되거든 안 된다니까~ ♪ 뭐, 적이라고(Ho?)"

어필해 봤다. 이건 분명 왕국 전체에 플래그를 세워서 대량의 미녀 암살자가 소집되고 집결해서 습격해 올 거다! 마침내 진정한 남고생의 싸움이 시작되는 거다. 미녀 닌자일까? 미녀 어새신일까? 그러나 중요한 건 허니 트랩이다. 그건 벌꿀처럼 달고 질척질척한 트랩이란 말이지. 그렇다. 허니 트랩 무섭다는 어필도 해두자!! 중요한 일이니까 2천 번 정도 어필하면 되려나? 응. 허니한 트랩은 가장 중요하니까 플래카드도 만들자!

"어째서 은밀 행동 중에 큰소리로 외치며 돌아다니는 건가요! 숨어있다고요. 몰래 움직이고 있다고요!!"

"큰 소리로 선전하지 마세요. 뒤에서 슬쩍 노래 부르지 마세요! 기대감이 엄청나서 전혀 무서워하지 않잖아요? 그걸 듣고 '약점이다!' 라고 생각하는 첩보원이 있다면 오히려 놀라겠어요! 정말로 위험하다고요……. 하루카 님이 목숨을 걸 이유는 전혀 없는데……. 모든 건 왕국과 왕족이 짊어져야 할 죄인데 어째서."

뭐! 안 된다고?! 아무래도 이세계는 만두 무섭다는 농담도 이해하지 못하는 모양이다. 이런데 던전 만두를 팔 수 있을까?

"이러니까 정말이지 이세계는 다른 세계란 말이지. 정말이지 못 써먹을 이세계야. 응. 만두는 맛있거든?"

""사람 말 좀 들어——!""

(부들부들…….)

이미 폐허 같은 도시. 이 슬럼에서 잔해가 깔린 무인 구역을 지나서 인파는 고사하고 인적조차 없는 골목으로 들어섰다⋯⋯. 응. 이렇게까지 했는데 아저씨가 온다면 코볼트와 날라리 무리 속에 던져주겠어! 그건 지옥보다도 무서운 악몽이라고⋯⋯. 코볼트도 겁먹었으니까?

줄곧 따라오던 집단이 분산해서 둘러싸기 시작했다. 돈을 노리는 도적일까, 왕녀 여자애를 노리는 귀족의 개일까⋯⋯. 에로 드레스가 목적인 에로한 사람들일지도? 응. 마지막 사람들하고는 친해질 수 있을 것 같다!

"이 에로 드레스의 근사함을 이해하다니 좋은 취미를 가진 에로한 사람들이겠지. 뭐, 에로하니까 취미하고는 상관없이 덮칠 수도 있지만? 응. 이걸 입고 돌아다니다니 대체 뭐냐고 말할 정도로 에로하니까?"

"그렇게 생각한다면 평범한 옷을 만들어 주세요——!"

"거기 두 사람. 거기 멈춰라!"

둘러싸였다. 그건 좋다. 알고 있었으니까. 그렇다. 17인이다. ⋯⋯17인의 아저씨다! 이 녀석들, 내가 열심히 세워놨던 중요하고 중요한 복선을 다 밟아버렸다! 좋아. 부러뜨리자. 이제 여기저기 닥치는 대로 뚜둑뚜둑 빠직빠직 부러뜨리자. 그야, 이건 짓밟힌 복선의 복수전이니까! 이제 빠직빠직하게 만들어 주마!!

"누구죠? 사람을 불렀으면 이름 정도는 대는 게 어떤가요!"

왕녀 여자애가 화냈다. 둘러싼 아저씨들이 "에로해.", "에로해."라며 빤히 쳐다보고 있으니까 격노했다! 아니, 그래도 에로하잖아? 응. 에로하지?

"틀림없어. 샤리세레스 왕녀다. 사로잡아라!"

"갑자기 대박이잖아."

"거금이야. 놓치지 마라!"

귀족의 개가 기르는 용병인지 도적인지 모를 아저씨인 모양이다. 뭐, 아저씨다.

"큭!"

왕녀 여자애가 순식간에 검을 뽑고, 방패를 들고, 다리를 벌리고 몸을 낮추며 신중하게 경계했다. ──둘러싸인 상황에서 재빨리 이동할 수 있도록, 그러면서 공수에 모두 대응할 수 있도록 중심을 낮추고 보폭을 넓게 잡아서 간격을 벌려 견제하고 있다. 즉, 드레스의 슬릿이 크게 벌어져서 다리는 물론이고 안쪽 허벅지까지 힐끔힐끔, 그야말로 굉장히 좋은 자세다!

"아니, 하루카 님. 왜 적에게 등을 돌리고 쪼그려 앉아서 저의 다리를 빤히 쳐다보는 거죠? 베어도 되나요?"

뭐, 이 녀석들은 악당이고 싸우면 왕녀 여자애 혼자서 쓰러뜨릴 수 있고, 도망치는 것도 간단하다. 하지만 왕녀 여자애가 말한 대로 대인전 전문인 악당이다. 그러니까 검을 들어도 의미가 없다. 싸우지도 못하고 사로잡히겠지. 안 그래?

"큭, 비겁한. 비열한 수를……. 아니, 왜 하루카 님은 쪼그려 앉은 채 사로잡힐 생각으로 넘쳐서 붙잡힌 건가요! 그리고 어디에 얼굴을 들이밀고 있는 거죠!!"

투망이다. 그물에 쇠사슬까지 넣어서 휘감고 있으니까 베지도 못한 채 사로잡혔다. 즉, 이 밀착은 불가항력. 나는 잘못이 없다! 응. 어디가 허벅지지? 쪼그려 앉아서 기다리던 보람이 있었네……. 이건 좋은 허벅지다!

그러나 왕녀 여자애의 그림자에서 메이드 여자애가 검을 들고 나를 찌르려고 노렸다! 게다가 눈흘김 메이드가 에로 메이드복 사양으로 흘겨보고 있다. 뭐, 찔리면 아파 보이니까 허벅지는 포기하자. 짧은 행복이었지만 좋은 허벅지였다. 그야 절대 영역의 생허벅지였으니까!

"아쉬운 건 갑옷은 없는 게 좋았을 텐데 말이지? 뭐, 그래도 복선의 원수는 갚았고, 아쉽기는 하지만 맛있었으니까 잘 먹었습니다? 라고나 할까?"

"저 애송이는 필요 없어. 죽여라. 왕녀는 상처입히지 마라."

머리 위에서 칠흑의 대낫이 허공을 춤추며 회전하고 선회했다. 사람의 영혼을 사냥하는 사신의 낫(데스 사이즈). 그러나 지금이라면 두 개가 더 붙는, 가격 동결인 근사한 바가지 가격이니까 당연하게도 돈은 모조리 뜯어낼 거다!

"용서할 수 없어——. 내가 심혈을 기울이고 애정을 담아 소중하게 길렀는데 무참하게 짓밟힌 불쌍한 복선의 위자료야. 반드시 뜯어내겠어!"

"""이 녀석은 대체 뭐야?!"""

"""……글쎄?"""

(부들부들)

그물에 사로잡힌 왕녀 여자애와 서로 뒤엉켜서 이런 곳이나 저런 곳이 밀착하거나 쓸리면서 대낫의 난무. 단련한 포동포동한다이너마이트 보디와 론도를 추면서 사냥했다. 왈츠처럼 춤추고, 베고 가르며 탱고다! 아저씨들을 걷어차면서 마구 밟는다!!

"응. 포동포동한 게 기분 좋으니까 지나치게 저질렀지만, 이 말랑말랑한 느낌은 이세계에서도 손꼽힐 게 분명하니까 어딘가의 말랑말랑 협회를 발견하면 추천해 줄까?"

그리고 그물에 사로잡힌 채 날뛰었으니까 그물이 꽉꽉 오므라들어서 드레스 어깨가 풀려 가슴까지 노출되었고, 스커트도 올라가서 다리가 드러났고 휘감긴 채 밀착에 압축되어 접착 중이다. 왠지 조금 아저씨들을 다정하게 대해주고 싶은 기분이니까 머리를 태우는 걸로 용서해 주자. 휘감긴 노출 포동포동 다이너마이트 보디에 감사하도록 해! 나도 감사하자. 감사합니다!!

"젠장, 이놈······."

(빠악!)

"이 꼬마······."

(빠직!)

"이 자식······."

(퍼억!!)

"어······."

(콰직?)

"······."

(빠각!)

재빠르게 지갑과 금품을 거둬들여서 아이템 주머니에 수납했다. 유감스럽게도 묶이고 엉키게 해준 근사한 투망은 메이드 여자애가 찢어버렸네? 뭐, 장비품 같으니까 투망도 받아두자. 이건 좋은 물건이었다.

"어째서 도적에게 갈취하는 거죠? 게다가 무기부터 아이템까지 가차 없고 그물까지 훔치고 있어?!"

"잠깐, 그건 아니야. 평범한 사람한테 갈취하면 도적이니까, 도적한테 갈취하는 게 평범한 사람이잖아? 아마도?"

"으응? 어라? 으응?"

정말이지 남 듣기 안 좋은 소리를. 그러면 마치 내가 나쁜 짓을 하는 것처럼 들리잖아? 저쪽이 나쁜 짓을 했으니까 당연히 나는 좋은 사람이다. 응. 틀림없이 논리적인 불가역의 이론을 역주한 상대적인 관계의 해석이다. 즉, 360도 어떤 방향에서 조사하더라도 나는 잘못 없다고? 그야 저쪽이 나쁜 놈이니까? 아저씨고?

"대체 평범한 사람에게 갈취당하는 도적은 누구한테 갈취해야 하는 거죠! 그럼 아무도 도적이 될 수 없잖아요. 그냥 갈취당하고만 있으니까?!"

도적이 사라지는 거니까 오히려 추천해야 하는 멋진 행위일 텐데 더블 눈흘김이네? 대역이니까 트윈 눈흘김? 그렇다. 어째서인지 다들 내가 조리에 맞고 정확하게 나는 평범한 사람이라는 걸 논리적으로 말하면 불만스러운 눈으로 바라본다. 이세계 언어 번역이 이상한 건가 했더니 동급생들까지 흘겨본단 말이지? 논리 정연한 나의 논리를 이해하지 못하다니 한탄할 따름이다. 참고로 반장은 '하루카의 설명은 지리멸렬하네.' 라고 칭찬할 만큼 논리적 설명인데……. 어라? 디스당하고 있어?

"자, 그럼 계속 낚으러 가볼까?"

""습격당할 생각이 넘쳐난다니 대체?!""

꽤 벌었다. 앞으로 50팀 정도 덮쳐온다면 떼부자도 꿈은 아니겠지! 좋아. 습격당하자. 물론 미녀 암살자를 희망하고 추천하고 추진 중이다. 기다리고 있습니다?

◆─ 상대의 생각을 읽어도 상대를 이해했다고 볼 수는 없다. ─◆

62일째 오전, 나로기

"매번 감사? 라고나 할까?"

그래도 좀 더 비싼 무기라든가 장비라든가, 차라리 순순히 대량의 현금과 귀금속을 들고 습격해 준다면 대단히 감사할 것 같은데. 그럼 정말 고맙게 강도를 당해서 떼부자가 될 수 있다고?

"그리고 순서대로 오지 말고 일제히 습격해 주면 고맙고, 처음부터 습격하기 전에 돈과 무기를 먼저 내놓으면 수고를 덜어서 좋은 도적? 같은 느낌이 될 거라고? 분명히?"

다들 아저씨니까 가진 입고 있는 걸 다 벗겨내기도 귀찮고, 즐겁지도 않다! 먼저 돈 될 물건은 전부 내놓고, 덤으로 그대로 혼자서 쓰러져 준다면 될 텐데 눈치가 없는 도적들이다.

"정말이지, 입고 있는 걸 죄다 털리고 싶다면 제대로 미녀 암살자나 미녀 도적을 데려와 줬으면 좋겠는데. 정말이지 전혀 하나도 눈치가 없는 못 써먹을 도적들이네?"

게다가 이미 두 자릿수 이상의 도적에게 습격을 받았는데 여전히 떼부자와는 거리가 멀다. 게다가 전부 아저씨다. 이 이세계는 「아저씨계」라든가 그런 세계야?

좋아. 멸망시키자. 아마 슬라임 씨한테 "이 세계를 멸망시키고 오면 간식 마음껏 먹여줄게."라고 말하면 멸망하겠지? 시간이 걸릴 것 같으니까 갑옷 반장한테 "이 세계를 멸망시키고 오면 새로운 모자 만들어 줄게."라고 말하면 금방 끝날 것 같다.

"하루카 님. 다음 왔어요……, 아니, 또 하는 건가요. 이걸로 18번째인데요?"

"왜 도적에게 습격당하고 있는데 마음이 아픈 걸까요. 아무리 봐도 이쪽이 악당으로밖에 보이지 않는 건 어째서일까요?"

"앗, 다음이 왔네요…… 딱하게도."

게다가 그저 베고 들어오는 아저씨는 최악이다. 도적 축에도 들지 못할 만큼 눈치가 없다! 처음 도적은 제대로 투망으로 나와 왕녀 여자애를 사로잡아서 밀착 몰랑몰랑 근사한 악당 짓을 해서 포동포동 근사하고 비열한 수단으로 말랑말랑 멋진 싸움을 했는데, 그 이후가 전부 못 써먹을 못난 도적들이다.

나는 대인전, 아니 꼼수 스킬에 약하다. 저항(레지스트)할 수 없고 스테이터스가 현저하게 떨어진다. 움직임이 막히는 스킬에 걸리거나 확실하게 맞는 무기를 쓴다면 간단히 죽일 수 있다. 스테이터스가 약하다는 게 치명적이다.

"뭐, 머리에 호위(슬라임 씨)도 있고, 사상 최대급 공전절후의 공격 능력과 방어 능력을 가진 공격도 방어도 하나인 궁극 생명체

호위이긴 하지만…… 자고 있어?!"

(뽀용뽀용zzz)

그러니까 연습이라고 생각하고 상대하고 있는데 지겨워졌다. 어째서냐면 다들 아저씨이기 때문이다!

"이제 지긋지긋해! 이세계에 오고 나서 계속 아저씨라니 뭔데?! 이 천공에 우뚝 솟을 만큼 과하게 높은 인과의 아저씨 비율은 대체 뭐냐고!!"

옛날에 읽은 수많은 라이트노벨에 따르면, 이세계에는 어디를 가든 뭘 하든 만나는 건 미소녀밖에 없었는데……. 이 아저씨 스탬피드는 대체 뭐야?

즐겁지도 않고 돈도 못 벌고 있다. 아무래도 도적에게 습격당하는 일은 블랙인 모양이라, 돈 될 물건이 거의 없어서 정말이지 습격당해 봤자 손해다. 일일이 인적이 없는 곳까지 안내까지 하면서 습격당해 줬는데 이득이 전혀 없다. 아직 미녀 암살자라든가 미녀 도적이나 미소녀 검사나 미녀 마법사도 없다고! 정말 싫다 이 이세계.

적어도 왕녀 여자애의 에로 드레스 틈새라도 들여다보면서 야릇하게 치유라도 받아보려고 하면 그림자 속에서 메이드 여자애가 공격하려고 하니까 즐겁지 않잖아?

"뭔가 도적에게 습격당하는 것도 생각보다 즐겁지 않고 돈도 안 벌리고 귀찮네?"

떼돈을 잔뜩 벌어서 떼부자가 될 예정이었는데 실망이야.

"오히려 어째서 도적에게 습격당하는 게 즐겁고 돈을 벌 수 있다고 생각한 거죠! 누가 그런 이야기를 했냐고요?!"

"혹시……도적에게 습격당하는 게 즐겁고 돈을 벌 수 있다고 생각해서 호위를 맡은 건가요? 어째서 호위가 도적에게 습격당할 생각으로 넘쳐나는 거죠? 어라? 이거 호위 맞나?"

내가 하고 싶은 일이고 이득이 안 된다면, 그건 취미. 확실히 에로 드레스 다이너마이트 보디 감상은 취미가 아니라고 말할 수는 없다. 그러나 취미에 실익도 겸비하면 떼부자가 되어서 기쁠 텐데, 어쩌지……. 분명 또 낚이겠지만, 아저씨라는 예감밖에 들지 않는다.

"다 아저씨라면 이젠 도시를 통째로 태우는 게 빠르지 않나?"

"일반 아저씨는 아무런 죄도 없잖아요?!"

"저기, 왕녀 여자애니까 아저씨죄 같은 거 제정하지 않을래? 홀아비 냄새 유포죄라든가?"

"안 해요! 대체 무슨 탄압 국가인가요?!"

뭐, 신경 쓰이는 게 한 명 계속 있는데, 아저씨니까 흥이 오르지 않는다. 그러나 있는데도 기척이 없다. 저게 자객이겠지……. 근데 안 낚이네?

"이 에로에로한 다이너마이트 보디인 에로 드레스에 낚이지 않다니……. 설마, 그쪽 계열 취미인 사람! 도망치자. 여기는 위험한 세계였던 모양이야. 그쪽 계열 취미인 사람은 이 아저씨투성이 도시에 맡기자. 그리고 보고 싶지 않으니까 당장 돌아가자!"

그렇게 생각했더니 와버렸다. ──뭐, 혼자서 왔다면 자신이 있겠지. 아저씨니까 허니 트랩을 쓸 자신은 없겠지만. 그보다 아저씨가 허니 트랩을 걸려고 오면 절대로 용서 못 해! 남고생이 순진하게 꿈을 꾸고 동경하는 허니 트랩이라는 관점에서 말하자면, 갈기갈기 찢어서 불태워 주겠어! 반드시!!

"저기, 도적인지 암살자인지 에로한 사람인지는 모르겠지만, 아저씨 무슨 용건이야? 그래도 나는 아저씨한테는 조금도 용건이 없어. 그보다 왜 아저씨야?"

"...........훗."

보기만 해도 위험한 녀석이다. 굉장한 실력자고 레벨도 높다. 한 호흡에 발도해서, 가장 피하기 어려운 위치와 피하기 어려운 각도도 단숨에 베러 왔다. 게다가 머리를 노리는 것처럼 보이면서 피하기 어려운 다리를 후려치는 궤도로 바꾸다니 악질적이다. 이건 데몬 사이즈로는 위험하다. 무기를 『위그드라실의 지팡이』로 바꾸고 『마전』을 쓰면서 이쪽에서 앞으로 나왔다. 이제 물러서면 죽는다.

이쪽의 눈짓과 호흡을 완전히 읽고 있다. 인체의 움직임을 모두 알고, 사람의 행동 양식을 읽고 있다. 인체의 구조와 짜임새를 알면 인간의 움직임은 한눈에 읽을 수 있겠지. 이건 인간이라는 구조를 가진 자를 죽이기 위해서 극도로 익힌 궁극의 살인자, 인간과의 살육전과 칼질을 극도로 익힌 살인 기계다.

피하기 어렵고, 피하면 궁지에 몰린다. 그러니 공격할 수밖에 없다. ......하지만 당연히 나의 낮은 SpE로 휘두르는 일격은 단번에 간파하고 파악할 수 있다. 그리고 그 공격에 가장 유효한 「후려치기」가 내 지팡이로 닥쳐왔다. 이게 들어가면 죽는다. 완벽하고 압도적이다.

맞고 떨어지는 내 지팡이를 미래시로 보더라도, 검에 맞고 떨어진 뒤에 그대로 내가 베여 죽는 미래밖에 보이지 않는다. 완벽한 기술과 타이밍과 판단이다. 이것이 바로 프로 살인자. 사람과 사람의 검술로는 결코 이길 수 없는 최악의 공포(빠악!).

"응. 죽었나?"

아저씨는 뒷머리를 옆에서 얻어맞고 쓰러졌다. 응. 그야 나도 어디에 맞을지 모르니까 완벽한 궁극의 「후려치기」로는 떨어뜨릴 수 없지?

"아니, 어째서인지 내 공격은 의미 불명이라 어딘가로 가버린단 말이지? 응. 그러니까 내 움직임을 완벽하게 읽어도 의미가 없다고? 아니, 진짜로 의미 불명이라니까? 라고나 할까?"

(뾰용뾰용······.)

이 아저씨는 인체의 움직임을 너무 보려고 했다. 그렇기에 정면에서 휘두른 지팡이가 갑자기 뒤에서 옆으로 후려치는 걸 예상하지 못했다. 응. 할 수 있겠냐. 나도 놀랐는데!

"뭐, 하는 쪽도 전의 발동을 예상하지 못하니까, 아마 움직임이나 기척만이 아니라 사고까지 읽으려고 했겠지만······ 무의미하단 말이지? 응. 나도 모르고, 미래시로도 전이는 안 보이더라니까? 응. 무리."

최악의 공포였지만 의미는 없었다. 최강이었으니까 너무 읽으려고 했다. 멀쩡하게 붙었다면 절대 이길 수 없었지만, 멀쩡하지 않아서 반대로 함정에 빠뜨리기 쉬웠지?

"여, 역시 이 녀석은 다지마캄! 왕국 최강의 사람 베는 전문 살인 검사 『참살귀 다지마캄』, 그 사신이에요! 이건…… 역시 대공작 이 적으로."

"이자가 바로! 만나면 바로 죽을 때라는 말까지 들었던 다지마 캄. 기사대장이든 S급 모험가든 죽인다는 최강의 살인자……. 근데 일격에 쓰러뜨렸네요?"

메이드 여자애가 아는 사람이었던 모양이네? 왕녀 여자애도 아는 것 같다. 그러나 아저씨니까 나는 모르고, 아저씨니까 아무래도 좋다. 그러나 S급 모험가, 즉 레벨 100을 넘은 사람도 살해당했던 모양이다. 확실히 대인전에 한정한다면 궁극적인 강함이겠지. 인간이라면 이 녀석에게는 절대로 못 이긴다……. 아니, 나 인간이거든? 만약을 위해 말해두는데 종족은 『인간족』이었다니까? 응. 괜찮아. 뭐가 괜찮은지는 나도 모르겠고, 걱정돼서 종종 확인하지만 스테이터스에는 확실히 인간족이었거든?

"응. 무서운 칼잡이였어! 그런 게 분명해?"

""분명하다니…….""

그러나 이 녀석은 죽이자. 이 녀석을 이길 수 있는 건 스킬 전투로 반장이나 날라리 리더 정도? 아니, 부반장 B도 이길 수 있을 것 같다. 다른 몇 명은 아슬아슬하고, 대부분은 확실하게 죽는다. 아마 오타쿠들도 이 녀석은 무리다. 바보들은 인간족이 아니니까 이기겠지. 이 아저씨의 움직임은 바보들과 똑같은 수준이었다. 그것에 치밀한 지식이 뒷받침된 대인전 특화. 레벨 100까지 가지는 않았지만, 사람을 죽이는 것만큼은 최고이자 최강.

"응. 바보들의 직감이라면 반반이려나? 신체 조작이나 임기응변도 호각인 것 같고?"

그러니까 죽이자. 살려두면 누군가가 죽을지도 모른다. 표적이 되면 피할 수가 없다. 응. 사람을 죽이러 왔으니까 분명 살해당할 수 있다는 것도 알고 있겠지? 살육전이니까……. 응. 나도 살인자니까 알고 있어. 그러니까…… 말이지.

──살인자에게는 무덤 같은 건 필요 없을 거다. 그러니까 소멸시켰다. 무덤은 누군가에게 감사받을 사람에게만 있으면 된다. 우리 같은 살인자는, 그저 죽고 사라지면 된다. 그게 싫으면 아무도 죽이지 않으면 된다. 굉장히 굉장히 간단한 이야기다.

◆─ 잠깐 볼일이 있으니까, 그 증언을 한 사람들 명단을 줄래?

62일째 낮, 나로기

군신이 두려워하며 공경하는 흑발의 소년. 수많은 소문을 몰고 다니고, 그 모든 것이 황당무계한 이야기인 데다 어느 것도 동일 인물로 보이지 않는 소문투성이인 소년. 샤리세레스 왕녀님은 이 Lv 낮은 소년의 강함에 의문을 품으면서도, 어째서인지 진심으로 신뢰하고 있는 것처럼 보인다.

신용은 가능해도 신뢰는 결코 할 수 없는데도.

그러나 강하다는 건 틀림없다. 나는 몸으로 깨달았다. 완전한 기척 차단 상태에서 『잠영』으로 그림자에 들어간 뒤의 필살 공격인『패위』. 그것도 독검으로 사각에서 가장 피하기 힘든 허리를 밑에서 찔렀다. 그걸 피할 수 있는 자는 없다. 그런데 검이 사라졌다.

정신이 들자 빼앗겼다. 그건 필살 공격인『패위』발동 중에 빼앗긴 거다. 그건 틀림없는 괴물 레벨의 강함이다.

그리고 목숨을 구해줬다. 내 생명의 은인이다. 그래도 신뢰할 수는 없다. 군신 멜로트삼 님이 두려워하는 괴물이라니 당연히 무서울 거다. 그 최강이라는 마의 숲에서 싸우는 변경군의 대장들조차도 당연한 듯이 고개를 숙이며 길을 비킨다. 절대 의지할 수는 없다.

왜냐하면, 이 소년은 너무 느긋하다. 이 소년은 너무 제멋대로다. 이 소년은 너무나도 비상식적이다. 그리고 이 소년(괴물)은 자유롭다. 무엇에도 속박되지 않고, 무슨 일에도 사로잡히지 않고, 그저 제멋대로 자유롭고 생각대로 살고 있다. 사슬에 묶이지 않은 괴물이 자유롭게 원하는 곳에 가고, 제멋대로 원하는 일을 한다는 의미를 아무도 생각하지 않고 있기에 위험하다.

하물며 이런 걸 모른다면, 레벨 20의 소년 같은 건 아무도 경계하지 않고, 염두에도 두지 않는다. 그것이 괴물이라는 걸 모른 채, 이 소년이야말로 던전 살해자라는 걸 모른 채, 어디에도 드나들 수 있다. 호위로 일하는 이들에게는 최악의 괴물. 암살자 같은 수준이 아니다. 성에 들어선 시점에서 성을 통째로 함락시킬 수 있으니 막을 방도가 없다.

확실히 다정한 소년이다. 모두에게 다정하고 오만하지도 않고,

싹싹하고 친절하기까지 한 소년이다. 하지만 선량하지는 않다. 이건 안전과는 가장 거리가 먼 사람이다. 악의는 조금도 없고 나쁜 마음도…… 엉큼한 마음은 가득 있지만, 악한 마음은 없다. 그때 만약 원한다면 내 몸을 마음대로 쓸 수 있었다. 협박해서 공주님과 거래할 수도 있었을 거다. 그러나 아무 일도 없었다는 듯 웃었다. 왜냐하면 죽는다는 생각조차 하지 않았으니까. 저 소년에게는 아무 일도 아니었으니까.

만약…… 누군가가 저 소년을 진심으로 미쳐 날뛰게 만들면 어쩔 생각인가. 오무이 님은 어차피 멸망할 운명이었으니 차이는 없다고 말했다. 그걸로 멸망한다면, 이건 죽어가는 변경이 꾸는 최후의 행복한 꿈이었다고. 희망조차 알지 못하던 변경이 행복해진 것만으로도 이미 충분하고도 남는 대가라고──. 즉, 변경의 왕조차도 멸망하는 걸 받아들이고 있었다.

저 소년은 상상할 수 없을 정도의 행복과 공포를 가지고 있다. 지금은 백성을 행복하게 해주고 마물에게 공포를 주고 있다. 그리고 언제 어느 때, 그게 반대가 된다면 왕국은 멸망한다.

나는 샤리세레스 님을 위해 살고, 그리고 죽기로 결심한 그림자다. 어린 시절부터 그것만을 위해 수련하고 섬겨왔다. 그렇기에 소년이 두려워서 견딜 수가 없다. 저 순수함이 무섭다.

그리고 소년과 이야기를 나누며 웃어버리는 자신이 무섭다. 평소라면 무서워서 "쉿쉿."이라고 말하며 검으로 공주님에게서 떼어내는 짓은 할 수조차 없건만, 당연한 듯이 하고 있는 자신이 두려워서 견딜 수가 없다. 공주님과 둘이서 죽으러 가려고 했는데,

저 소년이 곁에 있는 것만으로도 평범하게 웃고 있는 것이 무섭다. 둘이서 왕국군을 상대한다는 각오를 다졌던 우리가, 세 명이 되자 언제부턴가 안심하고 웃고 있으니까.

그리고 웃고 있든 울고 있든, 죽음은 당연한 듯이 찾아왔다. 그 죽음의 사자는 사신 다지마캄. 왕국에 전해지는 공포의 전설을 만든 장본인이 눈앞에 있다. 대대로 최흉의 칼잡이가 이어받는 사신의 이름을 가진 다지마캄이라는 이향의 남자. 유년기부터 사람을 죽이는 것만을 배우며 육성된 암살자들 가운데서 유일하게 최강만이 이어받는 이름을 빼앗은 이방인.

베고 죽이는 방법을 전부 익히고, 항상 최적의 살인을 저지르는, 그저 죽이기 위해서만 존재하는 살인귀. 표적이 된 자도, 자신을 노리던 자도 모두 베어 죽여온 뼛속 깊은 칼잡이. 사람의 움직임도, 생각도 읽어내고, 사람을 죽이는 기술만 익혀온 최강의 대인 전문 검사. 발견된 시점에서 끝이다. 몸을 던져서 공주님을 도망치게 할 수밖에 없다.

그러나 소년이 앞으로 나섰이. ──그저 아무 생각도 없이, 아무런 각오도 없이 툭 나왔다. 소년이 죽는 사이 다지마캄의 그림자로 들어갈 수밖에 없다고 결의를 다졌다. ……잔혹하게도, 저것과는 싸우는 것조차 무리였으니까. 그런데도 사신은, 전혀 싸움조차 하지 못한 채 어이없이 얻어맞고 쓰러졌다. 단 한 방 얻어맞고는 쓰러지고 말았다.

왕족조차 공포에 질리는, 접근하는 자를 면밀하게 조사해서 접근을 허락하지 않았던 사신은, 아무것도 하지 못한 채 쓰러졌다.

저 사신은 칼잡이의 정점에 군림하는 살아있는 공포의 전설이다. 그걸 아무렇지도 않게 후려쳐서 물리쳤다. 저 소년은 대체 무엇인가? 저 칼잡이 사신보다도 위험한 무언가일까?

그러나 사신의 몸을 유유하게 소멸시키는 뒷모습은——— 아무런 힘도 없는, 마치 죽음 앞에서 갈피를 잡지 못하는 어린애처럼 덧없었다. 몸을 돌려서는 우는 것처럼 웃더니, 아무렇지도 않다는 듯 걷기 시작했다. 이미 돌아보지도 않고 있다.

그림자가 되어 공주님 말고는 모든 것을 의심하며, 공주님 말고는 모든 걸 적으로 보며 살아오던 내가, 저도 모르게 안아주고 싶을 만큼 연약한 뒷모습을 한 소년(괴물). 연약하고 덧없어서 안아주지 않으면 사라질 것만 같은, 거품의 환영처럼 터져버릴 것 같은 뒷모습.

내가 무서운 건 나다. 나는 저 소년 앞에서 몇 번을 웃었을까? 공주님 앞에서 말고는 모든 감정을 죽여오던 내가, 어느새 눈으로 쫓고 있다. 왕녀님에게 목숨과 이 몸과 생애 전부를 바친 내가.

그리고 깨달았다. 모두가 그 모습을 무의식적으로 쫓고 있다. 그리고 그 모습을 보기만 해도, 모두가 웃는다. 그저 멀리서 온 지나가던 여행자라는 소년. 제멋대로고 자유분방하고 어리광도 심한데 모두가 따르는 수수께끼의 소년. 소문만이 무성한, 악마처럼 변경을 구하고, 천사처럼 마물을 살육한다고 전해지는 의미 불명의 소년.

도시에서 물어보면 방탕하지만 근면하다고 말하고, 점주에게 물어보면 무한한 지식을 가진 바보라고 단언한다. 작은 마을에서 물어보면 무욕하지만 모든 걸 빼앗는다고 말하고, 큰 마을에서 물어보면 최강최악에 흉악한 구세주라고 떠받든다.

　가게에 물어보면 있는 돈을 몽땅 빼앗아 가는 귀신 같은 좋은 소년이라고 말하고, 어린애한테 물어보면 과자를 주고 머리를 쓰다듬어 주는 떼부자님이라고 말하고, 길드에 물어보면 누구보다도 몰래몰래 오면서 위풍당당한 소년이라고 말하고, 노인들은 말없이 두려워하면서 숭배한다. 무엇 하나 일정한 증언이 나오지 않는 수수께끼투성이 소년. 그런데도, 모두가 웃고 있었다.

　모든 게 영문을 알 수 없다는 점이 무섭다. 이매망량이 배회하며 악귀나찰이 우글거리는, 음모와 책략이 소용돌이치는 왕도에도 이렇게나 무서운 자는 없었다. 사상도 목적도 원하는 것도 모른다. 조사할수록 알 수 없다. 모든 게 의미심장하면서, 모든 게 무의미하게 보인다. 모두가 불평하면서도 모두가 웃고 있었다. 의미 불명인 흉악한 무언가가 자유롭게 제멋대로 풀려나 있다. 위험하다는 걸 모두가 알면서 당연한 듯이 서로 웃고 있는 광기.

　그런데도, 또 눈으로 쫓고 있다. 빨려드는 게 아니라 쫓고 있다. 그래서 나는 내가 무섭다. 무엇보다도 무섭고 두려운데도——그래도 나에게는 울고 있는 무력한 아이로만 보였으니까.

공정거래법 위반에 독점금지법 위반자들에게는
불법 투기가 바람직하다.

62일째 낮, 나로기

역시 도적 피해를 최소한으로 억누르려면 도적에게 피해를 입혀서 최대한 뜯어내는 고도 순환 도적 뜯어내기 경제가 가장 효율적인 모양이다.

"어딘가에 거금을 가진 미인 부하밖에 없는 도적 없을까? 그냥 직접 그곳을 습격하러 가지 않을래? 기다려봤자 멀쩡한 도적이 안 오니까?"

"호위가 기뻐하면서 적극적으로 습격당하려고 하지 말아 주세요. 하물며 포지티브하게 습격당하러 가지 말아 주세요!"

"적진에 뛰어들어서 습격당하러 가다니 영문을 모르겠는데, 그거 실은 습격하는 것 아닌가요?"

그야 결국 전부 아저씨였잖아.

"그렇게나 미녀 암살자 플래그를 대량 생산해서 기다렸는데, 그걸 월등히 뛰어넘는 숫자의 아저씨라니 뭐냐고?! 이 무한히 이어지는 아저씨 윤회는 어디까지 광대무변하게 넓어지는 거야?! 변경을 나와도 계속 아저씨라니, 왕국엔 온통 아저씨만 있어?"

"어째서 호위가 호위 대상을 데리고 적진에 뛰어들려고 하는 거죠? 그건 전혀 호위하지 않고 습격당해서 가진 걸 죄다 뜯어낼 생각이 넘쳐나잖아요? 제가 미끼가 된 것 아닌가요!!"

이세계 강도는 뒤처졌다.

"정말이지. 도적 피해(비즈니스 찬스)는 빠른 사람이 임자인 세계고, 항상 '남보다 먼저 해치워라' 는 현대 경쟁 사회의 일반 상식이거든? 응. 기다리고 있으면 뒤처지고 따라잡지 못하게 되니까, 그렇게 선행 도주를 당하면 끝장이라는 경제 예측이 대체로 정치적으로 잘못되어 있는 경제 신문에 적혀있었으니까 틀림없지 않을까?"

""대체 어떤 나라에서 온 건가요?!""

이세계 경제 신문도 뒤처졌어? 뭐, 그 뒤로는 보지 않았으니까 상관없을지도?

"이 도시는 이미 음식점도 없어 보이니까, 바깥에서 점심이나 먹자. 그야 도시 안에서 아저씨에게 둘러싸여 식사하는 건 굉장히 싫거든? 그냥 BBQ 대신 도시 아저씨를 구워버릴 만큼 싫어! 좋아. 밤에는 BBQ로 할까?"

(부들부들)

이제 감시하고 있는 녀석들에게 움직임이 없다. 그저 멀리서 감시하고 있을 뿐이라면 죄 없는 스토커나 엿보기범과 별 차이 없겠지. 잘 생각해 보면 왠지 유죄라고나 할까, 범죄자 같은 느낌도 들지만 죄가 있든 없든 어차피 아저씨다. 이제 아저씨라고 말하기만 해도 범죄자 같으니까 딱히 상관없겠지? 응. 마물이든 아저씨든 방해되면 잡으면 되니까.

한적하다——. 변경 밖은 변경만큼 던전이 펑펑 나오지 않는다고 하고, 마의 숲도 없다.

고농도 마소 때문에 마물이 생겨나는 변경과 달리, 자연 번식해서 소재를 벗길 수 있는 마물이 있다고 하는데, 숫자가 압도적으로 적고 솟아나는 게 아니니까 잡으면 늘지 않는다. 그래서 평화롭다.

"이건 그 횡방향 성장이 멈추지 않는데 참을 수도 없는 사람들이 추천하는 호박파이니까 호박 칩과의 콤비네이션으로 성장이 가속하더라도 나는 모르지만 맛있다고? 많이 먹으렴? 이라고나 할까?"

""감사합니다. 잘 먹겠습니다.""

식사를 하면서 이야기를 듣고, 요점을 요약해 보니 괜히 일했다 싶다. 아무래도 척후가 아니라 미리 모여있던 인근 용병, 아니 도적단과 인근의 소귀족들. 그러니까 물자도 돈도 없다. 즉, 돈을 벌 수가 없다!

도적 사냥은 진행했으니까 상인들의 피해는 줄어들겠지만, 그 암살자…… 타지마……였던가? 그 아저씨는 역시 왕녀를 노리고 보낸 걸지도 모르겠다. 킬러는 한 명뿐인 걸까. 뭘 노리는지도 모르니까 손쓸 방도가 없다. 틀림없이 왕녀 여자애를 납치하러 온 건가 했는데 킬러였다. 하지만 도적 아저씨에게 명령하던 깔끔한 차림새의 귀족 아저씨는 납치하려고 한 모양이니까 두 파벌로 나뉜 걸까? 청군 아저씨와 백군 아저씨? 응. 어느 쪽이 이겨도 아무래도 좋아 보인다!

그나저나 움직인 건 귀족 연합과 제1왕자라고 하는데, 킬러가 왕자파고 납치하고 싶은 게 귀족파일까? 어느 쪽이 적팀이고 어느 쪽이 백팀일까? 뭐, 어느 쪽이든 상관없겠지. 응. 그야 어느 쪽도 응원하지 않으니까?

"움직임에 통일성이 없고, 명령 체계도 하나가 아니라서 반대로 하기가 힘든데, 만나는 순서대로 각개 격파하면 되려나~?"

"교섭할 생각은 처음부터 조금도 없는 건가요?!"

군대 일은 잘 모르지만, 대체로 적의 대장을 잡으면 될 거다. 제1왕자라고 하니까 껄렁왕의 아들. 그럼 제일 껄렁한 녀석? 그러나 왕이 껄렁왕이라면 귀족까지 껄렁할 것 같단 말이지……. 분간할 수 있을까?

"슬라임 씨도 귀족을 먹었다가는 스킬 『껄렁』 같은 게 붙어버릴 테니까 먹으면 안 돼. 뽀용뽀용은 정의지만 텐션 뿜뿜 올리는 건 안 되거든?"

(부들부들!)

응. 껄렁남은 필요 없는 모양이다. 스킬도 필요 없는 것 같다. 먹고 싶어 하지 않아서 다행이다. 껄렁한 슬라임은 전혀 상상이 가지 않는데 (텐션뿜뿜) 같은 말을 하는 껄렁한 슬라임이라니 뭔가 싫잖아? 응. 귀여우면 어쩌지?

"왕녀 여자애 너는 어쩔 셈이야? 좋은 작전이라면 베껴서 채용할지도?"

"저는 군을 막고, 멈추지 않는다면 일대일로 결투를 신청해서 결판을 내려고 했는데요?"

응. 쓸모없었다. 잘 생각해 보니 메리 아버지한테 군대 일과 검을 배웠다고 들었을 때부터 기대하지 않았지만, 역시 정면 돌격이었다. 응. 그건 배울 필요 있나?

도시에서 기다리라고 해도 이미 고스트 타운이 되어서 가게도 뭐도 없고 빈집과 아저씨밖에 없으니 즐겁지 않아 보인다. 미행여자애 일족에게 받은 지도를 보니 길을 따라 나아가면 마을이 있는 모양인데, 거기까지 가봐야 하나……. 뭐, 가면 왕녀 여자애는 질대로 돌아가지 않겠지. 멈추거나 나아갈 수밖에 없는데 어쩌지?

"메이드 여자애. 하늘 나는 마물은 안 남아있어? 한가하니까 타보고 싶기도 하고, 걷는 것도 귀찮네? 뭔가 동그랗고 공중에 떠 있는 박쥐라고 들은 것 같은데, 이제 없어?"

"모두 침입에 써서 변경군이 접수했어요. 왕도라면 남아있을지도 모르지만, 여기에는 입수할 수 있는 게 없으니 한가하다고 타지 말아 주세요. 그건 굉장히 귀중하고 비싸다고요!"

뭐, 잘 모르니까 왕녀 여자애의 뒤를 따라가면 되겠지. 왜냐하면, 걸으면 슬릿이 열리니까. 그 슬릿에서 보이는 하얗고 매끄럽고 포동포동한 허벅지를 따라가면 된다! 응. 어디까지든 따라갈 수 있을 것 같은데, 그림자에서 흘겨보고 있네? 응. 제대로 나와서 흘겨보라고?

"슬라임 씨도 따분함을 주체하지 못하고 뽀용뽀용하고 있는데, 좀 더 활기차고 근사하고 섹시한 도적단 같은 거 안 나오나? 있으면 들를 텐데?"

대답은 눈흘김이었다. 본체인 왕녀 여자애와 그림자에서 메이드 여자애의 허실 눈흘김——스킬인 건가! 하지만 본대 도착까지 자칫하면 열흘 이상 걸린다니, 기다리지도 지겹다. 그리고 결집하지도 않았고, 행군도 따로따로 하니까 집결을 기다리는 건 어리석은 일이겠지. 그리고 노리는 건 하나뿐이다. 다른 건 상관없다.

　이쪽이 떨어져 있을 때 다른 부대가 엇갈려서 변경으로 가면 곤란하지만, 갑옷 반장은 무리무리 성에서 심부름을 끝내면 가짜 던전에서 배치를 바꾸면서 반장 일행을 기다리고 있을 거다. 그리고 전쟁이 시작된다면 던전에 들어오는 일반인은 별로 없겠지. 그러니까 대접할 준비를 하고 있다. 하지만 적이 도착하려면 오래 걸릴 것 같고, 『천리안』으로 돌아보니까 멀리서 모래바람이……. 말들이 달려오고 있는데 이쪽으로 오나?

　"왕녀 여자애. 왕이 오고 있는데 말 중에 지인이 있어? 뭔가 이쪽을 향해 뛰어오는, 아니 달려오고 있는데, 모래 먼지가 보이니까 꽤 질주 중이라는 느낌? 응. 어쩌면 실종 중일지도 모르지만, 말에 타서 전력으로 실종하고 있지만 찾지 말아 달라는 느낌이니까 못 본 걸로 할까?"

　"말이라니…… 그거 사람은 기승하고 있나요? 깃발이나 갑옷에 문양 같은 건 없습니까? 세레스, 나의 무장을!"

　"네!"

　으——음. 아직 꽤 멀다. 뭔가 말 같은 것들이 달려온다는 건 알겠는데…… 깃발? 그래도 저건 붉은 마름모…… 타케다 신겐 씨?!

"깃발이라면 하얀 바탕에 붉은 마름모가 들어있는 깃발 같네? 근데 풍림화산 깃발은 없는 것 같은데……. 이쪽도 대항해서 비사문천의 투구라도 만들까?"

"레드 롬버스(붉은 마름모), 왕제 각하가 어째서 변경에! 어디죠? 바로 구해드려야 해요. 쫓기는 건가요!"

"왕제 각하는 현재 국왕 대행입니다. 왕도를 떠나는 일은 있을 수가 없는데, 어째서?"

전력으로 달리고 있으니까 쫓기고 있을지도 모르지만, 흙먼지와 모래바람으로 후방이 안 보인다. 그러나 국왕 대행이 습격받는다면 이 나라는 이제 틀린 것 아닌가? 응. 국왕은 왕태자를 정하지 못한 채 급병으로 쓰러져서 의식 불명, 그 국왕 대행도 습격당한다면 완전히 모반이나 내란 중 하나다. 그건 변경을 공격할 상황인가? 뭐, 그래도 마석이 없다면 왕국은 망하니까, 변경으로 올 수밖에 없나.

"뒤에 깃발은 없지만 녹색 같은 갑옷에 하얀 선. 으~음. 쫓기는 것 같지만, 어느 쪽도 아저씨의 기척이 농후하니까 한꺼번에 태워버릴까?"

"심록색에 하얀 선…… 교국의 용병단이 어째서 왕국에! 그건 교국의 대(對)수인 용병부대입니다. 어째서 왕국에 들어와서, 하물며 왕제 각하에게 공격을! 이래서는 정말…… 전쟁 아닙니까."

교국. 영감네 녀석들이다. 그렇다면 왕제가 아군인지 아닌지는 몰라도 교회는 적이다. 변경을 더러운 땅이라고 부르면서 전혀 원조하지 않고, 마석 가공을 '신의 정화'이니 뭐니 하는 수상한 이름으로 독점하는 공정거래법 위반에 독점금지법 위반자들이다.

　그리고── 대미궁 밑바닥에서, 신에게 거역한 사악한 마녀를 봉인했다고 공언하던 나의 적. 그렇게나 신의 정의를 자칭하는 걸 좋아한다면, 깨끗하고 올바르고 평등하게 몰살시켜서 한꺼번에 좋아하는 신 영감의 하얀 방으로 배달해 주자. 그 땅속에서 영원한 시간을 혼자서 어둠과 싸우고, 마지막 순간까지 저항하던 안젤리카 씨가 악이라면, 나는 악의 편이라고? 응. 그런 쓰레기 정의는 소각 처분이라도 하고 하얀 방에 불법 투기해서 신 영감까지 같이 묻어버리면 된다. 타인은 모두 불만스럽고 신을 무척 좋아한다면, 당장 신의 곁으로 가면 된다. 이 세상에서는 방해된다.

　"아아, 오타쿠들도 불러올 걸 그랬네. 수인은 더러운 생물이라고 단정하고 노예로 팔아치우는 근사한 정의감을 가진 대수인 부대 용병단이라잖아. 분명 모조리 죽여도 용서하지 않겠지. 그 녀석들은 짐승귀를 정말 좋아하고, 박해자나 학대자는 정말 싫어하니까."

　(뾰용뾰용)

　뭐, 오타쿠들에게 남겨줄 수 있을 것 같지는 않으니까, 면밀하고 친절하게 영감이 있는 곳으로 강제 송환시켜 주자. 배송료는 값으로 매길 수 없겠어──. 응, 착불이다!

(6권에서 계속)

후기

　매번 친숙해지고 있는, 셜코 실릴 일이 없는데도 매번 항례가 되고 있는 후기입니다.

　구입해주신 분들에게 감사드립니다. 그리고 읽어주신 분들에게는 감사를, 그리고 분서 중인 분들은 화상에 주의해 주세요.

　네. 이번에도 결코 실리지 않는 후기를 쓰고 있습니다만, 우선은 매번 편집부가 웅성거릴 만큼 멋진 일러스트를 그려주신 에노마루 씨에게 감사를. 그리고 오탈자에 연자 범벅인 괴문서를 교정해 주신 오라이도 님과 인터넷에서 수많은 오자 수정을 해주신 분들에게도 감사 또 깊은 감사를.

　그리고 통째로 떠맡으신 담당 편집자님에게도 감사를 드리고 싶지만, 이 이야기는 쓸데없이 긴데도 쓸데없는 부분을 잘라내면 아무것도 남지 않는 당분 제로의 솜사탕 같은 이야기인지라, 서적화에서는 적어도 쓸데없는 부분을 최소한으로(페이지수가 늘어나면 가격도(땀)) 줄이고자 그야말로 깎고 또 깎아서 꽉 채워넣은 이야기로 교정해서 페이지수를 아슬아슬하게 줄였습니다만……. 만약, 만약 만에 하나 이 문장이 권말에 실린다면 다섯 번째 후기＝"페이지 남아버렸다(데헷넬름)"인 편집자 Y다 씨가 5권

5연속 데헷냘름입니다!

「40자×18행의 워드로 368페이지. ~까지」라는, 이런 식으로 지정이 와서 깎으면서 가필도 포함하고, 적었다가 또 깎으면서 정리했는데 말이죠……. 저번 권에는 놀랍게도 후기 5페이지(웃음).

네. '5페이지 줄여줘.' 라는 말이 나오면 3600자, 90행을 줄여야 한다면서 울게 됩니다만, 특수한 방식으로 쓰는 괴문서이기에 페이지수를 맞추기 굉장히 어렵단 말이죠——. 아무리 그래도 또 후기가 실리게 된다면, 그건 이미 정말로 친절하게 답례를 해야 하지 않을까 해서 감사(물리)를 홈센터나 야구용품점에서 물색 중인 매일입니다.

그런고로 실리지 않는 게 전제인 후기를 몇 페이지 필요한지도 모른 채 쓴다는, 현실은 소설보다 기이하다고 말해야 할지, 소설 후기야말로 기괴하기 그지없다는 무시무시한 현실에 폴나레프처럼 되고 있습니다만……. 뭐, 길게 적으면 될 것 같아서 잔뜩 쓰면 이번에는 실리지 않는 게 전제고 몇 페이지 필요한지도 모르는 후기를 깎아내는 작업이 발생할지도 모릅니다. 감사 감격한 나머지 날붙이 가게나 총기 가게를 물색하는 것도 필요할지도 모르고, 감사의 멘트라고 적고 범행 성명이라는 루비를 붙여야겠죠?

그리고 이번에는 코믹스 5권도 동시 발매하게 되어서 비비 씨나 가르도 편집부의 헤비 님에게도 오체투지로 감사하고 있습니다.

그런고로 계산대로라면 이걸로 2페이지가 됩니다만, 이거 1페이지로 줄이라는 말을 들으면 어쩌나 생각하면서도 설마 3페이지로 늘어나서 이걸로 끝나지 않을 가능성도 시야에 넣으며, 실은 이미 실리지 않아야 하는 후기가 실리게 될 것 같은 예감도 느끼면서, 읽어주신 여러분에게 감사드립니다.

고지 쇼지

외톨이의 이세계 공략 Life.5 초월자와 사신과 자칭 최약

2024년 05월 20일 제1판 인쇄
2024년 06월 05일 제1판 발행

지음 고지 쇼지 | **일러스트** 에노마루 사쿠

옮김 이경인

발행 영상출판미디어(주)
등록번호 제 2002-000003호
주소 07551 서울특별시 강서구 양천로 570 NH서울타워 19층
대표전화 02-2013-5665

ISBN 979-11-380-4724-1
ISBN 979-11-6524-383-8 (세트)

Hitoribotchi no Isekai kouryaku Life.5
ⓒ 2020 Shoji Goji
First published in Japan in 2020 by OVERLAP, Inc.
Korean translation rights reserved by YOUNGSANG PUBLISHING MEDIA, INC.
Under the license from OVERLAP, Inc., Tokyo JAPAN

노블엔진(NOVEL ENGINE)은 영상출판미디어(주)의 라이트노벨 및 관련서적 브랜드입니다.

탐정은 이미 죽었다

1~9

◆

애니메이션 방영작

고등학교 3학년인 나, 키미즈카 키미히코는 한때 명탐정의 조수였다.

——"너, 내 조수가 되어줘."

시작은 4년 전, 지상 1만 미터 위의 상공. 하이재킹을 당한 비행기 안에서 나는 천사 같은 탐정 시에스타의 조수로 선택되었다.

그로부터 3년, 우리는 눈부신 모험극을 펼쳤고—— 죽음으로써 헤어졌다. 홀로 살아남은 나는 일상이라는 이름의 현실에 빠져 안주하고 있었다. ……그걸로 괜찮냐고?

괜찮고말고.

다른 사람에게 피해를 주는 것도 아니니까.

그렇잖아? 탐정은 이미, 죽었으니까.

©nigozyu 2023 / Illustration : Umibouz
KADOKAWA CORPORATION

니고 쥬우 지음 | 우미보즈 일러스트 | 2024년 4월 제9권 출간
청춘의 상상, 시동을 걸어라!